Gjenferd

幽灵

[挪威] 尤·奈斯博 —— 著　林立仁 —— 译

Jo Nesbø

CS 湖南文艺出版社 HUNAN LITERATURE AND ART PUBLISHING HOUSE 博集天卷 CS-BOOKY

/ 目 录 contents /

Gjenferd

奥斯陆市中心
古列路卡区
施罗德酒馆
苏菲恩堡
公园
奥克西瓦河
黑斯默街
欧雷克的公寓
尼布罗桥
安克尔桥
莫勒街
皇家庭园
皇宫
德扬公园
灯塔餐厅
德扬区
铁路广场
广场
饭店
大广场
厄塔街
弗特兰桥
格兰斯莱达街
王子街
奥林本餐厅
托布街
夸拉土恩区
警察总署
布拉达
广场
布兹
公园
卓宁根街
莱昂
旅馆
交通机器
船运街
碧悠维卡区
纪念公园
主教街
奥斯陆
歌剧院
迪维克斯桥
旧城区墓园
0
0.25
0.5km
N

0 0.5 1km
霍尔门科伦区
里斯区
松恩区
奥克西瓦河
葛拉森区
奥斯陆大学
布林登区
伍立弗医院
布林登路
基克凡路
维斯特墓园
镭医院
马瑟卢大道
维格兰雕塑公园
奥斯陆网球俱乐部
桑纳桥
古列路卡区
苏菲恩堡公园
安克尔桥
尼布罗桥
德扬区
皇宫
夸拉土恩区
弗特兰桥
布兹公园
主教街
碧悠维卡区
旧城区墓园
艾克柏区
曼格鲁区
荷芬谷体育场
鉴识中心
赫延哈尔
奥普索乡
亚纳布区
弗陆萨区
扶那布区
加勒穆恩机场
奥斯陆
利勒斯特伦
德拉门
吕格市
克里斯蒂安桑
N
奥斯陆及周边地区

Gjenferd

第一部

他奔进最后一条走廊，欧雷克的叫声传入他的耳中。囚室的门半开着。他穿过走廊冲进囚室的这几秒间，对他而言宛如噩梦，仿佛雪崩。他的双腿无法跑得更快了。

1

那些尖叫声在召唤它，如同声波做成的长矛，穿透奥斯陆市中心的其他噪声：窗外传来的来往车声、远处抑扬的警笛声，以及附近教堂的钟声。它继续觅食。它用鼻子在肮脏的厨房油地毯上四处嗅闻，闪电般迅速地将气味分成三类：可食用的，有危险的，以及与生存无关的。地上有灰色烟灰的刺鼻气味，沾血纱布的甜腻味，林内斯啤酒瓶盖内的苦味，空金属弹壳所散发的硫黄、硝石和二氧化碳分子的气味。这枚弹壳专门设计用来容纳 9 毫米 ×18 毫米铅弹，又称马卡洛夫子弹，对应这种子弹口径所开发出来的就是马卡洛夫手枪。此外还有仍在闷烧的香烟烟味，金色滤嘴和黑色烟纸上印有俄罗斯帝国的双头鹰国徽图案。香烟对它来说可是食物。除了这些气味之外，还有酒、油脂和沥青的臭味。地上有只鞋子，它闻了闻。有个障碍物侧躺着，背部挡住鼠窝的入口，鼠窝里有它的八只初生宝宝，它们的眼睛尚未发挥功能，身上无毛，正在高声尖叫，呼唤母鼠回来哺乳。那个如山一般的肉体障碍物散发着盐、汗水和鲜血的气味。那是一具人类的身体，而那人依然活着，它敏感的耳朵听得见在它幼崽的饥饿叫声之间的微弱心跳声。

它很害怕，但它别无选择。喂养它的幼仔比什么都重要，再危险，再费力它都不在乎，再有其他不好的直觉也无所谓。它站在那里，鼻子在空气中嗅着，思考着解决办法。

教堂钟声正好和那人的心跳声一致：一下、两下、三下、四下……

母鼠张露利齿。

七月，妈的，死在七月真是烂透了。我耳中听见的真是教堂的钟声吗？还是该死的子弹上涂有迷幻药？好吧，所以我的生命要在这里结束了，反正也没什么差别吧？死在这里或那里，现在死或一会儿死，好像也没什么差别。但我真的就该死在七月吗？楼下的奥克西瓦河畔传来鸟儿的啼唱声、酒瓶相碰的叮叮声和阵阵笑声，我真的就该死在窗外的夏日欢声中吗？我真的就该死在这个鼠辈横行的毒窝地上，身上多出一个洞，生命快速流逝，一生回忆从眼前闪过，最后落到这个下场吗？难道这就是我，这就是一切，这就是我的一生？我对人生有过计划不是吗？如今，我的生命不比一袋尘土更有价值，只是个没有笑点的笑话，短到在那疯狂钟声结束前就可以叙述完毕。

妈的！没人告诉我死亡会这么痛。爸，你在吗？别走，别在这个节骨眼上离去。关于我的这则笑话是这样说的：我的名字叫古斯托，这辈子只活到十九岁。爸你是个坏男人，上了个坏女人，九个月后生下了我，我还喊不出“爸爸”就被送到寄养家庭。我尽可能招惹各种麻烦，他们却只是把照护网收得越来越紧，问我到底想要什么，是不是想要该死的冰激凌。他们不知道你跟我这种人最后会在子弹下结束生命，而且我们会散播传染病和腐败堕落，只要一逮到机会就像老鼠一样繁殖。他们要怪也只能怪自己。但他们也有需求，每个人都有需求。十三岁那年我第一次在养母眼中看见她的需求。

“古斯托，你好英俊。”她说，走进浴室。我没关门，也没打开莲蓬头，因此水声没能警告她。她在浴室里多站了一秒才出去。接着我捧腹大笑，因为我心中雪亮。爸，这就是我的天赋，我可以看穿别人的需求。这天赋是不是来自你的遗传呢？她离开浴室之后，我看着穿衣镜中的自己。她不是第一个说我英俊的人。我比其他男生发育得早，身材高大结实，肩膀已相当宽阔；头发乌黑光亮，颧骨高耸，下巴方正，有张贪婪大嘴，嘴唇却有如女生般饱满；古铜肌肤十分光滑，褐色眼珠近乎黑色。“褐鼠。”班上有个男同学这样叫我。男同学的名字好像叫迪德里克，他想成为钢琴家。那年我刚满十五岁，迪德里克在班上大声说：“那只褐鼠连阅读都有问题。”

当然了，我只是一笑置之，因为我知道他说这句话背后的动机，我知道他想要什么。他想要的是卡米拉。他暗地里偷偷爱恋卡米拉，卡米拉公开地爱恋我。我曾在学校舞会上趁机看了看她的毛衣底下，却发现没什么料。这件事我跟几个男同学说了，迪德里克一定是有所耳闻，才决定要让我闭嘴。我一点也不在意成为他的“箭靶”，但霸凌就是霸凌，因此我去找摩托俱乐部的图图，并在学校拿了些哈希什[①]分给那些车手，说我需要点尊重。图图说他会料理迪德里克。后来迪德里克不肯对任何人解释说他的两根手指为何会被男厕所门的上层铰链给夹住，但他再也没叫我褐鼠，而且是的，他也没能成为钢琴家。妈的，好痛！不，我不需要安慰。爸，我需要来一管，最后一管，然后我发誓我会一声不哼地离开这个世界。教堂钟声又响起来了。爸，你在吗？

---

① 哈希什（hashish），由印度大麻的花及叶榨出的树脂麻醉药。

2

奥斯陆规模最大的加勒穆恩机场将近午夜之际，来自曼谷的SK459号航班滑行至指定的四十六号登机门。机长托德·舒茨刹车，让空客340完全停止，接着他关闭油料供应。喷气发动机上的金属运转频率缓缓降低，发出温和的嗡嗡声，最后静止。托德下意识地看了看时间，这时距离飞机落地已经过了三分四十秒，比预定抵达时间早了十二分钟。他和副机长开始确认关闭系统和停泊事项，因为这架飞机将在机场过夜，货品留在飞机上。他翻寻装有飞行日志的公文包。现在是二〇一一年九月，曼谷仍处于雨季，一如往常十分闷热，因此他非常想回家，享受初秋的凉爽夜晚。九月的奥斯陆是地球上最棒的地方。他在表格里填入剩余油量，他得替他消耗的油料费用找个理由才行。他驾驶飞机从阿姆斯特丹或马德里回航的速度，高得超过经济效益，不惜燃烧价值不菲的油料以达到目的。最后他的长官把他叫去训斥了一顿。

“你想表现什么？”长官高声说，“飞机上又没有转机旅客！”

“‘全世界最准时的航空公司’啊。”托德咕哝说，引述公司的广告标语。

“我看是全世界最不符合经济效益的航空公司吧！这就是你的好理由？”

托德耸了耸肩。毕竟他不能说出真正的理由——他之所以加速飞行完全是出于私人原因。他负责驾驶飞往卑尔根、特隆赫姆和斯塔万格的班机，而且重点是这些航班都必须由他亲自驾驶，不能交给其他驾驶员。

托德资历在航空界算是很老，长官没有治他的办法，只能对他发飙。

一直以来他都避免犯下严重错误，也一直待在航空公司的庇荫之下，但再过几年他就要达到“双五”，也就是年满五十五岁，届时无论如何都得退休。托德叹了口气。他只剩最后几年时间可以弥补错误，避免自己沦为全世界最不符合经济效益的飞行员。

他在飞行日志上签名，起身离开驾驶舱，对乘客露出机长的雪白贝齿。这个微笑可以直接告诉乘客说他充满自信。机长这个专业头衔曾让他成为别人眼中的成功者。曾经，只要说出 “机长”这个魔法般的字眼，男女老少都会露出仰慕的神情，他们在他脸上看见领导力、冷静态度和男孩般的魅力，以及机长的爆发力和精准判断力。他们认为这个男人不仅具有过人的才智，还具有对抗物理法则和凡人内在恐惧的勇气。但这已经是很久以前的事了，如今民众只把他当成公交车司机，问他哪里能买到飞往拉斯帕尔马斯市的最便宜机票，以及为何汉莎航空公司的伸脚空间比较大。

叫他们去吃屎。叫他们全都去吃屎。

托德在空服员旁的出口停下脚步，挺起胸膛，露出微笑，说：“小姐，欢迎回家。”他说的是浓重的得州口音，这是他从谢泼德的飞行学校里学来的。对方回以微笑。从前他光凭这个笑容就能跟女人相约在入境大厅，而他也真的这样做过。从开普敦到阿尔塔：女人，无数女人。对他来说这曾是个麻烦。而解决方法则是：女人，无数女人，新面孔的女人。如今呢？他的发际线已退到飞行员帽底下，但定制制服还能凸显出他高大宽肩的身材。当初他在飞行学校未能当上战斗机飞行员，要怪的就是这副身材。最后他成为大力神运输机的驾驶员，沦为空中粗工。他对乡亲父老宣称那是因为他的脊椎长了几厘米，还说只有侏儒才能符合 F-5s 和 F-16s 战机驾驶舱的标准。但事实是他在竞争中惨遭淘汰。在那段时间，他唯一能保持住的就是身材，那也是他唯一没有分崩离析的部分。

其他像是婚姻、家庭、朋友关系，全都崩溃瓦解。这是怎么发生的呢？当时他在哪里呢？多半是在开普敦或阿尔塔的饭店房间里，鼻子里沾有可卡因，以弥补他在酒吧喝了酒精饮料所减损的雄风，弥补他的阴茎不处于“小姐欢迎回来”的状态，弥补他未曾达到、也永远无法达到的目标。

托德的视线落在一名在走道上朝他走来的男子身上。男子低头走路，但依然比其他旅客高出一个头。身材削瘦，和他一样肩膀宽阔，但年纪比他轻。男子理平头，金发有如刷子般根根竖起，看起来像挪威人，但不像是出游返国的观光客，比较像是旅居海外的挪威人，肌肤已然变成几近灰褐色，正是长期住在东南亚的白人的特征。男子身穿量身定制的棕色亚麻西装，给人尊贵和严肃的形象，因此可能从商。也许生意不是太理想，男子搭乘的是经济舱。但男子之所以吸引托德的目光，并不是因为西装或身高，而是因为疤痕。那道疤痕以男子的左嘴角为起点向外延伸，几乎一路划到耳际，宛如一把微笑形状的镰刀，充满既怪异又美妙的戏剧性。

“再见。”

托德吓了一跳，还来不及回应，男子就已从他面前走过，步出机舱。男子的声音甚是粗哑，眼睛里爬满血丝，显然才刚睡醒。

乘客都已下机。载有清洁人员的小巴士驶来，停在跑道上。机组人员一同下机。托德注意到最先从小巴士下来的是个体格矮壮的俄裔男子，他看着男子快步爬上登机梯，身穿黄色反光背心，上头印着索罗斯清洁公司的标志。

再见。

托德迈步走过通道，朝机组人员中心走去，脑子里不断浮现这句话。

“你的行李箱上不是都放着一个手提包吗？”一名空服员问道，指着托德拖行的新秀丽行李箱。他记不得她的名字了。是米雅，还是玛雅？无论如何，上世纪他曾在某个中途停留站干过她。有这回事吗？

“没有。”托德说。

再见。亦即“回头见”？或是“下次再会”？

他们经过机组人员中心入口旁的隔间，理论上这是给海关人员用的，海关在这隔间里就宛如惊奇盒弹出的吓人玩偶。百分之九十九以上的时间，隔间里的椅子都没人坐，而他在航空界服务三十年来，从不曾被海关拦下来搜查行李。

再见。

亦即“后会有期”，以及“期待下次再见到你”。

托德加快脚步，通过机组人员中心入口。

一如往常，小巴士在空客旁的柏油路面上一停下来，谢尔盖·伊万诺夫就第一个下车，快步爬上登机梯，前去清理客舱。他提着吸尘器进入机舱，锁上舱门，戴上乳胶手套，把手套拉到手臂上刺青开始的地方，然后掀开吸尘器前方的盖子，打开机长置物柜，拿出一个新秀丽手提包，拉开拉链，打开底层的金属板，查看四个有如砖块般的一公斤重的包裹。接着他把手提包连同包裹放入吸尘器，塞进软管和大集尘袋之间的空间。集尘袋他已事先清空。他关上吸尘器的盖子，打开舱门锁，启动吸尘器。所有动作在数秒内全数完成。

打扫和整理完客舱之后，他们从容下机，把浅蓝色垃圾袋放在大发[①]小巴士的后备厢，返回候机楼。晚上机场关闭前只有几班飞机起降。谢尔盖转头看了看领班珍妮，又望向显示抵达和出发时间的计算机屏幕，看见上面并未出现延迟的信息。

---

① 大发，日本汽车品牌。

“卑尔根我来做。”谢尔盖用刺耳的口音说。他的口音虽然刺耳，但起码他会说挪威语，他知道很多在挪威住了十年的俄罗斯人都还只能用英语沟通。大约两年前伯父把谢尔盖带来挪威之后，就明确指示他必须学习挪威语，并安抚谢尔盖说也许他跟自己一样有语言天分。

“卑尔根我来，”珍妮说，“你可以等特隆赫姆。”

“卑尔根我来就好了，”谢尔盖说，“尼克可以做特隆赫姆。”

珍妮看了看他：“随你高兴，你就做到死吧，谢尔盖。”

谢尔盖走到墙边，在一把椅子上坐下，小心地靠上椅背。他的肩膀肌肤依然疼痛，因为一名挪威刺青师曾在那里下过功夫。那刺青师依照谢尔盖提供的图案替他刺青，图案是目前仍在下塔吉尔[①]市监狱服刑的刺青师伊姆雷寄给他的。这片刺青还有很多尚未完成。谢尔盖想起伯父的手下安德烈和彼得身上的刺青，这两名来自阿尔泰共和国的哥萨克人身上都有浅蓝色刺青，用来述说他们轰轰烈烈的人生和英勇事迹。谢尔盖名下也有个事迹，亦即他杀过一个人，虽然只是个小案子，但已化为天使刺在他身上。未来他可能还会再杀一个人，这次可是个大案子。伯父说，如果*必然之*事成为必然，他就必须干下这件大案子，并警告他做好心理准备，好好磨炼用刀技巧。有个男人会来奥斯陆，伯父如此说道。此事尚未完全确定，但可能性很大。

可能性很大。

谢尔盖看着自己的双手。他没有脱下乳胶手套。戴乳胶手套是他们的标准工作程序，这样一来，即使有一天东窗事发，他的指纹也不会留在包裹上。目前尚未出现任何出错的迹象。他的双手进行这份工作已经有很长一段时间了，他不得不时时提醒自己保持警觉。他希望当*必然之*事来临而他必须执行时，这双手可以保持稳定。刺青图案他已经订了，他希望自己

① 下塔吉尔，俄罗斯斯维尔德洛夫斯克州城市，是俄罗斯主要的钢铁工业中心。

可以赢得这个刺青。他再度想象那个画面：他在下塔吉尔的家中，所有的“厄尔卡”兄弟都在场，他解开衬衫扣子露出新刺青，这个动作不需要评论或意见，因此他一句话都不会说，只需要在众兄弟眼中看见他已不再是昔日的小谢尔盖了。这几个星期以来他夜夜祈祷，希望那个男人会来，希望必然之事成为必然。

无线电对讲机发出吱吱啦啦的声音，传来开始清理卑尔根班机客舱的信息。

谢尔盖起身打了个哈欠。

要在这个客舱里执行的动作更简单。

他打开吸尘器，把手提包连同里面的包裹放进副机长的置物柜里。

他们离开客舱时，正好遇见进入客舱的机组人员。谢尔盖低下头，避免和副机长目光相触，并注意到他的四轮行李箱跟托德的是同一款，都是新秀丽 Aspire GRT 红色行李箱，只是少了固定在顶端的红色小手提包。他们彼此毫不知悉，不知道彼此的动机、背景和家庭。将谢尔盖、托德和这位年轻副机长联结在一起的是购自泰国的未注册的手机号码，方便他们在时刻表出现变动时用短信联络。安德烈发出的信息只限于各人需要知道的部分，因此谢尔盖完全不知道包裹的行踪，但他可以猜想：这位副机长驾驶国内航班从奥斯陆飞往卑尔根，从空中降落到陆地，地面没有海关检查，也没有安全检查。副机长把手提包带去他和机组人员所下榻的卑尔根饭店，午夜时分房门会传来谨慎的敲门声，那四公斤海洛因就会易手。尽管现在市面上推出的新毒品“小提琴”压低了海洛因的价格，但街头每零点二五克的海洛因仍至少要价两百五十克朗，也就是一克一千克朗。那批海洛因已经过稀释，而且还会再被稀释一次，算起来总市值高达八百万克朗。他懂得算术，知道自己报酬过低，但他也知道只要自己做了必然之事，立下功劳，就可以得到更多好处。以这样的报酬多干几年，他就可以在下塔吉尔买栋房子，替自己找个漂亮的西伯利亚女子，说不定父母年老时还可以让他们搬来一起住。

谢尔盖感觉肩胛骨之间的刺青处发痒。

仿佛肌肤正期待着下一次刺青。

3

身穿亚麻西装的男子搭乘机场快线在奥斯陆中央车站下车，心中猜想他的家乡一定是温暖晴朗的天气，因为此时的空气依然温和宜人。他提着一个几乎可说是滑稽的小帆布行李箱，迈着迅速敏捷的步伐走出车站南侧的出口。来到室外，他感觉到奥斯陆的心脏以一种柔和的韵律跳动着，那是夜晚的韵律，尽管许多人认为奥斯陆根本没有心脏。路上车子不多，正绕着环状“交通机器”行驶，交通机器仿佛将一辆辆车子弹射而出，往东射向斯德哥尔摩和特隆赫姆，往北弹向奥斯陆其他地区，朝西射向德拉门和克里斯蒂安桑。交通机器的大小和外形酷似雷龙，是个垂死的庞然大物，再过不久就会消失，被奥斯陆新市区光鲜亮丽的住宅和办公大楼所取代，壮丽的歌剧院新建筑也在这一区。男子停下脚步，看着坐落在交通机器和峡湾之间如白色冰山的奥斯陆歌剧院。这栋建筑已赢得世界各地的建筑奖项，意大利大理石铺成的屋顶倾斜而下，延伸至海中，上面漫步着来自世界各地的游客，偌大的玻璃窗所透出的灯光就跟洒落其上的月光一样明亮。

男子心想，天哪，真是一大进步。

他眼中看见的不是新都会发展的未来承诺，而是过去。这里原本是奥斯陆的“注射场”，毒虫聚集的地盘，他们在这里注射毒品，躲在棚屋后方享受强烈快感，是一群迷失在都市里的孩子。他们和对此毫无所知、怀抱善意、信奉社会民主主义的父母之间，只隔着一道薄弱的分野。他心想，真是一大进步。他们在更美丽的环境中朝地狱前进。

上次他站在这里已经是三年前的事了。一切都是新气象，一切都是老样子。

毒虫躲在车站和高速公路之间宛如路肩的草坪地带，跟往常一样陷入迷幻世界，躺在地上，闭着眼睛，仿佛阳光太强。他们聚在一起，找寻仍堪注射的静脉，或是弯腰站立，呈现驼背弓膝的吸毒者姿态，不确定究竟是要来还是要走，脸上的面容依然是老样子。这些毒虫跟他以往在这里走动时见到的活死人不是同一批，那批人早就死了，一了百了，但他们有着相同的面容。

托布街上可以看见更多毒虫。由于毒虫和男子这趟回来的原因息息相关，因此他尽量收集眼前的景象，试着判断吸毒人数是增加还是减少。他注意到布拉达广场又恢复了毒品交易。这是个位于铁路广场西侧的小型柏油广场，漆成了白色。此处由政府当局建立，可以自由交易毒品，以便随时监控广场上的活动，有时还可以拦截首度购毒的年轻买家。但随着毒品交易持续增长，布拉达广场呈现出奥斯陆的真实面貌。作为欧洲地区海洛因最泛滥的都市之一，这广场也成了不折不扣的观光景点。日益攀升的海洛因交易和用药过量案例，长久以来都是这座挪威首都之耻，但这些都不如布拉达广场这个污点来得那么刺眼。报纸和电视将大白天里陷入迷幻状态的年轻人有如僵尸般在市区晃荡的影像，传送到全国各地。政治人物成了众矢之的。右翼派人士掌权时，左翼派开始叫嚣："我们的治疗中心不够""监禁刑罚创造出吸毒者""新阶级社会在移民区创造出帮派和毒品买卖"。左翼派当权时，轮到右翼分子叫嚣："警察不够""寻求政治庇护的管道太过容易""囚犯中每七人有六人是外国人"。

最后奥斯陆市议会被逼得走投无路，只能做出无可避免的决定：自我拯救。他们决定关闭布拉达广场，把这些乌烟瘴气的鸟事全都扫到地毯底下，眼不见为净。

亚麻西装男子看见一个身穿红白相间阿森纳足球队球衣的年轻男子站在台阶上，前方站着四个人，不时变换站姿。年轻男子就是药头，他像鸡一般快速地左右转头，另外四人的头动也不动，双眼只是直视药头。药头正在等待人数充足，也许等到聚集五六个人，组成一支队伍之后，才会接受购毒金，带他们去拿毒品。药头的搭档可能在角落或后院等候。这是个简单原则，持毒者绝不碰钱，收钱者绝不碰毒。如此一来，警察就难以取得对他们不利的贩毒铁证。然而亚麻西装男子相当惊讶，因为他所看见的是八九十年代常见的贩毒手法。自从警察放弃缉捕街头毒贩之后，毒贩就不再使用聚集买家这种繁复手法，而是直接跟上门的买家交易，一手交钱一手交货。难道警方又开始逮捕街头毒贩了?

一名男子骑车经过，他身穿全套的骑行服装，头戴安全帽，脸上戴着橘色护目镜，身穿耀眼的彩色紧身衣，气喘吁吁。他的大腿肌肉在紧身短裤下贲起，所骑的自行车看起来十分昂贵。这应该就是当他和队伍里的其他人跟着药头转过街角，前往建筑物的另一侧时，手里还牵着自行车的原因。一切都是新气象，一切都是老样子。但毒虫似乎少了点，是不是?

船运街街角的妓女用口音浓重的英语向他搭讪——嘿，宝贝！等一下嘛，帅哥！但他只是摇摇头。此人坚持守贞或可能口袋空空的传言，似乎传播得比他的走路速度还快，因为前方的妓女顿时都对他失去了兴趣。在他那个年代，奥斯陆妓女的打扮比较朴实，只穿牛仔裤和厚外套。当时妓女不多，属于卖方市场。如今竞争比较激烈，妓女穿起了短裙、高跟鞋和网袜。路上那个非裔妓女看起来已经开始觉得冷了。他心想，到了十二月你就惨了。

他向前走到夸拉土恩区，这里曾是奥斯陆最早的闹市区，如今变成了由柏油和砖块构成的荒漠，这一区的行政和办公大楼容纳了二十五万名有如工蚁般的员工，他们一到四五点就赶着回家，把空间让给夜间活动的啮齿目动物。自从国王克里斯蒂安四世根据文艺复兴时代的几何秩序理念把奥斯陆打造成棋盘式市镇之后，此地人口就被火抑制了。民间传说，每到闰年夜晚，你会看见许多人全身着火，在房子之间跑来跑去，你还会听见他们高声尖叫，看见他们燃烧殆尽，化为柏油路面上的一层灰。如果你能在这层灰被吹散之前抓住它，那么你所住的房子将永远不会失火。为了防火，克里斯蒂安四世下令建设以奥斯陆穷人眼光看来十分宽广的马路，房子也开始以非挪威传统建材的砖块来建造。

亚麻西装男子沿着这些砖墙行走，经过一家大门敞开的酒馆，传出枪炮与玫瑰乐队《欢迎来到丛林》（*Welcome to the Jungle*）一曲的雷鬼舞曲新编版，此曲不仅亵渎了雷鬼鼻祖鲍勃·马利，也亵渎了枪炮与玫瑰乐队成员罗斯、史莱许和斯塔德林。酒馆门口站着几个正在抽烟的人，亚麻西装男子被一只伸出来的手臂给拦下。

“有火吗？”

一个将近四十岁、胸部丰满的肥胖女子抬头看着他，口中叼的烟在鲜红嘴唇间挑逗地上下跳动。

他扬起双眉，朝女子的女性友人看去，她站在女子背后，正哈哈大笑，手里拿着亮着火光的香烟。胸部丰满的女子听见朋友的笑声也跟着笑了起来，并往旁边迈出一步以取得平衡。

“反应别这么迟钝嘛。”她说的是跟挪威王妃一样的南挪威口音。男子曾听说市场里有个妓女因为长得像王妃，说话、打扮像王妃而大发王妃财，她的收费是一小时五千克朗，服务项目还包括一个塑料王位，供客人免费使用。

男子决定继续往前走，女子把手搭在他手臂上，倚过身子，朝他脸上喷出带有红酒味的气息。

“你长得真帅，要不要替我……点个火呀？”

他转过头，用另一侧脸颊对着女子，他难看的、不那么帅的那侧脸颊。他感觉到对方看见他在刚果用钉子在脸上留下的疤痕之后，大吃一惊，手立刻松开了。那道疤痕从嘴角延伸到耳际，犹如一道缝合拙劣的撕裂伤。

他继续往前走。酒馆的音乐换成了涅槃乐队的《保持本色》（*Come As You Are*），这次播的是原始版本。

"哈希什？"

这声音从一处门口传来，但他没停步也没转头。

"快速丸？"

他已戒毒三年，不想开戒。

"小提琴？"

现在他最不需要的就是毒品。

前方人行道上有个年轻人被两名药头拦下，那人开口说话，同时拿出某样东西给药头看。亚麻西装男子向前走去，年轻人抬起头，一双灰色眼珠以搜寻的目光朝他望来。他心想，那是一双警察的眼睛。他低下头，穿过马路。他这样反应也许有点过度，因为那名年轻警察应该不至于会认出他来。

街上有家名叫莱昂的廉价旅馆。

这家旅馆坐落在此简直像是栋荒废的屋子。他看见对面街灯下有个毒贩跨坐在自行车上，旁边是个身穿专业骑行服装的男子，毒贩正在帮男子把毒品注射到脖子里。

亚麻西装男子摇了摇头，抬头望向眼前的楼房。

楼房外挂着同样的广告横幅，上头沾满灰尘，灰扑扑地，就挂在四楼和顶楼之间的窗户前："一晚四百克朗！"一切都是新气象，一切都是老样子。

莱昂旅馆的前台接待员是新来的，是个年轻小伙子，他用令人讶异的礼貌笑容迎接亚麻西装男子，而且他的笑容并未带有怀疑神态，对莱昂旅馆而言这非常令人意外。接待员热诚地对他说“欢迎光临”，口气中听不见一丝嘲讽意味，并请他出示护照。男子知道接待员以为他是外国人，因为他有褐色肌肤，还穿亚麻西装。他递出红色的挪威护照，护照磨损严重，里头盖满了海关印章。印章太多，显示这本护照的主人过得不算太好。

“好的。”接待员说，递还护照，拿出一张表格放在柜台上，又递了一支笔。

“填写打钩的字段就行了。”

男子十分惊讶，心想现在莱昂旅馆竟然需要填写入住表格？也许有些地方终究还是改变了。他接过了笔，看见接待员盯着他的中指瞧。那根手指原本是手掌上最长的一根手指，但在霍尔门科伦山被割断，如今第一段关节被灰蓝色雾面钛合金义肢所取代。这节义肢没多大用处，但能在他抓东西时为周遭手指提供平衡，而且因为很短所以不会形成阻碍，唯一的坏处就是在通过机场安检时必须多费唇舌解释一番。

他填入名字和姓氏。

出生日期。

他知道自己现在看起来比较像个四十五岁左右的男人，三年前他离开挪威时看起来简直像个受伤老人。他严格要求自己规律运动，摄取健康食物，获得充足睡眠，而且绝对不碰上瘾物质。这套饮食生活方式并不是为了让自己看起来更年轻，而是为了避免死亡，况且他也喜欢这样的生活。事实上他总是喜欢例行公事、纪律和条理。既然如此，他的人生为什么反而充满混乱、自我毁灭和一连串在酒醉的黑暗时期所产生的破碎关系？表格上的空白字段向他发问，但这些字段太小，无法容纳他的答案。

永久住址。

这个嘛，三年前他离开后，苏菲街的公寓就卖掉了，他父母在奥普索乡的老家同样也卖了。正式地址对他目前的职业而言具有某种程度的潜在危险。因此他写下自己平常登记住房时会写的地址：香港重庆大厦。反正这也跟事实相去不远。

职业。

命案调查。他没这样写。这个字段没打钩。

电话号码。

他胡乱写了个号码。手机会被追踪，对话和通话地点同样也会被追踪。

亲属电话号码。

亲属？哪个入住莱昂旅馆的丈夫会愿意写下妻子的电话号码？毕竟这家旅馆是奥斯陆最近似公共妓院的地方。

接待员似乎读出了他的心思："你身体不适的时候我们有人可以联络。"

他点了点头。言下之意就是以免客人在从事剧烈运动时心脏病发作。

"也不一定要写啦，如果你没有……"

"有。"他说，看着亲属这两个字。他有小妹。小妹患有她口中所谓的"一点点唐氏综合征"，但她面对人生的方式要比她哥哥来得高明多了。除了小妹，他就没有其他亲人了，一个也没有。尽管如此，亲人终究还是亲人。

他在付款方式的字段上钩选"现金"，签上了名，把表格交还给接待员。接待员把表格看了一遍，男子终于看见接待员脸上浮现出怀疑的神色。

"请问你……你就是哈利·霍勒？"

哈利点了点头："有问题吗？"

年轻接待员摇了摇头，吞了口口水。

"那就好，"哈利说，"可以给我房间钥匙吗？"

"哦，抱歉！这是钥匙。三〇一号房。"

哈利接过钥匙，看见接待员瞳孔扩大，声音紧缩。

"这……这家旅馆……"接待员说，"是我叔叔开的，他以前常坐在这里跟我说你的事。"

"我想他说的一定都是好事吧。"哈利说,提起帆布行李箱,朝楼梯走去。

"电梯在……"

"我不喜欢搭电梯。" 哈利头也不回地说。

客房跟以前没有两样,简陋窄小,还算干净。不对,窗帘是新的。绿色窗帘看起来十分硬挺,可能是快干型的料子。他把西装挂在浴室,打开莲蓬头,让蒸汽除去西装皱褶。这套西装是他花了八百港币在弥敦道的旁遮普屋买的。对他的工作来说,这是必要的投资,因为穿着邋遢不会有人尊敬。他站到莲蓬头底下,热水让他起鸡皮疙瘩。冲完澡后,他赤裸着身子穿过房间走到窗前,打开窗户。三楼。后院。外头一扇打开的窗户传来激情的呻吟声。他抓住窗帘杆,倚身出去,望向楼下打开的垃圾桶,闻到垃圾发出的甜味。他吐了口口水,击中垃圾里的纸张,但随之而来的窸窣声并非来自纸张。突然噼啪一声,硬挺的绿色窗帘落在两侧地板上。该死!他从窗帘缝边里抽出细杆,那是一种旧款的窗帘杆,两端有突出的圆球。这根窗帘杆之前断过,有人用褐色胶带把它粘了起来。哈利在床沿坐下,打开床头柜的抽屉,里头有本《圣经》,书封以浅蓝色合成皮制成;此外还有一套缝纫工具,也就是一卷黑线缠在纸卡上,上头插着一根缝衣针。哈利仔细一想,觉得这家旅馆真是贴心,客人办完事后可以缝上被扯飞的纽扣,阅读罪得赦免的篇章。他在床上躺下,看着天花板。一切都是新气象,一切……他闭上眼睛。他在飞机上没有合眼,无论有没有时差,有没有窗帘,他都需要睡眠。他开始做梦,这三年来他每晚都做同一个梦:他在走廊上奔跑,逃离发出震天怒吼的雪崩,雪崩吸走所有空气,让他无法呼吸。

重点在于继续往前跑,继续闭上眼睛,把眼睛再多闭一会儿。

他的思绪脱离他的掌控,飘离而去。

亲属。

亲。属。

亲属。

他是某人的亲属。这就是他回来的原因。

谢尔盖驾车行驶在E6公路上，朝奥斯陆驶去，渴望回到他位于弗陆萨区的公寓床上。深夜的高速公路上虽然没什么车，他还是把车速控制在时速120公里以下。手机响起。他和安德烈的对话简明扼要。安德烈跟伯父说过话——伯父就是阿塔曼，也就是领导人，安德烈也称他为伯父。通完电话后，谢尔盖再也无法自制，他踩下油门，车子欢快地发出尖锐声响。那个男人来了。就在今天晚上，那个男人抵达奥斯陆了！安德烈告诉谢尔盖目前什么都不用做，状况有可能自行解除，但谢尔盖必须做好万全准备，无论是在心理上还是生理上。他必须练刀，保持充足睡眠，随时准备行动，如果必然之事成为必然。

4

托德·舒茨坐在沙发上，发出浓重的呼吸声，几乎没听见飞机从头顶呼啸而过。他赤裸的上半身沁出一层薄薄的汗水。金属震荡的回声回荡在光秃的客厅四壁之间。他背后放着重量训练器材，人造皮革重训椅因为沾了汗水而闪闪发亮。电视画面中，主角唐纳德·德雷珀正在吞云吐雾，凝神注视，拿起酒杯啜饮一口威士忌。又一架飞机从屋顶呼啸而过。电视里正在播放《广告狂人》：六十年代，美国，女人穿着像样的服装，像样的饮料盛装在像样的杯子里，像样的香烟不含薄荷也没有滤嘴。在那个年代，杀不死你的东西可以让你更强壮。他只买了第一季的《广告狂人》，看了一遍又一遍。他不确定自己会不会喜欢第二季。

托德看着玻璃咖啡桌上的白线，把证件卡的边缘给弄干。一如往常，他用证件卡来切海洛因。这张卡通常别在机长制服的口袋上。使用这张证件卡，他可以进入驾驶舱、飞上蓝天、领取薪水。这是他的身份象征。倘若东窗事发，这张卡必须交回，一切都会失去。这就是为什么他觉得要用这张卡来切海洛因，在所有的不正当之举中，这动作具有某种正当的意味。

明天清早他们要飞回曼谷，并在素坤逸酒店休息两天。很好。目前这样很好，比之前都好。他不喜欢从阿姆斯特丹回航的安排，风险太高。自从南美机组人员被发现涉嫌走私海洛因到斯希普霍尔机场，每家航空公司机组人员的随身行李都可能被搜查，人员也可能被搜身。此外，按照规定，在飞机降落后，他必须把包裹存放在他的行李箱里，直到当天稍晚再驾驶国内航班飞往卑尔根、特隆赫姆或斯塔万格。他必须飞这些国内航线，即使这意味着他不得不燃烧额外油料，加速飞行以避免延迟。在加勒穆恩机场时他总是待在管制区内，因此不必通过海关检查，但有时他必须把毒品留置在行李箱里，十六个小时后再运送。运送总是伴随着风险，目的地包括公共停车场、客人稀少的餐厅、前台机警的酒店。

上次他在家里收到一个信封，他从信封里抽出一张一千克朗钞票，卷了起来。有种特别设计的塑料管专门用来吸食海洛因，但他不是使用专业吸食工具的那种人，他不是妻子对离婚律师所说的那种重度上瘾者。那个狡猾的贱人坚持要离婚，因为她不希望看见孩子们在一个吸毒老爸身边长大，也不想眼睁睁看着他因为吸毒而败光家产，而且她要离婚跟那个女空服员一点关系也没有，她一点也不在乎，她很多年前就不担心这种事了，反正他到了一定年龄自然而然就吸引不到女人了。她和律师对他下了最后通牒，房子和孩子归她，他还没挥霍殆尽的财产也通通要给她，否则他们会报警说他持有且吸食海洛因。她收集的证据非常充分，以致连他的律师都说如果对方报警，他一定会被定罪，并被踢出航空公司。

选择其实很简单。她让他保留的只有债务。

他起身走到窗边，向外看去。他们应该很快就会来了吧？

这次有个新安排，他必须带一个包裹登上飞往曼谷的航班，天知道为什么。他们用挪威语称之为“带鱼去罗弗敦群岛”，或诸如此类的。总之这是他第六趟运毒，目前为止都很顺利。

附近房子亮着灯，但彼此之间相隔甚远。他心想，住在这里真寂寞。过去加勒穆恩机场还是军事基地时，这些房子曾是军官宿舍，清一色都是相同外观的六层楼方形建筑，每栋房子之间隔着草坪。六层楼是政府允许建造的最高楼层数，以免低空飞行的飞机迎面撞上。房子间隔为最大距离，避免坠机所导致的大火蔓延。

他们一家人在他服兵役时曾住在这里，当时他负责驾驶大力神运输机。

孩子们在房子之间跑来跑去，找其他小朋友玩。夏日周六男人总穿围裙围在烤肉架旁，手里拿着开胃酒。打开的窗户内传来聊天声，女人在屋里准备沙拉，饮用金巴利酒。那情景就仿佛是电影《太空先锋》中的场景，这是他最喜欢的一部电影，述说第一位航天员和试飞员查克·耶格尔的故事。那些试飞员的老婆真他妈的漂亮。虽然当时他们只是大力神运输机的驾驶员，但他们很开心对不对？这就是他回到这里的原因吗？潜意识的驱动力迫使他回到从前？或是他想找出到底是哪里出了错，加以弥补？

他看见一辆车逐渐接近，下意识地看了看表。他们迟到了十八分钟。

他走到咖啡桌前，做两次深呼吸，用卷起的纸钞对准白线底端，弯腰将白粉吸进鼻子。毒品刺激鼻腔黏膜。他把指尖舔湿再沾上剩余粉末，抹在牙龈上，品尝苦味。门铃响起。

一如往常，来的是两个摩门教徒，一高一矮，盛装打扮，袖口底下却露出刺青，颇为滑稽。

他们把包裹交给他。包裹有如半公斤重的长形香肠，正好可以放进行李箱收缩把手的金属板内。航班抵达素万那普机场之后，他将取出包裹，放在驾驶舱机长置物柜后方的毯子底下，接下来就交给地勤人员处理。

先前当高先生和矮先生请他运送包裹去曼谷时，他觉得这简直太荒唐了，因为奥斯陆街头的毒品价格是全世界最高的，怎么可能出口？他没多问，因为他知道问了也得不到答案，反正也无所谓。但他指出走私海洛因到泰国万一走漏风声被捕是会被判处死刑的，因此他要求更高的报酬。

对方听了大笑。矮先生先笑，高先生才跟着笑。托德心想，说不定矮子的神经通路比较短，所以反应比较快。也许这就是为什么战斗机机舱要造得那么低矮的缘故，以便排除反应慢的高大飞行员。

矮先生用刺耳的俄国口音对托德解释说，包裹里装的不是海洛因，而是一种新推出的产品，因为实在太新了，所以政府尚未立法禁止。托德又问既然是合法产品何必走私？他们只是笑得更大声，然后叫他闭嘴，只要回答好或不好。

托德回答说好，同时脑中浮现一个想法，如果他回答说不好呢？

这已经是六趟航班以前的事了。

托德细看包裹。他曾有几度想把肥皂抹在他们用来包裹毒品的保险套和冷冻袋上，但他们说嗅探犬可以分辨气味，没那么简单就能骗过，重点在于塑料袋必须完全密封。

他等待着，对方却没有动静。他清了清喉咙。

“哦，我差点忘了，”矮先生说，“昨天你曾送货……”

矮先生把手伸进外套，露出邪恶的笑容。也许那不是邪恶的笑容，只是东欧国家的幽默。托德很想打矮先生一拳，吸一口无滤嘴香烟往他脸上吐烟，再把十二年的威士忌啐到他眼睛上。妈的东欧国家的幽默。托德只是咕哝地道了声谢，收下信封。信封拿在指尖感觉甚薄，里头放的一定是大钞。

对方离开后，托德再度站到窗前，看着那辆车消失在黑夜中，聆听波音737的引擎声淹没车声。也许是波音600，反正是新一代的飞机，声音比经典款老式飞机来得尖锐洪亮。他看见自己在窗玻璃上的映影。

是的，他收了钱，而且会继续收钱，接受生命丢在他脸上的一切。因为他不是电视剧主角唐纳德·德雷珀，不是试飞员查克·耶格尔，也不是航天员尼尔·阿姆斯特朗。他是托德·舒茨，一个脊椎过长、负债累累的飞机驾驶员，还染上海洛因毒瘾。他应该……

下一班飞机的轰隆声响淹没了他的思绪。

该死的教堂钟声！爸，难道你看不见他们吗？我那些所谓的亲属都站在我的棺材边，流下鳄鱼的眼泪，伤心地说：“古斯托，为什么你就不能学学我们？”妈的，你们这些自以为是的伪君子，我就是不能！我不能像我的养母那样脑袋空空，一直说什么只要读对的书、聆听对的上师教诲、吃什么对的药草，一切就会变得非常美好。每次只要有人戳破她的虚假泡泡，她都会使出同一个招数："你看看人类创造出来的世界充满战争和不公平，人们无法跟自己和谐相处。"三件事，宝贝。第一，战争、不公平和不和谐是这个世界的常态。第二，在我们这个令人作呕的小家庭里，你最无法跟大家和谐相处。你想要你得不到的爱，却对已经得到的爱不屑一顾。罗尔夫、斯泰因、伊莲娜，很抱歉，她就是对我情有独钟，这也使得第三件事更为可笑：我从来没有爱过你，宝贝，无论你认为自己多么值得。我叫你一声"妈"是因为这样我日子比较好过。我之所以做出那些事是因为你的容许，也是我的天性使然。

罗尔夫。至少你说我不用叫你"爸"。你真的曾经试着爱我，但你无法忽视自己的本性，你明白你更爱自己的骨肉，也就是斯泰因和伊莲娜。当我跟别人介绍说你们是我的"养父母"时，我看见妈露出受伤的眼神，你露出憎恨的目光。你之所以如此，并不是因为"养父母"这三个字正好击中要害，而是因为我伤害了你深爱的女人。我想至少你很诚实，你对自己的看法和我眼中的你是一致的：你在人生中曾一度耽溺于理想主义，认为自己有办法扶养别人的孩子，但很快就发现自己力有未逮。你每个月领到的生活津贴根本不足以支付养一个小孩真正所需的费用。接着你又发现我会破坏别人的家庭幸福，我会吞噬一切。我吞噬了你所爱的一切和你所爱的每一个人。罗尔夫，你应该及早认清这个事实，把我踢出家门才对！你是第一个抓到我偷钱的人。起初只是一百克朗，我加以否认，说那是妈给我的。"妈，你说是不是？那是你给我的。"妈迟疑片刻，点了点头，眼中噙着泪水，说她一定是忘记了。第二次是一千克朗，从你书桌抽屉里偷的。你说那笔钱是准备给全家人度假用的。"我只想要没有你的假期。"我如此回答。然后你第一次掴我巴掌，这个举动触发了你内心的某个部分。你开始打我。当时我已经长得比你高大，但还不懂得打架，不懂得像男人那样用拳头和肌肉打架，于是我用另一种方式对抗。但你还是继续打我，而且逐渐演变成握紧拳头揍我。我知道为什么。你想打烂我的脸，夺走我的力量，但那个我叫她“妈”的女人出手干预。于是你骂出这两个字：小偷。这两个字再贴切不过，但这也表示我必须击垮你，你这个卑鄙小人。

斯泰因。沉默的大哥。他最先认出我是个家庭破坏者，很聪明地跟我保持距离。他是只聪明的孤狼，尽快搬去了遥远的大学城生活，还苦劝亲爱的小妹伊莲娜跟他一起远走他乡。他认为伊莲娜可以在特隆赫姆那个鸟地方完成学业，离开奥斯陆也对她有益。但妈横加阻拦。当然了，妈一无所知，她什么都不想知道。

伊莲娜。秀美动人、长着雀斑、纤细脆弱的伊莲娜。你对这个世界而言是过于美好的存在，你具备一切我所缺少的特质，但你却爱上了我。如果你知道真相，你还会爱我吗？如果你知道我从十五岁开始就上你母亲，你还会爱我吗？我上了你那个爱喝红酒、哭哭啼啼的母亲。我抵着浴室门、地下室门或厨房门，从后面干她，同时在她耳畔轻声叫她“妈”，这样让我们都欲火高涨。她给我钱，替我掩护，说钱只是借给我用，直到她变得又老又丑，直到我遇见一个甜美的好女孩为止。我回答说：“可是，妈，你已经又老又丑了。”她只是一笑置之，央求我再干她一次。

我身上还留有那天养父对我拳打脚踢所留下的伤痕。那天我打电话去他公司，请他三点回家，说有重要的事要告诉他。我让大门微开，这样她就不会听见他开门的声音。我又对她说些淫声秽语和她爱听的甜言蜜语，掩盖他的脚步声。

透过厨房窗户的映影，我看见他站在门口。

隔天他就搬了出去。他们对伊莲娜和斯泰因说爸妈相处不睦已经好一阵子，现在决定分居。伊莲娜的心碎了一地。斯泰因人在特隆赫姆，回短信说：真糟，这样我圣诞节要去哪里过？

伊莲娜哭了又哭。她爱我。她当然会来找我，来找我这个小偷。

教堂钟声敲到第五声。教堂长椅传来哭声和吸鼻涕的声音。可卡因，赚取大笔现金的同义词。要在西区租公寓，只要给某个毒虫一管免费的可卡因，就可用那毒虫的名字租房，并开始在楼梯间和栅门后贩卖少量毒品。等客人觉得安全以后，就可以开始抬高价钱。可卡因毒虫为了安全交易，什么代价都愿意付。你应该自立自强，出去闯荡，少用毒品，出人头地。不要像个该死的窝囊废死在别人家里。牧师咳了几声，说：“我们在此一同纪念古斯托·韩森。”

后排传来说话声：“小——偷。”

图图那票人坐在长椅上，身穿夹克，头上绑着印花大手帕。后面传来小狗的呜咽声。鲁弗斯，乖，忠心耿耿的鲁弗斯，你回来了吗？还是我已经死了？

托德·舒茨把他的新秀丽行李箱放在输送带上，送进X光机检查，机器旁站着面带微笑的安检员。

“我不明白为什么你让他们替你安排这种飞行日程，”一名空服员说，“一星期飞两次曼谷。”

“是我要求的。”托德说着，通过金属探测器。公会有人提议说机组人员应该发动罢工，抗议一天暴露在X射线中好几次，因为美国的研究报告指出，驾驶员和机组人员死于癌症的比例较一般民众高。但罢工煽动者并未提到机组人员的平均寿命也比一般人高。机组人员之所以死于癌症是因为他们没什么别的死因，他们过的是世界上最安全的生活，也是世界上最无聊的生活。

“是你自己想飞那么多？”

“我是飞行员，我喜欢飞行。”托德说谎，他从输送带上搬下行李箱，拉起把手，离开安检站。

不久之后她就跟了上来，和他并肩而行，高跟鞋踏在加勒穆恩机场的深灰色仿古大理石地面上咔嗒作响，几乎盖过木梁和钢材构成的拱形屋顶下嗡嗡的说话声。遗憾的是，无法盖过她的低声问话声。

“是不是她离开你的缘故，托德？还是你空出太多时间又没什么可以填满？或是你不想呆坐在家里……”

“因为我需要加班。”托德打断她的话，至少这句话不是完全的谎言。

“我可以了解，我去年冬天离的婚，你知道的。”

“对哦。”托德说，他连她结过婚都不知道。他瞥了她一眼。她有五十岁吗？他心想，不知道她早上起来没有化妆，也没有涂美黑霜时是什么模样？也许是个褪色的空服员，心中有个褪色的空服员美梦。他很确定自己没有干过她，至少没有面对面干她。这是谁说过的老笑话？应该是某个老飞行员说的，某个爱喝加冰威士忌、蓝眼珠、设法在状态走下坡前光荣退休的战斗机飞行员。他们转弯走进通往机组人员中心的通道，托德加快脚步。她气喘吁吁，跟上他的脚步。如果他继续以这种速度前进，她可能会喘不过气来说话。

“呃，托德，既然我们会在曼谷停留，说不定我们可以……”

他大声打了个哈欠，察觉对方受到了冒犯。他依然觉得有点昏沉，因为昨晚那两个摩门教徒离开后，他又喝了点伏特加，用了点白粉。当然他摄取的量不至于让他无法通过酒精浓度检测，但却足以让他担心接下来的十一个小时的飞行可能必须应付睡魔。

“你看！”她用愚蠢的滑音高声说道，这是女性用来表现某种可爱得不得了的东西时经常用的语调。

他往前望去。有个玩意正朝他们走来。那是一只长毛长耳的小狗，有一双哀怨的眼睛和热切摇动的尾巴。那是一只史宾格犬。牵着它的是名女子，她有一头跟它毛色相仿的金发，戴着大型垂坠耳环，脸上挂着歉疚的微笑，褐色眼睛十分温柔。

“好可爱哦！”女空服员在托德身旁以心满意足的口气说。

“嗯。”托德用粗哑的声音说。

小狗用鼻子闻了闻前方一名机长的胯间，又继续往前走。那名机长回过头来，扬起双眉，歪嘴一笑，露出孩子气的厚脸皮神情。托德无法去想那只狗是否可爱，现在他除了自己，其他什么事都无法多想。

那只狗身穿黄色背心，戴着垂坠耳环的女子也穿着同款背心，上面写着“海关”。

小狗越来越近，距离他们只剩下五米。

应该不成问题。不可能会有问题。毒品包在保险套里，外头又裹了两层冷冻袋，连一个气味分子都跑不出来。所以只要微笑就好，放松并保持微笑，不多也不少。托德转头朝旁边的聊天声望去，仿佛那些声音需要高度注意。

“不好意思。”

他们从小狗旁边走过，托德继续往前走。

“不好意思！”那声音变得尖锐了些。

托德只是直视前方，距离机组人员中心入口剩下不到十米，再走十步就能安全上垒。

“先生，不好意思！”

剩下七步。

“托德，她好像是在叫你。”

“什么？”托德停下脚步，他不得不停步回头，做出惊讶的表情，希望看起来不会太假。黄背心女子朝他们走来。

“这只狗指认了你。”

“是吗？”托德低头看着那只小狗，心想，怎么可能？

那只狗回头看着他，猛摇尾巴，仿佛他是它的新玩伴。

怎么可能？双层冷冻袋和保险套。怎么可能？

“这表示我们得对你进行检查，麻烦请跟我们走。”

女子的褐色眼睛依然温柔，但话语中没有一丝犹疑。这一刻他明白原因何在。他几乎用手指指向他胸前的证件卡。

可卡因。

昨晚他切完最后一条可卡因之后，忘了把证件卡擦干净。一定就是这个原因。

但证件卡只会沾上几粒粉末，他可以四两拨千斤地解释说他把证件卡借给别人去参加派对，但现在这不是最大的问题，最大的问题是他的行李箱会受到检查。他是受过训练的驾驶员，经常练习紧急程序，使得执行程序几乎变成是下意识的。当然这就是训练的用意，让你在恐惧来袭时，大脑依然可以执行紧急程序。他曾在脑子里练习过多少次海关人员请他跟他们走的情境？思考他该怎么做？这种情境他已经在脑海中演练过无数次。他望向女空服员，露出认命的微笑，看了看她的姓名牌："克莉丝汀，看来它指认了我，可以请你帮我把行李箱拿上飞机吗？"

"行李箱要一起带去检查。"女海关说。

托德转过头去："你不是说那只狗指认了我，不是行李箱？"

"是的，可是……"

"行李箱里有机组人员必须核对的飞行文件，除非你愿意替飞往曼谷、满载旅客的空客340航班的延迟负责。"他注意到自己挺起胸膛，肺脏吸满空气，扩张机长外套下的胸部肌肉，"一旦错过起飞序位，航班有可能延迟好几个小时，导致航空公司损失几十万克朗。"

"但规定是……"

"飞机上一共有三百四十二名旅客，"托德插口说，"其中有很多儿童。"他希望她听见的是机长的深切担忧，而不是毒品走私者刚开始发作的惊慌。

女海关拍了拍嗅探犬的头，眼望托德。

托德心想，她看起来像家庭主妇，是个有孩子、有责任的女人，应该可以了解他的困境。

“行李箱要一起带去。”她说。

另一名海关人员悄悄出现，双腿分开站在那儿，双臂交叠。

“好吧，那就快点解决这件事吧。”托德叹了口气。

奥斯陆犯罪特警队队长甘纳·哈根靠在旋转办公椅的椅背上，打量眼前穿着亚麻西装的男子。上次他见到男子脸上的缝合伤口鲜血淋漓，看起来奄奄一息，已经是三年前的事了。如今他的这位前部下看起来十分健康，增加了几磅非常必要的体重，肩膀也能撑起西装了。西装。哈根记得这位刑警总爱穿牛仔裤和皮靴，不曾穿过其他类型的衣服。另一个跟以前不同的是男子西装翻领上贴着贴纸，显示他不是员工而是访客，上面写着：哈利·霍勒。

不过哈利坐在椅子上的姿势依然相同，比较接近水平线而非垂直线。

“你的气色看起来好多了。”哈根说。

“这座城市也是。”哈利说，没点燃的香烟在他牙齿之间上下跳动。

“你这样觉得吗？”

“新歌剧院很漂亮，街上的毒虫也变少了。”

哈根起身走到窗前，从警署的这层楼望出去，只见奥斯陆的新区碧悠维卡区沐浴在阳光中。清除整地作业正如火如荼进行中，拆迁工作已经结束。

“去年的用药过量致死率显著降低。”哈利说。

“毒品价格上扬，消耗量减少，市议会的愿望终于成真，奥斯陆不再是全欧洲用药过量致死率最高的地方了。”

“开心的日子再度降临了。”哈利双手抱在脑后，看起来像是快要滑下椅子。

哈根叹了口气：“你还没说是什么风把你吹来奥斯陆的，哈利。”

“我没说吗？”

“没有。或者说，究竟是什么风把你吹来犯罪特警队的？”

“来看老同事不是一件很平常的事吗？”

“是啊，对一般喜欢交际的人来说是这样。”

“呃，”哈利的牙齿咬入骆驼牌香烟的滤嘴，“我的职业是调查命案。”

“应该说‘曾经是’吧？”

“我重说一次好了：我的本业和专长是调查命案，目前这仍然是我唯一懂得的领域。”

“所以你来这里的目的是？”

“做回我的老本行，调查命案。”

哈根挑起一道眉毛：“你想再来替我工作？”

“不可以吗？我曾经是挪威数一数二的警察，除非我搞错了。”

“更正，”哈根说，回头望向窗外，“你曾经是挪威最优秀的警察，”接着又压低嗓音补上一句，“既是最优秀的，也是最糟糕的。”

“我想调查一件毒虫命案。”

哈根发出干笑：“哪一件？这六个月以来一共有四件，目前都毫无进展。”

“古斯托·韩森。”

哈根没有接话，只是继续看着窗外散布在草地上的人们，脑中的念头自然浮现。救济金诈骗者。窃贼。恐怖分子。为什么他就不能把这些人视为努力工作的工薪族，正在享受他们努力工作赚来的几小时九月阳光？这就是警察的视角，也是警察的盲点。他心不在焉地听着哈利的说话声从背后传来。

“古斯托·韩森，十九岁。警方、药头和吸毒者都认识他。七月十二日在黑斯默街的公寓被发现因为胸部中弹、流血过多而死。”

哈根爆出大笑：“为什么你想调查唯一一件已经了结的案子？”

“我想你知道原因。”

“对，我知道，”哈根叹了口气，“但如果我要重新雇用你，我会指派你去调查别的案子，调查那件卧底警察的案子。”

“我想调查这件案子。”

“哈利，你不能调查这件案子的理由有上百个。”

“有哪些理由？”

哈根转身看着哈利：“也许只要说第一个理由就够了：这件案子已经破了。”

“除此之外呢？”

“案子不在我们手上，是克里波负责的。还有，现在我们这里没有职缺，正好相反，我还想削减人手。你不符合资格。还要我继续说下去吗？”

“嗯，他在哪里？”

哈根朝窗外指了指，越过草坪，指向长满黄色叶片的椴树林后方的灰色石砌建筑。

“波特森监狱，”哈利说，“拘留候审。”

“目前是这样。”

“不得会客？”

“是谁在香港找到你，告诉你这件案子的？是不是……”

“没有人。”哈利插口说。

“是这样吗？”

“是这样。”

“到底是谁？”

“我可能是在网络上看到的。”

“不太可能，”哈根说，死寂的双眼露出一丝笑意，“这件案子只上报一天就被人淡忘，报道中没有提到姓名，只说有个嗑药毒虫为了毒品而枪杀另一个毒虫，这些报道不会引起任何人的兴趣，也不会让案子受到瞩目。”

“只不过这两个毒虫都是青少年，”哈利说，“一个十九岁，一个十八岁。”

他的语调发生了变化。

哈根耸了耸肩："这年纪已经大到可以杀人，大到可以死去，明年就可以应召入伍。"

"你可以帮我安排会面吗？"

"是谁告诉你的，哈利？"

哈利揉揉下巴："鉴识中心的朋友。"

哈根微微一笑，这次的笑容延伸到双眼："你还真是个大好人，哈利，人家愿意跟你通风报信。据我所知，你在警界有三个朋友，其中两个是鉴识中心的毕尔·侯勒姆和贝雅特·隆恩，所以是哪一个？"

"贝雅特。你可以安排会面吗？"

哈根在桌边坐下，打量哈利，又低头看着电话。

"有个条件，哈利，你必须答应我离这件案子远远的。我们跟克里波好不容易才重修旧好，我可不希望节外生枝。"

哈利露出苦笑。他在椅子上越坐越低，视线已经可以看见自己的腰带扣，"所以你跟克里波之王已经结为莫逆了？"

"米凯·贝尔曼已经离开克里波，"哈根说，"所以才说重修旧好。"

"你们摆脱那个神经病了？快乐的日子终于降临……"

"正好相反，"哈根发出空洞的笑声，"现在贝尔曼离我们更近，他就在这栋大楼里。"

"妈的，他在犯罪特警队里？"

"但愿老天不会让这种事发生。他担任组织犯罪处'欧克林'的处长已经一年了。"

"听起来这里来了个新的大怪物。"

"组织犯罪处结合了一大堆旧部门，像盗窃组、非法交易组、缉毒组，现在全都隶属于欧克林。他们有超过两百名员工，是犯罪部门里最大的单位。"

“嗯，他手下的人比他在克里波的时候还多。”

“但是他的薪资反而减少，你知道当一个人接下薪资比较少的工作代表什么吧？”

“他追求的是权力。”哈利说。

“抑制毒品交易的人就是他。欧克林的卧底工作干得很漂亮，还逮捕了不少毒贩，破获不少犯罪组织。现在帮派数量降低了，也看不到帮派斗争。就像我先前说过的，用药过量致死率也逐渐下滑，”哈根朝天花板指了指，“贝尔曼则一路高升，这家伙前途无量，哈利。”

“我也有自己的前途要顾，”哈利说着站了起来，“我要去波特森了，到时候接待处应该会有会客许可等着我吧？”

“这样我们算是达成协议了？”

“当然。”哈利说，握了两下前长官伸出的手。哈利听见哈根拿起电话的声音，走到门口又回过头来。

“第三个是谁？”

“什么？”哈根低头看着键盘，用粗大的手指按下数字键。

“我在警界的第三个朋友。”

哈根把话筒拿到耳边，用疲惫的眼神看着哈利，叹了口气，说：“你想还会有谁？”又说：“哈啰？我是哈根，我要申请会客许可……是？”哈根用手捂住话筒：“没问题，他们正在用餐，你十二点左右过去吧。”

哈利微微一笑，无声地说了声谢谢，安静地把门带上。

托德·舒茨站在小隔间里，扣上裤子的扣子，穿上外套。身体孔洞的检查突然中止。下令中止的那位女海关站在隔间外等候，像个刚结束学术演讲的教授。

“谢谢你这么合作。”她说，朝出口比了比。

托德猜想每当嗅探犬指认某人，结果却搜不出毒品时，他们都会针对是否要道歉而讨论很久。当事者遭人拦下，受到怀疑，饱受羞辱，行程延迟，绝对会认为海关欠他一个道歉。但你能够埋怨对方只是克尽职责吗？嗅探犬经常指认出无辜民众，如果海关道歉，等于承认他们的执行过程有瑕疵，制度出现错误。从另一方面来说，他们应该从他的肩饰杠数就可以看出他是机长。他的肩饰挂的不是三条金杠。他在事业上可没出过纰漏，不是到了五十岁还坐在驾驶舱右侧座位的失败的副机长。不是，他的肩饰挂的是四条金杠，这表示他守纪律，懂得管理自己。他是个能够掌控情势和自己人生的佼佼者，这也表示他属于机场的婆罗门阶级。而机长应该是个能够接受海关抱怨的人，无论这个抱怨是否恰当。

“没问题，很高兴知道有人尽忠职守。”托德说，四下找寻他的行李箱。他认为最糟的状况不过是海关搜查了行李箱，但嗅探犬什么也没闻到，包裹依然藏在金属板内，现有的 X 光机无法穿透。

“行李箱很快就会送来。”她说。

两人沉默对望了几秒钟。

她离婚了，托德心想。

这时，那位男海关出现了。

“你的行李箱……”男海关说。

托德看着那人，只觉得对方眼神不妙，并觉得胃里出现一个硬块，越来越大，挤压他的食道。怎么可能？怎么可能？

“我们拿出所有物品，称了重量，”那人说，“二十六寸新秀丽 Aspire GRT 行李箱的空箱重量是十二点八磅，你的却有十三点九磅，请问你可以说明原因吗？”

这位男海关非常专业，知道不能在脸上露出笑容，但托德依然看见他脸上闪耀着胜利的光辉。男海关稍微倾身向前，压低嗓音。

“要不请你跟我们走一趟？”

哈利在奥林本餐厅用完餐，走到街上。奥林本餐厅是一家老字号餐厅，原本室内装修有点衰败，现已经过重新装修，摇身一变成为西区版本的东区餐厅，墙上挂着奥斯陆旧工薪阶层的大型画作，天花板吊着水晶灯，甚为华丽。并不是说装修后的奥林本餐厅不漂亮，就连鲭鱼料理都很美味，但它就是……失去了奥林本餐厅原本的韵味。

哈利点了根烟，穿越警署和灰色监狱旧墙之间的布兹公园，从一名男子身旁经过。男子手拿一把钉枪，正把一张俗丽的红色海报钉在受保护的老椴树树皮上，似乎完全不在乎自己在全挪威警察人数最多的大楼窗前，在众目睽睽下犯下严重罪行。哈利停下脚步。他并不是要阻止男子，而是要看那张海报。海报宣传的是俄罗斯安卡俱乐部乐队将在沙丁鱼夜店举行演唱会。哈利还记得这个早已解散的乐队和这家早已关门大吉的夜店。奥林本餐厅。哈利·霍勒。今年显然是死而复生的一年。他正要继续往前走，这时有个颤抖的声音从他背后传来。

“你有小提琴吗？”

哈利回头望去。站在他身后的男子身穿干净的全新 G-Star[①] 外套，佝偻着身子，仿佛背后刮着强风，膝盖弯曲，呈现明显的海洛因并发症。哈利正要回答，却发现原来身穿 G-Star 的男子询问的是钉海报的男子，但后者只是继续往前走，懒得搭理他。部门里出现了新的大怪物，毒品有了新花样。老乐队，老夜店。

奥斯陆地区监狱俗称波特森监狱，建于十九世纪中期，大门被两旁的偌大侧翼夹在中间，哈利总觉得像是两名警察在押解一个犯人。他按下电铃，朝监控摄像望去，一听见低微的吱吱声响起，就把门推开。门内站着一名身

① 世界知名服装品牌，始创于荷兰。

穿制服的狱警。狱警领着哈利爬上楼梯，穿过一扇门，从另外两名狱警面前走过，进入没有窗户的长方形会客室。哈利之前来过这里。囚犯都在这里跟亲人会面。会客室草草布置出温馨的感觉。他避开沙发，在椅子上坐下，对犯人和配偶或女友在短短的会客时间内都在沙发上从事什么行为心知肚明。

他等待着，发现自己的西装翻领上还贴着警署的访客贴纸，便将它撕下，放进口袋。狭窄走廊和雪崩的梦境昨晚变本加厉，梦中他被白雪覆盖，口中塞满冰雪。但这时他的心跳加速并不是因为这个梦境。是因为期望，还是恐惧？

还没得出结论，门已经打开。

“二十分钟。”狱警说，随后转身离去，把门重重关上。

站在哈利面前的少年变了很多，哈利差点大叫说他们带错人了，他要见的不是这个人。少年身穿迪赛牛仔裤，黑色帽衫上面写着“机器头”。哈利算了算时间差，知道“机器头”指的不是深紫乐队的那张同名专辑，而是个新的重金属乐队。当然，重金属只是个判断基准，但最重要的证据是他那双眼睛和高耸颧骨。准确地说，是萝凯的褐色眼珠和高耸颧骨。看见他和萝凯如此相像，哈利惊诧不已。的确，少年并未遗传到母亲的美貌，他的额头过于突出，使得他有一种严峻或几乎是好勇斗狠的容貌，光滑的刘海更加凸显了这个特质。哈利一直认为少年的刘海遗传自远在莫斯科的父亲。少年从未真正认识他那个酒鬼父亲，他年纪很小的时候就被萝凯带回了奥斯陆，后来她才认识哈利。

萝凯。

哈利的一生挚爱。如此简单，又如此复杂。

欧雷克。聪明、认真的欧雷克。曾经那么内向，只对哈利一人敞开心扉的欧雷克。哈利从未对萝凯这么说过，但他比她还更了解欧雷克的想法、感觉和愿望。欧雷克曾和他一起在 Game Boy[1] 游戏机上打俄罗斯方块，两人都急着打破纪录。欧雷克曾和他去荷芬谷体育场溜冰，当时欧雷克想成为长跑选手，他也确实具有这方面的天分。哈利曾答应他到了秋天或春天一起去伦敦的白鹿巷球场看热刺队的比赛。有时，欧雷克在深夜睡意浓重、精神不济时，会管哈利叫“爸爸”。自从萝凯带着欧雷克远离奥斯陆，远离令他们想起可怕雪人的景物、远离哈利那个充满暴力和谋杀的世界，哈利已有多年不曾见到他。

如今，欧雷克站在门边，已长成十八岁的少年，身材发育了一大半。他面无表情地看着哈利，或至少脸上没有哈利可以解读的表情。

“嗨。”哈利说。该死，他没有事先测试自己的声音，没想到听起来粗嘎刺耳。欧雷克可能会认为他快哭了之类的。也许是为了让欧雷克或他自己分心，哈利拿出一包骆驼牌香烟，抽出一根，夹在双唇之间。

他抬眼一看，只见欧雷克脸面涨红，浮现愤怒神色。这股不知从何而来的怒意使得他眼神阴沉，脖子和额头暴出青筋，有如吉他琴弦般颤动。

“放松点，我不会点着的。”哈利说，朝墙上“禁止吸烟”的标志点了点头。

“是妈妈，对不对？”欧雷克的声音也成熟不少，嗓音因为愤怒而沉厚。

“她怎么了？”

“是她叫你来的。”

“不是，她没有，是我……”

“当然是她。”

“不是的，欧雷克，她根本不知道我回国了。”

“你骗我！跟以前一样骗我！”

哈利目瞪口呆地看着他：“跟以前一样？”

“你总是骗人说什么你会一直陪着我们，反正现在一切都已经太迟了，你大可以滚回……滚回通布图去。”

---

① 日本任天堂公司制造的著名游戏机款，俄罗斯方块是 Game Boy 上最受欢迎的游戏之一。

“欧雷克！听我说……”

“不要！我才不要听你说。这里没你的事！你不能就这样跑回来扮演爸爸的角色，明白吗？”哈利看见欧雷克用力吞了口口水，看见他怒意消退，又被新一波的黑暗所吞没，“你对我们来说已经什么都不是了。你只不过是跑来跟我们混个几年，然后就……”欧雷克弹了下手指，但手指滑开，没发出半点声响，“消失不见。”

“不是这样的，欧雷克，你很清楚事情不是这样的。”哈利听见自己的声音十分坚定，仿佛是向自己宣告说他就跟航空母舰一样冷静稳当，但其实胃里沉甸甸的感觉却告诉他事实并非如此。他很习惯在接受讯问时被人大吼大叫，因此他一点也不在乎，被人大吼大叫只会让他更冷静、更善于分析。但面对这个少年，面对欧雷克……他一点抵抗能力都没有。

欧雷克发出苦涩的笑声：“要不要看看我现在也能耍出同样的把戏？”他把中指抵在拇指上：“消失不见……就像这样！”

哈利扬起双掌：“欧雷克……”

他摇了摇头，敲敲背后的门，阴沉的双眼直盯着哈利：“警卫！会客结束，让我出去！”

欧雷克离开后，哈利在椅子上怔怔地坐了一会儿。

接着他费力地站起来，迈着沉重的步伐走进遍地阳光的布兹公园。

哈利站在公园里看着警署大楼，陷入沉思，然后朝拘留所走去，半路又停下脚步，倚在树上。他用手压住眼睛，力道很重，重得眼睛都被压出了泪水。去他妈的阳光，去他妈的时差。

5

“我只是想看看那些东西而已，什么都不会拿。”哈利说。

拘留所柜台内的值班警察看着哈利，犹豫不决。

“别这样，托雷，你知道我的为人。”

托雷·尼尔森清了清喉咙：“我知道，可是你复职了吗，哈利？”

哈利耸了耸肩。

托雷侧过头，垂下双目，半睁着眼，仿佛正在过滤眼前的景象，过滤掉不重要的东西，而这个过滤网所筛选过的影像，显然对哈利有利。

托雷重重叹了口气，离开位子，回来时手里拿着一个抽屉。正如哈利所料，欧雷克遭逮捕时身上被搜出的物品依然被保管在这里。只有当确定犯人要羁押多日，扣押的物品才会被送到波特森监狱，但私人物品并不一定会转送。

哈利细看那些物品。一些硬币。一个钥匙环，上面挂着两把钥匙。一个骷髅头和一个超级杀手乐队的徽章。一把瑞士军刀，里头折叠着刀片、螺丝刀和六角扳手。一次性打火机。最后还有一样东西。

哈利一看就知道那是什么，心下感到万分震惊。报上称那个东西为“毒品现身”。

那是个一次性针筒，依然包着塑料包装纸。

“全都在这里了？”哈利问道，拿起钥匙环，仔细查看钥匙，手垂到柜台下方。托雷显然不喜欢哈利把物品拿到他的视线之外，倾身向前探望。

“没有皮夹？”哈利问道，“没有银行卡或证件？”

“看来是没有。”

“你可以帮我查一下物品清单吗？”

托雷从抽屉底部拿出一张折叠的表格，戴上眼镜，开始仔细核对。“还有一部手机，可是被拿走了，他们可能是想知道他有没有打过电话给被害人。”

“嗯，”哈利说，“还有什么？”

“还会有什么？”托雷说，浏览表格，确认每一项物品，“没有了。”

“谢了，没事了。谢谢你帮忙，尼尔森。”

托雷缓缓点了点头，依然戴着眼镜：“钥匙。”

“哦，对。”哈利把钥匙环放回抽屉，看见托雷确认钥匙环上仍挂着两把钥匙。

哈利离开拘留所，穿过停车场，踏上奥克班路，走到德扬区和伍立弗路，经过小卡拉奇，从小菜贩、戴面纱的穆斯林妇女、中东咖啡馆外坐在塑料椅上的老先生身边经过，最后来到灯塔餐厅。灯塔餐厅是当时救世军为了救济奥斯陆穷困潦倒之人所开设的餐厅。

哈利知道这个时节的灯塔餐厅颇为安静，但一到冬天，天气变冷时，里头就会人满为患。餐厅提供咖啡和现做三明治，替每人提供一套过季的干净衣服和一双来自军用物资剩余用品店的蓝色球鞋。二楼病房负责照料为了抢夺毒品而打架受伤的毒虫，情况急迫时还会替患者注射维生素 B。哈利思索片刻，不知是否要进去拜访玛蒂娜，说不定她还在这里工作。一位诗人曾经写道，刻骨铭心的爱情过后，出现的会是小恋情。对哈利来说，玛蒂娜就是小恋情。但哈利不是为了她才来这里的。奥斯陆不算是个大城市，重度吸毒者不是聚集在此，就是聚集在船运街的差传会咖啡馆。玛蒂娜说不定认识古斯托和欧雷克。

然而哈利决定依照正确的顺序来办事，于是又迈步往前走，越过奥克西瓦河，从桥上往下看。他记得小时候这里的河水是棕色的，如今的河水却有如山泉般清澈，据说现在河里甚至钓得到鳟鱼。有了！他在两侧河岸的小径上看见许多药头。一切都是新气象，一切都是老样子。

他走到黑斯默街，经过圣詹姆斯教堂，顺着门牌号码往前走。残酷剧场的招牌。一扇门上有涂鸦，上面画了个笑脸。一栋烧毁的房子，大门敞开，里面空无一物。他找到了。眼前是一栋典型的奥斯陆廉价公寓，建于十九世纪，苍白朴素，四层楼高。哈利伸手去推大门，门一推就开，没有上锁，直接通到楼梯。门内弥漫着尿臊味和垃圾的臭味。

哈利注意到上楼沿路都有编码标签。栏杆松了。许多门上有门锁被捣坏的痕迹，并已换上更坚固的新门锁。他在三楼停下脚步，知道自己找到了犯罪现场，因为门上交叉贴着橘白相间的封条。

他把手伸进口袋拿出两把钥匙。这是他趁托雷查看物品清单时从欧雷克的钥匙环上拆下来的，他不确定当时拿了哪两把自己的钥匙换上去，反正在香港要配新钥匙并不困难。

其中一把钥匙是阿布思牌，哈利知道那是挂锁的钥匙，因为他以前买过一副。另一把钥匙则是菲恩牌，他将这把钥匙插进门锁，但插到一半就卡住了。他再用力往里头插，并试图转动。

“可恶。”

他拿出手机。她的号码在他的联系人列表中显示为“B”。他的手机里只有八个联系人，所以联系人姓名只要一个字母就够了。

“我是隆恩。”

哈利最喜欢贝雅特·隆恩的地方，除了她是跟他合作过的最优秀的两位刑事鉴识人员之一，以及她总是把信息浓缩成最简洁的信息之外，她也跟哈利一样，不会用多余的言辞来使得案情更加沉重。

“嗨，贝雅特，我在黑斯默街。”

“你在犯罪现场？你去那里做什……”

“我进不去，你那里有钥匙吗？”

“我这里有钥匙吗？”

“你不是负责这里的所有事务吗？”

“我这里当然有钥匙，但是我不想给你。”

“这是当然，但犯罪现场有些地方总是需要二次查看，对不对？我记得有个鉴识大师说过，鉴识人员对命案现场的勘察再怎么彻底也不为过。”

“原来你还记得这句话。”

“那是她对受训者说的第一句话。如果你要进行二次勘察，我可以陪你一起去，在一旁观摩。”

“哈利……”

“我什么都不会碰的。”

一阵静默。哈利知道自己在利用她。贝雅特不只是他的同事，也是他的朋友，但最重要的是她已为人母了。

贝雅特叹了口气：“给我二十。”

对她而言，连“分钟”这两个字都嫌多余。

对哈利来说，“谢谢”这两个字也是多余，所以他直接挂上电话。

楚斯·班森警官缓缓走在欧克林的走廊上，根据他的经验法则，脚步走得越慢，时间就过得越快，而世界上他最不缺的东西就是时间。办公室里等着他的是一张破旧办公椅和一张小办公桌，桌上堆着一沓装样子成分居多的报告。桌上的计算机他通常用来上网，但自从警署员工可以浏览的网站受到大幅限制之后，连上网都变得无聊，而且由于他隶属于缉毒组而非性犯罪组，因此不久之后他就得解释为什么要上那些网站。楚斯端着满满一杯咖啡，走进办公室，来到桌前，小心不让咖啡溅出，洒到具备 218

马力的新奥迪 Q5 宣传册上。Q5 是休旅车，不是巴基斯坦人爱开的那种烂车，它非常强悍，可以把沃尔沃 V70 警车远远抛在后方的尘沙之中。这辆车可以彰显你的不凡。可以向住在赫延哈尔附近新房子的她，显示他身价不非，不是无名小卒。

米凯在周一的全体会议上表示，维持目前状态是最重要的，我们已经有了明确的收获。言下之意就是：新人别来多管我的闲事。“我们总希望街上的吸毒者越来越少，但能够在这么短的时间里得到这么好的成绩，故态复萌的危险性也相对提高。各位要记住希特勒在莫斯科战役中挫败所带给世人的教训，千万不要人心不足蛇吞象。”

楚斯大概明白这段话的意思，那就是你可以把脚搁在办公桌上，度过漫漫长日。

有时他渴望返回克里波。侦查命案跟缉毒不同，用不着搞政治，只要破案就能画下句号。但米凯坚持要楚斯跟他一起从克里波转调来欧克林，说他深入敌军阵营需要盟友，需要一个值得信赖的人，这个人在他遭受攻击时可以帮他掩护。不用说，米凯也会替楚斯掩护。比如说最近一起案件中，楚斯在审讯一名少年时下手过重，很不幸地使得少年脸部受伤。当然，米凯把楚斯大骂了一顿，说他痛恨警察行使暴力，不希望在自己的部门看见这种事发生，还说如今他身为长官，有责任把楚斯的行为回报给检察官，让她评估这件事是否该进一步递交给政风处。所幸少年的视力恢复正常，米凯也妥善打发了少年的律师，撤销了对少年持有毒品的指控，后来一切都恢复平静。

现在部门里同样风平浪静。

只能把脚搁在办公桌上，度过漫漫长日。

他一天至少会把脚搁在办公桌上十次。就在他要做出这个动作时，他望向窗外的布兹公园，以及通往监狱大道中央的那棵老椴树。

它贴出来了。

那张红色海报贴出来了。

他觉得全身冒出了鸡皮疙瘩，心跳加速，心情亢奋。

下一刻他已起身，穿上外套，抛下咖啡。

从警署到旧城区教堂快步走只需要八分钟。楚斯沿着奥斯陆街走到纪念公园，左转走上迪维克斯桥，来到奥斯陆的核心地区，这里也是奥斯陆的发源地。旧城区教堂的外观装饰少到让人觉得穷酸，不像警署旁的新浪漫主义教堂有着各种各样的庸俗装饰。不过旧城区教堂拥有比较多的精彩历史，但前提是小时候祖母在曼格鲁区跟楚斯说的故事至少有一半的真实性。奥斯陆的卫星城镇曼格鲁在二十世纪五十年代末期创建之后，班森家族就从衰败的奥斯陆市区搬了过去。奇怪的是，班森家族在曼格鲁区反而觉得自己是外来移民，但他们其实是地地道道来自奥斯陆的家族，已在当地打拼了三代。这是因为卫星城镇的居民多半是农民或外地人，来这里展开新生活。七八十年代，每当楚斯的父亲酗酒，坐在公寓里对所有看不顺眼的人或事破口大骂，楚斯就会跑去找他最好也是唯一的朋友米凯，或是跑回旧城区找祖母。祖母告诉他说，旧城区教堂盖在一家十三世纪的修道院上，那家修道院里的修道士曾把自己锁在院里祈祷，躲避黑死病，但人们都说他们只是逃避基督徒照顾感染者的责任而已。八个月后，院里一片死寂，大臣命人破门而入，发现许多老鼠正在啃食修道士的腐烂尸体。

祖母最爱说的床边故事是关于一家精神病院的，当地人称之为“疯人院”，这家精神病院由修道院改建而成，里面有些患者抱怨说晚上看见许多头戴兜帽的男子在走廊上行走，其中一名男子还掀开兜帽，露出苍白的脸庞，上头布满老鼠的咬痕，眼窝空空如也。但楚斯最爱听的是阿斯基·厄勒古的故事，此人有个外号叫“顺风耳”。阿斯基生活在一百多年前，当时奥斯陆被称为克里斯蒂安尼亚，已发展为颇具规模的城镇，当地有一座历史久远的教堂。据说那时阿斯基的鬼魂会在墓园、附近街道、港口区和夸拉土恩区游荡。楚斯的祖母说，阿斯基游荡得再远也不会离开这几个地方，因为他只有一条腿，而且他必须在天亮之前返回坟墓。阿斯基的腿是在三岁那年被消防马车的轮子辗断的。楚斯的祖母说，人们以他的一对招风耳而非他的断腿来给他取外号，展现了东奥斯陆式的幽默。阿斯基的日子不太好过，对一个只剩一条腿的小孩来说，只有一种行业可以选择。他开始乞讨，在迅速发展的奥斯陆四处跛行，成为大家熟悉的人物。他对人友善，喜欢跟人交谈，尤其喜欢跟白天坐在酒馆里的无业游民聊天。但有时这些无业游民手上会突然冒出许多钱，接着阿斯基手中也会冒出零用钱。有时阿斯基需要更多钱用，就会跑去跟警察说最近有哪个无业游民出手特别阔绰，而且这个人在酒馆里喝到第四杯时，跟其他人说最近他有机会去抢劫卡尔约翰街上的金匠或德拉门的木材商人，完全没提防旁边那个不起眼的小乞丐。流言传了开来，说阿斯基的耳力确实不赖。后来一帮抢匪在坎本区落网，随后阿斯基也消失无踪，再也没人见过他，但一个冬天的早晨，旧城区教堂的台阶上出现了一根拐杖和一对被割下的耳朵。最后阿斯基被葬在教堂墓园的某个角落，但由于没有神父赐福，他的魂魄仍四处飘荡。从那天晚上起，夸拉土恩区或旧城区教堂附近就会看见一个跛脚男子，头上低低罩着兜帽，向人乞讨两欧尔[①]。若你不给，就会遭逢厄运。

这是祖母对楚斯说过的故事。但这时楚斯对坐在墓园门口、身穿异国外套、肤色黝黑的消瘦乞丐视若无睹，他大踏步走过墓碑之间的碎石径，心中一边数算，数到七左转，数到三右转，最后在第四个墓碑前停步。

墓碑上刻着的名字是 A. C. 鲁德，这个名字对楚斯而言没有任何意义。

---

① Øre，挪威的货币单位，一克朗等于一百欧尔。Øre 也有耳朵之意。

鲁德死于一九〇五年，享年二十九岁，那年挪威独立。墓碑上除了姓名和日期，没有其他文字，没有安息之类的字眼，也没有歌功颂德的话语，可能因为这个粗制墓碑很小的缘故。墓碑上空白粗糙的表面正好适合用粉笔写字，他们一定是因为这点才选中这块墓碑的。

烧德了舒托茨

楚斯运用他们发展出来的简单密码来破解这几个文字，这套密码可以让路人看不懂其中的信息。但只要先念奇数位，再念偶数位，就可以排出正确的句子。

烧了托德舒茨

楚斯没写下这段信息，他不需要，他擅长记名字，这个能力可以让他更接近奥迪 Q5 2.0 的真皮座椅。他用外套袖子擦去粉笔字迹。

楚斯走出墓园，乞丐抬头看他。乞丐有一双褐色的乞怜的眼珠。当地可能有个乞丐集团，附近可能有辆大型轿车等着他们，说不定是奔驰。他们不是都喜欢奔驰吗？教堂钟声响起。根据售价表，一辆奥迪 Q5 要价六十六万六千克朗。这个数字里如果有隐藏信息，那么它已渗入楚斯的脑子。

“你气色很好。”贝雅特说着，把钥匙插入门锁，“还多了根新手指。”

“香港制造。”哈利说，摸了摸钛金属短义肢。

贝雅特打开门锁，哈利仔细打量这个娇小苍白的女子。打薄的金色短发束了起来。肌肤娇嫩透明，看得见太阳穴底下细小的毛细血管。她让他想起过去他们进行癌症研究时所使用的无毛老鼠。

“你在信上说欧雷克住在犯罪现场，所以我觉得他的钥匙开得了门。”

“那个锁可能老早以前就坏了，”贝雅特说着，打开了门，“直接开门就可以走进去。这个锁是我们后来加上去的，以免其他毒虫回来污染现场。”

哈利点了点头。毒窝总是这样，门锁毫无意义，马上就会被破坏。第一，毒虫若知道居住者持有毒品，就会破门而入；第二，即使是住在一起的毒虫也会偷取彼此的毒品。

贝雅特将封条拉到一旁，哈利侧身而入。玄关的钩子上挂着衣服和塑料袋。哈利查看其中一个塑料袋，里面有厨房纸巾、空啤酒罐、一件湿的沾血T恤、几片铝箔纸、一包香烟。墙边堆着一摞格伦迪欧萨比萨的盒子，形成一座倾斜的比萨斜塔，堆到墙壁的一半高度。玄关放着四个相同的白色衣帽架，哈利第一眼看见颇感疑惑，随即明白，这些衣帽架可能是难以变卖的赃物。他记得警方在毒虫公寓里经常发现他们以为能顺利脱手的赃物，比如说警方曾在一处毒窝里发现一个袋子里装着六十部老掉牙的过时手机，也曾在另一处毒窝的厨房发现一台拆解了一部分的机器脚踏车。

哈利走进客厅，闻到一股被啤酒浸湿的木材甜味和潮湿灰烬的气味，还有一种他无法辨认的甜腻味。客厅里没有任何符合传统定义的家具，地上摆着四张床垫，仿佛围绕着篝火。其中一张床垫底下突出来一根铁丝，弯成九十度角，末端分岔成Y字形。床垫之间的木质地板上放着一个空烟灰缸，周围有许多黑色烧焦的痕迹。哈利心想，烟灰缸应该是被SOC小组清空了。

“古斯托躺在厨房墙边，就是这里。”贝雅特说。她在客厅通往厨房的门口停下脚步，伸手指去。

哈利没进厨房，只是站在门边，查看四周。这是他的习惯，这个习惯跟鉴识人员不一样。鉴识人员会从外围开始进行地毯式勘察，一步一步向尸体靠近。这个习惯跟制服警察或随车巡警也不一样，这些首先抵达现场的警察知道自己的指纹可能会污染证据，严重的话可能会摧毁证据。贝雅特的部下早已经把该进行的勘察工作做完了。哈利的习惯是警探的习惯，他知道自己在对犯罪现场的所有印象固定下来之前，只有这么一次机会让极其细微且难以察觉的细节说话，在他的脑海中留下它们特有的指纹。目前这个过程正在发生，这时头脑的理性部分尚未开始运作，而这个部分要求条理分明的事实。过去哈利总把直觉定义为归纳自一般印象、合乎逻辑的简单结论，这些印象大脑不是无法归纳，就是很慢才能转换成可理解的形式。

然而关于发生在这里的命案，这个犯罪现场并未对哈利透露太多线索。

他看见、听见和闻到的，只是这个地方有许多流动房客聚集、吸毒、睡觉、偶尔进食，然后离开，前往另一个空屋、旅社房间、公园、货柜、桥下的廉价睡袋，或墓碑底下的白色木质安息之所。

"可想而知，我们在这里进行了很多清理工作，"贝雅特说，回答这个哈利无须问出口的问题，"本来到处都是垃圾。"

"毒品呢？"

"一个塑料袋，里面装着还没煮沸的纱布。"

哈利点了点头。最受毒瘾折磨和最穷困的毒虫会将他们把毒品吸进针筒时用来清除杂质的纱布保存下来，等哪天时运不济，就可以把纱布拿去煮沸，再把酿制出来的毒品拿去注射。"还有一个保险套，里面有精液和海洛因。"

"哦？"哈利扬起一道眉毛，"有没有发现线索？"

哈利看见贝雅特脸颊泛红，在她脸上依然看得见那个记忆中刚从学校毕业的害羞警察。

"应该说里面发现的是残留的海洛因。我们推测那个保险套是用来存放海洛因的，里面的海洛因用完之后，就被拿来作为原本的用途。"

"嗯，"哈利说，"懂得避孕的毒虫，不错啊。你们有没有发现是谁……"

"保险套内部和外部所采集到的 DNA 符合两个我们认识的人，也就是一个瑞典女孩和伊瓦尔·托尔施泰因，卧底警察都知道他的外号叫‘希伐’。”

“希伐？”

“他曾用受到污染的针头威胁警察，宣称他感染了 HIV 病毒。”

“嗯，这说明了用保险套的原因。他的档案里有暴力记录吗？”

“没有，只有上百条的盗窃、持有毒品和贩毒记录，再加上一些违法走私记录。”

“可是他威胁过的用针筒杀人呢？”

贝雅特叹了口气，走进客厅，背对哈利：“抱歉哈利，这件案子没有尚待厘清的部分。”

“欧雷克连一只苍蝇都没伤害过，贝雅特，他不是这种人，而这个希伐……”

“希伐跟那个瑞典女孩……呃，这样说好了，他们被排除在调查工作之外。”

哈利看着贝雅特的背影：“死了？”

“用药过量，就在命案发生前一个礼拜。质地不纯的海洛因混合芬太尼[1]。我想他们可能买不起小提琴。”

哈利的视线在四壁之间移动。大部分居无定所的重度上瘾者都会有一两个秘密的藏毒地点，这些地方有时也会藏钱或藏匿其他贵重物品。无家可归的毒虫不可能把这些东西带在身上，因为他们必须在公共场所注射毒品，而药效一发作，他们就会成为秃鹰的猎物。因此藏毒处是神圣不可侵犯的。浑浑噩噩的毒虫会投入大量的精力和想象力来藏匿私人物品，甚至连资深搜查人员和嗅探犬都找不到。毒虫从不会把藏毒处告诉别人，连最好的朋友也不会说。因为经验告诉他们，没什么比可待因、吗啡和海洛因跟他们更亲近。

---

① 芬太尼，一种高效止痛药，过量使用会抑制呼吸，严重时可导致死亡。

“你们在这里找过藏毒处吗？”

贝雅特摇了摇头。

“为什么没有？”哈利问道，并马上意识到这是个蠢问题。

“因为我认为这样得把整套公寓都掀了才行，而且找到的东西也不一定跟案情有关。”贝雅特耐心地说，“因为我们必须把有限的资源用在优先级最高的用途上。因为我们已经找到了我们需要的证据。”

哈利点了点头，这是他想听到的答案。

“那证据呢？”他柔声问道。

“我们认为凶手站在目前我站立的地方开枪，”不提及姓名是鉴识人员的习惯，贝雅特向前伸出手臂，“近距离射击，不到一米。射入伤口的内部和周围都有火药烟灰。”

“伤口不止一个？”

“死者身中两枪。”

贝雅特用同情的目光看着哈利，说明她知道他在想什么：辩护律师没机会辩称说枪支走火了。

“两发子弹都射进胸部，”贝雅特张开右手食指和中指，放在上衣左侧，仿佛在比画手语，“假使当时被害人和凶手都呈站姿，凶手凭直觉开枪，那么第一个射入的伤口显示凶手身高在一米八〇到一米八五之间，而嫌犯的身高是一米八三。”

老天。哈利想起他在会客室见过的那个少年。他跟欧雷克玩摔跤似乎还只是昨天的事，当时欧雷克还不到他胸部。

贝雅特走进厨房，指着油腻炉台旁边的墙壁。

“你可以看到，子弹从这里和这里射入，这符合第一发子弹发射之后，很快又发射第二发子弹的迹象，被害人随即倒地。第一发子弹射穿一片肺脏，第二发子弹穿过胸腔顶端，在肩胛骨打出一个缺口。被害人……”

“古斯托·韩森。”哈利说。

贝雅特停了下来，看着哈利，点了点头：“古斯托·韩森并未立即死亡。他的指纹在血泊中被发现，衣服上也沾有血迹，显示他倒地之后仍在活动，但不可能持续太久。”

“原来如此。那是什么……”哈利用手抹了抹脸，他得去睡个几小时才行，“那是什么把欧雷克跟这起命案连在一起的？”

“八点五十七分，警方接到两位民众报案，说他们听见这栋公寓传出巨响，可能是枪声。其中一人住在莫勒街，就在十字路口的另一边；另一人就住在对面。”

哈利眯起双眼，朝污秽窗户外的黑斯默街望去：“不错嘛，在市中心还可以听见另一个街区的公寓的声音。”

“别忘了当时是温暖的七月夜晚，窗户都会打开；又正值暑假，路上车子很少。这么说好了，附近邻居一直想叫警方封锁这个毒窝，所以举报噪声的门槛很低。接警中心的警察请他们保持冷静，并请他们盯着这栋公寓，直到警车抵达。制服警察立刻收到通知，两辆警车在九点二十抵达，定位之后等候支持。”

“戴尔塔小组？”

“他们戴钢盔穿防弹衣总得花些时间。接着接警中心通知警车说邻居看见一个少年走出大门，绕过公寓，沿着奥克西瓦河走去。所以，两位警察沿着河边搜寻，然后就发现了……”

贝雅特顿了顿，直到看见哈利微微点头。

“欧雷克。他没有拒捕，因为他处于深度迷幻状态，根本不知道自己在做什么。我们在他的右手和右臂上发现了射击的残迹。”

“凶枪呢？”

“凶枪的口径十分特殊，用的是 9 毫米 ×18 毫米的马卡洛夫子弹，所以没有太多的选择。”

“这个口径的手枪有马卡洛夫，苏联犯罪组织特别爱用。还有福特 12 式，乌克兰警方使用的手枪。另外还有其他几款。”

“的确。我们在地上发现了空弹壳，上面有火药残留。马卡洛夫子弹的火药混合了特殊比例的硝石和硫黄，还掺了一点酒精，就跟无硫黄火药一样。空弹壳表面和射入伤口周围的火药化学成分，与欧雷克手上残留的火药吻合。”

“嗯，那凶枪呢？”

“还没发现。我们派了潜水员和一队人马去河里和河边搜索，可是没找到，但这不表示枪不在那里，因为泥泞那么多……好吧，你知道的。”

“我知道。”

“住在这里的两个人说欧雷克曾经亮出一把手枪，还炫耀说那是俄国黑手党用过的。那两个人都不懂枪，我们给他们看了大概一百款手枪的照片，结果两个人都指出了敖德萨手枪。你应该知道，这种手枪用的是……”

哈利点了点头。敖德萨手枪用的是 9 毫米 ×18 毫米的马卡洛夫子弹。这种手枪很难错认。他第一次看见敖德萨手枪时，联想到的是喷火战机乐队同名专辑封面上那把造型很有未来感的手枪。这张 CD 和哈利的许多其他 CD 最后都留给了萝凯和欧雷克。

“我想这两个人应该是目击铁证吧，只不过有点毒瘾问题？”

贝雅特没有答话。她不需要多说什么。哈利知道她很清楚他说这句话的动机，因为他就像溺水之人想抓住救命稻草一样。

“那欧雷克的血液和尿液样本呢？”哈利说着，拉直外套袖子，仿佛此时此刻袖子不往上跑非常重要，“检验报告怎么说？”

“样本中的活性成分是小提琴。当然了，处于迷幻状态可能减轻刑责。”

“嗯，前提是他先处于迷幻状态，然后才枪杀了古斯托·韩森。可是动机呢？”

哈利知道贝雅特在想什么：一个毒虫杀死另一个毒虫，如果不是为了毒品，难道还有其他动机？“既然欧雷克已经处于迷幻状态，为什么还要杀人？”哈利问道，“这类的毒品命案通常都是犯人在渴求毒品或戒断症状发作时，情急之下才会犯案。”

“杀人动机是你的办案领域，”贝雅特说，“我负责的是鉴识工作。”

哈利吸了口气：“好吧，其他还有什么发现？”

“我想你应该会想看看照片。”贝雅特说着，打开了一个薄薄的真皮档案夹。

哈利接过一沓照片。他一看见照片，脑海中闪过的第一个念头是古斯托长得很美。除了“美”之外别无他词可以形容，英俊或迷人都不足以贴切描述他的容貌。照片中的古斯托虽然已经身亡，双眼闭上，衬衫被鲜血染红，但仍保有如同猫王年轻时那种难以定义却又真实存在的美，这种美对男人和女人都具有吸引力，就像在各种宗教所崇拜的神祇脸上可以看见的那种雌雄同体的美。哈利翻看照片。摄影者拍了几张全身照之后，又拍了脸部和弹孔的特写。

“那是什么？”哈利问道，指着照片中古斯托的右手。

“他的指甲里有血迹，我们采集过血样，但后来样本受到污染。”

“受到污染？”

“这种事是会发生的，哈利。”

“但不会发生在你的部门。”

“血样在送往病理组进行DNA化验的途中受到污染。事实上，我们对此没有太多微词，血迹样本非常新鲜，但从凝固程度来看，应该不符合命案发生的时间。由于死者惯用针筒注射毒品，所以那很可能是他自己的血，但……”

“但如果不是，知道那天他跟谁打过架也算是一条线索。你看他穿的鞋，”哈利把一张全身照拿给贝雅特看，“这是不是‘艾伯特·法奇雅尼’（Alberto Fasciani）这个牌子的鞋？”

“我不知道你这么懂鞋，哈利。”

“我香港的一个客户制造这个牌子的鞋子。”

“客户？据我所知法奇雅尼的鞋子只在意大利制造。”

哈利耸了耸肩：“反正也看不出哪里不一样。如果这真的是一双法奇雅尼的鞋子，那它们跟他身上穿的其他衣服很不搭，其他衣服看起来像是灯塔餐厅的救济品。”

“这双鞋可能是偷来的，”贝雅特说，“古斯托·韩森的外号是‘小偷’，众所周知，他什么都偷，偷的不只是毒品，据说他曾在瑞典偷过一只退休的嗅探犬，好帮他闻出毒品的藏匿处。”

“说不定他找到了欧雷克的毒品，”哈利说，“欧雷克在审讯时说了什么？”

“他保持沉默，嘴巴紧得跟蚌壳一样。他只说那段时间像是黑洞，不记得自己在公寓里。”

“说不定他真的不在公寓里。”

“我们发现了他的DNA，哈利，还有毛发跟汗水。”

“他住在这里、睡在这里啊。”

“是在尸体身上发现的，哈利。”

哈利沉默下来，望着远方。

贝雅特举起一只手，也许是想放在哈利的肩膀上，但又改变心意，放下了手：“你跟他说过话了吗？”

哈利摇了摇头：“他把我轰了出来。”

“那是因为他感到羞耻。”

“可能吧。”

“我是说真的。你是他的偶像，让你看见他沦落到这个地步很丢脸。”

“丢脸？我帮他擦过眼泪，替他吹过破皮的地方，帮他赶跑食人巨怪然后再留一盏灯。”

“那时候的小男孩已经长大了，哈利。现在的欧雷克不想要你的帮助，他想向你看齐。”

哈利看着墙壁，脚踩了踩地板：“我不值得他向我看齐，贝雅特，他很清楚这件事。”

“哈利……”

“我们去河边吧。”

谢尔盖站在镜子前方，双臂垂落身侧。他扳开保险栓，按下弹出钮。刀身弹出，反射光芒。这是一把西伯利亚弹簧刀，外形甚美，西伯利亚犯罪家族厄尔卡都称之为“铁刀”。它是世界上最棒的刺杀武器，刀柄纤长，刀身又薄又长。依照传统习俗，在你干了一件大事之后，家族中年长的罪犯才能将它赐予你。然而传统正在崩坏，如今这种刀可以买来、偷来或抢来。不过谢尔盖手上这把刀是伯父给他的。安德烈说阿塔曼将这把刀送给谢尔盖之前，一直都收在床垫底下。谢尔盖想起一则传说，据说铁刀放在病人的床垫底下，可以吸收病人的痛苦，转移到下一个被它刺杀的人身上。这是厄尔卡喜爱的传说之一。他们喜爱的另一则传说是：如果你的刀落到别人手上，那人很快就会遭逢死亡意外。这些旧时代的浪漫传说和迷信，正在逐渐消逝。这样说或许有点夸张，但谢尔盖是怀着崇敬无比的心收下这份礼物的，而这也是理所当然的，毕竟他欠伯父的太多。伯父解决了他惹出的麻烦，替他办理好来挪威所需的所有证件，甚至还在加勒穆恩机场替他安排了清理客舱的地勤工作。这份工作薪资优渥，却很容易找到，显然挪威人不喜欢从事这类工作，他们比较喜欢有社会地位的工作。此外，谢尔盖在俄国犯过的轻微罪行也不成问题，因为伯父篡改了他的犯罪记录。对他恩重如山的伯父送他这份礼物时，他吻了伯父的蓝色戒指。谢尔盖不得不承认，他手上这把刀非常美丽，深褐色刀柄以鹿角制成，上头镶饰着象牙色的东正教十字架。

谢尔盖依照所学，用臀部力量推进，感觉自己准备充分，举刀向上刺出。一进一出。一进一出。速度虽快，却不会快到完全归刀入鞘，每次都是。

他之所以必须用这把刀来执行任务，是因为他的刺杀目标是警察，而警察一旦遇害，随之而来的将是铺天盖地的缉捕行动，因此他留下的线索越少越好。子弹总可以循线追踪到地点、武器或人。一把光滑、干净的刀所留下的刀伤则有如无名氏。当然，穿刺伤痕无法完全隐匿来历，还是会透露刀子的长度和形状，因此安德烈要求谢尔盖不要刺入那警察的心脏，而是割开颈动脉。谢尔盖从未割开过一个人的喉咙，也没刺入过一个人的心脏，只是曾把刀子插进一个格鲁吉亚人的大腿，只因为那人是格鲁吉亚人。因此，他认为自己必须找个活道具来练习，而他的巴基斯坦裔邻居养了三只猫，每天早上他经过门廊，猫尿的臭味都会扑鼻而来。

谢尔盖垂下刀子，弯腰低头，眼睛往上看，看见自己镜中的映影。他看起来状况很好，身体强健、凶悍危险、蓄势待发。眼前这个画面仿佛电影海报。他身上的刺青将说明他杀过一个警察。

他将会站在那警察背后，踏上一步，左手抓住对方的头发，把对方的头往后拉，刀尖抵住脖子左侧，穿透肌肤，沿着颈部横向猛划一刀，划出一道新月般的刀痕。就像这样。

对方心脏泵出的鲜血将如瀑布般涌出，心脏鼓动三下之后，血流量就会大幅减少，导致对方脑死亡。

他折起刀子，放进口袋，离开现场，动作迅速，但又不至于太快。避免和任何人四目相对。迈步行走，感觉自由。

他后退一步，直起身子，吸了口气，想象那个情景。呼出空气，迈出一步，转动刀子，让刀身有如珍贵宝石般反射美妙光芒。

6

贝雅特和哈利踏上黑斯默街，向左走去，转过街角，穿过烧毁的公寓。废墟里仍可以见到熏黑的玻璃碎片和焦黑的砖块，后方是个杂草丛生的斜坡，往下延伸至河畔。哈利注意到欧雷克住的那栋公寓没有后门，为了弥补其他出口的缺失，有个狭小的防火梯从顶楼盘绕而下。

“隔壁房间住的是谁？”哈利问道。

“没人住，”贝雅特说，“都是空的办公室，那里原本是家小报社，是《无政府报》的……”

“我知道那份报纸，是一份不坏的粉丝杂志，他们的文化版撰稿人现在去大报社上班了。办公室是不是没上锁？”

“门锁都遭到了破坏，门户敞开可能已经很久了。”

哈利看着贝雅特，她无可奈何地点了点头，证实哈利没说出口的话：可能有人闯入了欧雷克那户公寓，并在无人看见的情况下逃走。又是一根救命稻草。

他们沿着奥克西瓦河畔的小径行走。哈利判断河面不宽，一个少年只要手臂足够有力，就可以把手枪抛到对面河岸。

“既然还没找到凶枪……”

“检察官不需要凶枪，哈利。”

哈利点了点头。欧雷克手上有射击残迹。有证人看见欧雷克亮出手枪。死者身上发现了欧雷克的 DNA。

前方的绿色铁长椅上倚着两名白人少年，头上罩着灰色兜帽。两名少年看见他们走来，交头接耳一番，随即沿小径拖着脚步离去。

“看来毒贩还是可以从你身上嗅出警察的味道，哈利。”

“嗯，我还以为只有摩洛哥人会在这里卖哈希什。”

“这个地盘来了竞争者，像是科索沃的阿尔巴尼亚人、索马里人、东欧人。这些寻求政治庇护的人在这里贩卖各类毒品，包括快速丸、冰毒、摇头丸、吗啡。”

“海洛因。”

“我怀疑他们有没有海洛因可以卖。奥斯陆几乎已经找不到标准海洛因的踪迹了，取而代之的是小提琴，但小提琴只有在布拉达广场才买得到。不然就要去哥德堡或哥本哈根，最近小提琴也在这两个地方出现了。”

“我一直听到小提琴这个名字，它到底是什么？”

“它是一种新型的合成毒品，不像一般的海洛因会阻碍呼吸，所以，它虽然也会摧毁生命，但却不那么容易造成用药过量致死。它非常容易上瘾，试过的人都还想再试，可是价格非常昂贵，没有多少人负担得起。”

“所以毒虫会转而去买其他毒品？”

“现在卖吗啡赚得可不少。”

“前进一步，后退两步。”

贝雅特摇了摇头：“重要的是对抗海洛因的战役，这一战他已经赢了。”

“你是说贝尔曼？”

“你已经听说了？”

“哈根说他破获了大多数的海洛因贩毒集团。”

“包括巴基斯坦帮、越南帮。他粉碎北非帮的大型贩毒网络之后，《每日新闻报》称他为隆美尔将军。此外还有亚纳布区的摩托帮。这些人现在全都锒铛入狱。”

“摩托帮？在我那个年代，摩托少年贩卖快速丸，像疯了一样大量注射海洛因。”

“他们的正式名称是‘灰狼帮’，这票人想成为地狱天使飞车党第二。我们认为他们是贩卖小提琴的两个贩毒网络之一。后来他们在亚纳布区第二次大规模扫荡行动中被逮捕，你应该看过报上登的贝尔曼那张得意扬扬的照片，警方展开行动的时候他就在现场。”

“那我们来做点好事吧？”

贝雅特哈哈大笑。这是哈利喜欢贝雅特的另外一点：她看的电影够多，听得懂他从不赖的电影中引用不赖的台词。哈利递了根烟给贝雅特，但她婉拒。他点燃了香烟。

“嗯，为什么贝尔曼有办法达成我在警署那些年里缉毒组连边都沾不上的事？”

“我知道你不喜欢他，但其实他是个优秀的领导者，克里波的人都爱戴他，还对警察署长把他调去警署感到非常气愤。”

“嗯，”哈利吸了口烟，感觉香烟抚慰血液中的饥渴。尼古丁。尼古丁由三个字组成，一如海洛因、小提琴。“那现在还剩下什么贩毒集团？”

“这就是消灭害虫的陷阱，你干扰了食物链，却不知道是不是清出了空间让别的害虫侵入，而这种害虫比你消灭的那种更加凶恶……”

“有证据可以证明这个观点吗？”

贝雅特耸了耸肩。

“我们突然得不到任何来自街头的消息了，我们的线人如果不是一无所知，就是三缄其口。只有些耳语说现在出现一个来自迪拜的男人，没有人见过他，没有人知道他的名字，他就像隐藏在幕后操控木偶的傀儡师。我们看见有人在卖小提琴，却查不到它的来源。我们逮捕的药头都说小提琴是从跟他们同等级的药头手中买来的。毒品的流动踪迹被隐藏得这么好实在不寻常。这告诉我们，有一个成员单纯又非常专业的组织控制了小提琴的进口和通路。”

“来自迪拜的男人。神秘的幕后首脑。我们是不是听过类似的故事？最后发现这些家伙只是平庸的歹徒。”

“这次不一样，哈利。过年期间发生了好几起跟毒品有关的命案，手法残暴前所未有，而且没人敢泄露消息。两个越南毒贩在他们贩毒的公寓里被倒挂在横梁上，两人都是溺死的，头上罩着塑料袋，里面装满了水。”

“这不是阿拉伯人的手法，是俄罗斯人的。”

“你说什么？”

“俄罗斯人会把被害人倒吊起来，头部套上塑料袋，松松地绑在颈部，接着从脚跟开始倒水，水沿着身体流进塑料袋，渐渐把袋子装满。这种手法叫作‘月亮上的男人’。”

“你怎么知道？”

哈利耸了耸肩：“八十年代有个富有的外科医生叫比拉伊夫，他在黑市用两百万美元的价格买到真正的阿波罗十一号宇航服，只要有人敢对他要诡计或不还钱，他就会让那人穿上那件宇航服，然后再灌水进去，并拍下里头那个可怜虫的面部表情。最后影片会寄到他所有的债务人手上。”

哈利朝天花板吐了口烟。

贝雅特的目光在哈利身上徘徊，她缓缓摇头：“哈利，你在香港都做了些什么事？”

“这你在电话上已经问过了。”

“可是你没有回答。”

“没错。哈根说他要指派我去办另一件案子，而不是这件，还提到有个卧底警察遇害了。”

“对。”贝雅特说，松了口气，因为两人的话题已离开古斯托的命案和欧雷克。

“那是怎么回事？”

“死者是个年轻的缉毒组卧底探员，他的尸体被冲上歌剧院延伸入海的那道斜坡，现场有观光客和儿童等，引起很大的骚动。”

“被人射杀？”

“溺死的。”

“你们怎么知道他是遭人杀害的？”

“他身上没有外伤，看起来像是意外落海，落水地点就在歌剧院附近。后来毕尔·侯勒姆检查他的肺脏，发现里面的水是淡水。你也知道，奥斯陆峡湾的水是咸水。看来有人把他抛进海中，布置得像是在海里溺毙。”

“这个嘛，”哈利说，“他身为缉毒组探员，一定会在奥克西瓦河边走来走去，河里的水是淡水，后来奥克西瓦河又流进歌剧院附近的海里。”

贝雅特微微一笑：“很高兴你回来了，哈利。这一点毕尔也想过，所以他比对了水中的菌丛和微生物等。死者肺脏里的水太干净了，显然经过过滤，不可能来自奥克西瓦河。我猜他是在浴缸或净水厂下方的池子里溺毙的，不然就是……”

哈利把烟蒂丢在面前的小径上。

“在塑料袋里溺毙。”

“对。”

“来自迪拜的男人。你对这个人知道些什么？”

“我刚才已经跟你说了，哈利。”

“可是你没有全部告诉我。”

“没错。”

两人在安克尔桥旁停下脚步，哈利看了看表。

“你要去别的地方？”贝雅特问道。

“没有，”哈利答道，“我看表是为了让你有机会说你要走了，而不会觉得是把我甩掉。”

贝雅特微微一笑。哈利心想，她笑起来很有魅力。怪了，她竟然没有男朋友。也许她有。她是他仅有的八个手机联络人之一，而他竟然不知道她现在有没有男朋友。

B代表贝雅特。

H代表哈福森。哈福森是哈利过去的同事，也是贝雅特孩子的父亲。哈福森已因公殉职，但哈利尚未删去他的电话号码。

“你有没有跟萝凯联络？”贝雅特问道。

R代表萝凯。哈利心想贝雅特之所以提起萝凯，是不是因为听见“甩掉”这两个字才联想到她？他摇了摇头。贝雅特等待着，但他没有再说话。

两人看着对方，同时开口。

“我想你该……”

“我差不多该……”

她笑了一下：“该走了。”

“没问题。”

哈利看着贝雅特朝马路走去。

他在一张长椅上坐下，望着河面，望着鸭子在平静的滞水区里游动。

那两个戴兜帽的少年折返回来，走到他身旁。

“你是五〇吗？”

“五〇”是美国人对警察的俗称，源自一部电视剧[①]。原来刚才那两个少年是在贝雅特身上闻到警察的味道，而不是他。

哈利摇了摇头。

“你要不要……”

“我要的是安静，”哈利接口说，“安静和平静。”

他从外套内袋拿出一副普拉达太阳镜。这副眼镜是香港广东道一个店主给他的，那店主还款有点延误，却仍觉得自己应该受到正当对待。那是一副女款太阳镜，但哈利不在乎，他喜欢这副眼镜。

“对了，”他对着两名少年的背影高声说，“你们有小提琴吗？”

一名少年哼了一声作为回答。“市区才有。”另一名少年说着，伸手往后一指。

“市区哪里？”

“去找范佩西或法布雷加斯吧。”他们朝“蓝调”爵士夜店走去，笑声渐去渐远。

哈利靠上椅背，看着鸭子以怪异而有效的姿势划水。它们滑过水面，犹如速滑运动员在黑色冰面上滑行。

欧雷克保持缄默。有罪的嫌犯总是保持缄默。这是他们的权利，也是唯一合乎逻辑的策略。现在该怎么做才好？该如何调查一件已经破案的案子？该如何回答已找到适当答案的问题？他以为自己能办到什么？难道他要用否认事实的方式来打败事实吗？他在犯罪特警队担任警探期间，经常听见嫌犯的亲人不断发出可悲的哀鸣。“我儿子？不可能！”他知道自己为什么想调查犯罪案件，因为这是他唯一能做、唯一能贡献的。他就像坚持在儿子醒来时煮早餐的家庭主妇，就像带乐器去参加朋友丧礼的音乐家，总得做点什么，好让自己转移注意力，

---

① 这里指的是 *Hawaii Five-0*，即《夏威夷特勤组》。

或从中获得安慰。

一只鸭子朝他游来，也许希望他丢面包屑给它吃。它没有百分之百的把握，因为这种事很难说。它对自己消耗的体力和可能的报偿做了评估。希望。黑色冰面。

哈利心头一惊，坐直身子，从外套口袋里拿出钥匙。他突然想起那时他为什么会买那个挂锁。挂锁不是为他自己买的，而是为竞速滑选手欧雷克买的。

7

楚斯和机场的值班警监简短地讲了几句话。楚斯说，是的，他知道机场属于鲁默里克警区的管辖，而且逮捕行动跟他无关，但身为特别行动组的警探，他注意被捕男子已有一段时间，并收到通知说托德·舒茨因持有毒品而被拘留。他亮出警察证，上面注明他是三级警官，隶属于奥斯陆警区的特别行动组和欧克林。值班警监耸了耸肩，没再多说，带他前往三间拘留室中的一间。

房门关上后，楚斯环顾四周，确定走廊和其他两间拘留室都没有人，才在马桶盖上坐下，看着板条床和把头埋在双手中的男子。

“托德·舒茨？”

男子抬起头来，他已脱下外套，若不是衬衫上有肩饰，楚斯绝对认不出他就是机长。机长不该是这副模样，不该神经愣怔，不该脸色苍白，黑色瞳孔因受到惊吓而放大。从另一方面来说，第一次被逮捕的人大多都是这个表情。楚斯花了点时间才在机场里找到托德，接下来的事情就简单多了。官方的犯罪数据库“斯特拉萨克”显示，托德没有前科，从没跟警方打过交道，而且非正式记录也显示，他跟贩毒集团没有任何关联。

“你是谁？”

“我是代表你的雇主来的，而且我指的不是航空公司，懂了吗？”

托德指了指垂挂在楚斯脖子上的警察证：“你是警察，你想要花招骗我。”

“如果真是这样就好了，舒茨，这样就是违反法律规定，你的律师就有机会让你无罪释放了。但我们不会让律师插手这件事，可以吗？”

机长只是瞪着楚斯，扩张的瞳孔吸收了所有光线，眼中露出一丝乐观的眼神。楚斯叹了口气，他只希望自己接下来说的话托德能听得进去。

“你知道‘烧毁者’是什么吗？”楚斯问道，稍待片刻，等候对方响应，“烧毁者就是破坏警方案件的人，负责让证据受到污染或遗失，让法律程序出现错误，因而阻止案件送到法庭受审，或让调查案件出现常见的纰漏，让嫌犯被释放。这样说你懂了吗？”

托德眨了两下眼睛，缓缓点头。

“很好，”楚斯说，“现在的状况就像我们两个人同时从高空掉下来，可是降落伞只有一副。我跳出机舱来救你，你暂时不用向我道谢，可是你必须百分之百相信我，否则我们两个都会在地上摔死。你明白吗？”

托德又眨了好几下眼睛，显然不明白。

“过去有个德裔警察是烧毁者，他替科索沃的阿尔巴尼亚帮派做事，这个帮派经由巴尔干半岛进口海洛因，毒品以卡车运送，从阿富汗的罂粟田送到土耳其，再经由南斯拉夫送到阿姆斯特丹，最后由阿尔巴尼亚人送到斯堪的纳维亚。这中间要经过很多国界，买通很多人，其中就包括这个烧毁者。有一天，一个年轻的科索沃阿尔巴尼亚人被捕，他手中的瓦斯桶内装着生鸦片，那些生鸦片没有包起来，直接装在瓦斯桶里。他被警方拘押以后，当天就联络了这个德裔烧毁者。烧毁者来找他，说自己是他的烧毁者，现在他可以安心了，他们可以一起来把事情解决。烧毁者说隔天会再来，并告诉他该如何跟警方供述。他其实只要把嘴巴闭紧就好，但这家伙被人赃俱获，又从来没坐过牢，可能还听过无数在监狱淋浴间里弯腰捡肥皂的故事。无论如何，他在第一次被审讯的时候像微波炉里的鸡蛋一样爆裂失控，对警方揭露烧毁者的身份，希望法官能对他网开一面。警方为了取得不利于烧毁者的证据，在拘留室里装设了隐藏麦克风。但那个烧毁者、那个被收买的警察，第二天却没有依约出现。六个月后，他的尸体被人发现，支离破碎地散落在郁金香田里。我是在都市里长大的小孩，但我也听说过尸体是上等肥料。”

楚斯停止了说话，看着机长，等待对方提出常见的问题。

机长在床上坐直身体，脸上恢复了几许血色，最后终于清了清喉咙。

“为什么……呃，那个烧毁者会死？告密的人又不是他。”

“因为世界上没有公平这回事，舒茨，只有实际的问题必须解决。那个要消灭证据的烧毁者自己成了证据，他的身份曝光了。如果他被逮捕，就会导致警方查到科索沃阿尔巴尼亚帮派。由于他不是帮中兄弟，只是个被收买的警察，所以最合乎逻辑的做法就是让他出局。他们也知道这起警察命案不会被警方视为最优先侦办的案件，为什么呢？因为烧毁者已经受到惩罚，警方不会深入调查一件最后只会让社会大众知道警方违法犯纪的案子。我说的这番话你同意吗？”

托德沉默不语。

楚斯倾身向前，先压低声音，又拉高声调，增强语气。“我可不想在郁金香田里被人发现，舒茨。我们唯一能脱身的办法是彼此信任。我们只有一副降落伞，明白吗？”

机长清了清喉咙：“最后那个科索沃阿尔巴尼亚人……他有没有获得减刑？”

“很难说。案子还没送到法院，他就被发现挂在拘留所墙上。有人拿他的头去撞挂衣钩了。”

托德再度面无血色。

“保持呼吸，舒茨。”楚斯说。这份工作他最爱的就是这个部分，一切由他做主。

托德往后靠去，头部抵着墙壁，闭上双眼：“如果我直接拒绝你的帮助，假装你从没来过这里呢？”

“这可不行，我们的雇主不希望你坐上证人席。”

“所以你的意思是说我别无选择喽？”

楚斯淡淡一笑，说出他最喜爱的一句台词：“舒茨，你早就别无选择了。”

在这片由绿草坪、白桦林、庭院和花箱阳台所构成的荒漠中，荷芬谷体育场是唯一一座水泥小绿洲。冬天这里是溜冰场，夏天是演唱会会场，场地多半提供给滚石乐队、普林斯、布鲁斯·斯普林斯汀这类天王级资深艺人演出。萝凯甚至曾说服哈利跟她一起来这里看U2演唱会，尽管他一向比较喜欢夜店的小型演出，讨厌去体育馆看大型演唱会。看完演唱会后，萝凯揶揄哈利，说他在内心深处其实是个音乐纯粹主义者。

然而大多数时候，荷芬谷体育场跟现在一样荒凉破败，宛如一座废弃工厂，原本制造的产品已不再受欢迎。哈利对这里印象最深刻的是看欧雷克在冰上练习溜冰。那时他坐在看台上看欧雷克尽最大努力尝试、失败、再度尝试，最后终于成功。虽不是多大的成就，却创下最佳的个人纪录，赢得他那个年龄组锦标赛的第二名。这足以让哈利那颗带着傻气的心高兴地不断膨胀，膨胀到不可思议的地步，逼得他不得不装出淡然的表情，才不至于用力拥抱他们：“不错嘛，欧雷克。”

哈利环目四顾，四下里一个人影也没有。他把菲恩牌钥匙插进看台下方的更衣室门锁中。更衣室内一切如故，只是看起来更旧了，地上散落着垃圾，显然很久没人进来过。这是个可以独处的空间。哈利在置物柜之间走动。大多数置物柜都没上锁，很快他就找到了他要找的东西——一个阿布思牌挂锁。

他用钥匙尖端对准锯齿状的锁孔，却插不进去。可恶。

哈利转过头去，扫视体积庞大的铁柜，视线停住，回到上一个置物柜。那里挂着另一个阿布思牌挂锁，绿色漆面有个圆形刻痕，那是个“O”[1]。

他打开置物柜，首先映入眼帘的是欧雷克的溜冰鞋，细长冰刀的边缘看来像是长了红疹。

① 欧雷克（Oleg）的首字母。

置物柜里有两张照片插在通风栅上，那是两张全家福，其中一张照片里有五张面孔，两个小孩和应该是父母的面孔对哈利而言是陌生的，但哈利认得第三个小孩，因为他看过这个小孩的照片，也就是犯罪现场的照片。

第三个小孩就是那个长得很美的古斯托·韩森。

哈利对照片的第一印象是古斯托不属于这张照片，或者说，他不属于这个家族。哈利心想，会不会是因为古斯托长得太美了才给他这种感觉？

同样的，另一张照片里的高大金发男子也给他这种感觉。男子坐在深色头发女子和她儿子后方，照片是多年前一个秋日拍的，当时他们在霍尔门科伦区散步，蹚过橘色落叶，萝凯把相机放在岩石上，按下计时拍摄键。

照片中的人真的是他吗？哈利不记得自己有过这么温柔的表情。

萝凯的眼睛散发着光芒。哈利觉得耳边似乎听见她的笑声。他爱她的笑声，他希望记住她的笑声。她的笑声他怎么听都听不腻。她跟其他人在一起也会笑，但她跟他和欧雷克在一起时会发出不同声调的笑声，那是专为他们保留的。

哈利搜索置物柜内的其他物品。

里头有一件浅蓝色镶边的白色毛衣。这件毛衣不是欧雷克的穿衣风格，他通常会穿短夹克搭配黑色T恤，上头写着超级杀手乐队或活结乐队。哈利闻了闻毛衣，上面有淡淡的香水味——女性香水味。帽架上有个塑料袋。他打开后不由自主吸了口气。袋里装的是吸毒工具，包括两个针筒、一根汤匙、一条橡皮筋、一个打火机和几片纱布，唯独缺少毒品。哈利正要把塑料袋放回去，突然看见置物柜深处有件红白相间的衣服。他拿出衣服，是一件球衣，胸部用大字写着：“欢迎搭乘阿联酋航空。”那是阿森纳队的球衣。

他看着照片，看着欧雷克。就连他自己都露出了笑容。那笑容似乎是说，至少当时一起坐在照片中的三个人都认为这样是美好的，一切都会很顺利，这就是他们想过的生活。那为什么生活会偏离轨道？为什么掌控方向盘的这个男人会让一切偏离方向?

“你总是骗人说什么你会一直陪着我们。”

哈利从柜门上拿下那两张照片，放进外套内袋。

走出体育馆时，西下的太阳正往伍拉森车站后方沉落。

8

爸，你看见我正在流血吗？我流的血带有你的劣质基因。还有你的血，欧雷克，教堂钟声应该为你敲响才对。我诅咒你，诅咒我认识你的那一天。那天你去光谱剧场看犹太祭司乐队的演唱会，我在附近闲逛，走进离开剧场的人潮。

“哇，好酷的T恤，”我说，“你在哪里买的？”

你冷漠地看了我一眼：“阿姆斯特丹。”

“你去阿姆斯特丹看过犹太祭司的演唱会？”

“不可以吗？”

我对犹太祭司不熟，但起码我做过功课，知道那是个乐队，不是一个人，主唱叫罗布什么的。

“酷，祭司最棒了。”

你僵立片刻，望着我，神情专注，犹如一头闻到气味的动物，也许是闻到危险，也许是闻到猎物。对你来说，你闻到的可能是心灵知己的气味。这是因为你身上背负的孤寂就好像一件湿淋淋的沉重雨衣。你弓着背、拖着脚步行走，你的孤寂让我在人群中一眼就看见了你。我说如果你肯告诉我阿姆斯特丹演唱会的事，就请你喝可乐。

于是你说起犹太祭司乐队，说起两年前在海尼根音乐厅举行的演唱会，说起有两个青少年在听了犹太祭司的专辑后对彼此开枪，因为专辑里有个隐藏信息说：“去做。”最后只有一个人活了下来。犹太祭司是重金属乐队，曾一度尝试速度金属的乐风。二十分钟后，你已经说了太多关于野蛮和死亡的话语，我觉得该是提起冰毒的时候了。

“我们去‘嗨’吧，欧雷克，庆祝我们的心灵交流，你说怎样？”

“什么意思？”

“我认识一些有意思的人要去公园抽一管。”

“真的？”你语带怀疑。

“不是什么太强的东西，只是冰块而已。”

“我不玩那个，抱歉。”

“靠，我也不玩啊。我们可以抽点冰烟斗，就你跟我。用冰烟斗吸真正的冰块，就跟罗布一样。而不是抽那种粉状的烂货。”

你怔了怔，吞了口口水：“罗布？”

“对啊。”

“你是说主唱罗布·哈尔福德？”

“当然啊。罗布的舞台道具管理员也去找卖我冰块的那家伙买。你身上有现金吗？”

我的口气是那么随兴，那么理所当然，以至于你严肃的眼神中没有一丝怀疑：“罗布·哈尔福德也抽冰块？”

欧雷克依照我的要求，有点不情愿地递给我五百克朗钞票。我叫他在原地等候，起身离开，沿着街道走到弗特兰桥旁，转而向右，离开他的视线范围，穿越马路，行走三百米，不一会儿就到了奥斯陆中央车站，心想以后再也不会见到那个叫欧雷克·樊科的怪咖了。

后来我坐在月台下方的通道，嘴里叼着冰烟斗，这才发现原来我跟他之间还没结束，甚至连结束的边都沾不上。他站在我面前，不发一语，靠着墙壁，在我身旁滑坐下来，伸出一只手。我把冰烟斗交给他。他吸了一口，剧烈咳嗽，又伸出另一只手，说：“找钱。”

古斯托和欧雷克这对搭档就这么形成了。那时是暑假，欧雷克在克拉斯欧森五金家用器材店打工，下班后我们会一起去市区，在中世纪公园混浊的游泳池里游泳，看着歌剧院周围兴建中的新城。

我们对彼此述说未来想做什么事、想成为什么样的人、想去什么地方，用他打工赚来的钱吸食我们买得到的毒品。

我跟他说我养父的事，说我养父因为养母挑逗我而把我踢出家门。而你呢，欧雷克，你说起一个你母亲过去的男友，一个名叫“哈利”的警察，你说他“蛮酷的”，是个值得信赖的人。但后来事情走了样，一开始是他和你母亲之间出现了变化，接着是你被卷入他正在侦办的案子，于是你跟母亲搬去了阿姆斯特丹。我说这家伙也许可以说他“蛮酷的”，但这实在是个很逊的形容词。你说“哇靠”更逊。有没有人跟我说过这个词很“操蛋”？就连“操蛋”都很孩子气。你还说为什么我要说这么夸张又土气的话？我根本就不是奥斯陆东区人。我说夸张是我的原则，它强调了我的观点，而“操蛋”是那么的不对味以至于它听起来非常顺耳。艳阳高照，我心想这是我听过的别人对我最棒的赞美。

我们为了好玩在卡尔约翰街上行乞。我去市政厅广场偷了个滑板，半小时后在铁路广场用滑板换了快速丸。我们搭船去霍韦迪岛游泳，讨啤酒喝。几个女孩邀请我们登上爹地的游艇，你爬上桅杆跳水，跟甲板擦身而过。我们搭电车去艾克柏区看日落，那里正好在举行挪威杯足球赛。一个来自特伦德拉格的烂足球教练猛盯着我瞧，我跟他说只要付我一千克朗，就替他口交。他把钱给我，我等他把裤子脱到脚踝，立刻转身就跑。你说后来那家伙看起来“满脸失落”，转头看着你，像是要你接手。天哪，真是笑死我们了！

夏天似乎永远不会结束，但终究还是来到了尽头。我们用你的最后一笔薪水买了大麻烟卷，朝苍白空虚的夜空吐烟。你说你得回去上学，考出好成绩，跟你母亲一样去念法律，然后你会去上那个操蛋的警察学院！我们笑到连眼泪都飙了出来。

开学以后，我们碰面的时间变少了，而且越来越少。你跟母亲住在霍尔门科伦山上，我胡乱睡在一个乐队的排练室里，他们说我可以睡在那里，只要替他们看着东西，在他们排练时避开就好。于是我放弃了跟你之间的友谊，心想你已经回到舒适的旧生活中。差不多这个时候我开始贩毒。

这完全是个意外。那时我和一个女人在一起，并从她身上榨钱，然后去奥斯陆中央车站，问图图手上有没有冰块。图图有轻微口吃，他是亚纳布区灰狼帮帮主奥丁的奴隶。图图这个外号来自有一次奥丁需要把一整个行李箱的贩毒现金拿去洗钱，派他去意大利找某个博彩机构下注一场球赛。奥丁知道最后的比分是设定好的，主队被安排要以二比零赢得赛事。奥丁命令图图下注时要说“二——零”，但事情出现了转折点，图图要下注时紧张万分，口吃突然加重，使得对方只听到“二——二”。终场前十分钟，主队当然以二比零领先。一切都平静光明，只有图图不这么觉得，因为他看见他押上所有现金所换得的投注单上写的是“二——二”，也就是英语的“Two-Two”（图——图）。这下子他知道奥丁一定会开枪射穿他的膝盖骨，因为奥丁最喜欢开枪打烂别人的膝盖。这时第二个转折点出现，客队板凳上坐着一个来自波兰的新手前锋，他的意大利文跟图图的英文一样烂，没听懂比分早已经过安排。球队经理派他上场，他觉得拿人薪水就得克尽职责，因此尽力得分，还连得两分。图图因而得救。当晚图图搭机返回奥斯陆，直接去找奥丁，回报说他交了天大的好运，岂料却把好运当场用完。他开始叙述他如何把现金压在了错误的比分上，说得兴奋不已，同时也口吃不已，听得奥丁失去了耐性，随手从抽屉里拿出左轮手枪——这时出现了第三个转折点——在图图还没讲到波兰球员之时，就开枪轰了他的膝盖。

反正呢，那天图图在奥斯陆中央车站跟我说，冰块已经没……没……有了，只能将就着用粉……粉，粉比较便宜，而且两者都算是冰毒。可是我受不了。冰块是美丽的白色结晶，可以让人嗨到爆，奥斯陆买到的臭黄粉却混合了发酵粉、精制糖、阿司匹林、维生素 B_{12} 和恶魔及恶魔他妈，或甚至为了蒙骗行家，还添加了尝起来像快速丸的捣碎的止痛药。但我还是以非常低的量贩折扣跟图图买了粉，并剩下很多钱可以去买安非他命。比起冰毒，安非他命就像健康食品，只不过药效作用得比较慢。我吸食了一些快速丸，用更多发酵粉去稀释冰毒，再拿到布拉达广场卖，赚取可观的差价。

第二天我又去找图图，重复同样手法，但进的货更多。我吸食一些，稀释剩下的，然后卖出去。第三天又如法炮制。我跟图图说如果他接受赊账，我就可以进更多货，他听后大笑。第四天我去找图图，他说他们老大认为我们可以固……固……定合作。他们看见我贩毒，喜欢我的手法。我只要一天能卖出两批货，他们二话不说就会付我五千克朗。于是我开始替奥丁和摩托帮在街头贩毒。早上我去图图那里拿货，下午五点再把当天收益和剩下的货交回去给他。我成了日班药头，手上的货总是全数卖光。

事情就这样顺利地进行了大约三周，后来有个周三我在维帕唐根码头卖了两批货，口袋里装满现金，鼻孔里充满快速丸药粉，这时我突然发现，我何必非要去车站跟图图碰面？于是我发短信给他，说我要离开奥斯陆，随即跳上开往丹麦的渡轮。一个人吸食安非他命太久，就是会出现这种头脑失常的情形。

回国之后，我听说奥丁正在找我，把我吓死了，因为我知道图图的外号是怎么来的。于是我保持低调，在古列路卡区附近晃荡，等待审判日的来临。但奥丁还有更重要的事待处理，没空料理一个欠他几万克朗的小药头。奥斯陆来了竞争者，也就是那个“来自迪拜的男人”，这人来抢的不是安非他命类市场，而是海洛因市场，而海洛因市场对摩托帮而言比什么都重要。

有人说这个对手是白俄罗斯人，有人说是立陶宛人，又有人说是挪威的巴基斯坦人。但大家都认为对方是个天不怕地不怕的专业组织，而且对竞争者了解太多总比了解太少来得好。

那是个诡异的秋天。

我有好一段时间身无分文，没有工作，又被迫保持低调。我找到一个买家去主教街买那个乐队的乐器。买家来看货，我让他相信那些乐器是我的，毕竟我就住在那里！重点只在于跟他约个时间来取货而已。就在此时，伊莲娜有如救援天使般出现。伊莲娜，长着雀斑、心地善良的伊莲娜。那是个十月的早晨，我在苏菲恩堡公园忙着应付几个家伙，她突然出现在我眼前，高兴得几乎哭了出来。我问她有没有钱，她拿出一张维萨信用卡挥了挥。那是她父亲罗尔夫的信用卡。我们去附近的提款机，把那张卡可以提取的现金全都提取了出来。起初伊莲娜不愿意，但我说我这条命全靠它了，于是她知道非如此不可。我们去奥林本餐厅吃吃喝喝，又买了几克快速丸，最后回到主教街的家中。她说她和母亲吵了一架，于是便在我那里过夜。第二天我带她一起去车站。图图坐在他的摩托车上，身穿背后画着狼头的皮夹克。他留着山羊胡，头上绑着海盗头巾，领子里露出刺青，但看起来仍像个操蛋的小喽啰。他正要跳下摩托车，朝我冲来，却发现我正在朝他走去。我把我欠他的两万克朗还给他，再加上五千克朗的利息。谢谢你借我旅费，希望我们可以重新开始。图图打电话给奥丁，同时看着伊莲娜。我看得出他想要什么，又看了看伊莲娜。可怜、美丽又苍白的伊莲娜。

“奥丁说你要再给他五……五……五千，”图图说，“不然他要我把你揍……揍……揍揍……”他深呼吸一口气。

“揍一顿。”我说。

“现在就给。”图图说。

“好，那我今天帮你卖两批货。”

“那你得付……付付……付现金。”

“别这样，我两小时就能全部卖光。”

图图看了我一眼，又朝伊莲娜点了点头。伊莲娜站在铁路广场的台阶尽头等待。“那她……她……她呢？”

“她会帮忙。”

“女生很会卖东西。她嗑药吗？”

“还没。”我说。

“小……偷。”图图说，露出缺牙的笑容。

我数了数身上的钱，这是我的最后一笔钱，每次都是最后一笔钱。钱就跟血一样从我的身体不断流失。

一星期后在榆树街摇滚餐厅旁，一名少年走到伊莲娜和我的面前。

“伊莲娜，他是欧雷克，”我说，从墙上跳了下来，“欧雷克，跟我妹打个招呼吧。”

我拥抱欧雷克，感觉到他并未低头，他的目光越过我的肩膀，射向伊莲娜。透过他的外套，我感觉到他心跳加速。

楚斯坐在办公椅上，双脚搁在桌上，话筒抵在耳际。他打电话给位于利勒史托市、属于鲁默里克警区的警局，自我介绍说他叫托马斯·路德，是克里波的化验室助理。对方警察确认说他们收到一个从加勒穆恩机场送去的包裹，推测里面应该是海洛因。标准程序是挪威境内没收的毒品都必须送往位于奥斯陆布尔区的克里波化验室进行化验。克里波的车子一周会去东部的各个警区收件一次，其他警区则会自己请快递人员递送包裹。

“很好，”楚斯说，手上把玩着一张伪造证件，上面贴着他的照片，下面写着“托马斯·路德，克里波”，“我刚好要去利勒史托，可以顺便去拿要寄到克里波的包裹。这种大型包裹我们总是希望能立刻化验。好，那就明天早上见。”

楚斯挂上电话，望向窗外，看着碧悠维卡区新城逐渐往天际发展的建筑物，脑子里思索着所有的小细节，包括螺栓的尺寸、螺帽的螺纹、灰泥的质量、玻璃的弹性。为了整体运作顺利，一切都必须正确无误才行。他感到深切的满足。因为确实如此。这个城市的确顺利地运作着。

9

松树树干画出细长的女性化线条，向上延伸到宛如绿色裙摆的叶丛之中，叶丛在大屋前方的碎石路上洒下朦胧的午后阴影。哈利站在车道顶端，擦去他从霍尔门塘爬上陡峭山坡来到这里所流下的汗水。他看着这栋深色大宅。大宅的厚重黑色木材呈现出坚实安全的特质，像是座可以抵抗巨怪和大自然侵扰的堡垒，但光是这样还不够。这附近的房子都是巨大而粗犷的独栋宅邸，正在不断增建扩张。在哈利的手机联络人中以 Ø 代称的爱斯坦曾说，榫卯接合的木材代表中产阶级对大自然简朴和健康的渴望。但这栋大宅在哈利眼中只有扭曲与病态，只是个遭到连环杀手侵袭的家。尽管如此，萝凯仍选择留下这栋房子。

哈利走到门口，按下门铃。

门内传来沉重的脚步声。哈利这才想到自己应该先打电话才对。

大门打开。

出现在哈利面前的男子留着金色刘海，这刘海在男子的巅峰时期曾经茂盛，无疑曾为他带来许多好处，因此后来他才会希望即使刘海变得较为稀疏，也还是能发挥效果。男子身穿熨烫平整的浅蓝色衬衫，哈利猜测男子年轻时也是穿着同类型的衬衫。

“找哪位？”男子问道，表情亲切开朗，一双眼睛像是只见过友善的人事物，胸部口袋上绣着小小的马球选手标志。

哈利觉得喉咙发干，看了看门铃下方的名牌。

上面写着“萝凯·樊科”。

然而门口却站着这个长相迷人、一脸文弱的男子，手握门把，仿佛这栋房子是他的。哈利知道自己有许多开场白可以选择，但他说出口的却是：“你是谁？”

眼前的男子露出哈利永远无法做出的表情，他蹙起眉头，同时又露出微笑，仿佛是纡尊降贵的优秀人士对低等贱民的放肆无礼感到有趣。

“既然你在门外，我在门内，应该是你自我介绍，表明来意才对吧？”

“没问题，”哈利说，大声打了个哈欠。想当然地，他把这个哈欠归咎于时差。“我来找名牌上的这位小姐。”

“你是……？”

“耶和华见证人。”哈利说，看了看表。

男子的目光自然而然地从哈利身上移开，寻找跟他一起来传道的搭档。

“我叫哈利，来自香港。她在哪里？”

男子扬起一道眉毛：“你就是那个哈利？”

“既然哈利是过去五十年来挪威最多人取的名字之一，我们应该可以假设我就是那个哈利。”

男子开始打量哈利，点了点头，嘴角泛起一丝微笑，仿佛他的大脑正在播放他曾接收过的关于眼前这人的信息，但没有任何迹象显示他打算从门口让开，或回答哈利的问题。

“怎么样？”哈利说，变换了一下站姿。

“我去跟她说你来了。”

哈利的脚非常敏捷，他本能地扬起鞋底，好让门板撞上鞋底而不是鞋面。这个技巧是他从新工作中学来的。男子看了看哈利的脚，又看了看哈利，脸上那种纡尊降贵的好玩神情不见了。男子正要开口，说些使对方难堪的话来扳回一城，但哈利知道他在这一瞬间改变了心意。因为男子看见了哈利脸上的表情，这表情通常可以让人改变心意。

“你最好……”男子说，猛然住口，眼睛眨了眨。哈利等待着，等待对方的困惑、迟疑、撤退。男子的眼睛又眨了眨，咳了一声，说：“她出去了。”

哈利站立不动，让静默响起。两秒、三秒。

“我……呃，我不知道她什么时候回来。”

哈利的脸部肌肉动也不动，男子的表情却换了一个又一个，仿佛正在找个表情来当作盾牌，最后他端出一开始露出的表情，那个友善的表情。

“我叫汉斯·克里斯蒂安。我……抱歉我表现得这么不友善，因为发生了这件案子，很多人都来问些奇奇怪怪的问题，所以现在最重要的是不让萝凯受到打扰。我是她的律师。”

“她的？”

“他们的。我是她的律师，也是欧雷克的律师。你要不要进来？”

哈利点了点头。

客厅桌上摆着一沓文件，都是关于命案的文件和报告。文件的高度显示他们尚未停止研究案情。

“请问你来这里的目的是……？”汉斯问道。

哈利翻了翻那沓文件，里面有DNA化验报告、证人供词。“那你呢？”

“我什么？”

“你为什么来这里？难道你没有办公室可以让你准备辩护工作？”

“萝凯想参与准备工作，她也是律师。听着，霍勒，我很清楚你是谁，我也知道你跟萝凯和欧雷克曾经很亲近，可是……”

“那你跟他们又有多亲近？”

“我？”

“对，听起来你好像对他们负起了全方位照顾的责任。”

哈利听见自己话中的弦外之音，知道透露了自己的心思，也看见汉斯露出惊讶的神情。他知道自己失去了上风。

“萝凯跟我是老朋友，”汉斯说，“我在这附近长大，跟她一起研究法律，然后……呃，我们一起度过了人生中的黄金时期，自然会产生深刻的联结。”

哈利点了点头。他知道自己不该多话，知道自己现在不论说什么都只会把情况搞得更糟。

“嗯，既然你们有这种深刻的联结，我跟萝凯在一起的时候怎么没见过也没听说过你，这不是有点奇怪吗？”

汉斯正踌躇着该如何回答，大门打开，萝凯出现在门口。

哈利觉得自己的心似乎被一只爪子抓住，猛力拧绞。

萝凯的身形依然苗条挺直，脸蛋还是呈心形，眼珠是深褐色的，有张爱笑的大嘴，发型几乎没变，仍然留着长发，颜色似乎淡了点。她眼神紧张，犹如受到猎捕的动物，双目圆睁，甚为狂乱。但是当她的目光落到哈利身上，刹那间，仿佛某种东西回来了，仿佛过去的她回来了，过去的他们回来了。

“哈利。”她说。这名字一叫出口，过去的一切全都回来了。

哈利跨出两大步，将她拥入怀中。她的头发散发着淡淡的香味，手指贴着他的脊椎。先放开手的是她。哈利后退一步，望着她。

“你气色不错。”哈利说。

“你也是。”

“骗人。”

她立刻露出笑容，眼眶泛红。

他们就这样站着。哈利让她打量自己，让她仔细端详他年岁增长的面容与新添的疤痕。“哈利。”她又叫了他一次，侧过了头，发出笑声。第一颗泪珠在她睫毛上颤动并落下，泪痕划过她柔嫩的肌肤。

马球衫男子在客厅一角咳了一声，说他得开会去了。

屋里剩下他们两人。

萝凯泡咖啡时，哈利看见她的目光落在他的金属手指上，但两人都没说什么。他们之间有个不曾说出口的协议，那就是永远不要再提起雪人。因此哈利坐在厨房餐桌前，说起他在香港的生活，向她述说他可以说的事，以及他想说的事。他说现在他的头衔是“债务顾问”，专门替赫尔曼·克鲁伊催收账款，拜访延误付款的客户，用友善的方式唤起他们的记忆。简而言之，债务顾问的工作就是建议客户尽早付款，而且用实际可行的方式付款。哈利说他之所以符合这份工作的要求，是因为他不穿鞋就高达一米九二，肩宽膀阔，双眼布满血丝，脸上还有一道疤。

“我必须穿西装打领带，表现出亲切又专业的态度，在香港、台湾、上海等地到处跑，非常国际化。饭店有客房服务，办公大楼精致优雅，瑞士风格的私人银行彬彬有礼，又带有中国风情。西式的握手问好，亚洲式的微笑。通常客户隔天就付款，赫尔曼·克鲁伊非常满意，我们彼此了解。”

萝凯替两人倒了咖啡，坐了下来，深吸了一口气。

“我在海牙的国际法庭找了份工作，在阿姆斯特丹的办公室上班。我以为只要离开这栋房子，离开这座城市，离开那些镁光灯……”

离开我，哈利心想。

“……离开那些回忆，就会没事了。有一阵子真的是这样，后来就开始不对劲。一开始欧雷克只是无理取闹发脾气，他小时候从来不会拉高嗓门说话的。他的脾气是暴躁了点，可是从来没有……像那样子过。他说我带他离开奥斯陆，毁了他的人生。他这样说是因为他知道我对这种话毫无招架之力。我开始哭，他也开始哭，问我为什么要把你推开。你救了我们，你从那个……那个……手中救了我们……”

哈利点了点头，这样她就不必说出那个人的名字。

“他开始很晚才回家，说去跟朋友碰面，但那些朋友我一个都没见过。有一天他承认他去莱顿广场的咖啡馆抽哈希什。”

“你是说斗牛犬皇宫，很多观光客会去的那家？”

“对，那虽然是阿姆斯特丹经验的一部分，但我也觉得很害怕，因为他父亲……呃，你知道的。”

哈利点了点头。欧雷克的贵族基因来自父亲，带有高亢、狂怒、低潮。那是陀思妥耶夫斯基的土地。

“他常常坐在房间里听音乐，听那种狂野又阴沉的音乐。嗯，你知道那些乐队……”

哈利又点了点头。

“他也听你的唱片，比如弗兰克·扎帕、迈尔斯·戴维斯、劲草乐队、尼尔·扬、超静乐队。”

萝凯对这些名字如数家珍，哈利不禁怀疑她可能经常偷听欧雷克在做什么。

“后来有一天我在他房间吸地，却发现两颗药丸，上面刻有笑脸。”

“摇头丸？”

她点了点头：“两个月后，我应征上了检察总长办公室的工作，就搬回这里。”

“搬回安全、纯真又熟悉的奥斯陆。”

她耸了耸肩。“他需要换个环境，也需要一个新的开始。这个办法奏效了。你知道他不是那种朋友成群的人。他去跟一些老朋友碰面，在学校的表现也很好，直到……”说到这里她的声音溃散了。

哈利静静等待着，喝了一大口咖啡，做好了心理准备。

“他一连好几天没回家，我不知道该怎么办，他总是爱做什么就做什么。我打电话给警察、心理医生、社会学者。他虽然还未成年，但除非有证据显示他不回家和毒品或犯罪有关，否则没有人可以采取任何行动。我觉得非常无助。每当我看见别的孩子走上歧途，我总认为错在父母，父母应该拿出解决办法，不要坐视，不要压制，要去行动！”

哈利看见她的手放在他身旁的咖啡桌上，手指纤细，苍白肌肤上有着细小的血管，早秋这个时节她的肌肤通常都还留着日晒的棕褐色。他并未顺从自己的冲动，把手放在她手上。他们之间隔了一道墙。欧雷克就是那道墙。

萝凯叹了口气。

“所以我只好自己去市区找他，每天晚上都去，最后终于找到了他。他站在托布街的街角，看到我显得很高兴。他说他很开心，他找到了一份工作，跟一些朋友一起住在一所公寓里。他说他需要自由的空间，我不应该问那么多问题，还说他正在‘旅行’，他要好好利用他的‘空档年’，他要环游世界，就跟霍尔门科伦山上的其他青少年一样，在奥斯陆市区环游世界。”

“他穿什么衣服？”

“什么意思？”

“没什么，继续说。”

“他说他很快就会回家，也会完成学业，所以他同意星期天回来跟我吃午餐。”

“他回来了吗？”

“回来了。他离开以后，我发现他进过我的卧房，偷走了我的珠宝盒。”她深深吸了口气，不自禁地颤抖，“你在西区跳蚤市场买给我的戒指也在那个珠宝盒里。”

“西区跳蚤市场？”

“你不记得了吗？”

哈利的脑子快速倒带。他的记忆里有些黑洞，有些被他压抑的白色空洞，还有许多受酒精侵蚀的大型空洞。但有些记忆是彩色的，缤纷生动。

比如他们去逛西区跳蚤市场的那天。那天欧雷克有没有一起去？有，他去了，当然去了。那张照片、那个定时器、那些秋叶。或者那是另一天？那天他们慢慢一摊一摊逛过去。老玩具、陶器、生锈烟盒、裸片或者有封套的黑胶唱片、打火机，还有一只金戒指。

那只戒指放在那里看起来十分孤单，因此哈利把它买了下来，戴在她的手指上。替它找个新家，他说。或者他说了类似的话，听起来漫不经心，但她知道他只是害羞，这是他婉转表达爱意的方式。也许事实真是如此——无论如何，他们两人都笑了。笑这个举动，笑这只戒指，笑他们都知道彼此心意相通，笑这些其实都无所谓。因为他们想要却又不敢要的一切，都体现在这只便宜又俗丽的戒指上，那就是承诺他们会尽可能长久地、热烈地爱着彼此，直到爱已消逝才分离。当然后来她离开是为了别的原因，一个更好的原因。但哈利猜想她会妥善保存他们那只俗丽的戒指，放在珠宝盒中，和她从奥地利裔母亲那里继承来的珠宝放在一起。

“我们要不要趁太阳还没下山出去走走？”萝凯问道。

“好，”哈利说，回以微笑，“出去走走。”

他们沿着朝山顶盘绕而上的道路漫步。东面的落叶树林颜色火红，看起来像是着了火。点点灯火在峡湾上嬉跃，有如熔化的金属。一如往常，山下城市的人造设施令哈利感到目眩神驰，远看有如蚁冢。房屋、公园、道路、起重机、港口里的船只、逐渐亮起的灯光。汽车和火车匆匆来去。这就是我们日常活动的总和。唯有时间充裕的人才能停下脚步，看着山下那群营营役役的蚂蚁，容许自己问一句：这一切所为何来？

“我做梦都想着平静和安宁，”萝凯说，“只是这样而已。你呢？你都梦到什么？”

哈利耸了耸肩：“发现自己在小走廊上，雪崩排山倒海而来，把我活埋。”

“哇。”

“呃，你知道我有幽闭恐惧症。”

“通常我们会梦见自己的恐惧和渴望。消失、活埋……从某个角度来说这些能提供安全感对不对？”

哈利双手深深插进口袋：“三年前我被雪崩活埋过。这样说好了，事情没那么简单。”

“所以你大老远跑去香港，还是没能逃离鬼魂的纠缠？”

“哦，对啊，”哈利说，“不过这趟旅程使鬼魂的纠缠减少了。”

“真的？”

“把事情抛在脑后是可能的，萝凯。对付鬼魂的艺术就是勇敢面对它们，盯着它们看，直到你了解它们不过如此，不过是鬼魂，是没有生命、没有力量的鬼魂。”

“那么，”他一听萝凯的语调就知道她不喜欢讨论这个主题，“你有交往对象吗？”萝凯这句话问得非常轻易，轻易到令哈利难以置信。

“这个嘛……”

“告诉我啊。”

她戴着太阳镜，难以分辨她究竟有多想听。哈利决定跟她交换近况，却不知道自己想不想听。

“之前那个是中国人。”

“之前？她怎么了吗？”萝凯露出打趣的笑容。哈利心想她看起来像是承受得了冲击，但他还是希望她对此事能更敏感一点。

“她是上海的商人，很懂得照顾她的‘关系’，就是有用的人际关系，也很会照顾她那个又老又有钱的中国老公。她有空的时候就会照顾我。”

“换句话说，你剥削她爱照顾人的天性。”

“我希望我能这样说。”

“哦？”

“她会明确地指定时间地点，还有方式。她喜欢……”

“够了！”萝凯说。

哈利露出促狭的微笑：“你懂的，我一向对知道自己要什么的女人没有招架之力。”

“我说，够了。”

“收到。”

两人陷入沉默，继续往前走。最后哈利鼓起勇气，问出了萦绕在他心头的问题。

“那这个汉斯·克里斯蒂安呢？”

“你是说汉斯·克里斯蒂安·西蒙森？他是欧雷克的律师。”

“我以前在侦办命案的时候从来没听过这个汉斯·克里斯蒂安·西蒙森。”

“他住这附近，我们是法学院的同届同学，他主动说要帮忙。”

“嗯，真不错。”

萝凯大笑：“我依稀记得以前学生时代他邀我出去过一两次，还想找我一起去上爵士舞的课。”

“省省吧。”

萝凯又哈哈大笑。天哪，他一直渴望听见她的笑声。

她用手肘轻推他一下：“你懂的，我一向对知道自己要什么的男人没有招架之力。”

“嗯哼，”哈利说，“那这些男人都为你做了什么？”

她没有答话。她无须回答。她只是蹙起长长的黑色眉毛。过去每当她蹙眉，他总会轻揉她的眉心。“有时候我们需要的是一个愿意尽心尽力的律师，而不是一个早已算到结局的资深律师。”

“嗯，你是说一个早已知道官司必败的律师。”

“你的意思是说我应该去找那种身心俱疲的老律师？”

“这个嘛，一流的律师都很愿意尽心尽力啊。”

“这只是件无关紧要的毒虫命案，哈利，一流的律师都忙着处理大案子。”

“那么，关于案发经过，欧雷克跟这个愿意尽心尽力的律师是怎么说的？”

萝凯叹了口气：“他只说他什么都不记得，除此之外什么都不想说。”

“你们打算拿这个来当作辩护的基础？”

“听着，汉斯在他的领域里是个出色的律师，他知道事情的牵连范围有多大，也去请教过一流律师，而且他真的为这件案子日夜忙碌。”

“换句话说，你在剥削他爱照顾人的天性？”

这次萝凯没笑：“我是个母亲。就这么简单。我什么都愿意去做。”

他们在森林边停下脚步，各自在雪杉树干上坐下。太阳沉落到西方的树梢之下，像一颗疲惫的独立纪念日气球。

“我当然知道你为什么来这里，”萝凯说，“可是你到底打算怎么做？”

“我打算排除合理的怀疑，查出欧雷克是不是真的凶手。”

“因为？”

哈利耸了耸肩：“因为我是警探。因为这是蚁冢的运作方式，除非百分之百确定，否则没有人会被定罪。”

“你不确定？”

“对，我不确定。”

“你回奥斯陆就只是为了这个原因？”

雪杉林的影子朝他们缓缓移动。哈利在亚麻西装下发抖，显然他的体温调节器尚未调整到适应北纬五十九点九度的气温。

“很奇怪，”他说，“我们在一起的时光我只记得片段而已。我总是看着一张照片来回忆，回想我们当时在一起的样子，尽管我知道那不是真的。”

他看着她。她坐在树干上一手托着下巴，阳光在她眯起的双眼上闪耀。

“也许这就是我们拍照的原因，”哈利继续说，“用来提供伪证，支持我们曾经快乐的错误主张，因为只要一想到我们曾在人生中有段时间不快乐，就令人难以忍受。大人命令小孩对镜头微笑，把他们一起拉进谎言里，所以我们都懂得微笑，假装快乐。可是欧雷克除非真的很开心，否则他没办法笑。他没办法说谎，他没有这个天分。”哈利转头望向太阳，看见最后几道阳光从山顶上最高的树枝后方射出，犹如伸长的黄色手指，“我在荷芬谷体育场的置物柜里发现一张我们三个人的合照。你知道吗，萝凯？照片里的欧雷克是微笑着的。”

哈利注视着雪杉林。林木的最后一抹色彩迅速褪去，只留下黑色轮廓，仿佛一排排身穿黑色制服、立正站立的守卫。他听见萝凯靠近，感觉她的手挽住他的手臂，她的头靠上他的肩膀，她的脸颊温度穿透亚麻西装。他在她的发香中呼吸。“我不需要照片来记得我们曾经有多么快乐，哈利。”

“嗯。”

“说不定他是自己学会说谎的，我们不都是这样吗？”

哈利点了点头。一阵风吹来，他打了个冷战。他自己是什么时候学会说谎的？是不是当小妹问他妈妈在天堂能不能看见他们的时候？难道他那么小就学会了说谎？因此现在才能毫不费力地对自己说谎，假装不知道欧雷克做了些什么事？欧雷克丧失纯真的那一刻，不是当他学会说谎，不是当他学会注射海洛因，也不是当他偷取母亲珠宝盒的时候，而是当他学会如何以零风险的有效方式贩卖毒品的时候，进而导致吸毒者身体崩坏，把吸毒者送进又湿又冷的毒瘾地狱。就算他在古斯托命案中是清白的，他依然有罪。他用飞机把吸毒者送进地狱，送到迪拜。

欢迎搭乘阿联酋航空。

迪拜是阿拉伯联合酋长国的城市。

但那里没有阿拉伯人，只有身穿阿森纳队球衣、贩卖小提琴的药头。这些药头收到球衣、接受教导，学习如何以正确方式贩毒，也就是一人管钱、一人管毒。一件显眼又普通的球衣就足以显示他们卖哪种货、属于哪个组织。他们所属的组织不是那种因为贪婪、愚蠢、懒散、有勇无谋而昙花一现的贩毒组织，而是那种不冒任何非必要风险、幕后首脑隐身不出、垄断毒虫新欢的神秘组织。欧雷克曾经是他们的一分子。哈利对足球虽然不熟，但很确定范佩西和法布雷加斯这两位足球明星都替阿森纳队效力。他也百分之百确定热刺队球迷绝对不会拥有阿森纳的球衣，除非有特殊原因。这些都是哈利从欧雷克身上知道的。

欧雷克之所以对他和警方三缄其口，是因为他替某人或某个神秘组织工作，而且这个人或这个组织让每个人都噤若寒蝉。这就是哈利必须着手调查的地方。

萝凯哭了起来，脸埋在他的颈窝之中。泪水温暖着他的肌肤，流进他的衬衫，流过他的胸膛，滑过他的心。

暗夜很快就降临了。

谢尔盖躺在床上，双眼瞪着天花板。

时间一分一秒过去。

等待是最缓慢的一环。他甚至不知道事情会不会发生，事情会不会成为必然。他睡得不好，做了很多梦。他必须搞清楚才行。因此他打电话给安德烈，请他去问问伯父，但安德烈只说联系不上阿塔曼，仅此而已。

伯父总是隐藏自己的行踪。谢尔盖这辈子绝大部分时间都不知道伯父的存在，直到伯父现身，或者应该说伯父的亚美尼亚裔代理人出现，对他下达命令之后，谢尔盖才开始发出疑问，但他惊讶地发现，家族里其他成员对伯父的事也所知甚少。谢尔盖推测伯父来自西边，在二十世纪五十年代因为婚姻关系而进入家族。有人说他来自立陶宛的富农家族，属于斯大林强力驱逐的乡下地主阶级，因此整个家族的人都被下放到西伯利亚。也有人说他是耶和华见证人的小团体成员，在一九五一年从摩尔达维亚[①]被送到西伯利亚。有位年老的阿姨说伯父虽然是个见闻广博、谦恭有礼、具有语言天分的男人，但他必须立刻适应他们简单的生活形态，遵循古老的西伯利亚厄尔卡传统，把西伯利亚传统视为自己的传统。也许正因为伯父强大的适应力和突出的生意头脑，其他厄尔卡很快就接受了他的领导。不久之后，他开始经营南西伯利亚利润最高的走私活动。他的事业版图在八十年代非常辽阔，最后导致有关当局无法继续被收买，假装视而不见。警方展开扫荡行动时，正值苏联瓦解之际，因此掀起一场腥风血雨。据一名记得当时经过的邻居所述，那场行动很像军方的闪电攻击，而不像警方的执法行动。起初有人说伯父死了，据传他从背后遭到射杀，警方害怕受到报复，偷偷把尸体丢进了勒拿河。还有个警员偷了伯父的弹簧刀，还一直大吹大擂，到处炫耀。然而一年之后，伯父在法国放出他还活着的消息，说他躲了起来，只想知道他妻子有没有怀孕。结果妻子并未怀孕。伯父得知以后又沉寂多年，下塔吉尔再也没人听见过他的消息，直到他妻子去世。谢尔盖的父亲说，伯父出现在妻子的葬礼上，支付了所有丧葬费用。俄罗斯东正教的葬礼可不便宜。此外妻子的亲戚若有需要，伯父就会给予金钱援助。当时谢尔盖的父亲并不缺钱，但伯父去找他要妻子身后留下的亲戚名单。伯父就是在这个时候注意到了小谢尔盖。第二天早上，伯父就离开了下塔吉尔，跟他

---

① 摩尔达维亚是东欧的一个地区，包括了今罗马尼亚东北部、摩尔多瓦、乌克兰的局部地区，位于喀尔巴阡山和普鲁特河之间。

出现时一样神秘莫测。多年之后，谢尔盖长大成人，这时大多数人都认为伯父应该早已去世，因为他们记得伯父去西伯利亚时年纪就已经不小了。但就在谢尔盖因走私哈希什遭逮捕时，有个亚美尼亚男子突然出现，说他是伯父的代理人，他替谢尔盖解决了所有问题，并替伯父邀请并安排他前往挪威。

谢尔盖看了看表，确认从上次他看表到现在已经过了十二分钟。他闭上双眼，想象那个男子，想象那名警察。

事实上关于伯父中弹身亡的传闻还有一个小细节。据说偷走伯父弹簧刀的警员不久之后就在针叶林被人发现，但他已残缺不全，因为他身体的很多部分被熊吃掉了。

谢尔盖在眼皮内外的黑暗中，听见电话铃声响起。

是安德烈打来的。

10

托德·舒茨打开家门，望入黑暗，朝门内浓密的寂静聆听了一会儿。他没开灯，在沙发上坐下，等待下一班飞机的怒吼声到来。

警方释放了他。

一名自称是警监的男子进入拘留室，在他面前蹲下，问他为什么要在行李箱里藏马铃薯粉。

“马铃薯粉？”

“克里波的化验室是这样说的。”

托德又说了一次他被捕之后依照紧急程序不断重复的说词：他不知道那个塑料包裹怎么会在他的行李箱里，也不知道里面装了什么东西。

“你在说谎，”警监说，“我们会盯着你。”

警监打开拘留室的门，点了点头，表示托德可以出去了。

尖锐的铃声在空洞漆黑的客厅里突然响起，吓了托德一大跳。他站起身来，在黑暗中朝电话的方向摸索走去，电话放在重训椅旁的木椅上。

是航空公司的营运经理打来的，他对托德说，可以想见，之后托德将被移出国际航班的排班表，改飞国内航班。

托德问为什么。

经理说公司召开了一场管理会议，讨论过他的情况。

“这起事件引起诸多怀疑，你应该可以了解我们不能让你飞国际航线的原因。”

“那为什么不干脆把我禁飞？”

“这个嘛……”

“怎么样？”

“如果我们让你停职，你遭警方逮捕的事又走漏风声，被媒体获知，他们会立刻下结论说我们认为你有罪，那不正好给了媒体炒新闻的机会……我这样说没有别的意思。”

“难道你们不这样认为？”

电话那头静默片刻才又传来声音。

“如果我们坦承怀疑自家驾驶员走私毒品，不是会对公司造成伤害吗？”

经理的确就是那个意思。

接下来经理说的话都被图－154 喷射机的怒吼声给淹没了。

托德挂上电话。

他摸索着走回沙发坐下，伸手抚摸玻璃咖啡桌，感觉上面沾着已经干掉的黏液。黏液是由唾液和可卡因形成的。现在呢？要来杯酒还是来条白粉？或是来杯酒接着来条白粉？

他站了起来。图波列夫客机的进场高度甚低，飞机灯光涌入客厅。托德有一瞬间看见了自己在窗户上的映影。

四周再度陷入黑暗。但他已经看见，在他自己眼中看见。他知道自己同样会在同事眼中看见轻蔑和谴责，最糟糕的是看见同情。

国内航班。我们会盯着你。后会有期。

一旦他不能飞国际航线，他对他们而言不仅失去了价值，还变成了风险，一个穷途末路、债台高筑、可卡因成瘾的风险。而且现在警方的监视雷达紧盯着他，让他饱受压力。他知道的不多，但足以明白自己可能会毁了他们一手建立的基础，而他们一定会采取必要行动。托德双手抱住后脑，大声呻吟。他生来就不是驾驶战斗机的料，如今战斗机旋转失控，他没有能力重新控制住机身。他只是坐在座椅上，看着旋转的地面越来越近，心中明白自己唯一幸存的机会是牺牲战斗机。他必须按下座椅弹射钮，把自己弹射出去，而且现在就得按下按钮。

他必须去找高级警官，一个确定没被贩毒集团黑钱收买的警官。他必须直接去找警方高层。

就这样做，托德心想。他呼了口气，感觉不知不觉紧绷着的肌肉放松下来。他决定去找警方高层。

但首先呢，先来杯酒好了。

接着来条白粉。

同一个年轻接待员把客房钥匙递给哈利。

哈利道谢，大踏步爬上楼梯。刚才他从伊格广场的地铁站走到莱昂旅馆的路上，并未看见任何人身穿阿森纳队球衣。

他朝三〇一号房走去，放慢脚步。走廊上的两个灯泡都不亮，一片漆黑，使得他房门底下透出的光线可以看得格外清楚。香港的电费高得吓人，逼得他不得不改掉出门时在家留盏灯的习惯。说不定是保洁员在房里留了盏灯，但若真是如此，那么她也忘了锁门。

哈利站在门口，右手拿着钥匙，才轻轻一碰门就开了。天花板唯一一颗灯泡亮着，照亮底下站着的男子的背影，男子俯身在床上的行李箱前。房门撞上墙壁，轻轻发出砰的一声。男子冷静地转过头来，只见他的长脸上爬满皱纹，望着哈利的眼神有如圣伯纳犬。他身材高大，驼背，身穿长外套和羊毛衫，脖子上围着一圈肮脏的神父领圈，蓬乱长发中分，露出一双哈利见过的最大的眼睛。男子看上去起码有七十岁。两人的模样截然不同，但哈利的第一个念头却是他宛如看见了另一个自己。

“你在干吗？”哈利依照例行程序站在走廊上问道。

“看起来像在干吗？”男子的声音比他的容貌来得年轻，声音洪亮，带有明显的瑞典口音。不知为何，瑞典舞曲乐队和复兴教会传教士都爱用这种口音。“当然是闯进来看看你有什么值钱的东西啊。”男子用的不只是瑞典口音，他说的根本就是瑞典语。他扬起双手，右手拿着万用转接插头，左手拿着美国小说家菲利普·罗斯的《美国牧歌》的平装本。

“你没什么值钱的东西对不对？”男子把东西一一丢在床上，往小行李箱里看了看，又用询问的眼神望向哈利，“连个刮胡刀都没有。”

“搞什么……”哈利把例行程序抛在一旁，大步走进房间，“啪”地合上行李箱。

“孩子，放轻松，”男子说着，扬起双掌，“我可不是针对你。你是新来的，问题只在于先洗劫你的人是谁而已。”

“谁？你是说……”

老人伸出一只手：“欢迎，我叫卡托，我住在三一〇号房。”

哈利低头看着那只有如煎锅般的脏手。

“别这样嘛，”卡托说，“我的手是我全身上下还算能碰的地方。”

哈利报上自己的姓名，跟卡托握了握手，没想到对方的手居然相当柔软。

“这是神父的手。”卡托说，回应哈利心中所想，“有酒喝吗，哈利？”

哈利朝行李箱和打开的衣柜点了点头：“你已经知道答案了。”

“对，我知道你没什么东西，所以我指的是你身上，比方说你的外套口袋里。”

哈利拿出一台Game Boy游戏机，往床上丢过去。游戏机掉在床上的凌乱物品之间。

卡托侧头看着哈利：“看你穿的那身西装，我会以为你只是来休息，不是来过夜的。你到底来这里干吗？”

“这句话应该是我要说的吧。”

卡托把一只手放在哈利手臂上，看着哈利的双眼。“孩子，”他用洪亮的嗓音说，两个指尖抚摸哈利的衣服，“这西装真不错，花多少钱买的？”

哈利正想说话，说句兼具善意、回绝和威胁的话，却又发现多说无益，便把话吞了回去，微微一笑。

卡托回以微笑。

宛如哈利的映影。

“我没时间聊天，得去工作了。”卡托说。

“你是做……？”

“这才对，对你的凡人同胞有点兴趣嘛。我向不幸之人宣扬上帝的话语。”

“在这个时间？”

“我的使命是不分是否教堂时间的，再见。”

老人华丽地鞠了个躬，转身离去。他穿过门口时，哈利看见他的外套口袋突出一包自己尚未拆封的骆驼牌香烟。哈利走进房间，关上了门。房里飘散着老人和灰烬的气味。哈利往上推开窗户，都市的声响立刻充满整个房间：微弱规律的车声，其他窗户流出的爵士乐声，远处抑扬的警笛声，还有回荡在楼房之间、不幸之人尖叫其痛苦的声音，接着又有玻璃碎裂声、风吹枯叶的窸窣声、女人高跟鞋的咔嗒声。这是奥斯陆的声音。

有个微小动静吸引哈利低头看去。庭院灯的亮光洒在垃圾桶上。一条褐色尾巴闪着微光。边缘坐着一只老鼠，抬起发亮的鼻子对着哈利嗅闻。哈利突然想起他那颇富创见的雇主赫尔曼·克鲁伊说过一句话，这句话也许跟他的工作有关：“老鼠无所谓好坏，它只是做老鼠该做的事。”

这是奥斯陆冬季最坏的时节，峡湾还没结冰，寒风吹过城市街道，风里带着咸味，无比寒冷。一如往常，我站在卓宁根街头贩卖快速丸、安定和罗眠乐。我跺了跺脚，却感觉不到自己的脚趾。我在想到底是要拿今天赚的钱去买斯蒂恩－斯特罗姆百货公司橱窗里那双贵得离谱的弗里兰斯靴子，还是去买冰块，听说布拉达广场大减价。也许我可以偷一些快速丸，反正图图也不会发现，然后再去买靴子。但仔细一想，还是去偷靴子好了，奥丁的钱得交还给他。无论如何，我还是比欧雷克好多了，他得从最基层开始，去冻死人的河边卖哈希什。图图分派他去尼布罗桥下，和其他来自世界各地的人渣竞争。他可能是从安克尔桥到港口之间唯一能说流利挪威语的药头。

我看见街道远处有个身穿阿森纳队球衣的家伙。站在那里的通常是毕斯肯，一个脸上长痘、来自索隆村的小子，脖子上戴着铆钉狗项圈。他是菜鸟，但步骤还是一样：他负责聚集买家。目前有三个买家正在等候，天知道他们在害怕什么。条子早就放弃这个地区，就算他们从街上抓走药头，那也只是做做样子，只不过是因为某个政客又开始重炮轰击而已。

一个打扮得像是要去参加坚信礼的男子从那些人面前走过，我看见男子跟身穿阿森纳队球衣的家伙彼此点头示意，动作很小，不仔细看看不出来。男子走到我面前停下，他身穿费尔纳·雅各布森的风衣和杰尼亚西装，梳着侧分头，身材十分高大。

“有人要见你。”他说的是英语，用的是俄罗斯人的咆哮口气。

我心想又来了，他见过我的脸，以为我是男妓，不是想找我替他口交，就是想干我的青春屁眼。老实说，碰到这种烂天气，我真的考虑过转换跑道，到加温的汽车座椅上干活，一小时收四倍价钱。

“不了，谢谢。”我用英语答道。

“正确的回答应该是‘好，麻烦你’。”男子说，一把抓住我的手臂，几乎是用抬的方式而不是用拖的方式把我弄上一辆黑色轿车。这辆车无声无息地停到行道旁，打开后车门。由于抵抗无用，我开始盘算价钱，收钱的强暴总比没收钱的来得好。

我被推进后座，车门关上，发出一声昂贵的轻响。透过车窗，我看见车子往西移动，车窗从外面看是漆黑的。方向盘前坐着一个瘦小男子，他的头很小，上面却挤满所有五官：一个大鼻子、一张有如鲨鱼般几无嘴唇的苍白嘴巴、一双凸出的眼珠，看起来像是用廉价胶水粘上去的。他身穿华丽的丧礼西装，头发旁分犹如唱诗班男孩。他透过后视镜朝我看来："生意好吗？"

"什么生意，蠢蛋？"

瘦小男子对我露出友善的微笑，点了点头。原本我已决定，如果他们开口，就给他们算个团体价，但这时我在他眼中看见他们意不在此，而是另有所图，我想不出是什么。车子经过市政厅、美国大使馆、皇家庭园，继续往西行驶，经过挪威广播公司、豪宅和烫金地段。

车子在山坡上的一栋木造大宅前停下，有如礼仪师般的瘦小男子领着我朝栅门走去。我们拖着脚步走过碎石路，来到橡木门前。我环顾四周。这座宅院大得有如足球场，里面种有苹果树和洋梨树，还有一座碉堡似的水泥高塔，看起来像是沙漠国家才有的建筑。双车库设有铁杠，看起来像是停着公共应急救援车辆。宅院周围矗立着两米多高的围栏。我已隐约知道我们要去的是什么地方。轿车。咆哮式英语。"生意好吗？"以及碉堡般的甜蜜家园。

走进大厅，穿西装的大块头搜了我的身，接着他和瘦小男子走到角落，那里有张铺着红毯的小桌子，整面墙上挂着无数老雕像和十字架。他们从肩套里拿出手枪，放在红毯上，并在两把枪上各放一个十字架。一扇通往会客厅的门打开了。

"阿塔曼。"他说，替我指了指方向。

老头子看起来至少和他所坐的真皮老扶手椅一样老。我注视着他。他骨节突出的手指夹着一根黑色香烟。

巨大壁炉发出猛烈的噼啪声。我故意靠近壁炉站立，让背部感受热气。火光在老头子的丝质白衬衫和脸庞上摇曳闪烁。他放下香烟，扬起一只手，仿佛期待我亲吻他手上戴的那颗蓝色大宝石。

“这是缅甸蓝宝石，”他说，“六点六克拉，一克拉值四千五百美元。”

他说话带有口音，虽然不易听出，但确实有。是波兰，还是俄罗斯？反正是某种东欧口音。

“总共多少？”他说，下巴搁在戒指上。

我愣了一会儿才明白他的意思。

“低于三万。”我说。

“多低？”

我顿了顿：“应该是两万九千七。”

“美元汇率是五点八三。”

“大概十七万克朗。”

老头子点了点头：“他们说你很行。”他眼中的亮光比那颗缅甸蓝宝石还要蓝。

“算他们有眼光。”我说。

“我看过你做事的样子，你要学的还很多，不过我可以告诉你，你比其他那些低能儿要聪明多了，你只要看一眼就知道对方愿意出多少钱。”

我耸了耸肩，心想不知道他愿意出多少钱。

“不过他们也说你手脚不干净。”

“我只在划算的时候才动手。”

老头子大笑，发出的笑声犹如肺癌病患，起初我还以为是一阵轻微的咳嗽。他的喉咙深处发出一种汩汩声响，有点像老马达船发出的“轧轧”声。他那双奸商般的冷酷蓝眼珠盯着我，说话声调像是要跟我解释牛顿第二运动定律：“那么下一道题目你应该算得出答案：你敢偷我东西，我就杀了你。”

汗水在我背后涔涔而下。我逼自己和他目光相对，感觉就像看着该死的南极大陆，酷寒无比，一片荒凉。但我知道他要什么。最主要的就是钱。

“摩托帮的做法是你每替他们卖五十克，你就可以自己卖十克。你抽一成七。替我做事呢，你只能卖我的货，我付你现金。你抽一成五。你会有你自己的街角。你们三人一组，一人管钱、一人管货、一人把风。管货人抽零点七成，把风人抽零点三成。午夜的时候你跟安德烈结账。”他朝那个有如唱诗班男孩的瘦小男子点了点头。

街角。把风。妈的好像在演《火线》[①]。

“成交，”我说，“球衣给我。”

老头子露出类似爬虫类的微笑，从这笑容你大概可以知道自己属于哪个等级：“安德烈会处理。”

我们又聊了一会儿。他问起我的父母和交友状况，是否有地方住。我说我跟养妹住在一起，并且只在必要的地方说谎，因为我觉得这些答案他早就知道了。只有一个问题我有点招架不住。他问我为什么明明住在奥斯陆北区教育程度高的家庭，却说着一口奥斯陆东区的老旧口音？我回答说那是因为我的生父是东区人。其实天知道我老爸是哪里人，我只是自己想象他在奥斯陆四处游荡，时运不济，没有工作，穷困潦倒，住处冷得半死，不是个养育小孩的好地方。又或者我是故意这样说话来惹恼罗尔夫和那些养尊处优的邻居小孩。但后来我发现这给了我一种优势，就像刺青一样，人们会害怕躲避，离我远远的，给我额外的空间。就在我细碎地述说我的人生时，老头子打量着我的脸，同时用蓝宝石戒指轻叩椅子扶手，敲个不停，仿佛在进行倒计时。老头子的问题告一段落，会客厅只剩下轻叩声，我有种快要爆炸的感觉，只能打破静默。

“房子很酷哦。”

---

① 犯罪题材的美剧，讲的是美国巴尔的摩警察和毒匪的故事。

这句话真是逊毙了，羞得我满脸通红。

“在一九四二年到一九四五年间，这栋房子曾是盖世太保首领赫尔穆特·赖因哈德在挪威的官邸。”

“住这里应该不会有邻居来打扰。”

“隔壁那栋房子也是我的，当时赖因哈德的副官住在那里。倒过来说也可以。”

“倒过来说也可以？”

“这里的事不是每件都那么好懂。”老头子说，露出爬虫类的微笑，像科莫多巨蜥的笑容。

我知道自己必须谨言慎行，但却按捺不住：“有件事我不懂，奥丁让我抽成一点七，这是标准行情，你却要付给你的三人小组一共二成半，为什么？”

老头子用专注的目光看着我的一边脸颊：“因为三个人比一个人来得安全，古斯托。我手下药头的风险就是我的风险。如果我的手下因走漏风声被抓，那我被将军也只是迟早的事，古斯托。”他似乎很喜欢我的名字，一直挂在嘴边。

“可是利润……”

“这你不用操心，”老头子语调拔尖，又微微一笑，声音再度变得柔和，“我们的货是产地直送，古斯托，比一般所谓的海洛因纯上六倍。一般海洛因会先在伊斯坦布尔被稀释一次，接着又在贝尔格莱德和阿姆斯特丹各被稀释一次。而我们每克的成本比较低，这样你明白了吗？”

我点了点头：“你可以比别人多稀释七八次。”

“我们会稀释，但稀释程度比别人低，只有我们卖的货有资格称作海洛因。这你应该已经知道了，不然你不会抽成比较少还一口答应。”他的一口白牙映着熊熊火光，“因为你知道你卖的是城里最优的货，你的业绩会比你卖奥丁白粉的业绩高出三四倍。你之所以知道是因为你每天都看见买家穿过一排药头，直接去找穿着……”

“穿着阿森纳队球衣的药头。”

“从第一天开始，买家就知道你卖的货是最好的，古斯托。”

老头子送我出门。

他一直坐着，腿上盖着毯子，所以我以为他可能是瘸了腿，但其实他脚步灵便，令我十分意外。他在门口停下脚步，显然不希望到门外露脸。他伸出一只手搭住我的上臂，轻轻捏了捏我的三头肌。

“回头见了，古斯托。”

我点了点头。我已经知道他要的不止于此。我看过他做事的样子。他曾透过轿车的深色车窗观察过我，妈的好像我是画家伦勃朗似的。这一刻我知道我要什么他都会答应。

“把风人我要找我养妹，管货人我要找一个叫欧雷克的小子。”

“没问题，还有什么？”

“我的球衣要二十三号。”

“阿尔沙文，”唱诗班男孩低声说，十分满意，“俄罗斯球员。”显然他从没听过迈克尔·乔丹这号人物。

“再看看吧，”老头子咯咯笑着，抬头望着天空，“安德烈会跟你说明，然后你就可以开始工作了。”他一直用手拍打我的手臂，笑容凝结在那张该死的脸上。我既害怕，又兴奋，像个抓捕科莫多巨蜥的猎人般既害怕又兴奋。

唱诗班男孩驾车载我到福隆纳湾一个无人码头，用钥匙打开栅门。车子穿过停泊在码头里过冬的许多小船，驶到码头尽头停下。我们下车。我站在码头上低头看着黑沉沉的平静海水。安德烈打开后备厢。

“阿尔沙文，过来。”

我走过去朝后备厢看了看。

他依然戴着铆钉狗项圈，身上穿着阿森纳队的球衣。毕斯肯向来很丑，但他的模样差点让我吐了出来。他长满痘痘的脸上有个大黑洞，血已凝固，一只耳朵扯掉了一半，一个眼窝不见了眼珠，只剩下某种看起来像米布丁之类的东西。在我好不容易让自己的目光离开那团糊状物之后，我看见球衣上“阿联酋航空”的“联”字上方有个小洞。那应该是弹孔。

“怎么了？”我结结巴巴地问。

“他跟戴贝雷帽的条子说过话。”

我知道他指的是谁。夸拉土恩区有个卧底警察鬼鬼祟祟地到处打听消息，至少安德烈认为那人是个卧底。

安德烈等待片刻，等我好好把毕斯肯看个清楚，才说：“懂我的意思了吗？”

我点了点头，目光很难不回到那颗被毁去的眼珠上。妈的，他们到底对毕斯肯做了什么？

“彼得。”安德烈唤道。他和彼得合力把毕斯肯抬出后备厢，脱去阿森纳队的球衣，再把尸体抛下码头。黑沉沉的海水哗的一声吞没尸体，随即闭上大口。毕斯肯就这么消失无踪了。

安德烈把那件球衣丢过来给我：“这件是你的了。”

我用手指戳穿弹孔，翻过球衣，看着背面。

五十二号。丹麦籍球员本特纳的号码。

11

早上六点三十分，根据《晚邮报》末版提供的信息，再过十五分钟日出。托德·舒茨折起报纸，放在旁边的椅子上，目光再度越过空荡无人的大厅，朝门口望去。

“他平常都很早来。”柜台内的塞科利达保安说。

今早托德搭乘早班车前来奥斯陆，出了中央车站后沿着格兰斯莱达街朝东行走，目睹这座城市慢慢苏醒。路上经过一辆垃圾车，只见清洁员粗暴地对待空罐。他心想，态度比效率更重要。这原则也适用于F–16战斗机飞行员。巴基斯坦裔菜贩把一箱箱蔬菜搬到商店门口，停下脚步，伸手在围裙上擦了擦，对他这位大力神运输机驾驶员微笑道早安。托德经过格兰教堂，转而向右，就看见眼前矗立着一栋二十世纪七十年代设计建造的巨大玻璃帷幕建筑，正是奥斯陆警察总署。

六点三十七分，大门打开。警卫咳了一声，托德抬起头，看见警卫点头表示确认，便站了起来。走进门的男子身形比他小。

男子的脚步迅捷轻盈。托德没想到主管挪威最大缉毒单位的警官，头发竟比他想象的要长。男子越来越近，五官如女性般精致迷人，肌肤晒成古铜色。托德注意到男子脸上有许多粉色和白色条纹，想起有个女空服员也有皮肤色素不均的问题，白色斑块从日光浴晒成的古铜色颈部向下扩散，经过双乳之间，延伸到刮过耻毛的私处，让其他部位的肌肤看起来像紧身尼龙丝袜。

“请问你是米凯·贝尔曼吗？”

“对，有什么事吗？”男子微微一笑，并未放慢脚步。

“我想跟你私下说几句话。”

“我得去准备晨间会议，你可以打给……”

“我一定得跟你说几句话。”托德说，听见自己的口气如此坚决也吓了一跳。

“是吗？”欧克林处长已在栅门前刷过证件卡，这时停下脚步打量他。

托德踏上一步，压低嗓音，尽管大厅里只有警卫一人：“我叫托德·舒茨。我是北欧最大航空公司的机长。我手上握有毒品经由加勒穆恩机场走私进入挪威的信息。”

“原来如此，数量多少？”

“一星期八公斤。”

托德看见米凯对他上下打量，知道他的头脑正在收集和处理所有可用信息，包括肢体语言、衣着、姿态、脸部表情、不知为何手上依然戴着的婚戒、没戴耳环的耳朵、擦得晶亮的鞋子、说话使用的词汇、目光的稳定度。

“也许我们应该先让你做访客登记。”米凯说完，朝警卫点了点头。

托德缓缓摇头：“我比较希望我们的谈话能够保密。”

“每位访客都得登记，这是规定，不过我可以保证所有信息都不会流出警署。”米凯朝警卫点了点头。

搭电梯上楼时，托德抚摸西装上贴着的访客贴纸。贴纸是警卫打印出来的，要他贴在西装翻领上。

“怎么了？”米凯问道。

“没什么。”托德说着，仍不断抚摸贴纸，希望能擦去上头的名字。

米凯的办公室出人意外地小。

“大小不是重点，”米凯说，说话的口气显然已经习惯看见别人露出这种表情，“很多重大成绩是在这里达成的，”他指了指墙上的照片，“九十年代的枪案组组长拉尔斯·阿克塞尔森在这里瓦解了提维塔帮。”

米凯打个手势，请托德坐下，再拿出笔记本，看见托德的灼灼目光后，又放下本了。

“请说吧。”米凯说。

托德吸了口气，开始述说，从离婚开始说起。他需要以事件导火线作为起头，再开始叙述时间和地点，接着是人物和手法，最后再说到烧毁者。

整个叙述过程中，米凯都坐在椅子上，倾身向前，仔细聆听。唯有当托德提到烧毁者时，米凯专注且专业的表情才发生改变。起初他面露惊讶之色，接着脸上的白色素斑块开始发红。这是个怪异的景象，仿佛他体内点燃了一把火。他的目光从托德脸上移开，只是苦涩地看着托德背后的墙壁，也许是在看拉尔斯·阿克塞尔森的照片。

托德说完后，米凯叹了口气，抬起头来。

他注意到米凯换上了坚定而无畏的眼神。

“抱歉，”欧克林处长说，“我代表我个人、我的职位和整个警界向你道歉，很抱歉我们没能扫除害虫。”

托德心想，这些话米凯应该是对他自己说的，而不是对一个每周走私八公斤海洛因的驾驶员。

“谢谢你对这件事的关心，”米凯说，“我很希望可以说你不用害怕，但过往的惨痛经验告诉我，这类腐败事情一旦被揭露，通常涉案的远不止一个人。”

“我明白。”

“这件事你跟别人说过吗？”

“没有。”

“有人知道你来这里找我吗？”

“没有。”

“一个人都没有？”

托德看着米凯，只是露出苦笑，心想：我要去跟谁说？

“好，”米凯说：“你告诉我的这件事十分重大，情节严重，而且非常棘手。我必须很谨慎地进行调查才不会打草惊蛇。这表示我必须向高层报告才行。你知道，根据你刚刚跟我透露的事，我应该拘留你才对，但现在把你关起来反而会泄露你来找过我这件事，所以在案情明朗化之前，你应该先回家并待在家里，明白吗？不要跟任何人说我们见过面，不要出门，不要开门让陌生人进来，不要接听来路不明的电话。”

托德缓缓点头：“要花多少时间？”

“最多三天。”

“收到。”

米凯欲言又止，他犹疑片刻，做出最后的决定。

“有件事我一直不明白，”他说，“为什么有人可以为了金钱而摧毁别人的生命。如果是可怜的阿富汗贫民我还可以理解……但是一个领高薪的挪威机长……”

托德直视米凯，他事先已为此做好准备，现在米凯终于当面说了出来，反而令他松了口气。

“不过你来这里主动投案的举动十分勇敢，我知道你承担了什么样的风险。从现在开始，日子可能会有点艰苦，舒茨。”

说着欧克林处长站起身来，伸出了手。这时托德脑子里冒出的念头跟先前他在大厅里初次看见米凯时冒出的念头一样：米凯·贝尔曼的身高正好适合当飞行员。

这一头托德离开警署，那一头哈利按下萝凯家的门铃。她过来开门，身穿睡袍，眯着双眼打了个哈欠。

“我还没打扮整齐。”她说。

“至少我们之中有一个人会打扮。”哈利说着，走入屋内。

“祝你好运，”她说，站在堆满档案的客厅桌子前，“东西都在这里。案情报告、照片、剪报、证人供词。汉斯的工作做得很仔细。我得去上班了。”

萝凯出门之后，哈利泡了第一杯咖啡，开始工作。

阅读档案三小时后，哈利不得不稍事休息，对抗悄悄来袭的沮丧。他拿着杯子，站在厨房窗前，告诉自己来这里的目的是质疑罪名，不是确认清白，抱着存疑的态度就已足够。然而证据非常清楚明白，没有丝毫模糊之处。多年来他侦办命案所累积的经验此时此刻都在跟他唱反调：虽然出人意料，但事实通常就是看起来那样。

他又继续努力了三小时，依然得出相同的结论。档案里没有线索指向不同的解释。他告诉自己，这不表示事实上没有不同解释，只不过档案里没有而已。

他在萝凯回家前先行离开。他对自己说，你有时差，你得睡觉。但他知道自己只是无法对萝凯说：从档案里的数据来看，要质疑显得困难重重。但唯有质疑才能找到出路，找到真相，找到生机。质疑是找到救赎的唯一希望。

于是他拿起外套，开门离去，步行离开霍尔门科伦区，经过里斯区，越过松恩区、伍立弗区和柏德拉卡区，来到施罗德酒馆门口。他考虑进去，却又作罢，转而朝东走去，过河来到德扬区。

他推门走进灯塔餐厅时，太阳已逐渐西沉。餐厅里的一切跟他记忆中一模一样：苍白的墙壁，苍白的装潢，窗户很大，阳光可以最大限度地照进来。在这片阳光中，午后的客人坐在桌前享用咖啡和三明治：有些人在餐盘前俯身垂首，仿佛刚跑完五十公里马拉松；有些人断断续续说着令人费解的毒虫式呓语；有些人即使出现在联合面包店跟中产阶级一起喝浓缩咖啡，也不会令人感到突兀。有些人收下餐厅提供的二手衣物，不是装在塑料袋里，就是穿在身上；其他人看起来像保险业务员或乡下学校女教师。

哈利走到柜台前，一位身穿救世军连帽衫、面带微笑的矮胖女子递给他免费咖啡和夹有褐色奶酪的全麦面包。

“今天不用，谢谢。请问玛蒂娜在吗？”

“她在诊所值班。”

女子指了指天花板和楼上的救世军急救室。

“不过她快下班了……”

“哈利！”

他转过身去。

玛蒂娜·埃克霍夫娇小一如从前，小猫般的微笑脸庞上有张不成比例的大嘴，鼻子在她精巧的脸上不过是座小山丘，瞳孔看起来像溢出到褐色虹膜的边缘，形成钥匙孔的形状。她曾解释说这是先天性的虹膜缺损。

玛蒂娜张开双臂，跟哈利拥抱良久。拥抱完之后，她依然不肯放开哈利，双手勾在他的脖子上，仰头看着他。他看见当她发现他脸上多了一道疤，脸上的笑容掠过一抹黑影。

“你……你好瘦哦。”

哈利大笑：“谢谢。我变瘦了，你却……”

“我知道啦，”玛蒂娜高声说，“我变胖了。可是每个人都胖了啊，哈利，只有你瘦了。对了，我变胖可是有原因的……”

她拍了拍肚子，只见她身上那件黑色小羊毛衣裹住整个腹部。

“嗯，这是里卡尔造成的吗？”

玛蒂娜哈哈大笑，热烈地点了点头，脸色潮红，全身有如等离子体屏幕般散发热能。

他们朝唯一一张空桌走去。哈利坐下，看着玛蒂娜顶着黑色半球费力地落座。她和周围那些行尸走肉般、了无生气的毒虫形成强烈对比。

“古斯托，”哈利说，“你知道他的案子吗？”

玛蒂娜重重叹了口气：“当然知道，这里每个人都知道。他是这个社群的一分子。他虽然不常来这里，但偶尔还是会来。在这里工作的每个女生都爱死他了，因为他长得实在太帅了！”

“那欧雷克呢，那个据说杀害了古斯托的凶手？”

“他有时会跟一个女孩子一起来。”玛蒂娜蹙起眉头，“‘据说’？难道还有疑问吗？”

“这就是我正在调查的。你说他跟一个女孩子一起来的？”

“一个美丽但娇怯的女孩子，好像是叫英格，还是伊丽安？”她回头朝柜台望去，“嘿！古斯托的妹妹叫什么名字？”还没等人回答，她就想了起来。“伊莲娜！”

“红头发，脸上有雀斑？”哈利问道。

“她好苍白，如果不是那头红发，几乎要隐形了。我的意思是说，最后阳光应该会直接穿透她。”

“最后？”

“对啊，我们最近还聊到她，她已经有好一阵子没来了。我问过很多客人，想知道她是已经离开奥斯陆还是怎样，但好像没人知道她在哪里。”

“你记得命案前后那阵子发生过什么事吗？”

“没发生什么特别的事，只有一天晚上我听见警笛声，我知道那可能是针对这里的年轻教友来的，因为你们有个同事接了通手机电话就冲出去了。”

“不是有不成文的规定说卧底警察不能来灯塔餐厅办案吗？”

“我想他不是来办案的，哈利。那天他一个人坐在那边的位子上，好像是在看《阶级斗争报》。我这样说可能有点无聊，可是我想他是来这里看我的。”

“你还是对寂寞的警察很有吸引力哟。”

玛蒂娜哈哈大笑：“当初可是我先看上你的哟，你忘了吗？”

“像你这种出身基督教家庭的女人才不会做出这种事呢。”

“我每次都被他看得全身发毛。后来我的肚子越来越明显，他才不再看我。反正呢，那天晚上他重重把门甩上，我看见他朝黑斯默街的方向跑去。命案现场距离这里只有几百米远。后来立即有传闻说古斯托中弹，欧雷克被捕。”

“你知道古斯托哪些事？除了他受女人欢迎，来自寄养家庭之外。”

“他外号叫‘小偷’，在外面卖小提琴。”

“他替谁工作？”

“他跟欧雷克原本替亚纳布区的摩托帮派灰狼帮贩毒，但后来他们好像加入了迪拜帮。受这个帮派招募的人一定都会加入，因为他们卖的海洛因是最纯的。后来小提琴出现，好像也只有迪拜帮的药头才有货，我想现在应该也是。”

“关于迪拜你知道什么？他是谁？”

玛蒂娜摇了摇头：“我连迪拜是不是人名都不知道呢。”

“他的手下在街上那么显眼，他却藏在幕后，神龙见首不见尾。那有人可能知道吗？”

“可能有吧，可他们是不会说的。”

有人叫唤玛蒂娜的名字。

“你在这里等我一下，”玛蒂娜说着，费力地站了起来，“我马上回来。”

“我差不多该走了。”哈利说。

“你要去哪里？”

两人沉默了一秒，因为他们同时发现他找不到合理的回答。

托德坐在厨房窗边的餐桌前。日幕低垂。残余的日光仍足以让他看见在房舍之间走动的路人，但却看不见道路。他咬了一口腊肠面包。

飞机从屋顶上方飞过。降落、起飞。降落、起飞。

他聆听各种飞机引擎的声音，那些声音有如一条时间线。旧式引擎听起来就是正点，有着精准的轰鸣声，发出温暖的亮光，唤起美好的回忆，替事物赋予意义。它就像配乐，衬托着生活中富有意义的那段时光：工作、准时、家庭、女人的抚触、同事的认同。新式引擎可以引动更多空气，声音却闹哄哄的；它飞得更快，耗用的燃料更少，效率更高，花费较少时间在非必要事物上，但也花费较少时间在重要的非必要事物上。他又看了看冰箱上方的大时钟。指针像受惊的心脏一般颤动，快速而狂乱。七点钟。已经过了十二个小时了。天很快就要变黑。他听见波音747的声音，这是最棒的经典机型。声音越来越大，逐渐变成怒吼声，连窗框也为之震动。盛有半满液体的玻璃杯在桌上咔嚓晃动。托德闭上眼睛。这是乐观面对未来的声音，马力强劲，因为实力强大而高傲自负。这是他黄金时期所向无敌的声音。

波音747的引擎声消逝之后，屋子里突然安静下来，但他发觉这时的寂静有点不同，仿佛空气密度发生了变化，仿佛空间被占用了。

他回头朝客厅看去。穿过厅门，他看见重量训练椅和远处的咖啡桌。他看着拼花地板，看着客厅里被阴影笼罩而看不清楚的角落。他屏气聆听，但什么也没听见，只听见冰箱上方的嘀嗒声。他又咬了口面包，喝了口饮料，靠上椅背。一架大型飞机正准备进场，他听见它从后方接近，逐渐淹没了时钟的嘀嗒声。他心想，飞机将从太阳底下飞越房舍，化为黑影落在他和餐桌上。

哈利沿着厄塔街走到布拉杜斯街，再踏上格兰斯莱达街，依靠身体自动导航功能朝警署前进。他在布兹公园停下脚步，朝监狱望去，看着坚固的灰色围墙。

“你要去哪里？”先前玛蒂娜问道。

对于杀害古斯托的凶手是谁，难道他还心存疑惑吗？

北欧航空每天午夜之前都有航班从奥斯陆直飞曼谷，每天有五个航班从曼谷飞往香港。他现在就可以返回莱昂旅馆，收拾行李和办理退房手续只要五分钟就能完成，然后再搭机场快线前往加勒穆恩机场，去北欧航空的柜台买张机票，在轻松而缺乏人情味的机场氛围里用餐看报。

哈利转过头去，看见前天那张红色的演唱会海报已经不见了。

他在奥斯陆街上继续往前走，经过旧城区教堂旁的纪念公园，这时他听见阴影中传来说话声。

“有两百可以施舍吗？”说的是瑞典语。

哈利脚步稍停。一个乞丐从阴影中走出来，身上的外套又长又破，一对大耳在聚光灯的照射下在脸上投下阴影。

“我想你应该是要借钱吧？”哈利说，拿出皮夹。

“这是募捐，”卡托说，伸出了手，“这钱你是拿不回去的，我的皮夹留在莱昂旅馆。”他的口气中没有烈酒或啤酒味，只有香烟的味道，还有一种气味令哈利想起小时候在爷爷家玩躲猫猫时，躲进衣柜闻到的里面挂了好几年的衣服散发出的一种甜腻的霉味。那些衣服应该跟房子一样老。

哈利找出一张五百克朗的钞票，递给卡托。

“给你。”

卡托看着那张钞票，伸手抚摸。“我听见一些传闻，”他说，“听说你是警察。”

“哦？”

“你还酗酒。你都喝什么酒？”

“金宾。”

“哈，金宾，我家约翰的好朋友。还有你认识那个叫欧雷克的小子。”

“你认识他吗？”

“坐牢比死亡还凄惨，哈利。死很简单，它可以让灵魂得到自由，坐牢却会侵蚀一个人的灵魂，直到人性荡然无存，直到一个人变成幽灵。”

“是谁告诉了你欧雷克的事？”

“我的教区很广，教友很多，哈利。我耳朵灵得很。他们说你在追查那个叫迪拜的家伙。”

哈利看了看表。这个时节的机位通常很空。在曼谷转机也可以飞往上海。张莹发过短信给他，说这星期她有空，可以一起去乡间小屋。

“希望你找不到他，哈利。”

“我没说我……”

“找到他的人都会死。”

“卡托，今晚我要……”

“你有没有听说过甲虫？”

“没有，可是……”

“六只昆虫腿插进你的脸。”

“我得走了，卡托。”

“我亲眼看过，”卡托的下巴垂到神父领圈上，“就在哥德堡港旁边的艾尔夫斯堡桥下，一个警察去调查海洛因帮派，结果他们用插有钉子的砖块砸到他脸上。”

哈利这才明白卡托在说什么。他说的是“Zjuk”，甲虫。

这原本是俄罗斯人用来对付告密者的手法。首先将告密者的耳朵钉在天花板横梁下方的地板上，接着把六根长钉子敲进砖头，露出一半长度，然后用绳子绑住砖头，抛挂在横梁上，再让告密者用牙齿咬住绳子。这个方法的象征意义在于，只要告密者闭紧嘴巴，就能保住小命。哈利见过台北三合会使用甲虫所造成的结果，有个可怜虫在淡水小街被发现，那个砖块上钉的是大头钉，快速穿入时不会造成大伤口，但救护人员到现场拔出砖块时，那家伙的整张脸皮也一起被撕了下来。

卡托一只手把五百克朗钞票放进裤子口袋，另一只手搭在哈利的肩膀上。

“我了解你想保护儿子的心情，可是另一个小伙子呢？人家也是有父亲的，哈利。他们把父母为孩子拼命叫作自我牺牲，但其实父母想保护的是自己的复制人，也就是说他们想保护的其实是自己，这根本不需要任何道德勇气，只需要基因式的自私就办得到。小时候我爸常读《圣经》给我们听，当时我心想，亚伯拉罕真是个懦夫，上帝要他牺牲儿子，他就照做了。长大以后我才了解，真正无私的父亲会愿意牺牲自己的孩子，只要这个行为能达成超越父子关系的更高目的，而这种情况是确实存在的。”

哈利把香烟丢在前方的地上：“你误会了，欧雷克不是我儿子。”

“是吗？那你为什么在这里？”

“因为我是警察。”

卡托大笑：“第六诫，哈利，不可说谎。”

“那不是第八诫吗？”哈利踩灭香烟，“我记得十诫里是说，不可做假见证陷害邻居，这表示你可以为自己撒一点谎，但也说不定你根本没把神学院念完。”

卡托耸了耸肩：“耶稣跟我之间不需要正式的证书，我们都说话算话。我们跟巫医、算命师一样，有时可以激发虚假的希望和真实的安慰。”

“你应该连基督徒都不是吧？”

“让我把话说清楚，信仰从没给我带来过任何好处，只带来了怀疑，所以怀疑就成了我的圣经。”

“怀疑。”

“没错，”卡托的一口黄牙在黑暗中闪闪发光，“我的疑问是：上帝是不是绝对不存在？而且他也没有任何计划？”

哈利轻声一笑。

“我跟你没那么不同，哈利。我戴假神父领圈，你戴假警徽。你有多相信你个人想传播的福音？你想保护那些找到自己道路的人，又想根据罪愆惩罚那些没找到自己道路的人？你不也是个怀疑者吗？”

哈利从烟盒里拍出一根烟：“遗憾的是这个案子没有任何疑点。我要回家了。”

“既然这样，祝你一路顺风，我要去举行礼拜了。”

汽车喇叭声响起，哈利反射性地转过头去。两道头灯光束照得他睁不开眼。光束扫过转角，刹车灯在黑暗中亮起，宛如香烟火光。警车缓缓驶进警署车库。哈利回过头来，卡托已经离去。这位老神父似乎消失在了黑夜中，哈利只听见朝墓园走去的脚步声。

收拾行李、从莱昂旅馆退房，真的只需要五分钟。

“付现金可享少许折扣。”年轻的接待员说。不是每件事都是新鲜的。

哈利翻看皮夹：港币、人民币、美元、欧元。手机响起。哈利把手机放到耳边，展开钞票交给接待员。

“请说。”

“是我，你在干吗？”

可恶。他原本打算到了机场再打给她，话尽量说得简单而残忍，长痛不如短痛。

“我在退房，过几分钟再打给你好不好？”

“我只是想跟你说，欧雷克跟他的律师联系了，呃……也就是汉斯。”

“我们只收挪威克朗。”年轻的接待员说。

“欧雷克说他想见你，哈利。”

“该死！”

“什么？哈利，你还在吗？”

“可以用维萨卡付吗？”

“去取款机取钱付现金会比较便宜哦。”

“见我？”

“他是这样说的，越快越好。”

“不可能的，萝凯。”

“为什么？”

“因为……”

“托布街走一百米就有取款机。”

“因为？”

“我要刷卡，可以吗？”

“哈利？”

“第一，这是不可能的事，萝凯。他不能会客，我也不可能再靠关系去见他。”

“第二呢？”

“我觉得没有意义，萝凯。所有档案我都看过了，我……”

“你怎样？”

“萝凯，我认为古斯托·韩森是他射杀的。”

“维萨卡不行，您还有别的信用卡吗？万事达卡？或者美国运通卡？”

“没有！萝凯？”

“外币我们只收美元和欧元，虽然汇率不是太理想，但还是比刷卡便宜哦。”

“萝凯？萝凯？可恶！”

“怎么了，霍勒先生？”

“她挂断了。这样够吗？”

12

我站在船运街看着地上的集雨桶。冬季一直没能正式降临，反而下了很多雨，但雨并没有浇熄对毒品的需求。欧雷克、伊莲娜和我的单日营业额高过我替奥丁和图图做一星期赚的钱。我一天大概可以赚六千克朗。我算过穿阿森纳队球衣的总人数，老头子一星期绝对可以有超过两百万克朗轻松入袋。

每天晚上我们跟安德烈结算前，欧雷克和我都会仔细计算总收入金额，比对总销货量。我们从不短少一克朗，因为偷鸡摸狗一点也划不来。

我可以百分之百相信欧雷克，他如果不是缺乏偷窃的想象力，就是一点也没有偷窃的概念，又或者他的头脑和身心全都被伊莲娜占据了。每次只要伊莲娜一出现，他就会像小狗一样摇尾巴，简直荒谬透顶。伊莲娜对他的爱慕却完全视而不见，因为她眼中只有一件事。

我。

这并不让我感到困扰，也没让我自大，因为事情就是如此，一直以来都是如此。

我很了解她，知道如何让她那颗纯洁的心悸动，让她甜美的嘴唇微笑。如果我想要的话，还可以让她那对湛蓝的眼睛滴出大颗泪珠。我可以让她离我而去，打开门对她说，你自由了。但我是小偷，小偷不会放弃任何可以折换现金的东西。伊莲娜是属于我的，一周赚两百万是属于老头子的。

看着一天赚进的六千克朗好像长脚似的左手进右手出是件很有趣的事，

因为我吸食冰毒就跟饮料加冰一样稀松平常，我也不穿古柏平价服饰，这就是我还跟伊莲娜窝在排练室的原因。她睡在鼓具后方的床垫上，但她设法适应了这种生活，顶多只抽沾粉香烟，还吃素，妈的她还去银行开了个账户。欧雷克跟母亲住，所以一定有钱花。他戒了毒，回学校念书，甚至开始去荷芬谷体育馆溜冰。

我站在船运街做心算时，看见一个男子从滂沱大雨中向我走来，脸上的眼镜布满雾气，头发贴在头皮上，身上穿的那件全天候外套看起来像是又肥又丑的女友送他的情侣装圣诞礼物。呃，反正他不是女友很丑就是没有女友，因为他跛脚。应该有种比较委婉的说法，但我都称之为畸形足，不过我也直接说“脑瘫”或“黑鬼”。

男子在我面前停下脚步。

来买海洛因的人形形色色，我早已见怪不怪，但这人绝对不属于一般的买家类型。

“一克……”

“零点二五克三百五十克朗。”

“……海洛因你们付多少钱？”

“付？我们是卖货的，呆瓜。”

“我知道，我只是在做调查而已。”

我看着男子。难道他是记者，社工，或是政客？过去我替奥丁和图图工作时，有个白痴跑来跟我说他是什么RUNO委员会的人，非常礼貌地问我愿不愿意去参加“毒品与青年”研讨会，因为他们希望听见“来自街头的声音”。我为了好玩而去参加，听他们滔滔不绝地述说“欧陆城市对抗毒品”和打造无毒欧洲的国际大计划。我领到一瓶汽水和一片饼干，听得笑到流泪。研讨会主持人是个熟女，她染了一头金发，脸部线条像男人，颧骨高耸，说话像教官。有一瞬间我怀疑她除了隆胸还做了其他整形手术。

研讨会结束后，她过来找我，说她是社区服务议员的秘书，想跟我做进一步讨论，改天如果“有机会”可以在她家碰面。原来她是单身熟女。她一个人住在农庄，给我开门时身穿紧身马裤，并希望在马厩做“那档事”。我一点也不在意她是否真的做过阳具切除术，反正做得很干净，还植入了一对活蹦乱跳的大奶子。只不过在距离马群只有两米的地方干一个号叫声有如战斗机的女人，实在是个怪异的体验，再加上那些马又用略感兴趣的眼神看着我们。事后我挑开夹在臀部之间的稻草，问她能不能借我一千克朗。我们持续碰面，直到我开始一天赚六千克朗为止。做爱的空档她跟我说当秘书不是只坐在桌前替议员写信，而是得应付实际的政治活动。虽然她现在只是个小喽啰，但实际推动政务的人是她，等到有一天某个重要人物看到这一点，那么就轮到她当议员了。从她有关市政厅的闲聊当中，我得知所有政客无论层级高低，要的就只有两样东西：权力和性。首要是权力，其次是性。在她耳边说“内阁部长”这几个字，同时用两根手指就可以让她潮吹，远远射到猪舍。我可不是说笑。这时对面那个畸形足男子，我在他脸上读到一些同样变态而又急切的渴望。

“滚开。”

“你老板是谁？我要找他。”

要我带他去见我们老大？这家伙不是疯了就是脑袋坏掉了。

“滚开啦。”

那家伙没让步，只是站在原地，从全天候外套的口袋里拿出一样东西。那是个装着白粉的密封袋，也许有半克吧。

“这是样本，拿回去给你们老大，价钱是一克八百克朗。注意剂量，这些要分成十份才行。后天这个时候我会再来。”

男子把密封袋交给我，转身一跛一跛离去。

通常我会把密封袋丢进附近的垃圾桶。这些来路不明的玩意我不可能自己拿出来卖，我必须维护自己的名声。但那个疯子眼中闪耀着某种光辉，仿佛他胸有成竹。因此那天工作结束，跟安德烈结完账后，我带着欧雷克和伊莲娜去了海洛因公园，询问有没有人愿意试货。过去我跟图图也做过这种事，城里来了新货，就去最多饥渴毒虫聚集的地方，只要是免费毒品他们都愿意尝试，不在乎自己会不会因此丢掉性命，因为死神早在他们身边徘徊了。

有四人自愿试货，但他们要求的代价是八份真正的海洛因。我说不行，只答应给他们三份，就把货发了下去。

“不够啦！”一个毒虫大叫，口气像是中风患者。我跟他说，如果他想吃甜点就闭嘴。

伊莲娜、欧雷克和我坐下来，看着他们在无数结痂之间寻找血管，用令人惊叹的熟练手法注射毒品。

“哦，天哪。”一个人呻吟道。

“啊……”另一人结结巴巴地说。

接着一切静止了，他们陷入完全的静默，仿佛火箭飞进太空后失去联络。但我已经知道结果。在他们进入神游状态前，我在他们眼中看见了狂喜。休斯敦，一切顺利。他们返回地球着陆时，天色已暗。这趟旅程持续了五个多小时，是一般海洛因旅程的两倍。试货小组达成一致意见：他们不曾有过这么棒的体验。他们还要更多，还要袋子里剩下的白粉，现在就要，然后摇摇晃晃跟在我们后面，有如迈克尔·杰克逊《颤栗》音乐录像带中的僵尸。我们爆出大笑，快跑离开。

半小时后，我坐在排练室的床垫上思索。毒虫通常会用零点二五克的市售海洛因来打一管，但刚才奥斯陆最具抗药性的毒虫只用了零点二五克那玩意，就嗨到像是初次尝毒一样！那家伙给我的货很纯，但那究竟是什么？它看起来，闻起来都像海洛因，稠度也像，但剂量这么少却可以带来五个小时的迷幻旅程。无论那是什么，我都知道自己坐在一座金矿上。一克八百克朗，可以稀释三倍，卖两千四百克朗。一天卖五十克，四万克朗就入袋，进入我的口袋，进入欧雷克和伊莲娜的口袋。

我向他们提出这个生意提案，说明我们可以赚进的数字。

他们面面相觑，反应不如我预期中热烈。

“可是迪拜……”欧雷克说。

我骗他们说，只要我们不对老头子耍花招，就没有危险。首先我们去跟他说我们不干了，就说我们遇见了耶稣之类的鬼话，过一阵子再低调地开始自己卖货。

他们又面面相觑。突然，我发现他们的关系出现了我之前没察觉到的进展。

“只不过……”欧雷克说，目光四处寻找地方聚焦，“伊莲娜跟我，我们……”

“你们怎样？”

欧雷克局促不安，蠕动得像只被钉住的虫子。最后他望向伊莲娜求救。

“欧雷克跟我决定住在一起，”伊莲娜说，“我们正在存钱，打算拿来当押金，去布勒区租个房子。我们打算工作到夏天，然后……”

“然后？”

“然后我们会把高中念完，”欧雷克说，“再去念大学。”

“念法律，”伊莲娜说，“欧雷克成绩很好。”她微微一笑。过去每当她觉得自己说了蠢话，总会露出这种笑容，但她平日里苍白的面颊这时却因喜悦而滚烫发红。

妈的，他们竟然在我背后偷偷摸摸搞了起来！我怎么会没发现？

“念法律啊，”我说着，打开密封袋，里头还有一克多的白粉，“这不就是要为当执法人员做的准备吗？”

他们都没接话。

我拿出平常用来吃玉米片的汤匙，在大腿上擦了擦。

“你在干吗？”欧雷克问道。

“庆祝啊。”我说，把白粉倒进汤匙，“再说，我们得自己先试过货，才能推荐给老头子。”

“所以你不在意？”伊莲娜高声说，语气像是松了口气，“我们可以像以前那样继续下去？”

“当然了，亲爱的，”我把打火机放在汤匙底下，“这是给你的，伊莲娜。”

“我？可是我不……”

“算是为了我，老妹，”我抬头看着她，露出微笑，我知道她无法拒绝这个微笑，“一个人嗨很无聊的，你也知道，有点寂寞。”

融化的白粉在汤匙里冒泡。我没有棉花球，心想可以折下香烟滤嘴，用来过滤白粉。但白粉看起来非常干净，连雪白的颜色都十分均匀，所以我让它冷却几秒钟，才抽取到针筒中。

“古斯托……”欧雷克开口说。

“我们得小心不要过量，这些够我们三个人用。你也有份，我的朋友。还是你宁愿一个人在旁边看？”

我根本不需要抬头看他的表情。我太了解他了。他心地纯真，为爱盲目，还披上勇气的盔甲，就算要他从十五米高的桅杆上跳入奥斯陆峡湾，他也愿意。

“好，”他说，卷起袖子，“我加入。”

那身盔甲也会让他沉入海底，像老鼠一样被水淹死。

门板上传来巨大的敲击声，把我吵醒。我觉得自己的头像个煤矿，有人在里面开挖。我害怕地张开眼睛。晨光透过钉在窗户上的木板。伊莲娜躺在床垫上。我看见欧雷克的白色彪马赛车款球鞋从两台扬声器之间伸了出来。我听见门外那人开始用脚踹门。

我站起身来，蹒跚地越过房间，努力回想有关乐队排练的信息。我把门打开一条缝，立刻本能地用脚把门顶住，但是没用。门被猛力推开，我被推得后退几步，摔在鼓具上，发出轰然巨响。我抬头朝我亲爱的养兄斯泰因脸上望去。

删除“亲爱的”。

他的块头变大了，但那头空降兵发型和充满恨意、强硬冷酷的深色眼珠还是老样子。我看见他张嘴说话，但我耳中依然回荡着铜钹的声音。他朝我靠近，我下意识地用双手遮住脸面，但他只是快步从我身边走过，越过鼓具，朝床垫上的伊莲娜走去。他抓住伊莲娜的双臂，把她拉起来，她低声惊呼。

他紧紧抱住伊莲娜，同时把她的个人物品塞进她的背包。他把她拉到门边时，她已放弃了挣扎。

“斯泰因……”我说。

他在门口停下脚步，用期待的眼神看着我，但我无话可说。

“你对我们家的伤害已经够多了。”他说。

他把铁门重重甩上，连空气也为之震动。欧雷克把头探出扬声器，说了句话，但我的耳朵依然听不见。

我背向壁炉站立，热气让我浑身起鸡皮疙瘩。房里只有壁炉火光和该死的古董台灯灯光。老头子坐在皮椅上，打量着我们用轿车从船运街载来的男子。男子身上穿着同一件全天候外套。安德烈站到他背后，解下眼罩。

“你就是供应这种货的人？”老头子说，“他们已经跟我提过很多次这种货。”

“对。”男子说，戴上眼镜，眯着眼睛环顾四周。

“这货从哪里来的？”

“我是来卖货的，不是来提供情报的。”

老头子用拇指和食指搓揉下巴：“这样我就没兴趣了。做我们这行，接收别人偷来的赃货总是会死人的。死人很麻烦，又会影响生意。”

“不是偷来的。”

“我敢说我对整个毒品供应链都了如指掌，可是这种货从来没人见过，所以我要重申一次：除非我确定这种货以后不会给我们带来麻烦，否则我不会买。”

“我愿意蒙上眼罩被带来这里，就是因为我了解你们必须小心行事的考虑，我希望你也可以对我将心比心。”

房里的热气让男子眼镜起雾，但他依然戴在脸上。安德烈和彼得在车上搜过他的身，我则搜索他的眼神、肢体语言、说话声音和双手。最后我只发现了孤独。这个人没有又丑又胖的女友，只有自己孤身一人和他那质量极佳的毒品为伴。

“我只知道，你说不定是警察。”老头子说。

“这样也能当警察？”男子说着，指了指自己的脚。

“既然你进口货品，为什么我从来没听说过你？”

“因为我刚入行，又没前科，没人听说过我，无论是警方还是这行的人都没听说过我。我有个所谓的正当职业，到目前为止都过着正常的生活，”他露出谨慎的苦笑，但我知道他的本意是微笑，“有些人可能会说那只是不正常的正常生活。”

“嗯，”老头子不断搓揉下巴，接着他抓住我的手，把我拉到椅子旁，让我在他身边看着男子。

“你知道我怎么想吗，古斯托？我想这产品是他自己制造的。你说呢？”

我仔细思考。“有可能。”我说。

“你知道吗，古斯托，你不需要成为化学界的爱因斯坦，网络上就可以找到如何把鸦片做成吗啡再做成海洛因的详细配方。如果你手上有十公斤生鸦片，那么你只要弄来煮沸设备、冰箱、一些甲醇和电扇，很快就可以精炼出八点五公斤的海洛因结晶，再加以稀释就可以得到一点二公斤的街头海洛因。”

身穿全天候外套的男子咳了一声：“还需要一些别的东西。”

“问题是，”老头子说，“你要怎么弄到鸦片。”

男子摇了摇头。

“啊哈，”老头子说着，抚摸我的手臂内侧，“不是鸦片剂，而是鸦片类药物。”

男子没有回话。

“你听见他刚才说的话了吗，古斯托？”老头子指了指男子的畸形足，“他做的是完全合成的毒品。他不需要大自然或阿富汗人的帮助，只要添加简单的化学药剂，就能在餐桌上做出所有的东西。一切都操之在己，不用承担走私的风险，成品的效力至少跟海洛因一样强大。我们这行来了个聪明人，古斯托。这种进取精神值得尊敬。”

“嗯，尊敬。”我咕哝说。

“你的产量是多少？”

“大概一星期两公斤，视情况而定。”

“我全包了。”老头子说。

“全包了？”男子声音平板，毫无讶异之情。

“对，你生产的货我全都包了。可以听听你的合作提案吗，先生怎么称呼？”

“易卜生。”

“易卜生？”

“如果你不介意这样叫我的话。”

“一点也不介意，易卜生也是个伟大的艺术家。我想提出合作建议，易卜生先生。垂直整合。我们一起垄断市场，制订价格，这样我们双方都可以获得最大收益，你觉得怎么样？”

易卜生摇了摇头。

老头子侧过头，极薄的唇角牵了牵：“觉得哪里不好呢，易卜生先生？”

我看着那个瘦小男子直起身子，看起来像是在世界上最无趣、四季皆宜的宽松外套里慢慢长大。

“如果我给你专卖权……先生怎么称呼？”

老头子十指相触：“你想怎么叫我都行，易卜生先生。”

“我不想依赖单一买家，迪拜先生，这样风险太高，况且你也可以逼我降价。从另一方面来说，我也不想有太多买家，因为这样警察追踪到我的风险也会相对增加。我来找你是因为你擅长隐匿，但我想再找一个买家。我已经跟灰狼帮联络过了，希望你能谅解。”

老头子发出轰然的笑声：“多听多学，古斯托。这个人不只是制药师，还是个生意人。很好，易卜生先生，那就照你说的办吧。”

“那么价钱……”

“就按照你的出价。你会发现跟我做生意不用浪费时间讨价还价，易卜生先生。人生苦短，死亡太近。下周二交首批货可以吗？”

前往门口的路上，老头子装得像是需要我搀扶，他的指甲刮着我的手臂肌肤。

“你考虑过外销吗，易卜生先生？你也知道，挪威不会检查毒品出口。”

易卜生没有答话。这时我看见了他想要的是什么。我在他用畸形足站立时摆臀的姿态中看见，在他稀疏头发下汗涔涔的闪亮额头上看见。他眼镜上的雾气消失了，双眼闪着我在船运街上看见的相同亮光。讨回公道，老爸。他要的是讨回公道，讨回那些人家不曾给过他的东西，包括尊重、爱、钦佩、接受，所有那些照理说用钱买不到的东西。但当然这些用钱都买得到，是不是，老爸？这些是生命欠你的，但有时你他妈的就是得自己讨回来才行。如果我们因为这样就得下地狱，那么上天堂的人一定很少，你说是吧，老爸？

哈利坐在窗边的椅子向外望去，看着一架又一架飞机在跑道上滑行。

十八个小时后他就在上海了。

他喜欢上海，喜欢当地的食物，喜欢在外滩沿着黄浦江走到和平饭店，喜欢去老爵士酒吧听老乐手咿咿呀呀地演奏标准曲目，喜欢想象那些老乐手从一九四九年以来就不曾间断地演奏着。他喜欢她，喜欢他们所拥有的，喜欢他们不曾拥有但置之不理的。

置之不理的能力是一种美好的品质，这不是他与生俱来的天赋，但过去三年来他一直在不断练习。如果没必要就别拿头去撞墙。

你有多相信你个人想传播的福音？你不也是个怀疑者吗？

十八个小时后他就在上海了。

十八个小时后他就能抵达上海了。

可恶。

铃响第二声她就接了起来。

“什么事？”

“不要挂我电话好吗？”

“我还在。”

“听着，你对那个尼尔斯有多少信心？”

“是汉斯。”

“他是不是糊涂到可以被你说服，协助我演出一场毫无把握的特技表演？”

13

雨下了一整夜，哈利站在奥斯陆地区监狱的前方，看见最近落下的一层树叶有如湿润的黄色防水布般铺在公园地上。昨晚他从机场直奔萝凯家之后只睡了一小会儿。汉斯也去了萝凯家，他只稍微表示抗议，没过多久就走了。之后萝凯和哈利边喝茶边聊起欧雷克，聊起过去的时光。只是纯粹聊起过去的时光，而不是探讨过去可以如何改变。凌晨时，萝凯说哈利可以睡欧雷克的房间。他上床前，用欧雷克的计算机搜索并找到一则旧新闻，证明卡托所言不虚：一名警察被发现陈尸在哥德堡的艾尔夫斯堡桥下。他还找到以耸人听闻著称的《哥德堡报》所报道的一则小道消息，里面说死者其实是个烧毁者，并说明犯罪集团专门利用烧毁者来摧毁不利于他们的证据。现在距离萝凯用热咖啡和耳边细语叫醒他只不过两小时。萝凯总是用耳边细语来让他和欧雷克展开新的一天，仿佛这样可以帮助他们顺利地从梦境转换到现实。

哈利朝闭路电视摄像头望去，随即便听见低微的嘈杂声。他把门推开，迅速进门，把公文包拿在胸前，让大家都能清楚地看见，再把证件放在柜台上，同时尽量用完好的那一侧脸颊对着前方。

“汉斯·克里斯蒂安·西蒙森……”女狱警咕哝说，头也没抬，目光搜寻前方的名单，“有了，对，要跟欧雷克·樊科会面。”

“没错。”哈利说。

另一名狱警领着他经过走廊，穿越监狱中央的开放通道。狱警说今年秋天很温暖，他每开启一扇门，手中那一大串钥匙就叮当作响。他们经过公共休息室，哈利看见一张乒乓球桌，上头放着两个球拍和一本打开的书；此外还有个小厨房，料理台上放着一条全麦面包、一把面包刀，以及各式果酱和奶油，但一个犯人也没看见。

他们在一扇白色门前停下脚步，狱警打开门锁。

“我以为白天这个时间所有囚室的门都是开着的。”哈利说。

“其他门是开着的，可是这个犯人现在是‘一七一’，”狱警说，“一天只准许放风一小时。”

“那其他犯人呢？”

“天知道，说不定又跑去看色情频道了。”

狱警让哈利进门后，哈利站在门边，直到门外的脚步声消失在远处。这间囚室是一般制式的格局，占地十平方米，里面有床铺、柜子、桌椅、书架、电视。欧雷克坐在桌前，抬头望过来，一脸讶异。

“你想见我。”哈利说。

“我以为我不能会客。”欧雷克说。

“这不是会客，是跟辩护律师进行讨论。”

“辩护律师？”

哈利点了点头，看见欧雷克的双眼放出亮光。这小子很聪明。

“你怎么……”

“你涉嫌犯下的命案还不足以把你关进高度戒备的监狱，所以要进来还不算太难。”哈利打开公文包，拿出白色的Game Boy游戏机，递给欧雷克，“这个给你。”

欧雷克抚摸着游戏机的屏幕：“你在哪里找到的？”

哈利似乎在欧雷克的严肃表情中看见一丝笑容：“经典款，附电池。我在香港找到的。我打算下次碰面的时候玩俄罗斯方块打败你。”

“绝对不可能！”欧雷克笑着说，“俄罗斯方块不可能，潜水也不可能。”

“那次在维格兰公园游泳池呢？嗯，我记得我好像超过你一米……”

“应该是落后我一米吧！妈是见证人。”

哈利静静坐着，不想破坏此刻的气氛，只是看着欧雷克脸上的开心神情，沉浸在此刻的愉悦氛围中。

“你想跟我说什么呢，欧雷克？”

欧雷克脸上立刻罩上一层乌云，他不安地玩弄着游戏机，把它翻来翻去，像是在寻找开始键。

“慢慢来，欧雷克，通常从头说起会比较容易。”

欧雷克抬头看着哈利：“不管发生什么事，我都能信任你吗？”

哈利张口欲言，又把话咽了回去，只是点了点头。

“你得帮我弄一样东西进来……”

哈利觉得像是有人拿刀插进他的心脏，用力扭转。他已经知道欧雷克接下来要说什么了。

“这里面只有快乐丸和快速丸，可是我需要小提琴，你能帮我吗，哈利？”

“这就是你找我来的原因？”

“你是唯一能绕过会客禁令的人。”欧雷克用严肃的深色眼珠看着哈利，一只眼睛下方的肌肤微微跳动，显示出他的渴求有多么迫切。

“你知道我办不到，欧雷克。”

“你当然办得到！”他的声音在囚室四壁的聚拢下听起来有如金属般坚硬。

“雇用你卖货的那些人呢？他们没办法提供吗？”

“卖什么货？”

“别骗我了！”哈利朝公文包外壳用力一拍，“我去过荷芬谷体育场，在你的置物柜里发现了一件阿森纳队的球衣。”

“你闯进……”

“我还发现了这个。”哈利把那张全家福照片丢在桌上，“照片里这个女生，你知道她在哪里吗？”

“谁？”

“伊莲娜·韩森，你的女朋友。”

“你怎么……”

“有人看见你们一起去灯塔餐厅。你的置物柜里有一件带有野花香的毛衣和吸毒器具。跟对方分享藏毒处要比跟老婆同睡一张床还来得亲密，是不是？再加上你妈跟我说她在市区见过你，你看起来像个快乐的白痴，我的诊断是：你恋爱了。”

欧雷克的喉结上下滚动。

“怎么样？”哈利说。

“我不知道她在哪里，好吗？她就这样失踪了。说不定她哥又把她带走了。说不定她在某个地方戒毒。说不定她搭上了飞机，远离这一切乱七八糟的事。”

“也说不定情况没那么乐观，”哈利说，“你最后一次见到她是什么时候？”

“我不记得了。”

“你应该连几个小时都记得清清楚楚吧。”

欧雷克闭上眼睛：“一百二十二天前，远在古斯托的事情发生之前。这跟命案有什么关系？”

“这一切刚好可以拼凑起来，欧雷克。命案就像一只白鲸，失踪人口也是一只白鲸，如果你看见白鲸两次，那肯定是同一只白鲸。关于迪拜，你可以告诉我什么？”

“迪拜是阿拉伯联合酋长国最大的城市，但不是首都……”

“为什么你要保护他们，欧雷克？你有什么不能向我透露的吗？”

欧雷克找到 Game Boy 的开始键，按了好几下，又打开背面的电池盖，掀起桌子旁边的金属垃圾桶盖，把电池丢了进去，再把游戏机还给哈利。

“没电了。”

哈利看了看游戏机，放进口袋。

“既然你不能替我弄小提琴进来，我只好注射这里卖的那些稀释烂货了。你听说过芬太尼和海洛因吗？”

“芬太尼最容易过量了，欧雷克。”

“对，事后你可以跟妈说这都要怪你。”

哈利没有接话。欧雷克试图操控他的可悲手段并未令他生气，反而让他想给欧雷克一个紧紧的拥抱。哈利不必看见欧雷克眼眶里的泪水，就知道他的身体和头脑正在痛苦地挣扎，感觉得到他体内折磨人的瘾头，这是生理上的需求，除此之外没有别的，没有道德，没有爱，没有谅解，只有永无止境的欲望，想要嗨，想要强烈快感，想要迷幻式的平静。哈利生命中一度差点接受海洛因，但他在那一瞬间出现清晰的洞见，迅速打消了念头。也许是因为他很确定，就算是海洛因也无法办到酒精办不到的事，那就是置他于死地。也许是因为那个女孩告诉他说，她之所以注射一次海洛因就上瘾，是因为再没有其他经验或想象力可以超越她从中体验到的狂喜。也许是因为他在奥普索乡的朋友去戒毒中心只是为了让自己不再有抗药性，这样下次注射时就能如初次体验般美好。也许是因为，某人说当他看见三个月大的儿子大腿上的接种痕迹，竟然开始哭泣，因为他体内冒出对毒品的强烈渴求，让他愿意牺牲一切，从诊所直奔布拉达广场。

“我们可以谈个条件，”哈利说，他察觉到自己声音嘶哑，“我弄来你要的东西，你把你知道的都告诉我。”

“太棒了！”欧雷克说，哈利看见他瞳孔扩张。哈利曾经读过，海洛因重度使用者的部分大脑在针筒还没扎进肌肤时就会启动，而当融化的白粉注入血管时，他们的身体就已经开始嗨了。哈利知道这时在跟他对话的是欧雷克这部分的大脑，而且除了“太棒了”之外，这部分大脑没有别的回应，无论这句话是谎言还是实话。

“可是我不想去街上买，”哈利说，“你的藏毒处还有小提琴吗？”

欧雷克犹豫了片刻：“你已经去找过了不是吗？”

哈利又想起对海洛因使用者来说，“没什么是神圣不可侵犯的”这句话是谎言，因为藏毒处就是神圣不可侵犯的。

“少来了，欧雷克，你才不会把毒品放在其他毒虫拿得到的地方。你的另一个藏毒处在哪里？你的存粮放在哪里？”

“我只有一个藏毒处。”

“我又不会偷你东西。”

“我已经说过了，我没有另一个藏毒处！”

哈利听得出欧雷克在说谎，但这不是太重要，这只表示他的另一个藏毒处没有小提琴。

“我明天再来。”哈利说，起身敲了敲门，在原地等待，但却没有人来。最后他转动门把，门就这么开了。这果然不是高度戒备的监狱。

哈利沿原路往回走。走廊上空无一人，休息室也没人。哈利注意到面包依然放在料理台上，但面包刀已被收走。哈利继续走到囚室区和开放通道之间的那扇门前，惊讶地发现连这扇门也没上锁。

他一直来到接待处，才碰到上了锁的门。他对玻璃柜台内的狱警提及此事，狱警扬起一道眉毛，看了看上方的监视画面：“反正没人可以通过这里。”

“除了我以外。希望真的是这样。”

“什么？”

“没什么。”

哈利穿过公园，朝格兰斯莱达街走去，走了将近一百米，突然心念一闪。空荡荡的房间、没上锁的门、面包刀。他僵立在原地，心脏剧烈跳动，反胃的感觉涌了上来。他耳中听见鸟儿啁啾啼唱，鼻中闻到青草芬芳。他立刻转身朝监狱疾冲而去，觉得口腔因为恐惧而发干，心脏将肾上腺素输送到全身各处。

14

小提琴有如该死的小行星般击中奥斯陆。欧雷克跟我解释陨石、流星和其他随时可能砸中我们头顶的鬼东西之间有什么区别。而小提琴就像小行星，小行星是一种可以摧毁地球，又大又丑的鬼玩意……靠，你知道我的意思，老爸——你不要笑啦。我们站在街头贩卖零点一二五克、零点二五克、一克和五克的包装，从早卖到晚。市区被搞得天翻地覆。我们再度涨价，排队人潮更多。我们又涨价，队伍还是一样长。我们再抬高价格，接着就像是开启了地狱的大门。

一个科索沃阿尔巴尼亚帮派在证券交易所后方抢劫了我们的一个小组，这个小组由一对爱沙尼亚裔兄弟组成，没有把风的人。阿尔巴尼亚人用球棒和铜指虎作为武器，抢走了现金和毒品，打烂了他们的屁股。两天后的晚上，就在安德烈和彼得去结算当天收入的十分钟前，一个越南帮派在王子街发动攻击。他们在后院攻击管货人，管钱的和把风的竟然都没发现敌人接近。我们的感觉是："接下来呢？"

两天后，答案揭晓了。

那天早起上班的奥斯陆居民都可以看见一个眼目细长的东方人倒挂在桑纳桥下，他打扮得像个精神病患者，身上穿着紧身衣，口中塞着布条。绳子绑在他脚踝上，长度正好让他能够把头抬离水面，至少等他腹肌无力后，头部就再也无法抬离水面了。

那天晚上，安德烈给了欧雷克和我一把枪。那是一把俄罗斯手枪。安德烈只相信俄罗斯的东西，他抽的是黑色的俄罗斯香烟，用的是俄罗斯手机（我可不是开玩笑的，爸。他用的是格雷索牌的高价奢华手机，以非洲黑檀木制成，有防水功能，不会发出识别信号，所以警察追踪不到），信任的是俄罗斯手枪。安德烈解释说这款手枪的品牌是敖德萨，是平价的斯捷奇金，说得好像我们对这两个牌子都很熟似的。反正呢，敖德萨手枪的特色是具备“连发”功能，弹匣可容纳二十发马卡洛夫子弹，口径是9毫米×18毫米，跟安德烈、彼得和其他人用的一样。我们拿到一盒子弹。安德烈示范如何装填子弹、开关保险、发射这种怪异粗陋的手枪。他说我们必须紧握枪柄，瞄准比我们所想的还稍低一点的位置。我们不应该瞄准头部，因为那正是我们以为要瞄准的位置，但要瞄准上半身任何地方都可以。枪身上的小控制杆调到C，就可以连发射击，轻轻扣动扳机就能发射三到四发子弹。他向我们保证说，只要亮出手枪，十之八九的事情都能摆平。他离开后，欧雷克说这款手枪很像喷火战机乐队专辑封面上的枪，还说他才不要对人开枪，我们应该把枪丢进垃圾桶。我说我会把枪留下。

报上新闻吵得沸沸扬扬，高声嚷嚷说帮派火拼、街头喋血，妈的，现在奥斯陆被搞得跟洛杉矶没有两样。反对党政客大骂犯罪政策、毒品政策失败，大骂市议会议长、市议会不及格。一个中间党的疯子说奥斯陆是个失败的城市，应该从地图上永远抹除，因为它丢尽了挪威的颜面。遭受最多抨击的是警察署长。我们都知道这种事只会愈演愈烈。后来一名索马里人在光天化日下，在布拉达广场上近距离射杀了两名亲戚，警方又逮不到人，于是欧克林处长递出辞呈。兼任警政委员会会长的社服议员表示，犯罪、毒品和警察，国家必须负起主要的责任，但她认为确保奥斯陆市民能安全地走在街上也是她的责任。真是令人感到窝心的发言。她的秘书站在她背后，正是我的老朋友，那位单身熟女。她露出实事求是的严肃神情，但在我眼中她只是个身穿及踝马裤的辣婊子。

一天晚上，安德烈提早到来，说我们那天的工作到此告一段落，要我跟他去布林登区。

车子径直经过老头子的大宅时，我脑中立刻冒出许多龌龊的念头，以为安德烈要对我动歪脑筋，但还好车子拐进了隔壁房子，那栋房子当然也是老头子的。安德烈领我走了进去。房子不像外表看起来那么荒凉，除了剥落的墙壁和龟裂的窗框，里面摆有家具，也有暖气。老头子坐在一个房间里，里面的书架从地板延伸至天花板，地上的大型扬声器奋力播放着古典音乐。我在房里另一张椅子上坐下。安德烈离去时把门关上。

“古斯托，我决定请你帮我做一件事。”老头子说，伸出一只手放在我的膝盖上。

我朝关上的房门瞥了一眼。

“我们开始交战了，”老头子说，站了起来，从书架上拿下一本褐色封面上沾有污渍的厚书，“这本书是在耶稣出生前六百年写的，我不懂中文，所以我只有这本法文译本，它是两百多年前一个叫钱德明的法国耶稣会传教士翻译的，我在一场拍卖会上用十九万的价钱拍得。这本书的内容是说如何在战场上愚弄敌人，广为世人引用。斯大林、希特勒和李小龙都把这本书奉为圭臬。可是你知道吗？”他把书放回书架，拿起另一本。“我比较喜欢这本。”他把书朝我丢来。

那书甚薄，有光洁的蓝色书衣，看起来很新。我看了看书名：《西洋棋入门》。

“特价六十克朗，”老头子说，“现在我们要走一步叫作‘国王入堡’的棋。”

“国王入堡？”

“也就是王车易位，进行防御。我们要找人结盟。”

“跟城堡结盟？”

“把市政厅想成城堡。”

我想了想。

“市政厅里的市议会，”老头子说，“社服议员有个秘书叫伊莎贝尔·斯科延，奥斯陆的毒品政策实际上是由她主导的。我问过我的消息来源，觉得她是完美人选。她聪明、干练、野心勃勃。根据消息来源，她之所以没办法爬得更高，是因为她遭人诟病的生活方式，而且她的生活方式迟早会登上头条的。她喜欢派对狂欢，口无遮拦，在奥斯陆东区和西区都有情人。”

“听起来糟透了。”我说。

老头子以告诫的眼神看了我一眼，继续往下说：“她父亲原本是中间党发言人，却因为试图在国内政坛争取一席之地而被逐出党外。我的消息来源说伊莎贝尔继承了父亲的梦想，由于她在国家社会党的成功机会最高，因此她离开了她父亲那个农民小党。简而言之，伊莎贝尔的一切都很有弹性，只要合乎她发展野心的她都能接受。除此之外，她单身，家族农场有笔不小的负债。”

“那我们该怎么做呢？”我问道，仿佛我是小提琴内阁阁员。

老头子淡淡一笑，仿佛觉得我这句话很可爱：“我们要威胁她，逼她上谈判桌，然后我们要怂恿她跟我们结盟。你负责威胁她，古斯托，这就是我找你来的原因。”

“我？去威胁一个女政客？”

“没错，你要去威胁一个你上过的女政客，因为这个市议会女员工利用权势地位在对一位问题少年进行性剥削。”

我简直不敢相信自己的耳朵。老头子从外套里拿出一张照片放在我面前的桌子上。照片看起来像是在深色车窗内拍的，地点在托布街，一名少年正要坐上一辆路虎，车牌清晰可见。少年就是我，车子是伊莎贝尔的。

一阵冷战蹿下我的脊椎："你怎么会知道……"

"亲爱的古斯托，我说过我一直盯着你。我要你做的是去联系伊莎贝尔·斯科延，我想你一定有她的私人电话，你跟她说我们打算把这件事公布给媒体，然后请她跟我们碰面，这个会面非常私密，只有我们三个人。"

他走到窗边，朝窗外死气沉沉的天气望去。

"她一定会抽出时间来的。"

15

过去三年来，哈利在香港的跑步量比他过去几十年的加起来还多，他在奔越一百米距离回到监狱门口的十三秒内，脑子里推演了多种情节，主题都是：为时已晚。

他按下门铃，等候开门时勉力抑制住摇晃大门的冲动。大门终于响起“吱”的一声，他冲进接待处。

“落了东西吗？”女狱警问道。

“对，”哈利说，等女狱警让他通过上锁的门。“按下警铃！”他高声吼道，丢下公文包，拔腿狂奔，“欧雷克·樊科的囚室。”

他的脚步声回荡在空荡的通道、走廊，以及过于空荡的休息室之间。他的呼吸并没有太急促，但喘息声在脑子里却有如轰然巨响。

他奔进最后一条走廊，欧雷克的叫声传入他的耳中。囚室的门半开着。他穿过走廊冲进囚室的这几秒间，对他而言宛如噩梦，仿佛雪崩。他的双腿无法跑得更快了。

他冲进门内，将屋内状况看了个清楚。

桌子翻倒在地，纸张书本散落一地。欧雷克站在囚室的另一侧，背对柜子，身上的超级杀手乐队黑色 T 恤沾满鲜血，手中拿着垃圾桶的金属盖挡在身前，嘴巴大张，不停地尖叫。此外，哈利还看见一个身穿铁克健身中心汗衫的背影，汗衫之上是个汗涔涔的粗壮脖子，脖子上方是颗发亮的光头，再上面是一只高举着面包刀的手。刀子砍中金属盖，发出铿铿声响。男子注意到房内光影变动，立刻转身低头，把刀放低指着哈利。

“滚出去！”男子吼道。

哈利尽量不去看那把刀，而是把视线集中在对方的双脚上。他注意到男子背后的欧雷克已滑到地板上。跟练家子比起来，哈利懂得的防御技巧十分有限，他只会两招，也只知道两个规则。规则一：没有规则可言。规则二：先下手为强。哈利学过也反复练习过这两个攻击招式，这时本能地使了出来。他朝刀子踏近一步，逼得男子不得不先缩手再挥刀，男子刚扬起手臂，哈利已经抬起右腿，扭转臀部。刀子向前挥出时，哈利的脚已向下踹到男子的膝盖骨上方。由于人体这个部位难以抵御来自这个角度的强烈外力，股四头肌会立刻瘫软，接着膝盖骨压迫到胫骨前方，膝关节韧带和髌骨肌腱也随之失去力量。

男子号叫一声，倒在地上，双手抱住膝盖。刀子掉落在地，当啷作响。他双眼圆睁，发现膝盖骨竟然移位了。

哈利踢开刀子，抬起脚，打算完成这个招式，那就是再重重踩踏对手的大腿肌肉，引发大量内出血，让那人再也站不起来。但他看见刚才那招已然奏效，便收回了脚。

他听见门外走廊传来跑步声和钥匙的碰撞声。

“这里！”哈利喊道，跨过躺在地上惨叫的男子，来到欧雷克面前。

他听见门口传来喘息声。

“把那个人弄出去，叫医生来。”哈利高声喊道，盖过男子的惨叫声。

“妈的，搞什么……”

“别管这些，快去叫医生，”哈利撕开超级杀手乐队T恤，寻找流血的伤口位置，“还有医生要先来照顾欧雷克，那边那个家伙只是膝盖受伤而已。”

哈利用沾满鲜血的双手托住欧雷克的脸，耳中听见惨叫的男子被拖了出去。

“欧雷克？你还醒着吗？欧雷克？”

欧雷克眼珠转动，嘴唇微启，发出的声音细若蚊鸣，几乎难以听见。哈利觉得胸口一阵紧缩。

“欧雷克，不会有事的，他没刺到什么重要部位。”

“哈利……”

“而且你还可以得到好东西，他们会替你打吗啡。”

“闭嘴，哈利。”

哈利立刻闭上嘴巴。欧雷克张开眼睛，发出狂热又绝望的目光，他的声音虽然嘶哑，但十分清晰。

“你应该让他完成任务的，哈利。”

“你在说什么？”

“你得让我这么做。”

“做什么？”

没有回应。

“做什么，欧雷克？”

欧雷克一只手放在哈利后脑上，拉低他的头，轻声说：“你阻止不了的，哈利，事情已经发生了，得顺其自然，你挡路只会让更多人死。”

“谁会死？”

“这事牵扯太大了，哈利，它会吞噬你，吞噬一切。”

“谁会死？你在保护谁，欧雷克？是不是伊莲娜？”

欧雷克闭上眼睛，嘴唇微动，不再说话。哈利觉得他看起来像是十一岁时累了一天刚睡着的模样。接着欧雷克又说话了。

“是你，哈利，他们要杀的是你。”

哈利离开监狱时，救护车正好抵达。他想起过去，想起过去的奥斯陆、过去的生活。昨晚他使用欧雷克的计算机时，也搜索了沙丁鱼夜店和俄罗斯安卡俱乐部乐队，却没发现这个乐队即将复出的消息。复出也许期望太高。也许生命没教过你什么，只教给你一件事，那就是时光无法倒流。

哈利点了根烟，还没抽第一口，大脑已开始庆祝尼古丁将随血液到来。他听见一个声音在脑子里回放。他知道这个声音将响彻今天剩余的时间、萦绕整晚。那是欧雷克在囚室里用细若蚊鸣的声音说出的第一个字：

“爸。”

Gjenferd

第二部

屋里还有别的东西，这感觉遥远却又熟悉。他闭上眼睛……他还来不及冲出门口，它们就已扑面而来。它们就是鬼魂。屋子里弥漫着犯罪现场的气味。

16

母鼠舔了舔金属。尝起来有咸味。冰箱突然开始运转，发出嗡嗡的声响，吓了它一跳。教堂钟声依然响着。它冲到人类的外套袖子上。衣服上隐约有股烟味。这不是来自香烟或篝火的烟味。这烟味原本以气体形态存在于衣服内，后来经过清洗，只剩下少许分子留在衣服纤维的最深处。远处传来警笛声。

生活中充满微不足道的决定，爸。我以为这些决定不重要，以为它们今天存在，明天就消失。但其实它们会累积，不知不觉形成一条河，把你拖着走。它引领你去你现在所处的地方，而我也正朝那个地方前进，就在这该死的七月。但我不想去，爸。

车子开过转角，朝农舍驶去。伊莎贝尔·斯科延站在车道上，身穿紧身马裤，双腿微弯。

“安德烈，你在车上等着，”老头子说，“彼得，你查看附近。”

我们下了礼车，迎面而来的是牛棚的气味、苍蝇的嗡嗡声响和远处传来的牛铃声。伊莎贝尔僵硬地和老头子握了握手，对我视而不见。她邀请我们进屋喝一杯咖啡，口气强调“一杯”。

玄关里挂着许多马匹照片，这些马血统优良、战绩彪炳，还有一大堆天知道的什么优点。老头子经过这些照片，询问其中一匹是不是英格兰纯种马，还赞美它四腿细长、胸形优美。我心想他说的究竟是马还是她。但这些话奏效了，伊莎贝尔的表情稍微软化，也没刚才那么怠慢了。

“我们去客厅坐着聊吧。”老头子说。

“还是去厨房好了。”伊莎贝尔说，语调又变得冰冷。

我们坐下，她把咖啡壶放在餐桌中央。

“替我们倒咖啡，古斯托，”老头子说，往窗外看去，“你的农场很棒，斯科延夫人。”

“我不是‘夫人’。”

“在我长大的地方，我们都用‘夫人’来称呼所有经营农场的女人，不管是寡妇、离婚或未婚的女人。这是一种尊称。”

老头子转头看着伊莎贝尔，露出大大的微笑。两人四目交接。有那么一瞬间，四周变得异常寂静，只听见白痴苍蝇碰撞窗户想飞出去的声音。

“谢谢。”她说。

“很好。我们暂时先忘记照片的事，斯科延夫人。”

她僵在椅子上。之前我跟伊莎贝尔通电话时，她试图对我们打算将我跟她的照片寄给报社的事一笑置之。她说她是个在性方面十分活跃的单身女子，而她选择了一个年轻男人——那又怎样？首先，她只是议员的小秘书。再者，这里是挪威，虚伪在美国总统大选会是个问题，在挪威可不是。于是我再加把劲，说她付过我钱，我可以证明，况且她不是代表社会服务委员会跟报社沟通卖淫和吸毒问题吗？

两分钟后，我们约好碰面的时间和地点。

“报上写的政治人物私生活已经够多了，”老头子说，“我们来谈谈合作计划吧，斯科延夫人。合作计划和勒索不同，可以带来双赢的局面，你说是吗？”

伊莎贝尔蹙起眉头。老头子脸上则堆满笑容，说：“我说的合作计划当然不见得会牵涉到钱，那叫贪污，不过这座农场也要靠钱才能经营下去。我能提供给你的纯粹是政治交易，保证进行得非常隐秘。这在市政厅应该是很常见的事，而且也最符合人民的利益不是吗？”

伊莎贝尔又点了点头，但仍提高警觉。

“这个计划只有你跟我们知道，斯科延夫人。它会给这座城市带来益处，不过如果你在政治上有野心，我可以预见它也会给你个人带来好处。这样一来，你可以更快地坐上市政厅主席的位子，就不用去管什么要在国内政坛争取一席之地了。”

伊莎贝尔的咖啡杯还没拿到嘴边就停在了半空中。

“我甚至没想到要你去做什么不道德的事，斯科延夫人。我只是想说明我们在什么地方有共同利益，再让你自己选择要不要去做我认为正确的事。”

“我要去做你认为正确的事？”

“现在的市议会处境艰难，上个月的不幸事件发生之前，主导议事的委员会目标就是让奥斯陆从欧洲毒品最泛滥的城市名单上除名。你们要降低毒品交易、年轻人上瘾率，还有最重要的用药过量致死率，目前这些没有一样看起来可能达到，是不是这样，斯科延夫人？”

她默然不语。

“你们需要的是一个英雄，或女英雄，从最底层开始扫除这一团混乱。”

她缓缓点头。

“这位女英雄需要做的是扫除帮派和毒枭。”

伊莎贝尔哼了一声：“谢了，可是欧洲每个城市都做过这种事，结果新的帮派又跟野草一样春风吹又生。只要有需求，就会有新的供应者出现。”

“没错，”老头子说，“拿野草来比喻再恰当不过。斯科延夫人，我看见你有块地种的是草莓，你会种护根物吗？”

“会，草莓三叶草。”

“我可以为你提供草莓三叶草，”老头子说，“身穿阿森纳队球衣的草莓三叶草。”

她看着老头子，我看得出她贪婪的头脑正转个不停。老头子看起来面露喜色。

“亲爱的古斯托，”他说着，啜饮了一口咖啡，“护根物也是一种野草，种植护根物的目的是避免其他野草生长，因为草莓三叶草没有其他野草那么邪恶。这样你明白了吗？”

“应该吧，”我说，“既然野草一定会长，那还不如种一种不会破坏草莓的野草。”

“没错。以此类推，市议会想创造的干净奥斯陆就好比草莓，贩卖危险海洛因并在街上制造混乱的那些帮派就好比野草，而我们和小提琴就好比护根物。”

“所以呢？”

“所以首先你要做的就是除草，接着就可以任由草莓三叶草生长。”

“这样为什么会对草莓比较好？”她问道。

“我们不会开枪杀人，我们行事低调，我们的货不会导致用药过量。我们垄断草莓园以后可以把价格抬得很高，这样年轻人的使用率就会降低。不过我必须承认，我们的总营收将维持不变，但这样一来使用者会减少，贩卖者也会减少，公园和市区街道再也不会到处都是毒虫。简而言之，在观光客、政治人物和选民眼中看起来，奥斯陆会变得赏心悦目。”

“我不是社会服务委员会的成员。”

“现在还不是，斯科延夫人。但除草不是委员会的工作，这工作必须由秘书来做。秘书必须妥善处理日常琐事，好让委员会采取真正的行动。当然你必须遵照议会决定的政策，但平常负责联络警方的人是你，去夸拉土恩区跟警方讨论他们的行动和危险计划的人是你。未来你势必得更多地定义自己的角色，反正你在这方面很有天分，你只要在奥斯陆各地对毒品政策做一些小访谈，或对用药过量发表一些声明就好了。这样一来，未来事成之后，媒体和党内同志都会知道在背后出主意的人是谁，”老头子咧嘴露出科莫多巨蜥的笑容，“还有今年市场上最大颗的草莓是哪个赢家种的。”

我们三人都静静地坐着，动也不动。苍蝇发现了糖碗，不再急着想飞出去了。

“我们的对话从没发生过。”伊莎贝尔说。

“当然没发生过。”

“我们从没见过面。”

“虽然很遗憾，但我们从没见过面，斯科延夫人。”

“你认为除草……该怎么进行呢？”

“我们可以提供协助。在我们这一行，通风报信、除去对手是由来已久的传统，我们可以提供给你必要的情报，让你转交给社服委员会，再向警政委员会提出建议。但你在警界需要有个密友，这个人也许可以参与这个势必会成功的计划，并从中受惠。这个人……”

“这个人野心勃勃，而且非常务实，只要是能替奥斯陆争取最大利益的事就一定会去做？”伊莎贝尔举起咖啡杯，做个敬酒的姿势，“我们去客厅坐好吗？”

谢尔盖躺在长椅上，刺青师默默研究图案。

他准时来这家小店报到，那时刺青师正忙着在一名少年背上刺一条巨龙。少年躺在椅子上紧咬牙关，旁边有个女子显然是他母亲，正对他温言安慰，并问这刺青真的有必要这么大吗？刺完之后，女子付钱，离开时问儿子现在开心了吗，现在他身上的刺青比朋友更酷了吧？

“这个图案比较适合你的背。”刺青师指着其中一个图案说。

"Tupoy."谢尔盖咕哝说。白痴。

"什么？"

"一定要刺得跟这个图一模一样，难道我每次来都要再说一遍吗？"

"好吧，我没办法今天全部刺完哦。"

"你可以的，我付你双倍价钱。"

"这么急啊？"

谢尔盖微微点头回应。安德烈每天都打电话给他，跟他说明最新情况。但他今天接到电话，却还没准备好听见安德烈今天说的话。

必然之事成为必然了。

他知道没有其他出路了。

想到这里他怔了怔：没有出路？难道有人要退出吗？

他会想到退出也许是因为安德烈在电话上警告过他，说那个警察制伏了他们买通去杀害欧雷克·樊科的犯人。很合理，那犯人只是个挪威人，没用刀子杀过人，但这也表示这件事没有上次那么容易。上次开枪解决那个小药头只是小事一桩，这次他得偷偷接近那个警察，等他到达预定地点，再趁其不备痛下杀手。

"我不想泼你冷水，可是你身上这个刺青刺得很不好，线条不清楚，墨水质量又不佳，我们是不是应该把它整理一下？"

谢尔盖没有答话。这家伙又懂什么好不好了？线条之所以不清楚是因为当时监狱里的刺青师必须把吉他弦削尖，插在电动刮胡刀上当作针头，墨水是用融化的鞋底混合尿液做成的。

"开始刺吧，"谢尔盖说着，伸手指了指，"快点！"

"你确定你要刺一把手枪的图案？虽然这是你的选择，可是根据我的经验，一般人都会被暴力象征吓到。我只是想先警告你一声。"

这家伙显然对俄罗斯罪犯刺青一无所知，不知道他身上的猫代表他曾因偷窃而被定罪，有两座圆顶的教堂代表曾被定罪两次，胸口的烧伤疤痕是因为用镁粉直接涂在皮肤上去除刺青留下的。他除去的刺青是女性生殖器，当时他二度入狱，在一场牌局之后，乔治亚黑种子帮成员认为他欠钱，因此在他身上留下这个刺青。

这家伙也不知道他要刺的图案是马卡洛夫手枪，俄罗斯警方的制式佩枪。这图案代表他——谢尔盖·伊万诺夫杀了一个警察。

这家伙什么都不知道，反正没关系，他最好还是继续替饱食终日的挪威少年刺蝴蝶、中国符号或五颜六色的龙，让人家以为这些目录图册上的图案真的具有某种意义。

“准备开始了吗？”刺青师说。

谢尔盖犹疑片刻。刺青师说得没错，他的确很急。但为什么这么急？为什么不能等那警察死了以后再刺？这是因为他下手之后就会被送进挪威监狱，那就没机会刺上这个图案了。挪威监狱可不比俄罗斯监狱，里头找不到刺青师。

但这个问题还有另一个答案。

他之所以想在下手前刺青，是不是因为内心深处存有恐惧？这恐惧是不是十分强烈，以致他不确定自己能不能完成任务？这是否就是他必须现在就刺上这个图案的原因，只为了断绝所有退路，除去临阵脱逃的所有可能性，好让他一定得完成这项任务？不消说，没有一个西伯利亚厄尔卡可以忍受有个谎言刻在皮肤上。这段时间以来他很快乐，他知道自己很快乐，那么这些念头代表什么？这些念头是从哪里来的？

他知道这些念头来自哪里。

来自那个毒贩，那个身穿阿森纳队球衣的少年。

那少年开始出现在他梦中。

“对，开始吧。”谢尔盖说。

17

“医生估计，再过几天欧雷克就可以站起来了。”萝凯说，她倚着冰箱，手里端着一杯茶。

“接下来就得把他移送到一个没人动得了他的地方才行。”哈利说。

他站在萝凯家的厨房窗前，看着山下的城市，午后高峰时段的车流正在主干道上有如萤火虫般爬行。

“警方一定有这种保护证人的地方吧。”萝凯说。

她并未表现出歇斯底里的情绪，而是以一种认命的沉静态度接受欧雷克被人用刀攻击的事实，仿佛早已多少料到这种事迟早会发生。同时，哈利又在她脸上看见愤慨的神情，那是她准备开战的面容。

“他必须待在监狱，但我会跟检察官提出移送的主张。”汉斯·克里斯蒂安·西蒙森说，他一接到萝凯电话就赶来了，这时他坐在餐桌前，衬衫腋下有两圈汗渍。

“那就看你能不能绕过正式通道了。”哈利说。

“什么意思？”律师问道。

“当时监狱里的门都没上锁，这表示至少有一个狱警在里头接应。在我们知道这个内鬼是谁之前，必须假设每个狱警都有嫌疑。”

“这样会不会有点太偏执了？”

“偏执可以救人一命，”哈利说，“这件事你能办妥吗，西蒙森？”

“我来想想办法。现在他所在的地方安全吗？”

“现在他在伍立弗医院，我已经安排两个我信得过的警察在那边看守。

还有一件事，攻击欧雷克的家伙还在住院，发生这件事以后，他的权利会受限。”

“不能收发邮件，也不能会客？”汉斯问道。

“对，你能拿到他向警方或律师说的供词吗？”

“这比较棘手。”汉斯搔了搔头。

“他们可能什么都问不出来，但还是请你试一试。”哈利说着，扣上外套纽扣。

“你要去哪里？”萝凯问道，挽住他的手臂。

“去找消息来源。”哈利说。

晚上八点，首都奥斯陆的车流早已散去，因为挪威的日常工作时间全世界最短。一名少年站在托布街街尾的台阶上，身穿二十三号阿森纳队球衣，头上罩着兜帽，脚上是一双过大的乔丹白色球鞋。身上那件吉尔宝牛仔裤熨得挺直，仿佛独自站立也不成问题。全身上下是一整套黑帮穿着，每个细节都是从饶舌歌手里克·罗斯的最新 MV 模仿来的。哈利猜想，少年如果脱下裤子，一定会露出同样风格的平角裤，肌肤上没有刀疤或弹痕，但至少有一个美化暴力的刺青。

哈利朝少年走去。

“我要小提琴，零点二五克。”

少年看了看哈利，双手插在拉起拉链的连帽衫口袋里，点了点头。

“怎么样？”哈利问道。

“要等一下，boraz。”少年说话带有巴基斯坦口音，但哈利猜测他返回百分之百挪威血统的家庭吃妈妈做的肉丸时，就不会用这种口音说话。

“我没时间等你凑好几个人才去拿货。”

“放轻松，很快的啦。”

“我多付你一百。”

少年上下打量哈利。哈利大概知道少年心里在想什么：这个身穿怪西装的生意人经常用药，又生怕撞见同事或家人，简直就是只送上门的肥羊。

“六百。”少年说。

哈利叹了口气，点点头。

“Idra.”少年说完，迈步走去。

哈利心想少年的意思应该是要他跟上。

他们走过转角，穿过一扇打开的栅门，走进后院。管货的是黑人，可能来自北非，身子倚着一堆货板，正随着 iPod 播放的音乐节奏不停点头，一只耳朵塞了耳机，另一边耳机垂落一旁。

“零点二五。”身穿阿森纳队球衣的里克·罗斯说。

管货人从深口袋里拿出一样东西，手掌朝下遮住，放到哈利手上。哈利看了看自己接过的东西，见是一包白粉，当中掺杂着细小的深色微粒。

“我有个疑问。”哈利说，将那包白粉放进外套口袋。

那两人立刻提高警觉。哈利看见管货人的一只手伸到背后，猜想他的裤腰带后方应该插着一把小口径手枪。

“你们有没有看过这个女孩子？”哈利拿出韩森家的全家福照片。

两人看了看照片，都摇了摇头。

“只要有人给我一条线索或传闻，什么都可以，我就给他五千。”

他们对望一眼。哈利静静等待。但他们只是耸了耸肩，目光又回到哈利身上。也许他们曾碰过类似的状况，有位父亲在奥斯陆的毒虫圈里四处寻找女儿，但他们却不够愤世嫉俗，没趁机发挥想象力去编故事骗赏金。

“好吧，”哈利说，“替我跟迪拜打声招呼，跟他说我手上有些情报他可能会感兴趣，跟欧雷克有关。如果他想知道，可以去莱昂旅馆找哈利。”

话才说完对方就拔出手枪。哈利猜得没错，那把枪看起来像是贝雷塔猎豹手枪，口径九毫米的短管手枪，棘手的玩意。

“你是 Baosj？”

他说的是移民式挪威语，Baosj 是“警察”之意。

“不是。”哈利说，用力咽下每次他面对枪口时涌上的反胃感。

“你说谎。你不用小提琴的，你是卧底警察。”

“我没说谎。”

管货人朝里克点了点头，里克走到哈利身旁，拉起他的外套袖子。哈利勉强将目光从枪口上移开。里克轻轻吹了声口哨说：“看来这挪威佬确实在用呢。”

哈利来这里之前，先拿缝衣针用打火机烧了烧，再深深插进前臂四、五处来回搅动，然后用铵皂在伤口处搓揉，制造出泛红的发炎效果。最后再用针去戳手肘的静脉，导致皮下出血，制造出大片瘀青。

“我还是觉得他说谎。”管货人说，双脚分开，双手握住枪柄。

“为什么？你看，他口袋里还有针筒跟铝箔纸。”

“因为他不害怕。”

“妈的什么意思？你看看这家伙！”

“他不够害怕。嘿，Baosj，拿个针筒给我们看。”

“你疯了吗，拉厄？”

“闭嘴！”

“轻松点，这么生气干吗呀？”

“看来拉厄不喜欢你叫他名字。”哈利说。

“你也闭嘴！现在就用你那包白粉打一管！”

哈利从未烧融或注射过毒品，至少没在清醒时做过，但他用过鸦片，知道步骤是什么：先将毒品烧成液状，再抽进针筒。这会有多难？他蹲了下来，把白粉倒在锡箔纸上，有些粉掉到地上，他舔了舔手指，用手指沾起掉在地上的粉末，抹在牙龈上，做足样子。小提琴跟他过去做警察期间尝过的其他白粉一样苦涩，但里头还含有另一种味道，一种淡淡的铵味。不对，不是铵。他想起来了，这味道让他联想到熟透的木瓜。他点燃打火机，希望有点笨拙的动作被解读为是因为有把枪指着他的头，所以才会紧张。

两分钟后，他把液体抽进针筒，做好准备。

里克恢复了黑帮式的酷样，把袖子卷到手肘上，双腿张开，双臂交叉，下巴微扬。

“打啊，”他命令道，扬起一只手掌，“不是你，拉厄！”

哈利看着他们。里克露出的前臂没有注射针孔，拉厄看起来有点过度警觉的模样。哈利左手握拳朝肩膀屈伸两次，用手指弹了弹前臂，将针头以正规的三十度角插进肌肤。他希望这个动作在不注射毒品的人眼中还算得上专业。

“啊……”哈利发出呻吟。

这动作专业到不会让他们多想针头究竟是插进了血管还是只插进肌肉。

哈利眼珠上翻，双膝一软。

这动作让他们真以为哈利达到了高潮。

“别忘了把我的话转告给迪拜。”哈利低声说。

他迈着蹒跚脚步来到街上，摇摇晃晃地朝西往皇宫的方向走去，一直走到卓宁根街才直起身子。

走到王子街时，迟来的药效才发作，这是由渗入血液中的毒品所带来的，它们在毛细血管中绕了一圈才抵达脑部。这感觉像是一种遥远的回声，来自毒品直接注入动脉所产生的冲击。哈利发现自己热泪盈眶，就像是见到了原本以为再也见不到的爱人。他的耳朵充满的不是天堂般的乐音，而是天堂般的光亮。这一刻他明白了为什么这种毒品被命名为“小提琴”。

晚上十点，欧克林的办公室灯光都已熄灭，走廊上空无一人，但其中一间办公室里，楚斯·班森的双脚搁在桌上，计算机屏幕的蓝光映照在他的身体上。他押了五千克朗在曼城队上，眼看这笔钱就要飞了，这时曼城队却有个罚十八码任意球的机会，由卡洛斯·特维斯负责踢球。

他听见办公室门打开，右手食指立刻按下“离开”键，但已太迟。

“希望你不是用我的预算在看在线转播。”

米凯·贝尔曼在办公室里唯一空着的一张椅子上坐下。楚斯早已注意到米凯在一路升职的过程中，改掉了从小跟他在曼格鲁区一起长大所学来的口音。米凯只有在跟他说话时，有时才会用回原本的口音。

“你有没有看报纸？”

楚斯点了点头。由于无事可做，他已把社会版和体育版全都看完了。报上有许多关于议员秘书伊莎贝尔·斯科延的报道。自从《世界之路报》为她做了个名为“街头扫荡者”的专题报道后，记者开始拍摄她出席首映会或社交活动的照片。她被誉为扫荡奥斯陆街头毒贩的幕后推手，同时，她也以政治人物之姿开始活跃在国内政坛。无论如何，她所主导的委员会有了进展。楚斯发现，随着她受到在野党的支持，她的领口开得越来越低，在照片中的笑容也越来越灿烂。

“我跟警察总长私下谈过话，”米凯说，“她要指派我当警察署长，直接向司法部长报告。”

“靠！”楚斯喊道。特维斯的任意球踢到了球门横杆上。

米凯站了起来：“对了，你可能会想知道，乌拉和我下星期六邀请了一些人去家里。”

每次楚斯听见乌拉的名字，胸口就一阵刺痛。

“新房子，新工作，你也知道。我们家的露台还是你帮忙建的。”

帮忙？楚斯心想，妈的，你们家全都是我盖的吧。

“所以说，我们想邀请你一起来参加……”米凯说着，朝屏幕走来，“除非你有事。”

楚斯道谢并接受。从小时候开始，楚斯就同意当电灯泡，成为米凯和乌拉幸福生活的旁观者。他再次同意出席晚会，同时知道他在聚会上必须隐藏自己的身份、自己真正的感觉。

“还有一件事，”米凯说，“你记得我请你从接待处的访客登记簿上删去的那个人吗？”

楚斯点了点头，眼皮眨也没眨。米凯打过电话给他，说有个名叫托德·舒茨的人来警署提供有关毒品走私的情报，还提到有个警察是烧毁者。米凯担心托德的安全，因此要把他的名字从登记簿里删去，以免这个烧毁者就在警署任职，看见登记簿里的名字。

“我打过好几次电话给他，可是没人接，我有点担心。你确定保安公司删除了他的名字，没有其他人知道他来过吗？”

“我确定，警察署长，”楚斯说。曼城队再度展开防守，铲走了球，“对了，机场那个烦人的警监有没有再打电话来？”

“没有，”米凯说，“看来他接受了那只是马铃薯粉的事实。为什么你要问起他？”

“只是好奇而已，警察署长。替我跟你家‘女王’问好啊。”

“可以不要这样叫吗？”

楚斯耸了耸肩：“你不是都这样叫她吗？”

“我是说不要叫我‘警察署长’，还要过好几个礼拜才会正式任命。”

营运经理叹了口气。航空交通管制主任打电话来说飞往卑尔根的航班延误，因为机长没报到也没打电话，他们只好赶紧临时找人代替。

“舒茨最近状况不太好。”经理说。

“可是他连电话也不回。”主任说。

“我就怕这样，他可能用休假时间一个人跑去旅行了。”

“这我听说了，但现在又不是他的休假时间，我们差点就得取消航班。”

“就像我刚刚说的，他最近状况不太好，我会再找他谈一谈。”

“每个人都会碰到状况不好的时候，乔治。他这样害我得写一份详细报告，你明白吗？”

营运经理沉默片刻，最后还是放弃：“我明白。”

挂上电话之后，营运经理的脑海中浮现那天的画面：午后、烤肉、夏日、金巴利酒、百威啤酒、实习生直接从得州送来的大牛排。没人看见他和艾尔莎溜进卧室。她轻声呻吟。打开的窗户外传来的孩童的嬉戏尖叫声、飞机进场的轰然声响和无忧无虑的笑声，盖过了她的呻吟。飞机来来去去。托德说完另一则经典的飞行故事，发出响亮的笑声。托德的妻子发出低低的呻吟。

18

"你买了小提琴？"

贝雅特·隆恩用不可置信的目光看着哈利。哈利坐在她办公室一角，把椅子从耀眼的晨光中拖到阴影里，双手捧着她递给他的马克杯。他的外套挂在椅背上，汗水犹如一层保鲜膜般附着在他脸上。

"你没有……？"

"你疯了吗？"哈利啜饮了一口滚烫的咖啡，"酒鬼可不能再用这些玩意。"

"很好，不然我会以为这是注射失败所导致的。"她说着，伸手一指。

哈利看了看自己的前臂。除了西装之外，他只带了三条内裤、一双换洗袜子和两件短袖衬衫。他想过要去买几件适合在奥斯陆穿的衣服，但目前为止他都腾不出时间。今早他醒来时觉得自己很像宿醉，出于习惯差点在马桶里呕吐。他注射小提琴之处的形状和颜色，已肿成酷似里根再度当选总统时的美国得票州图。

"我想请你帮我分析这个。"哈利说。

"为什么？"

"因为有些犯罪现场照片，拍的是你们在欧雷克身上发现的密封袋。"

"那又怎样？"

"你们的相机性能很好，照片中可以看见那个密封袋里的粉末是纯白色的，这包却掺有褐色的东西，我想知道那是什么。"

贝雅特从抽屉里拿出放大镜，俯身在《法医杂志》前，哈利已把粉末撒在杂志上。

“你说的没错，”她说，“我们手上掌握到的样本是白色的。其实最近这几个月我们一包小提琴都没查扣，但这样一来事情就变得很有意思，尤其是前几天加勒穆恩航警局有个警监打电话来也说了类似的话。”

“他说什么？”

“航警在一位机长的行李箱里发现一包白粉，这位警监想知道我们怎么会判定那是一包马铃薯粉，因为他亲眼看见白粉里掺有褐色颗粒。”

“他认为那位机长走私小提琴？”

“海关没查扣过小提琴，那个警监应该没见过小提琴长什么样子。纯白的海洛因很罕见，送来这里的海洛因多半都是褐色的，所以他可能以为那包白粉是这两者混在一起。对了，那位机长不是要入境，而是要出境。”

“出境？”

“对。”

“去哪里？”

“曼谷。”

“他要带马铃薯粉去曼谷？”

“说不定是要带给旅居泰国的挪威人来做搭配鱼丸的白酱。”贝雅特微微一笑，因为试着说笑而脸泛红晕。

“嗯，这里头有点不太对劲。我才读过一篇报道，说有个卧底警察陈尸在哥德堡港，有人说他是烧毁者。奥斯陆有没有关于他的传闻？”

贝雅特摇了摇头：“没有。正好相反，他之所以出名是因为他太急于抓坏人了。他在遇害前说有大鱼上钩，还说他要凭一己之力把鱼钓起来。”

“凭一己之力啊。”

“他不肯再多说，而且他什么人都不相信。听起来是不是很像你认识的人啊，哈利？”

哈利微微一笑，站了起来，把手臂伸进外套袖子。

“你要去哪里？”

“去拜访一个老朋友。”

“我不知道你还有老朋友。”

“在某种程度上来说是老朋友，我打过电话给克里波的部长。”

“海门？”

“对，我问他可不可以给我古斯托遇害前的手机通话记录。他回答说：第一，这件案子一目了然，所以他们没有申请通话记录。第二，就算他们手上有通话记录，他也不会给一个……我想想他是怎么说的……”哈利闭上眼睛，伸出手指数算，“……像我这样的离职警察、酒鬼和叛徒。”

“我就说吧，我不知道你还有老朋友。”

“所以现在我得去别的地方试试看。”

“好吧，我今天就会分析这包白粉。”

哈利在门口停下脚步：“你说过最近小提琴也出现在哥德堡和哥本哈根，这表示它先出现在奥斯陆，然后才出现在这两个地方？”

“对。”

“通常不是应该反过来才对吗？新型毒品先出现在哥本哈根，再往北蔓延？”

“应该是这样吧，怎么了？”

“我还不太确定，你说那个机长叫什么？”

“我刚才没说，他叫托德·舒茨。还有什么事吗？”

“有，你有没有想过那个卧底警察说的可能是事实？”

“事实？”

“守紧口风，不相信任何人。他可能知道还有一个烧毁者潜伏在别的地方。”

哈利来到位于扶那布区的挪威电信总部，在有如教堂般宽敞的接待区里环目四顾。十米外的桌子前有两个人正在等待，哈利看见他们拿着通行证，要会见的人来到栅门边带他们进去。挪威电信的会客程序显然严格许多，哈利无法直接闯进克劳斯·托西森的办公室。

他评估眼前状况。

托西森一定不想见到哈利，因为他以前当过遛鸟侠，并设法瞒住这件事不让公司知道。多年来哈利一直利用这件事来对托西森施压，取得他想要的信息，有时托西森还因此做出超过电信公司法定权限的事。然而少了警察证所带来的威信，哈利可能连托西森的面都见不到。

通往电梯的四道栅门右边有一扇大栅门，一群访客正从那儿进入。哈利当机立断，大步走去，挤到那群人中间。挪威电信的人员拉着栅门，一群人鱼贯而入。哈利转头朝旁边的人望去，见是个华人面孔的瘦小男子。

"Nin hao（您好）。"

"什么？"

哈利看了看男子通行证上的名字：Yuki Nakazawa（中泽侑辉）。

"哦，原来是日本人。"哈利大笑，拍了几下男子的肩膀，仿佛两人是老朋友似的。中泽转过头来，露出犹豫的微笑。

"今天天气不错。"哈利说，手依然搭在男子肩膀上。

"对啊，"中泽说，"你是哪家公司的？"

"特里亚索内拉电信。"

"很大的公司。"

他们从挪威电信人员面前走过，哈利从眼角余光看见那人朝他们走来，大概知道他要说什么。果然没错。

"先生抱歉，你要别上姓名牌才能进来。"

中泽用讶异的眼光看着那人。

托西森换了间办公室。哈利穿过开放式办公室，走了仿佛一公里长的路，终于在玻璃隔间内看见熟悉的肥硕身影。

哈利直接走了进去。

男子背对哈利坐着，话筒压在一只耳朵上。透过从窗外射入的光线，哈利看见男子说话口沫横飞：“现在你那该死的SW2服务器应该正常运作了吧！”

哈利咳了一声。

椅子转了过来。克劳斯·托西森比以前更胖了。他身上那套量身定制的西装虽然成功遮住一圈圈肥肉，但无法遮掩他那张奇特脸庞所露出的纯然恐惧。他的脸之所以奇特，是因为那张脸虽然大如海洋，但眼睛、鼻子、嘴巴却喜欢挤在一座小岛上。他的目光落在哈利的西装翻领上。

“中泽……幸？”

“克劳斯。”哈利笑容满面，张开双臂做出拥抱的姿态。

“妈的你来干吗？”托西森压低嗓音说。

哈利放下双臂：“我也很高兴见到你哦。”

他在桌沿坐下。他总喜欢坐在桌子的这个角落，从高处进逼，用简单而又有效的方式主导一切。托西森吞了口口水。哈利看见他的眉头沁出亮晶晶的大颗汗珠。

“特隆赫姆的手机网络服务器上礼拜就应该开始运转才对，”托西森咕哝说，“妈的现在谁都不能相信。我正在忙，你有什么事？”

“我要古斯托·韩森五月之后的手机通话记录。”哈利拿了支笔，在黄色便利贴上写下古斯托的名字。

“现在我是主管了，不做基层工作。”

“对，但你还是能帮我弄到通话记录。”

“你有没有得到授权？”

“如果有的话我就直接去找警方联络人了，不会来找你。”

“为什么你们的检察官不授权？”

过去的托西森可不敢问这种话，现在他变得比较强悍，也比较有信心。难道是因为升职的缘故？还是另有原因？哈利看见办公桌上有个相框背对着他，是那种用来提醒你拥有某人的私人照片。除非那是张狗的照片，否则应该是个女人，说不定还有个小孩。没想到这个前任遛鸟侠居然追到一个女人。

“我已经离开警界了。”哈利说。

托西森扯了扯嘴角：“那你还想来要通话记录？”

“我不需要太多，只需要这部手机的。”

“为什么我要帮你？被人发现我给你这种资料，我一定会被炒鱿鱼，要查出我进过系统一点都不难。”

哈利没有回答。

托西森轻笑几声：“原来如此，你又要使出只有懦夫才会用的老招数，来勒索我吗？如果我不给你通话记录，你就要让我的同事都知道我被定过罪。”

“不是，”哈利说，“不是这样，我不会把你的事说出去。我只是想请你帮个忙，克劳斯，这是私事，我前女友的儿子可能因为他没犯过的罪而被判无期徒刑。”

哈利看见托西森的双下巴抖动，震波往下扩散到颈部，再被庞大身躯给吸收，消失得无影无踪。过去哈利从未用托西森的名字称呼过他。他看着哈利，眨了眨眼，专心思索。汗珠闪闪发光。哈利看见他的大脑正在进行加减运算，最后得出了结果。他扬起双臂，靠上椅背，椅子被他压得咯吱作响。

“抱歉，哈利，我很想帮你，但现在我负担不起同情你的代价，希望你能了解。”

“当然，”哈利说，揉揉下巴，“我完全了解。”

“谢谢，”托西森说，明显地松了口气，挣扎着要从椅子上站起来，打算送哈利离开玻璃隔间，离开他的人生。

“对了，”哈利说，“如果你不把通话记录给我，不只你同事会知道你的遛鸟历史，你老婆也会知道，还有小孩。是吗？一个，还是两个？”

托西森瘫坐回椅子上，用不可置信的神情看着哈利，恢复成过去那个全身颤抖的托西森：“你……你说你不会说出去的……”

哈利耸了耸肩：“抱歉，现在我负担不起同情你的代价。”

晚上十点十分，施罗德酒馆坐了一半的客人。

“我不想让你去鉴识中心，”贝雅特说，“海门打过电话给我，他说你去跟他要通话记录，还听说你去找过我。他警告我，叫我不要跟古斯托命案扯上关系。”

“原来如此，”哈利说，“你能来这里真是太好了。”他和莉塔目光相触，她正在酒馆另一头端啤酒。他伸出两根手指比了比，莉塔点了点头。哈利虽然已有三年没来光顾，但莉塔依然看得懂过去这位常客的手势：一杯啤酒给同伴，一杯咖啡给酒鬼。

“你朋友有没有帮你拿到通话记录？”

“他帮了很大的忙。”

“有什么发现？”

“古斯托生前一定是破产了，他的银行账户被冻结过好几次。他不常使用手机，可是跟欧雷克通过几次简短的电话。他经常打电话给妹妹伊莲娜，但他死前几个礼拜突然不再打给她了。除此之外，他最常打给‘比萨快递’餐厅。等一下我会去萝凯家，上网搜索通话记录上的其他名字。那包小提琴分析得怎么样了？”

“你拿来的白粉几乎跟我们以前化验过的样本一样，只是化学成分有点不同，而且还含有褐色颗粒。”

“那是什么东西？”

“那不是有效的药物成分，只是药丸表面包覆的膜衣，你也知道，功能就是让药的味道好一点，比较容易服用。”

“有办法追踪到制造者吗？”

“理论上可以，可是我查过了，原来药厂都会自行制造膜衣，这表示全世界有好几千种膜衣。”

“所以查不出个所以然来？”

“用膜衣本身查不出来，”贝雅特说，“但有些膜衣碎片的内侧还沾有药剂，结果是美沙酮。”

莉塔端来咖啡和啤酒。哈利跟她道谢，她转身离去。

“我以为美沙酮都是液态的，要用瓶子装。”

“毒瘾者在接受所谓的药物辅助戒毒时所用的美沙酮是瓶装的，所以我打电话去圣奥拉夫医院询问，那里进行鸦片类药物和鸦片剂的研究。他们说美沙酮药丸是用来止痛的。”

“那怎么会在小提琴里面？”

“他们说调整过配方的美沙酮可能用在小提琴的制造过程中。”

“这只能说明小提琴不是从零开始制造的,除此之外还能提供什么线索？”

贝雅特握住啤酒杯：“制造美沙酮药丸的药厂不是很多，其中一家就在奥斯陆。”

“是 AB 制药，还是奈科明制药？”

“是镭医院，他们有自己的研究单位，自行制造美沙酮药丸来缓和剧痛。”

“癌症带来的剧痛。”

贝雅特点了点头。她一只手把啤酒杯拿到嘴边，另一只手拿起桌上的一样东西。

“这是从镭医院拿来的？”

贝雅特又点了点头。

哈利拿起药丸。那颗小药丸是圆形的，褐色膜衣上印着一个字母R。

“你知道我发现了什么吗，贝雅特？”

“不知道。”

“我想挪威诞生了一种全新的出口商品。”

“你的意思是说挪威有人生产和出口小提琴？”萝凯说。她双臂交抱，倚着欧雷克卧房的门框。

“至少有好几个事实指出某人可能正在做这件事，”哈利说，键入托西森给他的通话记录上的下一个名字，“第一，这波涟漪是从奥斯陆扩散出去的。小提琴出现在奥斯陆之前，没人听过或看过它，而且直到现在瑞典和丹麦的街头才买得到。第二，小提琴里掺有碾碎的美沙酮药丸，我发誓这种药丸是挪威制造的。”哈利按下搜索键，“第三，有位机长在加勒穆恩机场被逮捕，他原本走私的可能是小提琴，但后来被调包了。”

“调包？”

“这表示警务体系里有个烧毁者。重点是这位机长原本要飞往曼谷。”

哈利闻到她的香水味，知道她从门边走到他身旁。漆黑的房间里只有计算机屏幕的亮光。

“真妖媚，她是谁？”她的声音从他耳边传来。

“伊莎贝尔·斯科延，市议员秘书，古斯托通话名单之一。或者说精确一点，她打过电话给古斯托。”

“她身上那件捐血T恤是不是太小了点？”

“宣传捐血可能是政治人物的工作之一。”

“议员秘书算是政治人物吗？”

“反正这女人说她是AB型Rh阴性血型，还说捐血是国民义务。”

“的确是很罕见的血型，这就是你一直盯着这张照片看的原因？”

哈利微微一笑：“用她的名字可以搜索出很多结果，包括‘养马人’和‘街头扫荡者’。”

“他们都赞扬她是把贩毒帮派关进监狱的幕后功臣。”

“但显然不是每个贩毒帮派都被抄了。不知道她都跟古斯托说了些什么。”

“这个嘛，她是社会服务委员会打击毒品活动的领导人，说不定她利用他来收集情报。”

“在凌晨一点的时候？”

“哎呀！”

“我最好去问问她。”

“对，你一定很想去问她。”

哈利转头朝萝凯望去，她的脸靠得非常近，他的目光几乎难以聚焦在她脸上。

“我应该没听错你话里的意思吧，亲爱的？”

她轻笑出声：“没听错，她看起来很低俗。”

哈利缓缓吸了口气，她没有移动。“你为什么会认为我不喜欢低俗？”他问道。

“那你为什么要轻声细语？”她的唇靠他那么近，他感觉得到她的气息随着话语流出。

在这漫长的两秒之间，计算机风扇的声音清晰可闻。这时她突然直起身子，用心不在焉的茫然神情看着哈利，双手放在脸颊上，仿佛要让脸颊冷却下来，然后转身离开。

哈利靠上椅背，闭上眼睛，低低咒骂一声。他听见她在厨房里拿东西的声音。他吸了好几口气，决定当作什么都没发生过，整理思绪，继续工作。

他继续搜索其余的名字。有的名字搜索出了十年前的滑雪比赛结果或家庭聚会记录，有的名字则连这些都搜不到。这些人早已不在社会上活动了，他们从现代社会几乎无孔不入的霓虹灯下退出，找到阴暗的隐蔽处，除了坐着等待下一管毒品之外什么都不做。

哈利坐在椅子上看着墙上的海报，海报中的男子头戴羽毛，下方写着：雍希。哈利只依稀记得这个人和冰岛的席格若斯乐队有关系，他们乐音缥缈，喜欢飙唱假音，跟麦加帝斯乐队和超级杀手乐队迥然不同。欧雷克可能改变了音乐的品位，不然就是受到了别人的影响。哈利靠上椅背，双手抱在脑后。

伊莲娜·韩森。

哈利对通话记录感到讶异。古斯托和伊莲娜几乎每天都通话，有一天却戛然而止，在那之后古斯托一个电话也没打给她，仿佛他们吵了架，或古斯托知道手机联络不到她。但就在古斯托中枪前几小时，他拨打了伊莲娜家的电话，电话居然被接了起来。这通电话持续了一分十二秒。哈利心想，为什么他会觉得奇怪？他试着回溯到这条思路的起点，却不得不放弃。他拨打这个电话号码，没有人接。他又拨打伊莲娜的手机，一个声音告诉他说这个号码暂时停用。没交电话费。

钱。

这件案子始于钱也止于钱。毒品总是如此。哈利回想贝雅特跟他说过的名字，那个因为行李箱藏白粉而被逮捕的机长。过去他当警察时的记忆力还管用。他在网络查号台输入“托德·舒茨”。

结果出现一个手机号码。

哈利打开欧雷克的抽屉找笔，掀开了一本《名家杂志》，目光落在一个塑料档案夹里的剪报上。他立刻认出自己较为年轻时的面孔。他拿出档案夹，翻看其他剪报，发现全都是他侦办过的案件的报道，上头不是出现他的名字，就是出现他的照片。此外还有很久以前心理学期刊对他的专访，询问他关于连环杀手的问题，他记得当时自己回答得非常不耐烦。他关上抽屉，环顾四周，因为他觉得很想砸东西。他关上计算机，收拾好小行李箱，进入走廊，穿上西装外套。萝凯走了出来，拂去他西装翻领上看不见的尘埃。

“这感觉很奇怪，”她说，“我很久没看见你了，才刚开始要忘怀，突然你又出现在我面前。”

“对啊，”哈利说，“这样不好吗？”

她脸上掠过一丝微笑：“我不知道。有好有坏吧。你能明白吗？”

哈利点了点头，把她拉了过来。

“遇见你是我生命中最糟糕的事，”她说，“却又是最美好的事。即使是在现在这种时候，你只是出现在这里就能让我忘记一切。不对，我不确定这样是好的。”

“我知道。”

“这是什么？”她指着行李箱问道。

“我要去住莱昂旅馆。”

“可是……”

“我们明天再聊。晚安，萝凯。”

哈利在她额头上轻轻一吻，打开大门，走进温暖的秋日夜晚。

年轻的接待员说不必再另填一张住房单，并安排哈利住进同一个房间。三〇一号房。哈利说无所谓，只要把窗帘杆修好就行。

“又坏了？”接待员说，“那是上个房客弄坏的，他脾气很不好。”他把客房钥匙递给哈利，“他也是警察。”

“房客？”

“对，他是长期住在这里的房客之一。他是个探员，你们所说的‘卧底’。”

“嗯，既然连你都知道，那他的伪装就没什么价值了。”

接待员微微一笑：“我去看看储藏室有没有窗帘杆。”他转身离去。

“贝雷哥跟你很像。”一个低沉的瑞典口音说。哈利转过身去。

卡托坐在大厅的椅子上。这个空间要称为大厅其实很勉强。他看起来醉醺醺的，缓缓摇着头：“应该说跟你非常像，哈利。他非常热血，非常有耐心，非常顽固，真是非常不幸。当然他没你这么高，眼珠是灰色的，但一看就知道是双警察的眼睛，非常孤独。他死的地方就是你将丧命的地方。你该离开奥斯陆的，哈利，你该搭上飞机的。”他用长长的手指比了个令人看不懂的手势，露出悲切万分的神情，使得哈利一度以为这个老人哭了。卡托摇摇晃晃地站起来，哈利转身面对接待员。

“他说的是真的吗？”

“谁说什么？”接待员说。

“他。”哈利说，转头指向卡托，但卡托已经离开，一定是爬上楼梯遁入了黑暗之中。

“那个卧底警察是不是死在这里？就死在我的房间里？”

接待员看了哈利一会儿才回答：“不是，他先是失踪，后来才在歌剧院旁边被冲上岸。不好意思，现在我们没有窗帘杆，能不能先用这条尼龙线代替一下？你可以把窗帘串在这条线上，再绑在固定窗帘杆的地方。”

哈利缓缓点头。

凌晨两点，哈利依然醒着，嘴里抽着最后一根烟。地上放着窗帘和细尼龙线。他看见院子另一侧有个女人正在跳无声的华尔兹，没有舞伴。他聆听城市的声音，看着烟雾朝天花板袅袅上升，仔细观察烟雾缭绕的路径和它形成的不规则形状，试着从中看出一个模式。

19

老头子和伊莎贝尔碰面两个月后，扫荡工作开始了。

首先被扫除的是越南帮。报上说警方同时在九个地方展开行动，最后破获五处海洛因仓库，逮捕三十六名越南帮成员。一星期后，轮到科索沃阿尔巴尼亚帮遭殃。警方出动戴尔塔特种部队精英，突袭赫斯菲区的一处公寓，该帮派的吉卜赛首领一直以为没人知道他们的藏身之处。接着是北非帮和立陶宛帮。那个睫毛很长、脸蛋俊美有如模特的欧克林处长在报上说有人提供匿名线报。接下来几星期内，街头毒贩从炭黑的索马里人到奶白的挪威人，全都遭到逮捕，锒铛入狱。但我们穿阿森纳队球衣的这票人全都安然无恙。很明显地，我们的施展空间变大了，排队买货的队伍也变长了。老头子开始招募失业的街头毒贩，但仍实现了他所开出的条件：让奥斯陆市区的海洛因交易越来越少。我们降低了海洛因的进口量，因为从小提琴那里赚得更多。小提琴价格昂贵，因此有些毒虫转而尝试吗啡，但最后还是回头来用小提琴。

我们的贩卖速度快过易卜生的制造速度。

有个星期二才中午十二点半，我们手上的货就全都卖完了。由于老头子认为奥斯陆跟该死的巴尔的摩一样，严格禁止我们使用手机，因此我只好去车站的电话亭，打电话给那部俄制格雷索手机。安德烈说他正在忙，但会尽量想办法。欧雷克、伊莲娜和我坐在船运街的台阶上冷得半死，挥手赶走客人。一小时后，一个跛脚的人影朝我们走来，原来是易卜生亲自出马。他怒气冲冲，大声叫骂，直到看见伊莲娜，才像是风暴突然停了下来。

他跟着我们走到后院，交给我们一个塑料袋，里头是一百包小密封袋。

“两万，”他说着，伸出了手，“一手交钱，一手交货。”我把他拉到一旁，说下次货卖完，我们可以直接去他的地方拿。

“我不喜欢访客。”他说。

“我出的价钱可以超过一包两百。”我说。

他用狐疑的眼光看着我：“你是不是打算自立门户？你们老大会怎么说？”

“这事只有你知我知，”我说，“我说的是很少的量，只是一二十包而已，要给朋友和熟人用的。”

他爆出大笑。

“我会带那女孩一起去，”我说，“对了，她叫伊莲娜。”

笑声突然停止。他看着我，想再度发出笑声却办不到。一切都清楚地写在他的眼睛里。孤独、贪婪、仇恨、欲望。该死的欲望。

“星期五晚上，”他说，“八点。她喝金酒吗？”

我点了点头。从今以后她会喝金酒。

他给了我地址。

两天后，老头子邀请我共进午餐。我一度以为易卜生跑去告状，因为我还记得老头子脸上的表情。彼得服侍我们用餐。我们坐在冰冷餐厅的长桌前，老头子说他已经切断了全国从阿姆斯特丹进口的海洛因，目前只通过几位机长从曼谷进口。他说了数字，确认我明白，一如往常问我同样的问题：我有没有远离小提琴？他用有点阴沉的目光看着我，然后叫彼得载我回家。我在车上有点想问彼得老头子是不是性无能。

易卜生住在艾克柏区的典型单身汉公寓，里头有大型等离子体电视和小冰箱，墙上什么都没有。他替我们倒了一杯廉价金酒再加上没气的汤力水，没有柠檬片，但有三个冰块。伊莲娜看着他倒酒，面带微笑，保持甜美，把说话的机会全都让给我。易卜生面带白痴般的笑容坐着，张嘴凝视着伊莲娜，总是在口水就要流出时把嘴闭上。他在屋里播放该死的古典音乐。我拿到货，跟他约好两周后再来，而且会带伊莲娜一起来。

不久之后，用药过量致死率下降的第一份报告出炉。但报告中没写的是，小提琴的首次使用者在仅仅几周后，排队时就瞪大眼睛，身体出现戒断症状可见的颤抖。他们站在那里，手里拿着发皱的一百克朗钞票，发现小提琴再度涨价，当场就哭了出来。

我们第三次去找易卜生时，他把我拉到一旁，说下次让伊莲娜一个人来就好。我说没问题，但下次我要五十包，价钱是一百克朗一包。他点了点头。

说服伊莲娜不是件简单的事，这次我的老招数竟然不管用了，只好拿出强硬态度，说这是我的机会，也是我们的机会。我问她是不是想继续睡在排练室的床垫上。最后她咕哝说不想，可是她也不想……我说她又不必做那档事，只要好好对待那个孤独老人就行了，他因为腿疾可能人生没什么乐趣。伊莲娜点了点头，要我答应不跟欧雷克说。她前往易卜生的公寓之后，我的心情跌到了谷底。我稀释了一包小提琴，把剩下的掺到香烟里抽掉。我在摇晃中醒来，是伊莲娜把我摇醒的，她站在我的床垫前号啕大哭，泪水滴到我的脸上，刺痛了我的双眼。易卜生对她动手动脚，但她逃跑了。

“你把货拿回来了吗？”我问道。

这句话显然问错了，伊莲娜完全崩溃，所以我说我有东西可以让一切再度变得美好。我准备好一针筒的小提琴，她瞪大眼睛看着我，我在她雪白细嫩的肌肤上找到一条蓝色静脉，插入针头。我按压活塞时，感觉到她身体的抽搐传到我身上。她嘴巴微张，静静达到高潮，接着狂喜在她眼前拉上光亮的帘幕。

易卜生也许是个下流的老头，但他对化学的确很在行。

同时我也知道我失去伊莲娜了。当我问她货在哪里时，她脸上的表情就已告诉了我。我们永远无法再像过去一样。那晚，我看着伊莲娜滑入极乐的迷幻之中，也看着我成为富翁的机会飞了。

老头子继续赚进大把钞票，但他却想要更多、更快，感觉像是想抓住什么东西，或有笔债款即将到期。他似乎不缺钱；大宅还是老样子，轿车洗得干干净净但也没换，幕僚依然维持两人：安德烈和彼得。我们依然有个竞争对手，也就是灰狼帮，他们也扩张了街头贩毒的规模。他们雇用没入狱的越南人和摩洛哥人，不只在奥斯陆市区贩卖小提琴，还卖到了孔斯温厄尔、特罗姆瑟和特隆赫姆，甚至有传闻说他们卖到了赫尔辛基。奥丁也许赚得比老头子多，但他们分食整个市场，不跟对方抢地盘，两人的口袋都赚得更饱。只要是头脑清楚的生意人绝对乐于维持现状。

这片爽朗晴空中只有两朵乌云。

其中一朵是那个头戴蠢贝雷帽的卧底警察。我们都知道警方被告知说现在阿森纳队球衣不是主要目标，但那个外号叫贝雷哥的卧底警察却还是四处查探。另一朵乌云是灰狼帮，他们开始在利勒斯特伦和德拉门贩卖小提琴，价钱却压得比奥斯陆还低，这表明有些客人会搭火车去这两个地方买。

有一天老头子把我叫去，要我捎个口信去给一个叫楚斯·班森的警察，而且动作要快。我问为什么不派安德烈或彼得去，老头子解释说他不希望警方握有任何可以追踪到他的线索，这是他的原则之一。虽然我握有可能让他曝光的情报，但我是除了安德烈和彼得之外他唯一可以信任的人。是的，就很多方面来说，他的确信任我。我心想，原来“毒品男爵”信任“小偷”。

那口信是说，他已安排跟奥丁碰面讨论利勒斯特伦和德拉门的事，时间和地点是星期四晚上七点在麦佑斯登区基克凡路的麦当劳。他们用儿童生日派对的名义包下整个二楼。我可以想象那个画面：现场准备了气球、布条、纸帽，还有个诡异的小丑。小丑看见来参加派对的客人时，脸上表情都僵了。客人包括目露凶光的摩托车手、手戴铆钉的壮硕汉子、身高两米五的哥萨克大块头、隔着薯条想用目光杀死对方的奥丁和老头子。

楚斯独自住在曼格鲁区的公寓，但我星期日早上去拜访他时，他却不在家。邻居听见我按门铃，从阳台探出头来喊说楚斯去米凯家建露台了。我依照地址前往米凯家时，心想曼格鲁区真是个糟糕透顶的地方，每个人对别人的事都一清二楚。

我去过赫延哈尔，这里就像曼格鲁区的贝弗利山庄，一栋栋偌大的独栋住宅有着面向克瓦讷谷、市区和霍尔门科伦区的景观。我站在马路上看着完工一半的房屋骨架，屋子前方站着几个光着上身的男子，他们手拿啤酒，指着未来将成为露台的地方谈笑风生。我立刻认出其中一人，也就是睫毛很长、俊美有如模特的新上任的欧克林处长。他们一看见我就不再说话，我清楚地知道原因，因为他们全都是警察，而且在我身上嗅到了歹徒的气息。这下子可棘手了。我没问过老头子，但我突然想到，楚斯·班森可能就是伊莎贝尔听从建议在警界里找来的盟友。

“有什么事吗？”长睫毛男子说，他没穿上衣，腹肌块块分明。这时我还有机会抽身，可以晚点再去找班森，所以我不知道当时我为什么要那样做。

“我有个口信要带给楚斯·班森。”我清楚大声地说。

所有人同时转身望向一人，那人放下啤酒，迈着弓形腿，摇摇晃晃走来，一直走到非常靠近我、其他人听不见我们说话的地方才停下脚步。他有一头金发，还有个强而有力、宛如倾斜抽屉的下巴，一双猪一般的小眼闪烁着充满恨意的怀疑光芒。如果他是只宠物，一定会在外观上被批评得体无完肤。

“我不认识你，”他低声说，“但我猜得出你是谁。妈的，我不喜欢人家这样跑来找我好吗？”

“好。”

“有什么事？快说。”

我跟他说明双方会面的时间地点，还有奥丁警告说他会带整个帮派的人马一起赴约。

“他才不敢轻举妄动呢。”班森说，发出呼噜声。

“我们有情报说他刚收到一大批货，”我说。露台上的那些人又开始喝啤酒，但我看见那个欧克林处长朝我们瞥眼看来。我压低声音，集中注意力传达所有细节，“就存放在亚纳布区的俱乐部里，可是过几天就会运送出去。”

“听起来像是个小型突袭，可以逮捕几个人。”班森又呼噜一声，此时我才发现原来这是笑声。

“就这样。”我说，转身就走。

我只向前走了几米，就听见有人大声叫我。我不用转头就知道是谁，我早就在他的眼神中看了出来。毕竟这是我的专长。他走到我身旁，我停下脚步。

“你是谁？”他问道。

“我叫古斯托。”我拨开头发，露出眼睛，让他把我的眼睛看个清楚，“你呢？”

他脸上掠过惊讶的神情，仿佛这是个难以回答的问题。接着他浅浅一笑，说：“我叫米凯。”

“嗨，米凯，你都在哪里健身？”

他咳了一声：“你来这里做什么？”

“我刚刚说过了，我来带个口信给楚斯。我能喝口啤酒吗？”

一时之间他脸上那些怪异的白色斑痕似乎全都亮了起来。他再开口说话时话声紧绷，带着怒意：“既然你事情都做完了，那就快走吧。”

我直视他的灼灼目光，那怒不可遏的灼灼目光。米凯·贝尔曼是如此惊人地俊美，让我想把手放在他胸膛上，感觉指尖底下那被阳光晒暖的汗湿肌肤，感觉他的肌肉因为我的大胆动作而反射性地绷紧，感觉他的乳头在我揉捏之下变得硬挺，感觉他为了挽救名声而打我一拳所带来的美妙痛楚。米凯·贝尔曼。我感觉到了欲望，妈的我自己的欲望。

“后会有期啦。”我说。

那天晚上我突然想到，我可以达到你不曾达到的境地。如果你的人生很成功，你就不会抛弃我，不是吗？我想到我可以重新变得完整，成为真正的人，成为百万富翁。

20

峡湾反射的阳光十分刺眼，哈利虽然戴着那副女款太阳镜，却也不得不眯起双眼。

奥斯陆不仅在碧悠维卡区进行了拉皮手术，还在伸入峡湾的新地区进行了硅胶隆胸，把原本平坦无趣的部分整顿得更有看头。这个硅胶奇迹就叫作许侯门区，整个地段看起来十分昂贵。这里有着拥有昂贵峡湾海景和码头的昂贵豪宅，以及出售高档商品的昂贵珠宝店。美术馆的拼花地板木料来自你不曾听过的丛林，美术馆建筑本身比馆内墙上挂的艺术品还来得壮观。峡湾末端的乳尖之处有一家餐厅，菜单列出的价格正是奥斯陆会取代东京成为全球物价最高城市的原因。

哈利踏进这家餐厅，领班说欢迎光临。

“我找伊莎贝尔·斯科延。”哈利说，扫视用餐区，看来里头已经坐满了人。

“您知道桌位预订人的大名吗？”领班问道，嘴角泛起一抹微笑，像是告诉哈利说所有位子都是在几星期前预订好的。

先前哈利给市政厅社会服务委员会的办公室打过电话，电话是个女子接的，一开始她还很乐意说伊莎贝尔外出吃午餐，但是等哈利表明意图，并说他会坐在洲际饭店等候伊莎贝尔时，那位秘书惊讶得冲口而出，说伊莎贝尔去谢玛希纳餐厅吃午餐了！

“不知道。”这时哈利说，“我可以进去看一下吗？”

领班踌躇片刻，打量哈利身上的西装。

“没关系，”哈利说，“我看见她了。”

领班还没拿定主意，哈利就大踏步从他身旁走了进去。

哈利在网上见过伊莎贝尔的照片，因此认得出她的面孔和体态。她背倚吧台，两肘搁在吧台上，面对餐厅，看起来像在等人，但更像是登台展示。哈利朝餐桌前坐着的众多男士望去，明白她可能两者同时进行。她脸部线条粗犷，几乎称得上男性化，斧锋般的鼻子将脸孔分为两半。尽管如此，伊莎贝尔依然拥有一些其他女性可能称之为“优雅”的传统魅力。她眼睛画的浓彩有如星座环绕在冷酷的蓝色虹膜周围，让她看起来有种掠食动物的凶残贪婪。正因如此，她的头发才会产生一种滑稽的对比效果：一头洋娃娃似的浓密金发编成漂亮环状，在两侧衬托着男性化的面孔。但最引人注目的是她的身材。

她有着高大的运动员身材，肩膀和臀部宽阔，黑色紧身裤让两条大腿的粗壮线条一览无遗。哈利分析她如果不是穿了特别聚拢和托高的胸罩，就是本钱十分可观。哈利用谷歌搜索出来的结果包括：伊莎贝尔在吕格市养马，离过两次婚；她的第二任丈夫是个金融家，让自己的财富翻了四倍，却因为离婚而失去四分之三；她参加过国家射击竞赛；她曾捐过血；她曾因踢走一个政界同事而惹上麻烦，只因她说“他是个孬种”；她十分乐于在首映式上摆姿势供记者拍照。简而言之，她是个会让你荷包大失血的女人。

哈利走进她的视线范围，她的目光紧盯着他，仿佛看人是她的权利。哈利直接走向她，清楚知道现在可能有十几道视线从他背后射来。

“你就是伊莎贝尔·斯科延吧。”哈利说。

她看起来似乎不想理睬哈利，却又改变主意，侧过了头：“奥斯陆这种定价过高的餐厅就是有这种问题对不对？每个人看起来都像是某个名人。所以说……”她尾音拉得老长，把哈利从头到脚打量一遍，“你是谁？”

“哈利·霍勒。”

“你好像有点眼熟，是不是上过电视？”

“很多年前的事了，那时还没有这个。”他指了指脸上的疤痕。

“哦，对，你是那个逮到连环杀手的警察对不对？”

哈利有两种应对方式可以选择，他选了直接的那种。

“以前是。”

“那你现在做什么？”她冷冷地问道，目光越过哈利肩膀朝大门望去，抿了抿红艳艳的嘴唇，数次睁大了眼睛。她正在热身。这顿午餐一定很重要。

“卖衣服和鞋子。”哈利说。

“看得出来，你的西装很酷。”

“你的靴子也很酷，里克·欧文斯设计的？”

她看着哈利，仿佛对他刮目相看，正要开口，目光却被他身后的动静给吸引过去：“我约的人来了，可能下次再见啰，哈利。”

“嗯，我希望我们现在可以聊一下。”

伊莎贝尔大笑，倾身向前：“这招不错，哈利，但现在是十二点钟，我的头脑清楚得跟法官一样，而且我已经约了人吃午餐，祝你有愉快的一天。”

她踩着咔嗒作响的高跟鞋转身离去。

“古斯托·韩森是不是你以前的情人？”

哈利话声不大，伊莎贝尔也已走了三米远，但她还是猛然停步，仿佛哈利找到了一种频率可以穿透高跟鞋的咔嗒声、餐厅里的说话声和爵士歌手黛安娜·克拉儿低声吟唱的背景音乐声，直接传送到她的鼓膜里。

她转过身来。

“你一个晚上打给他四次，最后一次是一点三十四分。”哈利在吧台高凳上坐下。伊莎贝尔沿原路走了回来，矗立在哈利面前，这让哈利联想到小红帽和大灰狼的故事。显然小红帽不是她。

“你想干吗，哈利小子？”她问道。

“我想知道你对古斯托·韩森所知的一切。”

她的斧鼻鼻翼扩张，雄伟的胸部挺起。哈利注意到她的肌肤上有黑色大毛孔，像连环漫画中的黑色网点。

“我是关心奥斯陆吸毒者性命的少数人之一，我也是记得古斯托·韩森的少数人之一。我们失去了他，这件事很令人难过。我会打那几个电话是因为他的手机号码储存在我的手机里，我们曾经邀请他来参加RUNO委员会的研讨会，刚好我有个好朋友的名字跟他很像，所以有时候我会按错，这种事很常见。”

“你最后一次见到他是什么时候？”

“听着，哈利·霍勒，”她压低嗓音，在“霍勒”这两个字上加重音，把脸靠得离哈利更近，“如果我没听错，你已经不是警察了，而是在卖衣服鞋子，所以我没必要跟你聊什么。”

“重点是，”哈利说，倚上吧台，“我很想跟别人聊，如果不是跟你聊，可能就会去跟记者聊，记者总是很喜欢聊这类的名人丑闻。”

“名人？”她说，露出灿烂微笑，不是对哈利微笑，而是对站在领班旁边、朝她挥手的西装男子微笑，“我只是个市议员秘书，哈利。报纸上的几张照片不会把人变成名人，社会大众是很健忘的。”

“我认为记者把你视为新崛起的政治明星。”

“是吗？可能吧，但即使是最烂的小报社也要求证据，而你手上什么都没有。打错电话根本就……”

“这种事的确很常见，不过发生概率很低的是……”哈利深深吸了口气，伊莎贝尔说得对，他手上什么证据都没有，因此他出手必须非常谨慎，“这件命案竟然在两个地方出现了AB型Rh阴性血。这种血型每两百人中只有一个有，所以当验尸报告显示古斯托的指甲底下有AB型Rh阴性血迹，报上又说你正好是这种血型，一个老警探很难不把两件事联想在一起。我们只要检验DNA，就会百分之百确定古斯托在死前曾经用指甲抓过你。你想这件事如果上报，是不是个很有意思的头条，而且不是烂新闻呢，斯科延？”

市议员秘书不停眨眼，仿佛她想用眼皮来驱使嘴巴说话。

“告诉我，挪威王储是不是国家社会党的？”哈利问道，眯起双眼，“他叫什么名字来着？”

“我们可以晚一点再聊，”伊莎贝尔说，“不过你得发誓不爆料。”

“时间地点？”

“给我你的手机号码，我下班以后打给你。”

外头的峡湾闪闪发光。哈利戴上太阳镜，点了根烟，庆祝虚张声势的招数奏效。他在港边坐下，享受每一口烟，拒绝去感觉持续啮咬着他的痛苦感受，把注意力放在全世界最富有的劳动阶级系泊在码头边的无意义的昂贵玩具上。他按熄香烟，朝峡湾吐了口口水，准备去拜访通话记录上的下一个人。

哈利向镭医院的女接待员确认说他跟人有约，女接待员给他一张表格，他填上姓名电话，“公司”字段留白。

“私人拜访吗？”

哈利摇了摇头。他知道优秀接待员都会有一种职业习惯：摸清楚状况，收集来往之人和所有员工的信息。如果他是警探，又想知道一家机构的内幕，那么他会直接去找接待员。

女接待员指了指走廊尽头的办公室。哈利依照指示走去，经过房门紧闭的办公室和设有玻璃窗的大房间，可以看见房里的人穿着白外套，工作台上散置着烧瓶和试管，金属柜上挂着大型挂锁。哈利猜想那些金属柜一定是毒虫的宝山。

哈利在走廊尽头停下脚步。为了安全起见，他先看了看名牌才敲门。名牌上写的是“斯蒂格·尼伯克”。他只敲了一下门，就响起响应的声音：“请进！”

斯蒂格站在办公桌前，手上拿着话筒贴在耳边，但仍朝哈利挥了挥手，朝椅子比了个手势。他说了三句“对”、两句“不是”、一句“呃，真是可恶”，接着发出精力充沛的大笑，挂上电话，用炯炯目光看着伸长双腿瘫坐在椅子上的哈利。

“哈利·霍勒。你可能不记得我了，但我还记得你。”

“我逮捕过的人实在太多了。”哈利说。

斯蒂格纵声大笑：“我们都上过奥普索小学，我比你晚几届。”

“学弟总是会记得学长。”

“的确，但老实说，我不是在学校认识你的，你上过电视，有人跟我说你也上过奥普索小学，而且是崔斯可的朋友。”

“嗯。”哈利看着鞋尖，表示他没兴趣谈私事。

“所以最后你当上警探？现在你在调查什么命案？”

“我在调查一件和毒品有关的命案，”哈利说，尽量只陈述事实，“你看过我寄给你的资料了吗？”

“看过了，”斯蒂格又拿起话筒，键入号码，用力搔了搔耳朵后方，“马丁，你能进来一下吗？对，跟那个检验有关。”

他挂上电话，接着是三秒钟的沉默。斯蒂格露出微笑。哈利知道他的脑子正在找话题来填满空白，但哈利一句话也没说。斯蒂格咳了一声：“你以前住在山脚下那条石子路旁的黄色房子，我住在山坡上的红色房子，还记得我们尼伯克家族吗？”

“记得。”哈利说谎，再度证明他对童年的事没记得多少。

“现在那栋房子还是你们的吗？”

哈利跷起了脚，知道在那个马丁进来之前，这场比赛很难喊停：“我爸几年前过世了，房子拖了一阵子才卖掉，不过……”

“鬼魂。”

“什么？”

“先让鬼魂离开再卖房子是很重要的，不是吗？去年我妈过世，那栋房子到现在都还空着没人住。你结婚了吗？有没有小孩？”

哈利摇了摇头，把球打回对方的阵地：“你结婚了，我看得出来。”

“哦？”

“那枚戒指，”哈利朝斯蒂格的手点了点头，“我以前有个戒指跟你的很像。”

斯蒂格扬起戴戒指的那只手，微微一笑：“以前？你们分开了？”

哈利在心里暗暗咒骂，妈的，为什么人要聊天？分开？他们当然分开了。他跟他所爱的人分开了，他跟他所爱的人们分开了。哈利咳了一声。

“你来了。”斯蒂格说。

哈利转过头去。一个身穿蓝色实验室外套的佝偻身影在门口眯着眼睛朝他望来，长长的黑色刘海盖在几乎雪白的高额头上，眼珠深陷在眼窝之中。哈利完全没听见他进来。

“这位是马丁·普兰，我们中心一位相当优秀的科学家。”斯蒂格说。

哈利觉得这人简直就是钟楼怪人。

“马丁，结果怎么样？”斯蒂格说。

“你们所谓的小提琴不是海洛因，而是一种类似左啡诺的药物。”

哈利记下这个名称：“那是什么？”

“一种高效的鸦片类药物，”斯蒂格插口说，“效果很好的止痛剂，比吗啡强六到八倍，比海洛因强三倍。”

“真的？”

“真的，”斯蒂格说，“药效时间是吗啡的两倍，长达八到十二个小时。只要三毫克的左啡诺就能达到完全麻醉的效果，它有一半的用法是通过注射。”

“嗯，听起来很危险。”

“也没有想象中那么危险，适量的纯鸦片类药物，好比海洛因，并不会摧毁人体，会造成这种结果主要是因为上瘾。”

“没错，海洛因上瘾者大量死亡。”

“对，但有两个主要原因。第一，海洛因掺杂了其他物质，让它变成了毒药。比如说海洛因混入了可卡因，还有……”

“快速丸，”哈利说，“美国喜剧演员约翰·贝鲁西就是……”

“希望他安息。第二个常见死因是海洛因抑制了呼吸。一个人如果一次注射了大量海洛因，就会呼吸中止，而且随着耐药性提高，剂量只会越用越大。不过这就是左啡诺有意思的地方，它不太会抑制呼吸，对不对，马丁？”

钟楼怪人点了点头，并未抬起双眼。

“嗯，”哈利说，看着马丁，“比海洛因的效用更强更久，造成用药过量致死的概率又很低，听起来简直就是毒虫的梦幻毒品。”

“上瘾，”钟楼怪人咕哝说，“还有价格。”

“什么？”

“我们在患者身上看过，”斯蒂格说，叹了口气，“他们一下子就上瘾了。”他弹了弹手指。“可是对癌症患者来说，上瘾是个不算问题的问题。我们根据病情来提高止痛剂的类型和剂量，重点在于避免疼痛，不在于追加剂量。况且左啡诺不管制造或进口都很昂贵，这可能就是街头看不见它的原因。”

“那不是左啡诺。”

哈利和斯蒂格同时转头望向马丁。

“它被改良过了。”马丁抬起了头，哈利觉得他的双眼似乎放出光芒，仿佛电灯开关打开似的。

“怎么改良？”斯蒂格问道。

“这还要花时间去研究，但显然其中一个氯分子被替换成氟分子，制造起来可能就没那么花钱。”

“天哪，”斯蒂格说，“现在我们说的是德雷泽吗？”

“有可能。”马丁说，脸上隐隐露出微笑。

“我的老天！”斯蒂格高声说，热切地用双手抓搔后脑，“这简直是天才的发明，或是伟大的昙花一现。”

“我不太听得懂你们在说什么。”哈利说。

“哦，抱歉，”斯蒂格说，“德雷泽就是海因里希·德雷泽，他在一八九七年发现阿司匹林。后来他开始改良二乙酰吗啡，其实不用费太多功夫，只要这个分子调整一下，那个分子调整一下，没三两下它就会跟人体的受体牢牢结合在一起。十一天后，德雷泽就发现了一种新药，一直到一九一三年才做成咳嗽药水出售。”

“这种新药是……？”

“它的名称原本应该是勇敢女人的双关语。”

“Heroine[①]。”

“没错。”

“那光泽剂呢？”哈利问道，转头望向马丁。

“那叫作膜衣。”钟楼怪人纠正道，“它怎样？”他面对哈利，目光却投在别处，落在墙上。哈利心想，他像是一只正在寻找出路的动物，或是一只不想接受其他阶级挑战的群居动物，不愿意坦然面对正在看他的其他动物；或只是社会抑制作用对他影响比较大而已。但有另一件事引起了哈利的注意，那就是他的站姿和佝偻的姿态。

“呃，”哈利说，“刑事鉴识人员说小提琴里头的褐色杂质来自碾碎的药丸光泽剂，它跟你们镭医院在美沙酮药丸上用的……膜衣一样。”

“所以呢？”马丁立刻响应。

“所以小提琴是某人在挪威制造的，这个人有办法取得你们的美沙酮

① Heroine 是女英雄，Heroin 是海洛因，两者发音相同。

药丸。你们觉得有可能吗？”

斯蒂格和马丁交换了一下眼色。

“现在其他医院也在用我们的美沙酮药丸，所以能取得这种药的人很多。”斯蒂格说。“不过小提琴是高级化学工程的产物，”他从双唇间呼了口气，“你说呢，普兰？挪威科学界有人有发现这种物质的能力吗？”

马丁摇了摇头。

“如果是意外发现的呢？”哈利问道。

马丁耸了耸肩：“勃拉姆斯当然也有可能意外写出了《德意志安魂曲》。”

办公室安静下来，连斯蒂格都无话补充。

“好吧。”哈利说，站了起来。

“希望我们帮上了忙，”斯蒂格说，越过办公桌朝哈利伸出了手，“替我向崔斯可问好。他应该还是在哈夫斯伦能源公司值夜班，管理这座城市的电力开关吧？”

“应该是吧。”

“他喜欢白天吗？”

“他不喜欢麻烦。”

斯蒂格露出犹豫的微笑。

哈利离开镭医院时两度停下脚步，第一次是查看今天没开灯的空荡实验室。第二次是在贴有“马丁·普兰”名牌的门口，门板下方透出亮光，哈利小心翼翼地压下门把。门上了锁。

哈利回到出租车上的第一件事是查看手机，他看见有一个来自贝雅特的未接电话，但伊莎贝尔仍未跟他联络。车子开到伍立弗体育场时，哈利才发现这趟出城的时间安排得很不妥，这时正好碰上全球工时最短的国家的下班高峰，他花了五十分钟才抵达卡利哈根区。

谢尔盖坐在自己的车子上，手指在方向盘上轮敲着。理论上来说，他的工作地点位于高峰时段车流较少的那一边，但是每次他值晚班，就会被堵在离开市区的车流中。驶向卡利哈根区的车流仿佛冷却的岩浆。他用谷歌搜索过那个警察，看了他昔日的新闻和办过的命案。那个警察曾在澳大利亚解决一个连环杀手。谢尔盖会注意到这件事是因为那天早上他正好在动物星球频道看一个澳大利亚节目，里头述说北部地方的鳄鱼如何聪明，以及它们如何熟悉猎物的习性。人类在草丛里扎营之后，早上起来通常会走一条路去死水潭打水，路上不会遭到鳄鱼袭击。鳄鱼只是待在水里观察。人类若在当地过两夜，隔天早上就会重复相同动作。如果他们过第三晚，隔天早上还是会走同一条路线，但这次他们会在毫无警觉的情况下，被草丛里冲出来的鳄鱼给拖进水里。

那个警察在网上的照片里看起来很不自在,仿佛不喜欢被拍照或受到注意。

手机铃声响起。是安德烈打来的，他开门见山讲重点。

“他住在莱昂旅馆。”

西伯利亚南部方言听起来其实有如机关枪，嗒嗒嗒的都是断音，但安德烈说起来却柔和流畅。谢尔盖记在心中。

“很好，”他说，试着让自己反应热烈一点，“我会去问房号。除非他的房间在走廊尽头，否则我会趁他离开房间走向楼梯或电梯的时候动手，这样他就得转身才看得见我。”

“不行，谢尔盖。”

“不行？”

“不能在旅馆动手，他在莱昂旅馆会有所准备。”

谢尔盖诧异地说：“有所准备？”

他变换车道，开到一辆出租车后方。安德烈解释说那个警察去找两个药头放话，邀请阿塔曼去莱昂旅馆。他大老远就闻得出陷阱的味道。阿塔曼已清楚下令谢尔盖必须在别的地方动手。

“哪里？”

“等他走到旅馆外面的街上。”

“可是我要在哪里动手？”

“你自己选择，”安德烈说，“但我个人偏好伏击。”

“伏击？”

“伏击总是首选，谢尔盖。还有一件事……”

“什么事？”

“他已经查到我们不希望他查到的事，这表示事情已经变得很急迫。”

“这……这是什么意思？”

“阿塔曼说你可以花时间准备，可是不能花太多时间。今天比明天好，明天比后天好，明白吗？”

通话结束，谢尔盖仍深陷车流，他这辈子从未觉得像现在这么孤单。

车流量达到巅峰，一直到博格工业的斯科德斯莫十字路口前才没那么拥堵。哈利已开了一小时的车，转遍了所有广播电台，最后停在 NRK（挪威国家广播公司）古典音乐电台以示抗议。二十分钟后，他看见了通往加勒穆恩机场的出口。白天他给托德・舒茨打过十几个电话都没人接，最后在机场找到托德的一个同事，那人说不知道托德在哪里，但平常托德不飞的时候都会待在家里，他也确认哈利在网上查到的地址是正确的。

夜幕降临，哈利查看路标，分析自己应该找对了地方。车子行驶在新铺设的柏油路面上，两侧是外观一致的鞋盒式住宅。他根据亮着灯的房屋门牌号码找到托德的家，只见屋子里一片漆黑。

他把车停在路边，抬头望去。黑茫茫的天际划过一抹银辉，有如猛禽般安静。亮光扫过屋顶，飞机消失在他身后，这时引擎的轰轰巨响才传来，宛如新娘拖着的长长裙摆。

哈利走到门口，把脸靠近门上嵌的玻璃窗，按下门铃，静静等待。再按一次，等候一分钟。

然后他踢破了玻璃窗。

他伸手进去，摸到门闩，打开门。

哈利跨过地上的碎玻璃，走进客厅。

他注意到的第一件事是黑暗，客厅就算没开灯也不该这么黑，于是他明白这是因为窗帘拉上的缘故。这种厚重的遮光窗帘跟芬马克郡军营用的窗帘一样，可用来遮挡午后的阳光。

第二件事是屋里还有别人。根据他的经验，这种感觉通常伴随着非常具体的感官印象，因此他专心感受，同时抑制自己的自然反应，包括脉搏加速和循原路退出的心理需求。他侧耳倾听，只听见某处传来时钟的嘀嗒声，可能来自隔壁房间。他猛然一愣，因为鼻子里闻到一股腐坏的刺鼻气味。但屋里还有别的东西，这感觉遥远却又熟悉。他闭上眼睛。按照惯例，他可以在它们来临前先看见。多年来他发展出一套策略来躲避，但这时他还来不及冲出门口，它们就已扑面而来。它们就是鬼魂。屋子里弥漫着犯罪现场的气味。

他睁开眼睛，忽然一阵炫目的强光。亮光扫过客厅地板，紧接着飞机引擎声轰然响起，下一秒整间客厅又陷入黑暗。但他已看得清清楚楚。他再也无法抑制脉搏加速和退出此地的冲动。

甲虫。Zjuk。甲虫悬吊在他面前的半空中。

21

那张脸被捣得稀烂。

哈利打开客厅电灯，低头看着早已气绝的男子。

男子的右耳被钉在拼花地板上，脸上有六个血肉模糊的黑色孔洞。哈利不必费心去找凶器，因为就挂在他面前。横梁上悬着的一条绳子末端绑了个砖块，砖块上突出六根血淋淋的钉子。

哈利蹲下身伸手摸去。尸体冰冷。屋里虽然开着暖气，尸僵现象仍十分明显，尸斑也同样清楚。地心引力加上血液循环停止，使得血液停留在尸体的最低处，并在手臂下侧微微出现紫红色瘀斑，被称为尸斑。哈利推测男子死亡已超过十二小时。熨平的白色衬衫掀起，露出部分腹部。腹部尚未发绿，表示细菌还没开始吞噬尸体。细菌的盛宴通常始于死后四十八小时，从腹部开始向外扩散。

死者身上除了衬衫，还打着一条已松开的领带，下半身穿着黑色西装裤和亮闪闪的皮鞋。哈利心想，这人看起来像是刚参加完丧礼，或刚下班回来，而且工作上需要穿正式西装。

哈利拿出手机，心想究竟是要打给接警中心，还是直接打给犯罪特警队？他键入接警中心的号码，同时环目四顾。没看见任何非法侵入的迹象，屋里也没有打斗痕迹。现场除了砖块和尸体，没有其他证据。哈利知道，就算 SOC 小组来了也什么都找不到。现场没有指纹，没有鞋印，没有 DNA。警探也不见得可以找到更多线索，因为邻居什么都没看见，附近加油站的监视器没拍到任何熟悉面孔，托德的手机通话记录也没透露任何端倪。什么线索都没有。哈利等候电话接通，同时走进厨房，出于本能地小心行走，避免碰到任何东西。他的目光落在餐桌上，桌上有个盘子，盘子里有个吃了一半的腊肠面包，椅背上挂着跟死者裤子成套的西装外套。哈利搜查外套口袋，找到四百克朗、访客证、火车票和机场通行证。通行证上写着“托德·舒茨”，照片上的专业笑容酷似客厅里的那张残破脸孔。

“接警中心。”

“我发现一具尸体，地址是……”

哈利注意到那张访客证。

“是哪里？”

访客证看起来颇为眼熟。

“哈啰？”

哈利拿起访客证，看见上头写着“奥斯陆警区”，下方写着“托德·舒茨”和日期。两天前托德才去过警署或警局，如今他却遇害身亡。

“哈啰？”

哈利挂上电话。

他坐了下来，凝神思考。

接着他花了二十分钟搜查整套房子，结束后擦拭任何可能留下指纹的地方，除下用橡皮筋绑在头上的塑料袋，套塑料袋是为了避免头发掉落在现场。根据规定，每位可能进入犯罪现场的警探和警察都必须登记指纹和DNA。倘若他在这里留下任何痕迹，警方只要花五分钟就能查出哈利·霍勒来过此地。他的搜查成果是三包可卡因和四瓶可能走私入关的酒，除此之外什么线索都没发现。果然不出所料。

他关上门，驾车离开。

奥斯陆警区。

妈的，该死。

回到市区，哈利把车停好，怔怔地朝风挡玻璃外望去。过了一会儿，才打电话给贝雅特。

“嗨，哈利。”

“两件事。我想请你帮个忙，还要给你一条匿名线报，这件案子又出现了另一具尸体。”

“已经有人告诉我了。”

“你已经知道了？”哈利诧异地说，“那种杀人手法叫Zjuk，也就是俄文的‘甲虫’。”

“你在说什么啊？”

“那个砖块啊。”

“什么砖块？”

哈利吸了口气：“那你说的是什么？”

“戈伊克·托希奇。”

“这个人是谁？”

“就是攻击欧雷克的家伙。”

“然后呢？”

“他被发现陈尸在囚室里。”

哈利直视迎面而来的车灯：“怎么会……”

“他们正在调查，看样子他是上吊自杀的。”

“删除‘自杀’，他们也把那个机长杀了。”

“什么？”

“托德·舒茨陈尸在自家客厅的地板上，他家在加勒穆恩机场旁边。”

贝雅特沉默两秒才回话：“我会通知接警中心。”

“好。”

“第二件事呢？”

“什么？”

“你说你要请我帮忙？”

“哦，对，”哈利从口袋里拿出那张访客证，“你能不能去查一下警署接待处的访客登记簿，看看两天前托德·舒茨是不是去过。”

电话那头再度陷入沉默。

“贝雅特？”

“你确定我会想蹚这摊浑水吗，哈利？”

“我确定你不会想蹚这摊浑水。”

“去你妈的。”

哈利结束通话。

哈利把车子留在夸拉土恩区南端的停车场，朝莱昂旅馆走去。他经过一家酒吧，大门开着，音乐倾泻而出，提醒他夜晚已经来到。音乐正好是涅槃乐队的《保持本色》，像是在欢迎他。当他站在酒吧深处的吧台前，他才察觉到自己进了这家店。

吧台高凳上三个客人弓身坐着，看起来像是守灵守了一个月，却无人离去。酒吧里有尸体和肉嗞嗞作响的气味。酒保用“不点酒就快滚”的眼神看着哈利，同时慢慢取下开瓶器上的软木塞，他的粗脖子上刺着三个大写的哥特体字母：EAT。

“喝什么？”酒保喊道，盖过乐队主唱科特·柯本的吼声。柯本正在邀请哈利来做朋友。

哈利舔了舔嘴唇，突然觉得口干舌燥。他看着酒保的手慢慢转动。酒保用的是基本款开瓶器，只有稳定且受过训练的手才能操纵自如，这种开瓶器只要转几下就能刺入软木塞，接着再用力一拔就行了。开瓶器已刺穿软木塞。但这并不是一家葡萄酒吧，那他们都卖些什么酒？哈利看见酒保背后墙上的镜子里映照着他的扭曲身形，连他的面孔都是扭曲的。镜子里不只有他的脸，也出现了它们的脸，那些纠缠他的鬼魂，而托德·舒茨是新加入的成员。他的目光扫过镜子前方的酒架，犹如热导飞弹般找到目标。目标就是他的宿敌：金宾威士忌。

科特·柯本高唱说他身上没枪。

哈利咳了一声。

没枪。

他点了酒。

“什么？”酒保喊道，倾身向前。

“金宾。”

没枪。

“金什么？”

哈利吞了口口水。柯本重复唱着“memoria”这句歌词。这首歌哈利听过不下百遍，这时才猛然发现，原来自己一直以来都听错了，柯本唱的其实是“回忆”（memoria），而不是“更多”（the more）的什么。

在回忆中。这歌词他在哪里看过？是不是在墓碑上？

他看见镜中有动静，这时手机在他口袋里发出振动。

“金什么？”酒保喊道，将开瓶器放在吧台上。

哈利拿出手机，看见屏幕上显示的是“R”。他接起电话。

“嗨，萝凯。”

“哈利？”

他背后又有动静。

“好吵啊，哈利，你在哪里？”

哈利转身快步走出酒吧，吸进室外被废气污染却又新鲜的空气。

“你在干吗？”萝凯问道。

“我正在想是左转还是右转。”哈利说，“你呢？”

“我要上床睡觉了，你喝酒了吗？”

“什么？”

“你听见我说什么了，我也听见你说什么了。我知道你压力大是什么样子，而且刚才听起来你像是在酒吧。”

哈利拿出一包骆驼牌香烟，拍出一根，看见自己的手正在发抖：“你打来真是太好了，萝凯。”

“哈利？”

他点燃香烟：“什么事？”

“汉斯安排欧雷克拘留在东部的一个秘密地方，没有人知道在哪里。”

“不错嘛。”

“他是个好人，哈利。”

“我没说他不是啊。”

“哈利？”

“我还在。”

“如果我们捏造一些证据，让我去顶罪，你会帮我吗？”

哈利吸了口气：“不会。”

“为什么？”

酒吧大门在哈利背后打开，但他没听见离开的脚步声。

“我回旅馆再打给你好吗？”

哈利结束通话，大步往前走，并未回头查看。

谢尔盖看着男子穿越马路，又看着男子走进莱昂旅馆。

刚才他靠得很近，非常近。先是在酒吧里，后来是在人行道上。

他的手依然按着口袋里那把弹簧刀的鹿角刀柄。刀身已弹出，割着衣服衬里。他有两次差点踏上前去，伸出左手抓住男子头发，挥刀划出新月形刀痕。那警察的确比他想象中还要高大，但这不成问题。

什么都不成问题。心跳缓和下来，他感觉自己恢复冷静。刚才他一度慌了手脚，恐惧盖过了冷静。他能感觉到自己的期待，期待自己完成任务，和那则已然述说的故事合而为一。

因为就是此地了，这里就是伏击的地点。谢尔盖见到了那警察盯着酒瓶看的眼神，跟他父亲出狱后回到家里的眼神一模一样。谢尔盖就是死水潭里的鳄鱼，知道男子迟早会再踏上同一条路去找酒喝，他要做的只是等待而已。

哈利躺在三〇一号房的床上，对着天花板吞云吐雾，听着手机里她的声音。

“我知道你做过比捏造证据更严重的事，”她说，“所以为什么不行？为什么我不能为我爱的人这样做？”

“你喝白酒了。”他说。

“你怎么知道不是红酒？”

“我听得出来。”

“所以呢，快说你为什么不肯帮我。”

“我可以说吗？”

“可以，哈利。”

哈利在床边桌上的空咖啡杯里摁熄香烟：“身为犯法者和离职警察，我认为法律还是具有一些意义的。这样听起来会不会很怪？”

“继续说啊。”

“法律是我们在危险边缘设立的一道围墙，一旦有人触犯了法律，打破了这道围墙，就得把墙补起来，犯法者也必须赎罪。”

“不对，是有人必须赎罪，有人必须受罚，好让社会知道杀人是不可接受的，任何代罪羔羊都可以补起这道围墙。”

“你只是把符合你论点的法律搬出来而已，你是律师，当然很懂法律。”

“我的角色是母亲，我的职业是律师。那你呢，哈利？你是警察吗？难道你变成了机器人？变成了蚁冢的奴隶？变成了别人想法的奴隶？难道你沦落到这种地步了吗？”

“嗯。”

“你找到答案了吗？”

“你以为我回奥斯陆做什么？”

萝凯怔了怔。

“哈利？”

“什么事？”

“抱歉。”

“别哭。”

“我知道，抱歉。”

“别说抱歉。”

“晚安，哈利。我……”

“晚安。”

哈利醒了过来。他听见一个声音，那声音淹没了梦中他在走廊上奔跑的脚步声和雪崩的轰隆声。他看了看表：一点三十四分。断掉的窗帘杆倚着窗框，如郁金香的侧影。他下床走到窗边，低头朝后院看去，只见一个垃圾桶翻倒在地，仍在滚动，咯咯作响。

他把额头抵在窗玻璃上。

22

天色尚早，早高峰车流的声音仍有如细细低语，往格兰斯莱达街逐渐蔓延而来。楚斯·班森走在街上，朝警署前进。他还没走到设有奇特圆窗的警署大门前，就看见那棵椴树上钉着红色海报。他立刻掉头，冷静地往回走，经过奥斯陆街上缓慢前进的车流，走进墓园。

墓园跟往常一样空无一人，至少没有活人。他在 A. C. 鲁德的墓碑前停下脚步。今天墓碑上没写字，所以一定是发薪日。

他蹲下身来，挖掘墓碑旁的土地，摸到一个褐色信封，把它拉了出来。他按捺住当场打开信封数钱的冲动，把信封放进外套口袋。正想起身，却突然觉得有人在监视他，因此他又蹲了几秒，仿佛正在沉思 A. C. 鲁德的一生，思索生命之短暂易逝或类似的狗屁哲理。

“班森，蹲在原地不要动。”

一道影子落在他身上，随之而来的是寒意，仿佛太阳躲到了云层背后。楚斯觉得自己宛如自由落体，胃似乎跳到胸腔。原来被人逮个正着是这种感觉。

“这次我们有个不同的任务要派给你。”

楚斯感觉大地回到脚下。那人说话带有一点口音。是他。楚斯朝旁边瞥了一眼，看见一个人影隔着两座墓碑低头站着，看起来正在祷告。

“你得找出欧雷克·樊科被藏在什么地方。看前面！”

楚斯盯着面前的墓碑。

“我试过了，”他说，“可是到处都找不到移监的记录，至少我有权限浏览的地方都找不到。而且我问过的人都没听过这家伙的名字，所以我猜他们可能给他取了化名。”

“你可以去跟熟知内情的人打听，或者去问那个辩护律师西蒙森。”

“为什么不直接去问他妈妈？她应该……”

“不要去找女人！”这句话严厉如一记鞭击，墓园里若有别人，一定会发现他们在说话。那人立刻冷静下来：“去问那个辩护律师看看，如果没用的话……”

接下来的片刻静默中，楚斯听见墓园里的树梢窸窣作响。一定是风吹的，难怪突然变得这么冷。

“去找一个叫克里斯·雷迪的男人，”那声音继续说，“他的街头外号是阿迪达斯，他在卖……”

“快速丸。阿迪达斯代表安非……”

“闭嘴，班森，你只要听就好。”

楚斯闭上嘴巴，仔细聆听。每当有人用这种口气叫他闭嘴，他就会像这样闭上嘴巴，竖耳聆听，听对方叫他扒粪，跟他说……

那声音给了他一个地址。

“你听到传言说这个阿迪达斯到处跟人炫耀说古斯托·韩森是他杀的，就把他带回警署问话，他会毫无保留地自首。细节留给你补，这样说词才会百分之百可信。但你要先去找西蒙森，明白吗？”

“明白，可是阿迪达斯为什么要……”

“你不需要问为什么，班森。你只有一个问题要问，那就是‘多少钱’。”

楚斯吞了口口水，又吞了好几口口水。扒粪。吞粪。“多少钱？”

“这就对了。六万。”

“十万。”

没有回应。

“哈啰？”

四周只听见早晨拥堵车流的细细低语。

楚斯静静蹲着，偷偷朝旁边瞥了一眼，却一个人影也没看见。他觉得阳光再度让身体暖和起来。六万很好。真的很好。

早上十点，地上仍浮着一层白雾，哈利在伊莎贝尔·斯科延的农舍前停车。她站在台阶上，嘴角挂着微笑，手拿小马鞭在黑色马裤的大腿上拍打。哈利下车时听见她的靴子踩在碎石地上嘎吱作响。

“早啊，哈利，你对马有什么了解？”

哈利关上车门：“我在它们身上输了很多钱，这样算回答了你的问题吗？”

“所以你同样是个赌徒啰？”

“‘同样’？”

“我也对你做了点调查，你的成就都被恶习给抵消了，至少你的同事是这么说的。你是在香港输钱的吗？”

“跑马地，只输过那么一次。”

伊莎贝尔朝一栋红色矮房子走去，哈利必须加快脚步才跟得上。“你骑过马吗，哈利？”

“我爷爷以前在翁达斯涅镇有匹老当益壮的马。”

“所以你是骑马老手啰。”

“我也只骑过那么一次而已。我爷爷说马不是玩具，还说为了娱乐而骑马是缺乏对役用动物的尊重。”

伊莎贝尔在木架前停步，上头挂着两套窄版皮鞍。“我的马都没拉过马车或犁，现在不会，将来也不会。我来上马鞍，你可以去那里……”她朝农舍伸手一指，“玄关柜子里有我前夫的衣服，你自己去选一套合适的来穿，我们可不希望弄脏你这身优雅的西装，你说是吗？”

哈利从柜子里挑出一件毛衣和一条牛仔裤，尺寸都够大，但这位前夫的脚似乎有点小，他找来找去鞋子都不合脚，最后才在柜子深处找到一双穿过的挪威军用蓝色运动鞋。

他走进院子，伊莎贝尔已做好准备，拉着两匹上好马鞍的马等着他。哈利打开出租车的副驾驶座车门，坐上座椅，双脚朝外，取出运动鞋的鞋垫放到车子地垫上，换上运动鞋，再从置物箱取出太阳镜：“准备好了。”

“这是梅杜莎，”伊莎贝尔说，拍了拍一匹栗色大马的鼻口，“它是产于丹麦的奥尔登堡马，完美的花式骑术马。它今年十岁，是马群里的老大。这是巴德尔，今年五岁，它会跟着梅杜莎。”

她将巴德尔的缰绳交给哈利，翻身骑上梅杜莎。

哈利左脚踩上左马镫，爬上马鞍。他还没下命令，巴德尔就踏出轻快的脚步，跟上梅杜莎。

刚才哈利说他只骑过一次马其实是非常保守的说法，但巴德尔跟他爷爷那匹有如战舰般沉稳的老马迥然不同，他必须在马鞍上保持平衡才行。当他用双膝挤压这匹精瘦马儿的身体时，能感觉到它肋骨和肌肉的动作。梅杜莎在横穿草地的小径上提高了速度，巴德尔也跟着加快脚步。速度虽然只是稍微加快，哈利却觉得自己像是骑在一级方程式赛车级的马匹上。他们来到草地尽头，走上一条延伸至森林深处并通往山脊的小径。途中，小径在一棵树的周围分岔又合并，哈利想操纵巴德尔往左走，但它不理睬，依然跟着梅杜莎往右走。

“我以为种马才是马群的首领。”哈利说。

“通常是这样，”伊莎贝尔回头说，“不过最重要的是个性。一匹野心旺盛、强壮而又聪明的母马只要有意愿，就能打败所有公马。”

“你也一样。”

伊莎贝尔大笑："那是当然啰。不论你想得到什么，都必须具备竞争的意愿才行。所谓政治就是取得权力。"

"你喜欢竞争？"

哈利看见她在前方耸了耸肩："竞争是健康的，这表示由最强壮、最优秀的个体来掌握决定权，这对整个族群是有益的。"

"而且它只要喜欢谁就可以跟谁交配？"

伊莎贝尔没有回应。哈利看着她。她的背影甚是苗条，坚实的臀部显然正在按摩马背，温柔地左右移动。他们来到一处空地。艳阳高照，山下的野地里飘散着一团团白雾。

"让它们休息一下吧，"伊莎贝尔说着，翻身下马。他们把马系在一棵树上，伊莎贝尔在草地上躺了下来，挥手请哈利一起躺下。哈利在她旁边坐下，推了推太阳镜。

"那是男用太阳镜吗？"她打趣地说。

"它可以隔绝阳光。"哈利说，拿出一包香烟。

"我喜欢。"

"你喜欢什么？"

"我喜欢男人对自己的男子气概有自信。"

哈利看着她。她侧倚着，以肘支地，解开一颗上衣扣子。哈利只希望自己的太阳镜够黑。她露出微笑。

"所以你能跟我说什么关于古斯托的事？"哈利说。

"我喜欢不做作的男人。"她说，笑容更灿烂了。

一只褐色蜻蜓掠过，秋日里的最后一次飞行。哈利不喜欢伊莎贝尔的眼神，不喜欢他来这里之后看见的。一个人若是面临事业受丑闻摧毁的危险，应该会露出痛苦不安的眼神，而不是像她这样露出期待品尝佳肴的目光。

"我不喜欢虚假，"她说，"比如说虚张声势。"

她涂上蓝睫毛膏的眼睛散发着胜利的光彩。

“是这样的，我打电话问过警方联络人，他不只告诉我传奇警探哈利·霍勒的一些事迹，还跟我说古斯托·韩森命案并没有血样接受化验，因为血样受到污染，换句话说，指甲底下没有符合我血型的血迹。你只是在虚张声势，哈利。”

哈利点了根烟。他的脸颊或耳朵都没发红。他心想自己是不是年纪大到不会脸红了。

“嗯，如果你跟古斯托联络只是为了单纯的访谈，为什么要那么害怕我把血迹送去化验？”

她咯咯一笑：“谁说我害怕了？说不定我只是想邀请你来这里跟我一起享受大自然什么的。”

哈利确认自己还没年纪大到不会脸红，他躺了下来，对着蓝得不可思议的天空吐烟，闭上眼睛，寻找一个不上伊莎贝尔的好理由。结果多得很。

“难道我说错了吗？”她问道，“我的意思是，我是个有自然需求的成年单身女子，但这不表示我不是认真的。我绝对不会跟一个无法和我匹敌的人扯上关系，比如说古斯托。”哈利听见她的声音越靠越近。“可是面对一个高大的成年男人……”她将温热的手掌贴上哈利的腹部。

“你跟古斯托也是躺在这个地方吗？”哈利轻声问道。

“什么？”

哈利用手肘撑起身体，朝脚上那双蓝色运动鞋点了点头：“你的柜子里全都是四十二号的名牌男鞋，只有这双鞋是四十五号。”

“那又怎样？我可不能保证说没有穿四十五号鞋的男人来找过我。”她的手来回抚摸。

“这双运动鞋是前段时间厂商替军队制造的鞋款，每当鞋款更换，多出的库存就会送给慈善机构，再分发给有需要的人。警方都称呼这种运动鞋叫毒虫鞋，因为这种鞋只在救世军的灯塔餐厅发放。重点是，为什么一个偶尔来找你的访客、一个穿四十五号鞋的男人，会把这双鞋留下来？原因很明显，他可能拿到了一双新鞋。”

伊莎贝尔的手停了下来。哈利继续往下说：

“我看过命案现场的照片，古斯托死亡的时候身上穿的是廉价裤子，脚上却穿着一双非常昂贵的鞋子，如果我没看走眼的话，那是艾伯特·法奇雅尼设计的皮鞋。这可是个非常大方的礼物。你花多少钱买的？五千克朗？”

“我不知道你在说什么。”她抽回了手。

哈利对自己的勃起不以为然，借来的裤子裤裆已紧紧绷着。他伸展双腿。

“我已经把鞋垫留在车上了。你知道脚汗非常适合拿来化验DNA吗？说不定上面还能找到残留的皮屑。再说奥斯陆没几家店在卖法奇雅尼的鞋子，一家还是两家？反正要交叉比对你的信用卡消费记录是件非常简单的事。”

伊莎贝尔坐起身来，望向远方。

“你看得见农场吗？”她问道，“是不是很美？我喜欢人工培植的景观，讨厌森林，除非是人工种植的森林。我讨厌混乱。”

哈利细看她的侧脸，她的斧鼻散发着危险的氛围。

“告诉我古斯托·韩森的事。”

她耸了耸肩：“为什么？显然大部分你都已经推敲出来了。”

“你希望谁来问你这件事？是我，还是《世界之路报》的记者？”

她发出短促笑声。“古斯托年轻英俊，像他这类型的种马只是外表好看而已，身体里其实藏着靠不住的基因。他养父说他的生父是罪犯，生母是毒虫。这种马不适合拿来繁殖，拿来骑却很有乐趣，如果你……”她深深吸了口气，“他来这里，我们发生性关系，有时我会给他钱。他也会去认识别人，我们之间没什么特别的。”

“这会让你嫉妒吗？”

“嫉妒？”伊莎贝尔摇了摇头，“我从来都不会为了性而嫉妒，我自己也会去认识别人啊。后来我认识了一个特别的人，就把古斯托甩了，其实应该说他早就已经先甩了我，那时候他好像已经不需要零用钱了。可是不久之后他又跟我联络，而且变成了麻烦。我认为他有财务困难，也有毒瘾问题。”

“他是个什么样的人？”

“自私、不可靠，但很有魅力，是个自信满满的浑蛋。”

“他想要什么？”

“我看起来像心理医生吗，哈利？”

“不像。”

“对，我对人没那么有兴趣。”

“是吗？”

伊莎贝尔摇了摇头，遥望远方，双眼发光。

“古斯托是个孤独的人。”她说。

“你怎么知道？”

“我知道什么是孤独好吗？而且他很厌恶自己。”

“自信又自我厌恶？”

“这两者并不冲突。你知道自己有什么能耐，并不代表你认为自己是个值得被爱的人。”

“原因是什么？”

“我已经跟你说过了，我不是心理医生。”

“对。”

哈利静静等待。

她清了清喉咙。

“他的亲生父母把他送给别人，你想这对一个小男孩会造成什么影响？在所有的高姿态和冷漠严肃的外表底下，他其实觉得自己没有价值，就跟抛弃他的亲生父母一样卑微渺小。这不是很简单的逻辑吗，警察先生？”

哈利看着她，点了点头。他注意到他的目光让伊莎贝尔不自在。显然她看出了哈利忍着没问出口的问题：那你呢？在你的外表下，你有多孤独、多自我厌恶呢？

“那欧雷克呢？你见过他吗？”

“你是说那个涉嫌杀人而被逮捕的小伙子？我从来没见过。可是古斯托提过几次，说欧雷克是他最好的朋友。我想是他唯一的朋友。”

“伊莲娜呢？”

“他也提过，她就像妹妹一样。”

“她的确是他妹妹啊。”

“他们是没有血缘关系的，哈利，永远不可能跟亲妹妹相比。”

“是吗？”

“人们都很天真，以为自己有办法给出无私的爱，但其实重点在于延续跟你尽可能相近的基因。相信我，我每天都在马匹繁殖的行为上看到这点。还有，是的，人类跟马一样，也是群居动物。父亲会保护亲生儿子，哥哥会保护亲妹妹。发生冲突时，我们会本能地跟那些和我们最相像的人站在同一战线。想象一下，你走在森林里，转了个弯，突然看见有个穿着打扮跟你很像的白人，正在跟一个脸上画有战斗彩绘的半裸黑人打斗，两个人手上都拿着刀，正拼个你死我活，而你手上有枪，你的第一个直觉反应是什么？难道是对白人开枪，拯救黑人吗？应该不是吧。”

“嗯。你有什么证据这么说？”

“证据是我们的忠诚度是由生物性决定的，这个由内而外扩散的圆圈，核心就是我们自己和我们的基因。”

“所以你会射杀其中一个人来保护你的基因？”

“想都不会多想。”

“那两个人都杀了不是更安全吗？”

伊莎贝尔看着哈利：“什么意思？”

“古斯托遇害当晚你在做什么？”

“什么？”她在阳光下眯起一只眼，用锐利的目光看着哈利，“你怀疑杀害古斯托的是我吗，哈利？你认为我在追杀这个……欧雷克？”

“只要回答我就好。”

“我会记得当时我在哪里，是因为我在报纸上看见这则新闻的时候，脑子里就冒出当时我在什么地方。当时我坐在会议室里，跟缉毒组的警方代表开会，他们应该是很可靠的证人，你需要我提供姓名吗？”

哈利摇了摇头。

“还有什么要问吗？”

“呃，这个迪拜，你对他有什么了解？”

“迪拜，嗯，跟大家知道的一样少。大家都听说过他的一些传闻，但警方一直没什么进展。躲在幕后的专业罪犯总是有办法逃脱。司空见惯的事。”哈利观察伊莎贝尔的瞳孔是否出现变化，脸颊颜色是否改变。如果她在说谎，那么她铁定是个说谎高手。

“我之所以这样问是因为你扫荡了街头所有的毒贩，却独独放过迪拜和几个小帮派。”

“不是我，哈利。我只是个市议员秘书，我必须听从社会服务委员会的命令，服从市议会的政策。你所说的扫荡街头，严格说起来是警方的工作。”

“嗯。挪威是个童话小国度，可是过去几年来我都待在现实世界里。现实世界是由两种人所驱动的，那就是爱权的人和爱钱的人。第一种人贪图地位，第二种人贪图享受，这两种人彼此协商来取得他们想要的东西，就叫作贪污。”

“我还有事情要忙，哈利。你希望这件事朝什么方向发展？”

“朝其他人没有勇气或想象不到的方向来发展。当你在一个城市住久了，情况在你眼中看起来会像是由你所熟知的细节所构成的马赛克。但是当一个不熟悉所有细节的人回到这个城市，他就会看见完整的图画。这幅图画显示，目前奥斯陆的情况有利于两批人，那就是将整个市场占为己有的毒贩，和扫荡街头有功的政治人物。”

“你是说我贪污？”

“是吗？”

哈利看见她的双眼闪现怒火。毫无疑问，这股怒意发自内心，但哈利不知道的是，究竟她是因为被说中要害而恼羞成怒，还是因为受人污蔑而怒火中烧。然而，出人意料的是，她笑出声来，令人惊讶地咯咯娇笑。

“我喜欢你，哈利。”她站了起来，“我了解男人，男人总在紧要关头软弱退缩，但我想你可能是个例外。”

“这个嘛，”哈利说，“至少你知道我是什么样的人了。”

“现实世界在呼唤我们了，亲爱的。”

哈利转过头去，看见伊莎贝尔摆动着浑圆的臀部，朝马儿走去。

他跟了上去，踏上马镫，骑上巴德尔，一抬头正好和伊莎贝尔四目交接。她轮廓分明的英挺脸庞露出一丝挑逗的微笑，嘴巴一噘做个飞吻，发出猥亵的吸吮声。接着她双腿一夹，将鞋跟戳进梅杜莎的侧肋，背部一晃，健壮的马匹向前飞跃。

巴德尔毫无预警地跟着跃出，哈利立刻紧紧抓住缰绳。

伊莎贝尔再度当先领路。梅杜莎足蹄下翻起的泥块如雨点般落下，脚下速度越来越快。哈利看见梅杜莎消失在前方转角时，伊莎贝尔头上的马尾高高飞起。他依照爷爷教他的方式，抓住缰绳前段，但不拉紧。小径甚窄，树枝向他扫来，他在马鞍上伏下身子，膝盖紧紧夹住马身。他知道自己无法让巴德尔停下来，因此专心把双脚踩住马镫，把头压低。他的眼角余光看见树林快速向后倒退，形成红黄相间的条纹。他下意识地直起身子，把身体重量放在膝盖和马镫上。巴德尔的肌肉在他身下不断起伏，令他觉得像是坐在一条大蟒蛇身上。伴随着地面有如雷声般的马蹄声，他们进入一种韵律。恐惧与着迷的感觉相互拉扯。小径变得笔直，哈利在前方五十米处看见梅杜莎和伊莎贝尔。这一刻，他眼前的景象仿佛被定格，他们似乎停了下来，马儿和骑手似乎飘浮在地面上方，接着梅杜莎又继续往前奔驰。下一刻哈利才恍然明白。

这是珍贵的一刻。

他在警察学校读过一份科学报告，里头指出：人类在大难临头时，大脑会在短短数秒内处理大量数据。有些警察会因此整个人当机，有些警察则会觉得时间变慢，一生的画面在眼前流过，此外，他们会对眼前情势进行大量的观察和评估。例如在时速大约七十公里的速度下，他们已经奔驰了二十米，距离梅杜莎刚才跃过的地表裂口只剩三十米，或大约九十秒。

例如从这里难以看见那道裂口究竟有多宽。

例如梅杜莎是匹受过训练、已经成年的花式骑术马，驾驭它的是经验丰富的花式骑术好手。巴德尔是年纪较轻、体形较小的马，骑它的却是体重将近九十公斤的新手。

例如巴德尔是群居动物，伊莎贝尔清楚地知道这一点。

例如现在要悬崖勒马已然太迟。

哈利放松了抓着缰绳的双手，鞋跟用力夹住巴德尔的侧胁，感觉到最后冲刺的步伐。接着一切静止了下来。马蹄声停止了。他们飘浮在半空中。他看见远处下方的树梢和溪流。接着他的身体向前冲去，头部撞上马颈。一人一马从空中落下。

23

爸，你也是小偷吗？因为我总知道将来我会成为百万富翁。我的座右铭是划得来再偷，所以我耐心等待。我等了又等，等了那么久，以至当机会降临时，我认为那是我应得的。

我的计划简单又聪明。奥丁率领灰狼帮去麦当劳跟老头子会面时，欧雷克跟我就去他们在亚纳布区的俱乐部偷走一部分海洛因。第一，俱乐部里不会有人，因为奥丁会把肌肉男全都带去。第二，奥丁绝对不会发现自己被抢，因为他会在麦当劳被逮捕。等他坐上证人席，还会感谢我和欧雷克，因为警方在突袭行动中查获的海洛因会少好几公斤。唯一的问题在于警察和老头子。如果警方发现有人抢先一步偷走海洛因，这事一定会传进老头子耳中，那我们就完了。我依照老头子教我的方法，解决了这个问题，用的就是国王入堡这一招，找人来战略结盟。我直接去曼格鲁区的公寓，这次楚斯·班森在家。

我说明计划的时候，他用怀疑的眼光看着我，但我不在乎，因为我在他眼中看见贪婪。他也是个极度渴望讨回公道的人，他相信钱可以买到治疗绝望、寂寞和苦楚的药。他相信世界上不仅存在着公平正义，还相信公平正义是种商品。我跟他解释说我们需要仰赖他的专业技术来消除我们留下的线索，烧去警方发现的证据，必要时甚至把怀疑的箭头指向别人。当我说我们会从俱乐部偷走二十公斤海洛因存货中的五公斤时，我看见他的眼睛闪烁光芒。两公斤分给我，两公斤分给他，一公斤分给欧雷克。我看见他在心里计算，一百二十五万乘以二，等于分到两百五十万克朗。

“你只跟这个叫欧雷克的说过这件事？”他问。

“对，我发誓。”

“你们有武器吗？”

“我们有一把敖德萨。”

“什么？”

“平价的斯捷奇金手枪。”

“好吧。其实只要现场没有侵入迹象，警方不会去多想海洛因原本有几公斤，我猜你是怕奥丁找你算账吧。”

“不是，”我说，“我一点也不在乎他，我怕的是我们老大。不知道为什么，我觉得他知道奥丁在那里存放了多少海洛因。”

“我要分一半，”他说，“剩下的你跟鲍里斯去分。”

“是欧雷克。”

“你应该庆幸我记性很差，不过这有好有坏。我只要花半天时间就能找到你，要解决你也不费吹灰之力。”他特别强调“解决”这两个字。

想出该如何伪装这起抢劫案的人是欧雷克，他提出的方法简单利落，不知道当初我怎么没想到。

“我们可以把海洛因调包，换成马铃薯粉。警方只会上报说扣押了几公斤海洛因，不会去检验纯度对不对？”

我说过了，这个方法简单聪明。

当晚奥丁和老头子在麦当劳开生日派对，讨论小提琴在德拉门和利勒史托的价格。班森、欧雷克和我站在亚纳布区摩托帮俱乐部的围栏外。班森主导整场行动，我们头罩尼龙丝袜，身穿黑外套，手戴手套。背包里带了手枪、钻孔机、螺丝刀、铁撬和包在塑料袋里的六公斤马铃薯粉。欧雷克和我说明灰狼帮架设监视器的位置，只要翻过围栏，贴着左边的墙壁奔跑，就能一直待在死角里。我们知道发出多大声音都无所谓，因为旁边 E6 公路大量车流的噪声会淹没所有声音。于是班森钻穿墙壁，欧雷克把风，我口中哼着《偷窃被逮》（*Been Caught Stealing*）这首歌，这是斯泰因的《侠盗猎车手》游戏配乐专辑中收录的一首歌，他说这首歌是一个叫作“珍的耽溺”（Jane's Addiction）的乐队唱的。我之所以记得是因为这乐队的名字很酷，比他们的歌还酷。欧雷克和我对这里的地形很熟，俱乐部的格局也很简单，只有一个很大的休憩区。由于所有窗户都被木质百叶窗遮住，因此我们打算钻出一个窥视孔，确定俱乐部里没人。这点是班森坚持的，他不相信奥丁会把市值两千五百万克朗的二十公斤海洛因留在这里，无人看守。我们虽然了解奥丁的个性，但还是同意班森的看法，毕竟安全第一。

“好了。”班森说，手上的钻孔机嗥叫一声后就安静下来。

我朝孔内望去，妈的什么都看不见，不是有人关了灯，就是孔没有钻穿。我转头望向班森，他正在擦拭钻孔机。“这是哪门子的烂隔音材料？”他说着，扬起一根手指，手指上的物体看起来像蛋黄和恶心的头发。

我们又往前走了几米，又钻了一个孔。我往孔内看去，这回终于看见了俱乐部内部，里头是一样的皮椅、一样的吧台和一样的凯伦·麦克道戈海报。她是年度玩伴女郎，在定制的摩托车上搔首弄姿。我总是搞不懂女人和摩托车究竟哪个最能让这票人兴奋。

“没人。”我说。

后门装了很多铰链和门锁。

“你不是说只有一道门锁吗？”班森说。

“本来是啊，”我说，“奥丁一定是偏执发作了。”

原本的计划是先把门锁钻下来，离开前再把它们装回去，这样就不会留下侵入的痕迹。这件事依然可以办到，但无法在我们预定的时间内完成。我们开始工作。

二十分钟后，欧雷克看了看表，说我们必须动作快才行。我们不知道警方什么时候会来突击搜查，只知道是在逮捕之后不久，而逮捕行动会迅速执行，因为奥丁一旦发觉老头子不会现身，绝对不会逗留。

我们花了半小时才把门锁都拆下来，是原本预估时间的三倍。我们拿出手枪，在头上罩上丝袜后进门，由班森打头阵。大伙还没完全进到门内，班森就单膝跪下，双手握着手枪指向前方，跟他妈的特种部队没什么两样。

西侧墙壁旁的椅子上坐着一个人。奥丁留下了图图当作看门犬，他的大腿上放着一把锯短的霰弹枪。但这只看门犬坐在椅子上眼睛闭着，嘴巴张开，头靠墙壁。听说他连打鼾都不流利，但这时他睡得跟婴儿一样香甜。

班森站了起来，轻手轻脚朝图图走去，手枪依然举在前方。欧雷克和我跟在后头，同样蹑手蹑脚往前走。

“只有一个洞呢。”欧雷克低声对我说。

“什么？”我低声说。

这时我明白了他的意思。

我看见我们钻的第二个洞，并估算到第一个洞的位置。

“哦，靠。”我低声说，尽管我知道这时已没有低声说话的必要。

班森走到图图旁边，往他身上推了推，他立刻从椅子上倒下来，滚落地面，面朝下趴在水泥地上，后脑勺的圆形开孔显而易见。

“钻子的确是钻穿了。”班森说，用手指戳了戳墙上的洞。

“操，”我对欧雷克低声说，“发生这种事的概率有多高？”

他没答话，只是看着尸体，不知道该吐还是该哭。

“古斯托，”最后他说，“我们做了什么好事？”

我不知道自己是怎么了，竟然开始放声大笑，笑得不可遏制。大戽斗[1]警察扭臀的动作超级酷，欧雷克被丝袜压扁的脸孔绝望万分，而嘴巴张得老大的图图，原来还是有脑子的。我纵声狂笑不已，直到脸上被狠狠掴了

① 戽斗，一种取水灌田用的旧式农具，用于形容人的相貌时指下巴比一般人长且向前突出。

一巴掌，眼冒金星。

“正常点，不然就再赏你一巴掌。”班森揉着手心说。

“谢谢，”我认真地说，“来找白粉吧。”

“我们得先想办法处理这个被钻破头的家伙。”班森说。

“反正都已经太迟了，”我说，“现在他们会发现有人闯进来过。”

“只要先把图图搬到车上，再把门锁装回去，就不会有人发现。”欧雷克用快哭出来的尖锐声音哀叫道，“如果他们发现白粉不见了，只会以为是他带着货跑了。”

班森看着欧雷克，点了点头：“你有个聪明的同伴啊，菜鸟。快动手吧。”

“先拿白粉。”我说。

“先搬‘钻破头’。”班森说。

“白粉。”我又说一次。

“钻破头。”

“我打算今天晚上就要成为百万富翁，你这只庠斗鹈鹕。”

班森扬起一只手：“钻破头。”

“闭嘴！”欧雷克大声喊道，我们都朝他望去。

“警察出现之前如果图图还没被搬上车，我们就会同时失去白粉和自由。如果图图被搬上了车，白粉来不及拿，那我们只会损失金钱而已。就这么简单。”

班森转头看着我：“看来鲍里斯同意我的做法，菜鸟。两票对一票。”

“好吧，”我说，“你们搬尸体，我去找白粉。”

“错了，”班森说，“我们搬尸体，你把这里清理干净。”他指了指吧台墙边的水槽。

我拿桶盛水，欧雷克和班森各抓住图图的一只脚，朝门口拖去，在地上留下一道血痕。我在凯伦·麦克道戈的挑逗注视下，擦拭墙壁和地面的脑浆和血迹。我才刚擦拭完毕，开始要去寻找白粉，就听见面向E6公路开启的门外传来某种声音，我不断说服自己说那个声音是要前往别处，它越来越大声只是我的错觉而已。但那确实是警笛声。

我查看吧台、办公室和厕所。这是个格局简单的建筑物，没有二楼，没有地下室，没有太多地方可以藏匿二十公斤白粉。接着我的目光落在锁着挂锁的工具箱上，以前我没看过这个箱子。

欧雷克在门口大喊几句话。

“撬棒给我。”我喊了回去。

“我们得走了！他们快到了！”

“撬棒！”

“走了，古斯托！”

我知道就在里面，二千五百万克朗就在我眼前，就在这可恶的木箱里。我猛踹挂锁。

“我要开枪了，古斯托！”

我转头朝欧雷克望去，看见他拿着那把该死的敖德萨手枪指着我。我不认为他隔着十多米能射到我，只是没想到他竟然敢拿枪指着我……

“警察如果逮到你，我们也逃不掉！”他语带哭音喊道。

“快点！”

我又提脚猛踹挂锁。警笛声越来越大。关于警笛是这样的，它总是听起来比实际上还要近。

我听见上方墙壁传来犹如鞭击般的“啪”一声，朝门口望去，顿时全身血液都凉了。只见班森站在门口，手里握着的手枪正在冒烟。

“下一枪不会射偏。”他冷冷地说。

我又朝挂锁踢了一脚，然后跑开。

我们才翻越围栏，除下头上的丝袜，就看见警车头灯照向我们。我们冷静地往警车的方向走去。

警车从我们身旁高速驶过，在俱乐部前方转弯。

我们继续爬上山坡，来到班森停车的地方，坐上车子离去。车子经过俱乐部时，我转头看后座的欧雷克。蓝色光线扫过他因为流泪和被紧身丝袜勒而发红的脸。他看起来像是泄了气的皮球，失神地看着黑沉沉的窗外，仿佛准备受死。

我们都默然不语，直到班森把车停在辛桑区的一个巴士站前。

“你搞砸了，菜鸟。”他说。

“我又不知道他加装了锁。”我说。

“有个动作叫踩点，”班森说，“听起来耳熟吗？我们会发现一扇门开着，门锁被拆了下来。”

我知道他口中的“我们”是指警方。真是个怪咖。

“我拿了锁和几条铰链，”欧雷克吸了吸鼻涕，“现场看起来会像是图图听见警笛声以后没命地逃走了，来不及锁门。门上的螺丝孔可以解释成过去一年有人侵入所留下的，对不对？”

班森看着后视镜中的欧雷克，“多跟你的朋友学学，菜鸟。不对，还是不要了，奥斯陆不需要多一个聪明的小偷。”

“好吧，”我说，“不过这辆车的后备厢塞着一具尸体，停在巴士站的双黄线上应该也不是什么聪明之举吧？”

“我同意，”班森说，“滚下车去。”

“那具尸体……”

“我会把钻破头处理好。”

“你要把他弄去哪里？”

“不关你的事，下车！”

我们下车，看着班森驾着那辆萨博轿车离去。

“从今天起，我们必须避开那个家伙。”我说。

“为什么？”

“他杀了人，欧雷克。他一定得把直接证据处理掉。首先他得找地方埋藏尸体，接下来呢……”

“他就得把目击证人处理掉。”

我点了点头，觉得沮丧无比。我大胆说出乐观的想法：“听起来他有个藏匿图图的好地方对不对？”

“我想要用那笔钱跟伊莲娜搬去卑尔根。”

我看着欧雷克。

“我打算去那里的大学念法律系，现在伊莲娜跟斯泰因住在特隆赫姆，我想去那里说服她跟我一起去卑尔根。”

我们搭上开往市区的巴士。我无法再继续忍受欧雷克的空洞眼神，一定得拿什么东西来填补才行。

“来吧。”我说。

我在排练室替他准备一管时，看见他露出不耐烦的眼神，仿佛觉得我笨手笨脚，很想接手。等他卷起袖子，我才恍然大悟。这小子的前臂布满针孔。

“伊莲娜回来以后我就不用这玩意了。”他说。

“你有自己的藏货吗？”我问道。

他摇了摇头：“被偷了。”

那天晚上我教他什么地方最适合藏毒，以及怎么建立藏毒处。

楚斯·班森在停车场等了一个多小时，才有一辆车驶入那个停车位。停车位上有个标牌写着“巴赫与西蒙森法律事务所”，看来这个停车位是专为这家事务所保留的。他认为这个地点非常恰当。这一个多小时以来，只有两辆车开进停车场的这个区域，而且这里没有监控。楚斯确认车牌号码和他在警察数据库里找到的号码一样。汉斯·克里斯蒂安·西蒙森很晚才睡，或者根本没睡，说不定他有好几个女人。下车的男子留着孩子气的金色刘海，在奥斯陆西区长大的这类傻蛋，年轻时都时兴这种发型。

楚斯戴上太阳镜，双手插进外套口袋，紧紧握住手枪。那是一把奥地利制造的斯泰尔自动手枪。他没带制式警用左轮，这样才不会留下不必要的线索给那个律师。他快步上前，趁汉斯站在车子之间时拦截他。要让恐吓发挥最大作用，行动就必须又快又具有侵略性。如果被害人没时间思索，只害怕生命和人身安全受到威胁，就能立刻从对方口中问到你要的信息。

楚斯觉得自己的血液里仿佛注入了发泡剂，耳朵和喉咙的血管都剧烈跳动，嗞嗞作响。他想象待会儿将发生的事：枪口指着汉斯的脸，近到他只会记得枪管的模样。“欧雷克·樊科在哪里？快点老实交代，不然我就杀了你。”对方回答，然后他说，“你敢警告任何人，或把今天的事说出去，我们就会回来杀了你，明白吗？”对方说明白，或麻木地点点头，可能还会尿失禁。想到这里，楚斯不禁微微一笑，加快脚步。血管的剧烈跳动蔓延到了腹部。

“西蒙森！”

那律师抬起头来，露出欣喜之色：“哦，你好啊，班森。你叫楚斯·班森对不对？”

楚斯的右手僵在外套口袋里，脸上一定露出了气馁神情，因为汉斯发出洪亮笑声。“我很会记人的脸。你跟你的上司米凯·贝尔曼负责调查过海德博物馆挪用公款的案子，当时我是辩护律师，很遗憾那件案子你们赢了。”

汉斯又哈哈大笑，那是来自奥斯陆西区天真快活的笑声，会发出这种笑声的人成长过程中都希望别人过得好，他们生活无虞，因此才能有这种想法。楚斯憎恨这个世界上所有像汉斯这样的人。

“有什么需要我效劳的吗，班森？”

“我……”楚斯支支吾吾。要他在面对这种人的时候做出决定，毕竟不是他的强项。只不过是面对哪种人呢？口头反应比他敏捷的人吗？那次在亚纳布区就没问题，他面对的是两个少年，局势由他掌控。但眼前的汉斯身穿西装，教育良好，用一种全然不同的方式说话，全身上下散发着优越感，他……哦，可恶！

“我只是想跟你说声哈啰。”

“哈啰？”汉斯说，口气和表情都露出疑惑。

“哈啰。”楚斯说，挤出微笑，“那件案子真遗憾啊，下次你会打败我们。”

他转身朝出口快步走去，感觉汉斯的目光在他背后游移。扒粪，吃屎。他妈的这些人都去死吧。

去问那个辩护律师看看，如果没用的话，去找一个叫克里斯·雷迪的男人。

阿迪达斯。快速丸药头。楚斯希望他逮捕这家伙时有借口行使暴力。

哈利游向光线，朝水面游去。光线越来越强。他浮出水面，张开眼睛，直视天际。原来他躺在地上。某个东西进入他的视线，那是一匹马的头，接着他看见另一样东西。

他以手遮眉。有人坐在马背上，但阳光炫目，他看不清楚。

说话声自远处传来。

“你不是说你骑过马吗，哈利？”

哈利呻吟一声，挣扎地站起来，清楚记起事情的经过。巴德尔跃过了裂口，前腿着地。他被往前抛，撞上巴德尔的颈部，脚脱离马镫，身体滑向一侧，双手仍紧紧抓住缰绳。他依稀记得自己把巴德尔拉得一起摔倒在地，但及时在它身上踢了一脚，以免它重达半吨的身体压在他身上。

他觉得背部仿佛失去知觉，除此之外似乎安然无恙。

“我爷爷的老马可不会跳过峡谷。”哈利说。

“峡谷？”伊莎贝尔大笑，将巴德尔的缰绳交到他手上，“那只是个不到五米的裂口，我不骑马都可以自己跳过去。没想到你这么神经质，哈利，第一次回农场吗？”

“巴德尔，”哈利说，拍了拍它的鼻口，看着伊莎贝尔和梅杜莎朝大片草地奔去，“你知道怎么慢慢走吗？”

哈利在E6公路上的加油站停下车子，买了杯咖啡。他回到车上，照了照镜子。伊莎贝尔给他割伤的额头上包了绷带，邀请他一起去奥斯陆歌剧院看《唐璜》的首演：“我一穿高跟鞋就很难找到高过我下巴的男伴……这样报上登的照片会很难看……”。给了他一个紧紧的道别拥抱。哈利拿出手机，读了短信并回电。

“你跑哪里去了？”贝雅特问道。

“我去做了些实地访察。”哈利说。

“加勒穆恩的命案现场没什么线索帮得上忙，我的手下仔细查过那个房子，什么都没发现。我们只发现钉子的材质是标准钢铁，钉头是特大的十六毫米铝合金，砖头可能来自十九世纪末的奥斯陆建筑。”

“哦？”

“我们在灰泥中发现猪血和马毛。过去有个著名的奥斯陆泥水匠会把猪血混进灰泥，现在很多市区的公寓都找得到这种灰泥。很多东西都可以用来做成灰泥。”

“嗯。”

“所以说这里也没有线索。”

“也没有？”

“对。你说托德·舒茨去过警署，可是他应该是去了别的地方，不是警署，因为访客登记簿里找不到他的名字。”

“好，谢谢你。”

哈利在口袋里翻找，找到他要找的东西，那就是托德的访客证。他也找到他自己的访客证，是他回到奥斯陆的第一天去犯罪特警队找哈根时领到的。他把两张访客证并排放在仪表盘上，仔细查看。他做出判断，把两张访客证放回口袋，转动钥匙，发动引擎，用鼻孔吸了口气，果然还闻得到马的味道。他决定去赫延哈尔拜访老对手。

24

五点左右，天空开始下雨。一小时后，哈利按下赫延哈尔那栋大宅的门铃，这地区漆黑得有如圣诞夜。种种迹象都透露出这栋房子是新建的，车库旁仍堆着剩余的建材，台阶下放着油漆罐和隔热包装材料。

哈利看见装饰用斜边玻璃内出现人影，立刻觉得后颈起了鸡皮疙瘩。

大门猛然打开。开门这人天不怕地不怕，然而他一看见哈利就僵在原地。

“晚安，贝尔曼。”哈利说。

“哈利·霍勒。呃，我必须说……”

“说什么？”

米凯轻轻一笑：“看见你出现在我家门口真叫我诧异，你怎么知道我住这里？”

“‘大家都认得出洋相的猴子，出洋相的猴子却不认得大家。’你知道吗？多数国家的组织犯罪部门的首长都有保镖。我有没有打扰到你？”

“没有，”米凯说，搔了搔下巴，“我还在想要不要邀请你进来。”

“这个嘛，”哈利说，“外头湿漉漉的，而且我没有敌意。”

“你才不知道‘敌意’是什么意思呢，”米凯说，把门完全打开，“把鞋底擦干净。”

米凯领着哈利穿过玄关，经过堆积如山的纸箱和什么厨具都没有的厨房，走进客厅。哈利在屋里没看见奥斯陆西区宅邸常见的奢侈品，但这栋房子坚固宽敞，非常适合当作住家。他注意到窗外的克瓦讷谷、奥斯陆中央车站和市区景观很美。

“我买这块地跟盖这栋房子花的钱差不多。”米凯说，“抱歉，屋里很乱，我们刚搬进来，下星期六会开个乔迁派对。”

“可是你却忘了邀请我？”哈利说，脱下外套。

米凯微微一笑：“我现在可以请你喝杯酒，你要不要……”

“我不喝酒。”哈利回以微笑。

“哦，我真该死，”米凯说，脸上却不见任何自责的神情，“人总是忘得很快。你自己找张椅子坐吧，我去找咖啡壶和两个杯子。”

十分钟后，两人坐在窗边，窗外是露台和景观。哈利直接切入正题。米凯仔细聆听，没有说话，也没出声打断，即使哈利看见他露出不可置信的眼神。哈利说完之后，米凯做出总结。

“所以你认为这个叫托德·舒茨的机长打算把小提琴走私出国，却不慎露出马脚而被捕，但有个担任警察的烧毁者把小提琴调包成马铃薯粉。这个舒茨获释后回到家却被处死，可能是因为他的雇主发现他找过警察，害怕他和盘托出。”

“嗯。”

“你用来支持他去过警署这个说法的证据，就是他有张上头写着‘奥斯陆警区’的访客证？”

“我把他的访客证跟我去找哈根时领到的做比对，两张的H字母横画都印得有点模糊，绝对是出自同一台打印机。”

“我不会问为什么你手上会有舒茨的访客证，可是你怎么能确定这不是一般性的拜访？说不定他是去解释马铃薯粉的事，确定我们相信他的说辞。”

“因为他的名字从访客登记簿被删掉了，这表示他去过警署的事必须保密。”

米凯叹了口气：“我一直有一个想法，哈利。我们应该合作，而不是彼此为敌，你会喜欢克里波的。”

“你在说什么？”

“在我跟你说任何事情之前，我要请你帮个忙，接下来我说的事你必须保密。”

“好。”

“这件案子已经让我陷入尴尬的处境。舒茨来找的人是我，而且你说得没错，他的确想跟我和盘托出，但最重要的是，他跟我说了一件我怀疑很久的事，那就是警界里有个烧毁者。我认为这个人就在警署服务，而且很靠近欧克林侦办的案件。我说我得请示上级，请他先回家等待。这件事我进行得非常小心，以免惊动烧毁者，可是谨慎通常代表的是缓慢。我跟快退休的警察署长谈过，他要我自己设法处理这件事。”

“为什么？”

“我刚刚说了，他快退休了，不想经手一件涉及警察贪腐的案子来当作临别礼物。”

“所以他想压住这件案子，直到他退休？”

米凯看着自己的咖啡杯：“我很可能会是下一任警察署长，哈利。”

“你？”

“他可能认为这件烂案子可以当作我上任后侦办的第一件案子，问题是我动作太慢。我已经绞尽脑汁了。我们原本可以叫舒茨立刻供出谁是烧毁者，但我认为这样会打草惊蛇。我想也许可以在舒茨身上装窃听器，先叫他去跟其他共犯接头。天知道，搞不好他会一路带我们找到目前奥斯陆的大人物。”

“迪拜。”

米凯点了点头：“问题是，警署里我可以信任谁，不能信任谁？我刚刚亲自挑选了一小群警官，彻底调查了他们的背景，这时就有个匿名线报说……”

“有人发现了托德·舒茨的尸体。”哈利说。

米凯用锐利的目光看着哈利。

“而现在你面临的问题是，”哈利说，“如果你搞砸的这件事泄漏出去，你当上警察署长的机会就泡汤了。”

“呃，这也是其中之一，”米凯说，“但这不是我最担心的事。问题是舒茨告诉我的事都不能拿来用，我们等于还在原地踏步。据说这个烧毁者去拘留室找过舒茨，还可能调包了毒品……”

“然后呢？”

“他自称是警察。加勒穆恩机场的警监说他记得那人名叫托马斯，姓氏不太确定。警署里一共有五个托马斯，但这五个人都不隶属于欧克林，我把他们的照片寄过去给他看，但他一个都不认得。所以据我们所知，这个烧毁者也可能不是警察。”

“嗯，所以这个人使用假警察证，也很可能这个人跟我一样，过去当过警察。”

“为什么？”

哈利耸了耸肩：“只有警察才骗得过警察。”

前门传来咔嗒声。

“亲爱的！”米凯高声说，“我们在这里。”

客厅门打开，一张被阳光晒成古铜色、大约三十岁的甜美女性脸庞从门后出现，一头金发扎成马尾。她让哈利联想到泰格·伍兹的前妻。

“我把孩子送到妈妈家了，你要来吗，亲爱的？”

米凯咳了一声：“家里有客人。”

她侧过了头：“我看见了，亲爱的。”

米凯用“我还能怎么办？”的放弃表情看着哈利。

“嗨，”她说，对哈利露出戏弄的表情，“爸和我又用拖车载了一批东西来，不知道你可不可以……”

“我背不好，而且突然很想回家。”哈利咕哝着，一口气喝完咖啡，迅速站了起来。

“还有一件事，”哈利说，他和米凯已走到门廊，“我不是跟你说我去过镭医院吗？”

“对，怎么样？”

“那里有个科学家叫马丁·普兰。这只是我的直觉，不过我在想不知道你可不可以帮我去调查他？”

“帮你？”

“抱歉，说习惯了。应该说帮警方，帮国家，帮人类。”

“这是你的直觉？”

“总之目前我对这件案子的了解我都已经跟你说了，如果你能跟我说你发现什么……”

“我会考虑。”

“谢谢你，米凯。”哈利感觉米凯的名字从自己口中说出来，连舌头都觉得怪怪的，心想自己好像从没用名字叫过他。米凯打开门，外头仍在下雨，冷风灌了进来。

“很遗憾知道那个年轻人的事。”米凯说。

“你是说哪一个？”

“两个都是。”

“嗯。”

“你知道吗？我见过古斯托·韩森一次，他来过这里。”

“这里？”

“对，他是个非常有吸引力的少年，就像是……”米凯在脑中寻找形容词，最后还是放弃，“你年轻的时候有没有爱上过猫王？美国人称之为男人间的倾慕。”

“这个嘛，”哈利说着，拿出一包烟，“没有。”

哈利发誓他看见米凯脸上的白色斑纹闪过红晕。

“那少年就是有张那样的脸，还有那样的魅力。”

“他来这里做什么？”

“他来找一个警察说话，那天我请了一票同事来帮忙。我领的是警察薪水，所以很多事都得自己来，你知道的。”

“他来找谁说话？”

“谁？”米凯面对哈利，目光却落在别处，或是他看见的某样东西上，“我不记得了。这些毒虫总是想找警察告密，换取一千克朗好去买毒品。晚安了，哈利。”

哈利步行穿过夸拉土恩区。一辆露营车在街边一个黑人妓女面前停下，车门打开，三个不超过二十岁的小伙子跳下车，其中一人正在摄影，另外两人上前找黑人女子攀谈。她摇了摇头，可能不想拍摄会被放到 YouPorn 上的群交视频。她的家乡也有网络，可能会被亲戚朋友看见。也许那些亲戚朋友认为她寄回家的钱是当服务生赚来的，也或许他们并不这样认为，只是不想多问而已。哈利越走越近。一名少年朝女子面前的人行道上吐了口口水，用醉醺醺的声音说：“黑屁股贱人。”

哈利和黑人女子目光相触，她的眼神十分疲惫。他们对彼此点了点头，仿佛认出某种熟悉的东西。另外两名少年注意到哈利走来，便直起身子。他们都营养良好，身材壮硕，脸颊有如苹果般红润，有着在健身房锻炼出来的二头肌，说不定还学过一年的跆拳道或空手道。

“晚安啊，好国民。”哈利微微一笑，并未慢下脚步。

哈利走了过去，听见露营车门关上，引擎发动。

车里传出熟悉的旋律。“保持你的本色。”这旋律是个邀请。

哈利稍微放慢脚步，接着又加快脚步，头也不回地往前走去。

第二天早上，哈利被手机铃声吵醒，他坐起身子，眯眼朝毫无窗帘遮蔽的明亮窗户望去，往挂在椅子上的外套伸长手臂，在口袋里摸寻，找出手机。

“喂。”

“我是萝凯，”她气喘吁吁，兴奋不已，“警方释放欧雷克了。他自由了，哈利！”

25

哈利站在旅馆房间中央，沐浴在晨光中，全身一丝不挂，只有手机覆盖右耳。庭院对面的客房里有个女子坐在椅子上，侧着头，用惺忪的睡眼看着他，缓缓咀嚼一片面包。

“十五分钟前汉斯去公司才得知这个消息，”萝凯说，“昨天接近傍晚的时候，欧雷克就获释了，有人自首说他才是杀害古斯托·韩森的凶手。是不是很棒啊，哈利？”

哈利心想，是的，的确很棒，棒到令人难以置信的地步。

“自首的人是谁？”

“一个叫克里斯·雷迪的人，外号叫阿迪达斯，是个毒虫。他开枪杀死古斯托是因为古斯托欠他安非他命的钱。”

“欧雷克现在人在哪里？”

“不知道，我们也是刚刚才知道这件事。”

“快想想，萝凯！他可能会在哪里？”哈利没想到自己的口气如此严厉。

“怎……怎么了吗？”

“自首。重点在那个自首，萝凯。”

“那个自首怎么了？”

“你还不明白吗？那个自首是假的！”

“不对不对，汉斯说他的自首说得很详细，而且非常可信，这就是为什么警方释放了欧雷克。”

“这个阿迪达斯说他开枪杀人是因为古斯托欠他钱，所以他应该是个愤世嫉俗的冷血杀人犯，这种人会因为受不了良心折磨而自首吗？”

“可是他一看清白的人快被定罪……”

“算了吧！毒瘾发作的毒虫脑子里只有一件事：想办法嗨。相信我，他们心里才没有空间可以容纳良心这种东西。这个阿迪达斯的毒瘾是那么强烈，以致他非常愿意承认谋杀，等嫌疑犯获释之后再翻供。难道你看不出这里头的阴谋吗？如果猫知道自己无法接近被关在笼子里的鸟……”

“别再说了！”萝凯喊道，这时已语带哭音。

但哈利继续往下说：“……就会想办法让鸟离开笼子。”

他听见话筒那端传来萝凯的啜泣声，知道自己可能把她心里多少设想过的事明白地说出来了。

“你就不能说些让我安心的话吗，哈利？”

他没有回话。

“我不想再担惊受怕了。”她低声说。

哈利深深吸了口气：“以前我们不也走过来了吗？这次我们也可以平安走过的，萝凯。”

他挂上电话，这时他突然想到，自己已成为说谎高手。

对面窗户里的女子用三根手指懒洋洋地朝他挥手。

哈利用手抹了抹脸。

如今的关键在于谁先找到欧雷克，是哈利，还是他们。

快动脑筋想想。

昨天下午，欧雷克就在东部的某个地方获释，他是个渴求小提琴的毒瘾者，如果没有私藏存货，一定会直接前往奥斯陆的布拉达广场。命案现场依然遭到封锁，所以他没办法进入黑斯默街的公寓。他没钱又没朋友，会去哪里过夜？厄塔街？不对，欧雷克知道自己去那里会被人看见，会传出风声。

欧雷克只可能去一个地方。

哈利看了看表。他必须在鸟儿飞走之前，抢先抵达。

荷芬谷体育场跟他上次来的时候一样空荡无人。哈利转个弯走向更衣室时发现的第一件事，就是一楼有个窗户被打破。他朝窗内望去，只见碎玻璃散落一地。他大步走到更衣室门前，拿出还放在身上的钥匙，开门进入。

接着他就像是被载货列车撞上一般。

某样东西把他压倒在地，令他难以呼吸，不断挣扎。那东西又湿又臭，而且情急拼命。哈利扭转身体，试图脱离对方的压制，同时抑制住自己条件反射性的出手反击。他只是抓住一只手臂和一只手，往后反折，奋力蹲起身来，利用这个擒拿手法把对方的脸压到地上。

“哦，靠！放开我！”

“是我，欧雷克，我是哈利。”

哈利放开手，扶欧雷克起来，让他坐到更衣室的长椅上。

欧雷克看起来糟透了，苍白消瘦，双眼肿胀，身上散发着某种牙科手术和排泄物的混合臭味，但他并未处在迷幻状态。

“我以为……”欧雷克说。

“你以为我是他们。”

欧雷克用双手捂住了脸。

“走吧，”哈利说，“我们去外面。”

他们爬上看台坐下。苍白的日光照亮水泥地板上的一道道裂痕。哈利想起过去那些时光，他曾坐在这里看欧雷克溜冰，聆听钢刀离开冰面时吟唱的歌声，看着霓虹灯的光线打在带着海绿色泽的乳白色冰面上。

他们坐得很近，仿佛看台上挤满了人。

哈利聆听了一会儿欧雷克的呼吸声，才开口说话。

“他们是谁，欧雷克？你得信任我才行，既然我找得到你，他们也找得到你。”

“你是怎么找到我的？”

“这叫作排除法。”

“我知道什么是排除法，就是排除不可能的，看看剩下的是什么。”

“你是什么时候到这里的？”

欧雷克耸了耸肩：“昨天晚上九点多吧。”

“为什么你获释以后不打电话给你妈？你知道现在你在外面流浪是非常危险的吗？”

“她跟那个尼尔斯只会把我带到某个地方藏起来而已。”

“他叫汉斯。你很清楚那些人会找到你的。”

欧雷克低头看着双手。

“我以为你会来奥斯陆找毒品，”哈利说，“可是你没吸毒。”

“我已经一个多礼拜没用了。”

“为什么？”

欧雷克没有答话。

“是不是因为她？因为伊莲娜？”

欧雷克看着水泥地板，仿佛看得见自己溜冰的身影，听得见自己踩动溜冰鞋发出的尖锐声音。他缓缓点头：“只有我一个人在努力找她，她什么人都没有了，只有我。”

哈利默然不语。

“我从妈那里偷来的珠宝盒……”

“怎么样？”

“我卖了它去买毒品，只留下你送给她的那个戒指。”

“你怎么没把它也卖掉？”

欧雷克淡淡一笑："首先呢，它不值什么钱。"

"什么？"哈利坐直身子，露出惊讶的神情，"我被人骗了？"

欧雷克哈哈大笑："金戒指上有黑色缺角？那叫铜锈，里头还加了点铅来增加重量。"

"那你为什么还把它拿走？"

"反正妈已经不戴了，我想把它送给伊莲娜。"

"铜、铅和金漆。"

欧雷克耸了耸肩："我觉得很好啊。我记得你把它戴到妈的手指上，那时她好高兴。"

"你还记得什么？"

"星期日。西区跳蚤市场。太阳很大，我们脚底下踩着秋天的落叶。你跟妈不知道在笑什么。我想握住你的手，可是我已经不是小孩了。你在卖二手货的摊子买了那个戒指。"

"你记得这么多？"

"对啊。我想只要让伊莲娜有妈那时的一半高兴就好了……"

"结果有吗？"

欧雷克看着哈利，眨了眨眼："我不记得了，我把戒指送给她的时候，我们应该是在嗨。"

哈利吞了口口水。

"他抓走她了。"欧雷克说。

"谁？"

"迪拜，他抓走了伊莲娜，拿她当人质，好让我闭嘴。"

哈利看着欧雷克，他低下头。

"这就是我什么都没说的原因。"

"你真的知道伊莲娜被抓走了吗？他们威胁过你说如果你敢供出他们

的事，就要对伊莲娜不利吗？”

“没必要威胁我。他们知道我不是白痴。再说，他们也得让她闭嘴。他们把她抓走了，哈利。”

哈利改变坐姿。他记得过去每次重要比赛开始前，他们都会这样坐着，低头不语，处在一种共同的专注中。欧雷克不需要任何建议，哈利也没有建议可给，但欧雷克喜欢这样坐着。

哈利咳了一声。这可不是欧雷克的滑冰比赛。

“要救出伊莲娜，你就得帮我找到迪拜。”哈利说。

欧雷克看着哈利，双手压在大腿底下，不停玩弄双脚，就跟以前一样。过了一会儿，他点了点头。

“从命案开始说起。”哈利说，“不用急，慢慢说。”

欧雷克稍微闭上眼睛又睁开。

“那时我正在嗨，我已经在黑斯默街那栋公寓后面的河边注射了小提琴，那样比较安全。如果我在公寓里注射，刚好有人毒瘾发作，他们就会扑过来把东西抢走，这你懂吗？”

哈利点了点头。

“我上楼以后发现的第一件事，就是对面办公室的门又被撬开了，我没多想，只是走进我们的客厅，一进去就看见古斯托和一个戴全罩式头套的男人，那个男人拿枪指着古斯托。不知道是因为毒品影响还是怎样，我立刻知道那不是抢劫，那个男人要杀死古斯托。所以我的第一个反应就是朝他拿枪的手撞过去。可是已经太迟了，他开了一枪。我摔倒在地，等我抬起头，就看见自己躺在古斯托旁边，一根枪管指着我的头。那人一句话都没说，我很确定我就要死了。”欧雷克顿了顿，深深吸了口气，“可是他好像拿不定主意，后来他用手指在喉咙上一划，表示如果我敢泄密就死定了。”

哈利点点头。

“他又比了一次，我表示说我明白了，然后他就走了。古斯托血流如注，我知道他得赶紧接受急救，可是我不敢动，我很确定那个拿枪的男人还站在外面，因为我没听见他下楼的脚步声，如果他再看到我，可能会改变心意杀了我。”

欧雷克的脚上下抖动。

“我去摸古斯托的脉搏，试着跟他说话，说我会去找人来救他，可是他没有回答。后来我就摸不到他的脉搏了。我没办法再待在那里，就逃走了。”欧雷克直起身体，仿佛背痛似的，十指相扣抱在脑后。他的声音变得沉重。“那时我正在嗨，没办法清楚思考，所以我走到河边，想下去游泳，想说如果幸运的话说不定可以淹死。后来我听见警笛声，然后他们就来了……我脑子里想的只有那根划过喉咙的手指，还有我什么都不能说。因为我知道那些人是什么样子，我听他们谈过他们的手法。”

“他们的手法是什么？”

“从你最脆弱的地方下手，起初我害怕妈身上会发生什么事。”

“可是抓走伊莲娜比较简单，”哈利说，“没人会对一个流浪街头的少女失踪一阵子有反应。”

欧雷克看着哈利，吞了口口水：“所以你相信我说的话？”

哈利耸了耸肩：“你要蒙蔽我是很容易的，欧雷克。我想每个人都是一样，只要对方是你的……你的……你知道的。”

欧雷克红了眼眶：“可是……可是这件事听起来是那么不可能，所有的证据都……”

“你说的话都合情合理，”哈利说，“你朝那个人撞过去，所以手臂上会有火药残留。你去摸古斯托的脉搏，所以会沾上他的血，也在他身上留下了你的指纹。枪声响起后之所以没人看见有别人离开那栋公寓，是因为凶手进入对面的办公室，爬出窗户，从面向河那一侧的逃生梯离开，这也是你没听见他下楼的原因。”

欧雷克陷入沉思，凝视哈利的胸口：“可是古斯托为什么会被杀？凶手是谁？”

“我不知道，但我认为凶手是你认识的人。”

“我认识的人？”

“对，这就是为什么他不说话，只打手势，这样你才不会认出他的声音。他戴头套也表示他怕毒虫圈子的其他人把他认出来。这个人你们的室友可能多半都见过。”

“可是他为什么不杀我？”

“不知道。”

“我搞不懂。就算我一句话也没说，他们还是想在监狱里把我杀死。”

“可能凶手没收到详细的指示，不知道出现目击者的时候该怎么做，所以他才会迟疑。从一方面来说，如果你见过他很多次，也许可以通过他的体形、肢体语言和走路姿势把他认出来。从另一方面来说，因为当时你很嗨，所以你可能没办法注意到很多细节。”

“所以是毒品救了我一命喽？”欧雷克说，露出迟疑的微笑。

“对。只不过后来凶手回报以后，他的首领可能不同意他的做法，但为时已晚，所以他们才会绑架伊莲娜，逼你不得泄露秘密。”

“既然他们知道只要伊莲娜在他们手上，我就什么都不会说，那为什么还要杀我？”

“因为我出现了。”哈利说。

“你？”

“对。我搭乘的班机一落地，他们就知道我回奥斯陆了。他们知道你会把事情跟我说，只绑架伊莲娜是不够的，所以迪拜才下令在监狱里把你灭口。”

欧雷克缓缓点头。

“告诉我迪拜的事。”哈利说。

“我没见过他，但我想我去过一次他的房子。”

“房子在哪里？”

“我不知道。有一辆轿车来载古斯托和我去那栋房子，可是他们把我的眼睛蒙住了。”

“你怎么知道那是迪拜的房子？”

“古斯托是这样跟我说的，而且屋子里的味道闻起来像是有人住，声音听起来像是有家具、地毯和窗帘，不知道你……”

“我明白，继续说。”

“我们被带到地下室以后，我脸上的眼罩才被拿下来。我看见地上有一具男人的尸体。他们说谁敢耍他们就会落到这种下场，叫我们好好看清楚，我们只好说出摩托帮俱乐部发生的事，比如为什么警方抵达现场的时候门没锁，为什么图图会失踪。”

“摩托帮俱乐部？”

“等一下我会说。”

“好。这个男人是怎么被杀害的？”

“什么意思？”

“他脸上有没有穿刺伤？还是说他是被枪杀的？”

“呃，我本来不知道那个人已经死了，是彼得用脚去踩他的肚子，他的嘴角有水流出来，我才知道的。”

哈利舔了舔嘴唇：“你知道死者是谁吗？”

“我知道，他是个卧底警察，时常在我们那里晃来晃去，我们都叫他贝雷哥，因为他老是戴一顶贝雷帽。”

“嗯。”

“哈利？”

“什么事？”

欧雷克在水泥地上狂抖脚：“我对迪拜所知不多，连古斯托都不跟我说他的事，我只知道如果你想逮住他，你一定会没命。”

Gjenferd

第三部

他决定这次他只要往前跑。跑到无路可跑。跑到一切结束，被他们逮住……现下他只是做出遭到猎杀的猎物的本能反应：逃跑，努力逃命，努力再存活几小时、几分钟、几秒钟。

26

老鼠在地上不耐烦地四处寻找。人类的心脏仍在跳动，只是越来越微弱。它再度停在鞋子旁边，咬了咬鞋子的皮革，只觉得柔软但厚实，是一种坚硬皮革。它又跑到那人旁边。衣服上的气味比鞋子多，散发着汗水、食物和鲜血的味道。那人依然以相同姿势躺着，动也不动，挡住入口。它抓了抓那人的腹部。

我并不是不想活了，老爸，但我必须一死，这样才能终结这些鸟事。世界上应该有种更好的方式才对，你说是不是？应该有种无痛的方式，可以让你毫无痛苦地离开身体，进入光亮，而不是像这样被该死的冰冷黑暗慢慢围绕。有人应该在马卡洛夫子弹上涂上鸦片剂，应该像我对待长癣的脏狗鲁弗斯那样对待我，应该替我买一张通往极乐世界的单程票，我的老天！但这世界上所有美好的事物，不是需要处方笺或卖光了，就是贵得离谱，你得出卖灵魂才尝得到它们的滋味。人生就像是一家超过你预算的餐厅，账单上的金额叫作死亡，你为了没机会尝到的食物必须付出性命，所以你点了菜单上最贵的一道菜，反正你都已经上了这艘贼船不是吗？如果幸运的话，你的嘴巴会塞满食物。

好吧，老爸，我还是别再发牢骚了，你先别走，我的故事还没说完呢。接下来很精彩哦。刚才说到哪里了？对，我们去摩托帮俱乐部闯空门过后几天，彼得和安德烈来找欧雷克和我，他们替欧雷克戴上眼罩，载我们去老头子的家，带我们走进地下室。我从来没去过地下室，他们带我们穿过低矮狭长的通道，我们必须把头压低才能通过，肩膀摩擦着两侧墙壁。我逐渐明白，那不是地下室，而是地底隧道，可能是条逃生通道。但这条逃生通道没帮上贝雷哥什么忙，他看起来活像只被淹死的老鼠。好吧，他真的是只被淹死的老鼠。

接着他们带欧雷克回到车上，带我去见老头子。老头子坐在我对面的椅子上，我们之间没有桌子。

“你们两个在场吗？”他问道。

我直视他的双眼：“如果你是在问我，我们是不是去过摩托帮俱乐部，答案是没有。”

他静静地打量我。

“你跟我一样，”最后他说，“说谎的时候别人是看不出来的。”

虽然我不能百分之百确定，但我觉得在他脸上看见了一丝微笑。

“那，古斯托，你明白楼下那是什么吗？”

“那是卧底警察贝雷哥。”

“没错，可是为什么呢？”

“我不知道。”

“猜猜看。”

老头子前世一定是个蹩脚的老师，反正无所谓，我回答说：“他偷东西。”

老头子摇了摇头：“他发现我住在这里。他知道他手上的证据不足以申请搜查令。最近对灰狼帮的逮捕行动和对他们俱乐部的突袭行动过后，他看见了不祥征兆，那就是无论他手上的案子多漂亮，他都绝对拿不到搜查令……”老头子咧嘴而笑。“我们警告过他，以为这样就能阻止他。”

“是哦？”

“像他这种卧底警察仰赖的是假身份，他们以为自己的真实身份不会被人发现，没人知道他们的家人是谁，可是只要有正确的密码，警察数据库里什么都找得到。比如说，如果你在欧克林受人信任，你就会有密码。可是我们该怎么警告他呢？”

我不假思索便回答说：“撞死他的小孩？”

老头子面色一沉：“古斯托，我们不是禽兽。”

“抱歉。”

“再说，他根本没有小孩。”他发出嘎嘎的笑声，“但他有个妹妹，说不定只是个养妹。”

我点了点头。我看不出他是不是在说谎。

“我们跟他说，他妹妹会遭到强暴，再被杀死。可是我看错了他。他不去想他必须保护亲人，却发动攻击，单枪匹马、孤注一掷的攻击。昨天晚上他成功侵入这里，出乎我们的意料。他可能很爱这个妹妹吧。他还带了枪。我下到地下室，他跟了过去，后来他就死了。”老头子侧过了头，“他是怎么死的呢？”

“他的嘴巴有水冒出来，淹死的？”

“正确，不过是在哪里淹死的？”

“他是从大湖之类的地方被捞起来，再送来这里？”

“不对。他闯进这里，结果却淹死了。所以呢？”

“那我就不知道了……”

“动动脑筋！”他恶狠狠地说，“你想活命，就必须动脑筋，从你看见的事物中归纳出结论。这就是现实人生。”

“好啦好啦，”我试着动动脑筋，“那个地下室其实不是地下室，而是一条隧道。”

老头子交抱双臂：“然后呢？”

“它比这栋房子还要长，出口可能在野外。”

“可是？”

“可是你说过隔壁房子也是你的，所以隧道可能通到那里。”

老头子露出满意的微笑：“猜猜看隧道有多老吧。”

“很老，墙上都是青苔。”

“那是水藻。当年反抗军对这栋房子发动四次攻击之后，盖世太保首领莱因哈德就下令挖掘这条隧道，也成功阻止了这个秘密泄露出去。每天下午，莱因哈德回到家，在众目睽睽之下走进这栋房子的大门，打开电灯，然后就穿过隧道，到隔壁他真正居住的房子里，而众所周知住在隔壁的德军中尉就过来这里。这个中尉会在这栋房子里走动，穿着跟莱茵哈德一样的制服，窗户通常都会关上。”

“他是个诱饵。”

“没错。”

“这关我什么事？”

“因为我想让你知道真实人生是什么样子，古斯托。这个国家的人多半都对这件事一无所知，他们不知道生存要付出多大的代价。但我告诉你这些事是想跟你说我信任你。”

他用非常认真的眼神看着我，表示他说的这番话非常重要。我假装我明白了，但其实我只想回家，说不定他也看得出来。

“很高兴见到你，古斯托。安德烈会载你们两个回家。”

途中车子经过一所大学，校园里想必有个学生摇滚乐团正在户外舞台上表演，暴烈的吉他声传进我们的耳朵里。布林登路上有无数年轻人朝我们的方向走来，脸上洋溢着笑意，充满希望，仿佛有人承诺他们一个光明未来似的。

“那是什么？”欧雷克问道，他依然蒙着眼罩。

“那个啊，”我说，“是不真实的人生。”

“你不知道他是怎么淹死的？”哈利问道。

“不知道。”欧雷克说，他的脚抖得更加厉害，整个身体都在颤动。

“好吧，所以你被蒙住眼睛，那说说你们坐车回来的路上你记得什么或听见什么，比方说你下车的时候有没有听见火车或电车的声音？”

“没有，我们到的时候正在下雨，所以我听见的都是雨声。”

“大雨还是小雨？”

“小雨。下车的时候我几乎没感觉到下雨，可是我听见了雨声。”

“好，小雨通常不会发出太大的声音，说不定是因为雨打在树叶上？”

“有可能。”

“你走向大门的时候脚底下踩的是什么？人行道？石板路？草地？”

“碎石路吧，我想。对，我听见了嘎吱声，所以我才知道彼得站在哪里。他体重最重，所以发出的声音最大。”

“很好。门前有台阶吗？”

“有。”

“台阶有几级？”

欧雷克呻吟了一声。

“好吧，”哈利说，“你走到门前的时候还在下雨吗？”

“对，当然。”

“我的意思是说，雨水有没有落在你的头发上？”

“有。”

“所以没有门廊之类的结构。”

“你打算搜索全奥斯陆没有门廊的房子？”

“这个嘛，奥斯陆不同地区的房子建于不同时期，所以会有一些共同的特色。”

“附近没有电车经过，门前有碎石路和台阶又没有门廊的木造房屋，是什么时期建造的？”

“你的口气好像警察署长，”哈利说，但欧雷克连笑都没笑，效果不如预期，“你们离开的时候，你有没有听见附近有什么声音？”

“比方说？”

“比方说行人穿越人行横道的哔哔声。”

“没有，没听见那种声音，可是我听见了音乐声。”

“是录音的还是现场的？”

“我想应该是现场的，打击乐器的声音很清楚，还能听见吉他的声音，随风飘送。”

“听起来像是现场演奏，你的记性很好。”

“我会记得是因为他们演奏的是你的歌。”

“我的歌？”

“你那些CD里的一首歌。我会记得是因为古斯托说那不是真实的人生，他一定是听见他们唱的歌词，所以才下意识地那样说。”

“哪句歌词？”

“好像是跟做梦有关，我忘了，可是你以前常放那首歌。”

“仔细想想，欧雷克，这很重要。”

欧雷克看着哈利，他的脚停止抖动。他闭上眼睛，试着哼出旋律：“他只是一直做大头梦……”他睁开眼睛，涨红了脸，“有点像这样。”

哈利也哼了一遍，但摇了摇头。

“抱歉，”欧雷克说，“我不是很确定，我只听见几秒钟而已。”

“没关系，”哈利说，拍了拍欧雷克的肩膀，“告诉我摩托帮俱乐部发生什么事吧。”

欧雷克的脚再度开始抖动，他深深吸了两大口气。他学过在起跑线上蹲下之前要先做这个动作。接着他开始述说事发经过。

说完之后，哈利静坐良久，只是不断搓揉颈背："所以你们把一个人钻死了？"

"不是我们，是那个警察。"

"你不知道那个警察的名字，也不知道他属于哪个单位？"

"不知道，古斯托和那个警察都很小心不透露他的身份。古斯托说我不知道最好。"

"你不知道后来尸体是怎么处置的？"

"不知道。你会去跟警方告发我吗？"

"不会。"哈利拿出一包烟，拍出一根。

"可以给我一根吗？"欧雷克问道。

"抱歉，小子，这有害你的健康。"

"可是……"

"除非你让汉斯把你藏起来，把找伊莲娜的事交给我。"

欧雷克望着体育场后方山坡上的公寓，公寓阳台上仍挂着花箱。哈利看着欧雷克的侧脸，只见他的喉结在细瘦脖子里上下跳动。

"好。"欧雷克说。

"很好。"哈利递给他一根烟，替两人点烟。

"现在我知道为什么你要装金属手指了，"欧雷克说，"这样你才能抽烟。"

"对啊。"哈利说，用钛金属义肢和食指夹着香烟，同时在手机里寻找萝凯的号码。结果他发现没必要跟她要汉斯的电话，因为汉斯正好跟她在一起，说会马上过来。

欧雷克弓起身子，仿佛天气突然变得很冷："他会把我藏到哪里？"

"我不知道，我也不想知道。"

"为什么？"

“因为我的睾丸很敏感，人家只要一提到‘汽车电瓶’这几个字，我马上就会把秘密全都供出来。”

欧雷克大笑，笑声颇短，但总是笑了：“我才不信呢，他们就算杀了你，你也不会说。”

哈利看着欧雷克。为了看欧雷克一展笑颜，他愿意说一整天冷笑话。

“欧雷克，你对我的期望总是这么高，太高了。我也总是希望你眼中看见的我比真正的我还要好。”

欧雷克低头看着双手：“男孩子不是都会把父亲当作英雄吗？”

“也许吧。我不希望你把我视为抛弃者，那种会搞失踪的人，但事情就是这样发生了。我想说的是，我不在你身边不代表你对我不重要。我们都没办法过自己想过的生活，我们都被……困在各式各样的囚牢里，困在自己的身份认同里。”

欧雷克抬起下巴：“困在垃圾和屎堆里。”

“也可以这样说。”

他们同时抽了口烟，看着烟雾在风中飘散，朝一望无垠的湛蓝天际飘去。哈利知道尼古丁无法抚慰欧雷克的瘾头，但至少可以让他稍微转移注意力，这都只是为了接下来的几分钟做好准备。

“哈利？”

“什么事？”

“你为什么没回来？”

哈利先吸了口烟才回答：“因为你妈妈认为我对你们有不好的影响，她说得没错。”

哈利继续抽烟，遥望远方。他知道这时欧雷克不希望他看他。十八岁少年哭的时候，不会希望有人看他，也不会希望有人用手臂搂住他的肩膀，说些安慰的话。他只会希望哈利默默待在一旁，不要说话，不要分心，跟他一起并肩思考即将来临的人生赛事。

他们听见有辆车驶来，便走下看台，走进停车场。哈利看见汉斯把手搭在萝凯的手臂上，因为她立刻就要冲下车子。

欧雷克转头看着哈利，打起精神，用拇指勾住哈利的拇指，右肩轻推哈利的肩膀。哈利不想让他这么轻易就过关，把他拉了过来，在他耳边低声说："要赢。"

伊莲娜·韩森最后的地址就是她家，位于葛拉森区的一栋半独立式住宅，屋前有个杂草丛生的小院子，里头种了没结苹果的苹果树，还有架秋千。

来开门的是名青年男子，哈利估计大约二十岁，面孔很眼熟。哈利的警察头脑只在数据库里搜索了十分之一秒，就找到了答案。

"我叫哈利·霍勒，你应该是斯泰因·韩森吧？"

"对。"

斯泰因脸上混合着年轻人特有的天真和警觉，他已体验过这世界的善与恶，但在面对世界时，仍在过度敞开心扉和过度压抑小心之间摆荡。

"我在照片上看过你，我是欧雷克·樊科的朋友。"

哈利观察斯泰因那双灰色眼珠的反应，但有点看不出所以然来。

"你可能已经听说他获释的消息了吧？有人承认自己是杀害你养弟的凶手。"

斯泰因摇了摇头，脸上表情依然少得不能再少。

"我以前是警察，我正在找你妹妹伊莲娜。"

"为什么？"

"我想确定她没事，我已经答应过欧雷克了。"

"太好了，好让他继续喂她吸食毒品吗？"

哈利变换站姿："欧雷克已经戒毒了，你应该知道这有多么不容易，但他还是戒了，因为他想找到她。他爱伊莲娜，斯泰因。但我想找她是为了大家着想，而不只是为了欧雷克。我对找人还蛮有一套的。”

斯泰因看着哈利，迟疑片刻才把门完全打开。

哈利跟着他走进客厅。屋里很整齐，家具齐全，但看起来似乎没人住。

“你父母……”

“他们已经不住这里了，我只有离开特隆赫姆的时候才会来住。”

斯泰因说话时发的 r 音特别卷舌且明显，这种口音对于请得起保姆的南挪威家族而言曾是身份地位的象征。不知为何，哈利心想，这种口音会让你的声音容易被人记住。

一台看起来从没被弹过的钢琴上放着一张照片，照片少说也有六七年了，里头的伊莲娜和古斯托年纪都比较小，身形也小了一号，身穿运动服装，顶着的发型哈利猜想现在他们自己看了都会觉得难为情。斯泰因站在后方，表情严肃。母亲双臂交抱，脸上挂着纡尊降贵、近乎嘲讽的微笑。父亲脸上的笑容让哈利觉得拍摄这张全家福是他的意思，因为他是照片中唯一展现出热忱的人。

“所以这是你们一家人？”

“过去的事了，现在我爸妈已经离婚。我爸搬去了丹麦，其实应该说‘逃去’才对。我妈住院了。其他的……呃，其他你显然都已经知道了。”

哈利点了点头。一人死亡，一人失踪，对家族来说是很大的损失。

哈利自己找了张深扶手椅坐下：“你有什么可以告诉我的，好帮我寻找伊莲娜？”

“我一点头绪也没有。”

哈利露出微笑：“说说看。”

“伊莲娜在经历过一些她不肯跟我说的事情之后，搬到特隆赫姆去跟我住，但我很确定这些事古斯托都有份。她把古斯托理想化，什么事都愿意为他做，以为他在乎她，只因为他偶尔会拍拍她的脸颊。几个月后她接到一个电话，然后就说她得回奥斯陆，而且不跟我说明原因。这已经是四个月以前的事了，从此以后我再也没见过她，也没有她的消息。两个多星期后，我因为一直联络不上她，所以跟警方报案说她失踪了。警方只是做笔录，可能还做了点调查，然后整件事就石沉大海。没有人会关心一个在外流浪的毒虫。”

“你有任何想法吗？”哈利问道。

“没有，可是她一定不是出于自愿的，她不是那种会……抛弃别人的人。”

哈利不知道斯泰因指的是谁，但他却被这句话刺了一下。

斯泰因搔了搔前臂的结痂：“你们这些人到底是看上她哪一点？是觉得她像女儿吗？你们觉得上自己的女儿是可以的吗？”

哈利讶异地看着斯泰因：“你是什么意思？”

“你们这些老不休看见她总是流口水，只因为她看起来像十四岁少女。”

哈利回想置物柜里那张照片。斯泰因说得没错，他的这番话因此在哈利心中占了一席之地。伊莲娜的遭遇有可能跟本案毫无关联。

“你在特隆赫姆的挪威科技大学念书？”

“对。”

“念什么？”

“信息科技。”

“嗯。欧雷克也想继续念书，你认识他吗？”

斯泰因摇了摇头。

“你没跟他说过话？”

“我们可能碰过几次面，可以说每次都非常短暂。”

哈利细看斯泰因的前臂，这算是他的职业病。斯泰因的前臂除了那处结痂之外，没有其他异状。当然没有，斯泰因是幸存者，是必须面对这种残局的人。哈利站了起来。

“总之你弟弟的事我很遗憾。”

“是养弟。”

“嗯。可以跟你要电话吗？以免以后有事要跟你联络。”

“例如什么事？”

两人面面相觑。答案回荡在半空中，无须阐述，难以明言。结痂被抓破，一条鲜血流向斯泰因的手掌。

“有件事可能会有帮助，”斯泰因说，这时哈利已走到门外的台阶上，“你打算去找的那些地方，像厄塔街、莫德斯戴咖啡馆、公园、宾馆、毒虫聚集所、红灯区，这些地方都可以不用去，因为我都已经找过了。”

哈利点了点头，戴上太阳镜：“保持手机畅通，好吗？”

哈利想去罗莉咖啡店吃午餐，才踏上台阶，却突然很想喝啤酒，便在门口掉头，改去文学之家对面一家新开的餐厅，但他看了看里头的客人就离开了，最后去了布拉餐厅，点了泰式下酒菜。

“饮料呢？胜狮啤酒怎么样？”

“不要。”

“虎牌啤酒？”

“你们只有啤酒吗？”

服务生明白暗示，拿了杯水来。

哈利吃了明虾和鸡，没去动泰式香肠。他打电话去萝凯家，请她找出多年前他留在霍尔门科伦区她那栋大宅里的 CD。那些 CD 有的是他自己喜欢听，有的是他想介绍给他们听的，比如埃尔维斯·科斯特洛、迈尔斯·戴维斯、齐柏林飞船、贝西伯爵、游击队乐队、穆迪·沃特斯。

她把这些CD留在架子上，不带嘲讽意味地称之为“哈利式音乐”。

“我想请你把每一首歌的歌名念给我听。”他说。

“你是在开玩笑吧？”

“我待会儿再跟你解释。”

“好吧。第一张是阿兹特克照相机乐队。”

“你是不是……”

“对，我是按照字母顺序来收纳的。”她的口气有点不好意思。

“这种事只有男生才会做吧。”

“这种事是哈利会做的，这些又是你的CD。我开始念歌名了好吗？”

二十分钟后，萝凯念到了以字母W开头的威尔可乐队（Wilco），哈利仍想不到任何关联。萝凯叹了口气，但仍继续念。

“《醒来觉得苍老》（*When You Wake Up Feeling Old*）。”

“嗯，不是。”

“《仲夏夜之梦》（*Summer Teeth*）。

“嗯，下一首。”

“《未来时代》（*In a Future Age*）。”

“等一下！”

萝凯依言等待。

哈利开始哈哈大笑。

“什么事那么好笑？”萝凯问道。

“《仲夏夜之梦》的副歌是这样唱的：‘他只是一直做这个梦’。”

“好像不是太好听啊，哈利。”

“当然好听！我是说这个乐队唱得很好听，唱得很美，所以我放了好几次给欧雷克听，可是他把歌词听成了‘他只是一直做大头梦’。”哈利又哈哈大笑，唱了起来，“他只是一直做大头梦……”

“拜托，哈利。”

“好吧。你可以用欧雷克的计算机上网帮我搜索一下吗？”

“搜索什么？”

“搜索威尔可乐队，找到他们的网页，看他们今年有没有来奥斯陆开演唱会，如果有的话，地点在哪里。”

六分钟后，萝凯回到电话上。

“有一场。”她把地点告诉哈利。

“谢谢。”哈利说。

“你那个声音又回来了。”

“什么声音？”

“那种高昂的声音，年轻有活力的声音。”

下午四点，不祥的铅灰色云朵犹如敌军舰队般席卷而来，占领奥斯陆峡湾上空。哈利驾车在斯科延区转弯，朝维格兰雕塑公园的方向开去，在图瓦尔艾立森路路旁找了位子停下。他打了三次米凯的手机都没人接，便打到警署，对方说今天米凯早退，去奥斯陆网球俱乐部陪儿子练球。

哈利看了一会儿天上的云朵，然后前往奥斯陆网球俱乐部，审视里头的设备。

这是家一流的网球俱乐部，备有红土球场和硬地球场，甚至还有一个设了看台的中央球场，但十二块场地中只有两块在使用。挪威人比较喜欢足球和滑雪运动，打网球只会招来耳语和怀疑的眼光。

哈利在一个红土球场找到米凯，他正从篮子里拿出网球，轻轻喂球给一个小男孩。小男孩看起来像是在练习打反拍斜线，只是他打得球到处乱飞。

哈利穿过米凯后方的栅门，走到场上，站在他旁边：“看来他打得有点吃力。”哈利说着，拿出一包烟。

“哈利，”米凯说，手上不停，目光依然注视着小男孩，“他已经慢慢上手了。”

“你们两个长得有点像，他是不是……”

“我儿子菲利普，今年十岁。”

“时间过得真快。他有天分吗？”

“他从父亲那里遗传到一些，我对他有信心，他只是需要别人逼而已。”

“这种行为好像已经不合法了。”

“我们都希望孩子能够成材，哈利，虽然有时可能会有点揠苗助长。跑起来啊，菲利普！”

“你去查过马丁·普兰了吗？”

“普兰？”

“镭医院的那个驼背怪咖。”

“哦，对，你的直觉。答案是‘是的’跟‘没有’。也就是说，是的，我去查过了。没有，我们没查到他什么事，什么都没查到。”

“嗯。我想麻烦你一件事。”

“蹲下来啊！什么事？”

“我想请你申请搜查令，挖出古斯托·韩森的尸体，采集他指甲底下的血迹，重新化验。”

米凯的目光从儿子身上离开，想看看哈利是不是认真的。

“已经有人自首了，看起来也很可信，哈利，我认为申请搜查令被驳回的概率很高。”

“古斯托的指甲底下的确有血迹，可是血样还没化验就被污染了。”

“这种事难免会发生。”

“可是很少。”

“那你认为血迹是谁的？”

“不知道。”

“你不知道？”

“不知道。但既然第一份血样受到污染，那就表示它给某人带来危险。”

“比如说这个自首的药头阿迪达斯？”

“他的本名是克里斯·雷迪。”

“总之现在欧雷克·樊科已经获释了，你对这案子不是已经可以放手了吗？”

“总之他打反拍不是应该双手握拍吗？”

“你懂网球？”

“在电视上看过。”

“单手反拍可以培养个性。”

“我连血迹是不是跟命案有关都不知道，说不定是某人不想跟古斯托扯上关系。”

“例如？”

“说不定是迪拜。再说，我并不认为阿迪达斯杀了古斯托。”

“为什么？”

“一个铁石心肠的药头会突然自首说他杀人？”

“我懂你的意思，”米凯说，“可是自首就是自首，还十分可信。”

“再加上这只是件毒虫命案，”哈利接口说，躲过一颗乱飞的球，“你手上要破的案子已经够多了。”

米凯叹了口气：“一直以来都是这样啊，哈利。我们资源有限，没办法把力气花在已经找到答案的案子上。”

“找到答案？那是‘真正的’答案吗？”

“身为主管，我不得不接受不可靠的说辞。”

“好啊，那我提供你两件命案的答案，换取你帮我找一个安全地点。”

米凯停止发球："什么？"

"第一件命案发生在摩托帮俱乐部，死者是个名叫图图的灰狼帮成员，网民说他的头被钻破了。"

"这个网民愿意做证吗？"

"可能吧。"

"第二件命案呢？"

"死者是卧底警察，尸体被冲上歌剧院的岸边。同一个网民说他看见这个警察死在迪拜家地下室的地上。"

米凯眯起一只眼睛，脸上斑纹泛起红晕，让哈利联想到老虎。

"爸！"

"菲利普，拿水壶去更衣室装水。"

"爸，更衣室的门上锁了！"

"密码是什么？"

"国王出生的那一年，可是我不记得了……"

"在你记起来以前先忍耐一下口渴，菲利普。"

小男孩拖着脚步穿过栅门，双手垂在身侧。

"你想怎样，哈利？"

"我希望你派一组人去奥斯陆大学周围方圆一公里的地区仔细搜查，列出所有符合这个描述的独栋建筑清单。"哈利把一张纸交给米凯。

"那里发生了什么事？"

"只是开了场演唱会。"

米凯知道哈利不会再透露更多详情，便低头看着那张纸，大声念了出来："老木屋、有长长的碎石车道、种了落叶树、大门口有台阶、没有门廊？看起来布林登区有半数的房子都符合这个描述。你想找什么？"

哈利点了根烟："鼠窝、鹰巢。"

“假使我们找到了，那之后呢？”

“你跟你的属下需要搜查令才能做事，像我这样的小老百姓呢，可能会在秋天的晚上迷路，不得不到附近的房子寻求庇护。”

“好吧……我来想想办法。可是请你先说说为何这么急着要逮到这个迪拜。”

哈利耸了耸肩：“可能是职业病吧。把清单寄到底下那个电子邮箱，再看看我可以帮你查到什么。”

哈利离开的时候，菲利普正好返回球场，水壶里空空如也。哈利朝车子走去时，听见网球击中球拍的声音，接着是低低的咒骂声。

远处传来乌云舰队的隆隆炮声。哈利上车时，天色已黑得有如夜晚。他发动引擎，打电话给汉斯。

“我是哈利，现在对非法掘墓的刑罚是什么？”

“呃，我猜是四到六年徒刑。”

“你愿意冒这个风险吗？”

电话那头沉默片刻，接着说：“目的是什么？”

“为了逮到杀害古斯托的真凶，说不定还能逮到追杀欧雷克的人。”

“如果我不愿意呢？”他又很快地接着说，“我去。”

“好。你去查出古斯托下葬的地方，准备几把铲子、手电筒、指甲刀和两把螺丝刀。我们明天晚上动手。”

哈利驾车经过索利广场时，大雨倾盆而下，猛烈地打在屋顶上、街道上，以及伫立在夸拉土恩区那家店门敞开的酒吧对街的男子身上。

哈利走进旅馆，年轻接待员用忧心的眼神看着他。

“你要不要借把雨伞？”

“不用，除非你们旅馆漏水。”哈利说，用手拨了拨他那头刷子般的短发，弄得细小水珠四处飞溅，“有我的留言吗？”

接待员大笑，仿佛哈利说了个笑话。

哈利上到三楼楼梯时，似乎听见楼下传来脚步声。他停下脚步，侧耳倾听。四周一片寂静。他刚才听见的如果不是自己脚步声的回音，就是对方也停下了脚步。

哈利缓缓爬上楼梯，一进入走廊就加快步伐，将钥匙插进门锁，把门打开，扫视漆黑的房间，望向院子另一边那个女人亮着灯的房间。房里没人，到处都没人。

他把灯打开。

灯一亮，他就在窗玻璃上看见自己的映影，还有一个人站在他背后。他立刻感到一只厚重手掌捏住他的肩膀。

哈利心想，唯有幽灵才能移动得那么迅捷、无声无息。他立刻转身，但知道已然太迟。

27

“我见过他们一次，感觉很吓人。”

卡托那只肮脏的大手依然搭在哈利的肩膀上。

哈利听见自己深深吸了口气，感觉肺脏抵住肋骨内侧。

“见过谁？”

“当时我正在跟一个卖药的家伙说话，他的名字叫毕斯肯，脖子上戴着狗项圈。他来找我是因为他很害怕。他因为持有海洛因而被警察拉去问话，他把迪拜住的地方告诉了贝雷哥，贝雷哥说只要他愿意出庭做证，就一定会给他提供保护和豁免。我站在那里的时候，他们开一辆黑色的车过来，穿黑西装，戴黑手套。他很老，脸很宽，看起来像白人原住民。”

“你在说谁？”

“我看见他了，可是……他仿佛不在场，像个幽灵。毕斯肯一看见他就动也不敢动，被带走时没试着逃跑，也没挣扎。他们离开以后，我觉得像做了一场梦。”

“你先前怎么不跟我说这件事。”

“因为我是懦夫。你有烟吗？”

哈利给了他一包烟，卡托瘫坐在椅子上。

“你在追捕的是鬼魂，我可不想被卷进去。”

“可是呢？”

卡托耸了耸肩，伸出手。哈利把打火机递给他。

“我老了，快死了，没什么可以失去了。”

“你快死了？”

卡托点燃香烟：“我们都在迈向死亡，哈利，就算速度不是很快。我只是想帮你而已。”

“怎么帮我？”

“我不知道。你有什么打算？”

“我能信任你吗？”

“天哪，不行，你不能信任我。但我是萨满巫师，我可以把自己变成隐形人，我可以来去自如，不会有人注意到我。”

哈利揉揉下巴：“为什么？”

“我已经告诉你为什么了啊。”

“我再问你一次，为什么？”

卡托看着哈利，先是用责难的眼神狠狠盯着，当这招没用，又恼怒地深深叹了口气：“也许是我以前曾有个儿子，可是我对他不是很好；也许这是个全新的机会。难道你不相信新的机会吗，哈利？”

哈利看着老人。卡托脸上的皱纹看起来比黑暗还要深沉，宛如深谷，有如刀痕。哈利伸出手掌，卡托不情愿地从口袋拿出那包烟，放在哈利手上。

“谢谢你，卡托。需要帮忙的话我会告诉你。现在我要做的是找出证据，把迪拜和古斯托的死联结起来，只要办到这一点，线索就会直接带我找出躲藏在警界里的烧毁者，也会带我查出那个卧底警察淹死在迪拜家的真相。”

卡托缓缓摇头：“你有一颗正直勇敢的心，哈利，搞不好你会上天堂。”

哈利夹了根烟在双唇之间：“这么说来，最后还是会有美好结局啰。”

“值得庆祝对吧，那我可以请你喝杯酒吗，哈利·霍勒？”

“谁买单？”

“当然是我。但如果你要买单，你就可以跟你的金宾说哈啰，我也可以跟我的约翰说哈啰。”

“你走吧。”

“别这样嘛，金宾的内心可是很善良的。”

“晚安，祝你一夜好眠。”

“晚安，别睡太香啊，以免……”

“晚安。”

酒瘾一直都存在，但哈利成功地将它压抑下来，直到现在，直到卡托提出邀约。如今他无法忽视这噬骨的渴望。它是被那管小提琴勾起来的，小提琴启动了它，再度释放出这群恶犬。现在它们高声吠叫、张牙舞爪、嘶吼咆哮，啃咬他的肠子。哈利躺在床上，双目紧闭，聆听雨声，希望睡魔能把他掳走。

但睡魔一直没有降临。他的手机里有一组名称是两个字母的电话号码。AA。代表的是匿名戒酒会会员暨辅导员特吕格弗。过去在紧要关头时，哈利曾多次寻求特吕格弗的协助。三年了，为什么酒瘾偏偏选在这个时刻发作，现在他有那么多事要做，比以往任何时候都需要保持清醒。这简直令人抓狂。他听见外头传来尖叫声，接着又听见笑声。

晚上十一点十分，他翻身下床，离开旅馆。他穿越马路走向那扇敞开的大门时，几乎没感觉到雨点正噼里啪啦地打在他头上。这次他没听见背后响起的脚步声，因为他的耳道充满了科特·柯本的歌声，像是为他献上拥抱。他走入门内，在吧台前的高凳上坐下，呼叫酒保。

“威士……忌。金……宾。”

酒保正在擦拭吧台的手停了下来，把抹布放在开瓶器旁，从镜面酒架上拿下酒瓶，斟了杯酒，把杯子放在吧台上。哈利的两只前臂搁在酒杯两侧，眼睛盯着金褐色酒液。这一刻，世间的一切都不复存在。

涅槃乐队、欧雷克、萝凯、古斯托、迪拜都不复存在。托德·舒茨的面孔不存在。走进酒吧后让街道噪声消失的人影不存在。背后的动静不存在。弹簧推出刀身所发出的清脆声响不存在。谢尔盖·伊万诺夫双脚并拢、双手低握，站在后方仅仅一米之处所发出的浓重呼吸声不存在。

谢尔盖看着男子的背影，他的双臂都放在吧台上。眼前状况再完美不过，下手的时机来临了。他的心脏剧烈跳动，疯狂地送出新鲜血液，就像他第一次在机舱里拿到海洛因包裹时一样。恐惧全都消失无踪，因为这时他知道自己浑身是劲，充满生命力，准备夺走眼前男子的性命。夺走对方的性命，让它成为自己生命的一部分。这个想法令他壮大，仿佛他已吞下敌人的心脏。就是现在。使出熟练的动作。谢尔盖深吸一口气，踏上一步，左手放在哈利头上，仿佛赐福给对方，仿佛就要为对方施洗。

28

谢尔盖抓不住，他就是抓不住。该死的雨水淋湿了男子的头颅和头发，短而平的头发在他手指底下滑动，令他无法把男子的头往后扳。他的左手再往前抓，勾住男子的额头猛往后拉，同时拿刀朝男子喉咙上划去。男子身体一震。谢尔盖划下一刀，感觉刀锋接触皮肤，刀子切穿肌肤。有了！温热的鲜血喷上他的拇指。刀子切得不如他预期的那么深，但只要男子的心脏再跳个三下，生命就会终结。他抬头朝镜子望去，想看鲜血泉涌而出。他看见一排白森森的牙齿，下方是一道裂口，鲜血从裂口中涌出，往下流到胸前的衬衫上。接着他看见男子的双眼，眼神冷酷而愤怒，犹如掠食动物的凶恶目光。于是他明白，任务尚未达成。

哈利感觉到一只手罩上头顶时，立刻凭直觉知道，这只手的主人不是喝醉的酒客，也不是他的老朋友，而是属于“他们”。那只手滑了开来，这让他有十分之一秒的时间望向镜子，看见闪闪发亮的钢刀。他只看一眼就知道那把刀的目标何在。接着那只手勾住他的额头，把他的头往后扳。要把手放在喉咙与刀锋之间已然太迟，因此他双脚在搁脚横木上用力一蹬，把身体往上顶，同时下巴尽量朝胸部下压。刀子划入肌肤时，他并未感到疼痛，直到刀子切过下巴，穿透骨头外围的敏感骨膜时，痛感才传来。

他在镜中和背后那名男子目光相触。男子把哈利的头往后扳，让两人看起来像是在摆姿势拍照的好友。哈利感觉刀子抵住他的下巴和胸口，正在寻找两条颈动脉中的一条。他知道再过几秒对方就会成功。

谢尔盖用整只手臂勾住男子的额头，用尽力气往后扳。男子的头被扳得往后仰。谢尔盖在镜中看见刀子终于找到下巴和胸口之间的空隙，乘虚而入。钢铁刀锋切入喉咙，往右朝颈动脉移动。乒！男子举起右手，一根手指挡在刀子和动脉之间。但谢尔盖知道锋利的刀锋绝对有办法切断手指，问题只在于压力是否足够。他用力，再用力。

哈利感觉到刀子上所施加的压力，但也知道刀子无法再继续前进。即使是强度最高的金属，也无法切穿钛合金，无论这钛合金是不是香港制造的。但这家伙身强体壮，很快就会发现刀子切不过去。

哈利伸出另一只手往前摸索，打翻酒杯，摸到一样东西。

那是个 T 字形的基本款开瓶器，上面有一根短螺旋钻。他把开瓶器的把手握在食指和中指间。耳中听见刀子滑过义肢的声音，他心头一惊，赶紧强迫自己垂眼望向镜子，看清楚要瞄准的位置。他朝旁边扬起手，往头部后方刺了下去。

钻子的尖端刺进男子颈部侧边的肌肤，哈利感觉到对方身子一僵，但钻子只造成皮肉伤，未能达到阻止的效果。那人开始把刀改往左划。哈利集中精神。操作这支开瓶器需要一只稳定而熟练的手，然而要穿透软木塞，只需要转几下就行了。哈利转了两下，感觉钻子穿透肌肉，往下穿入。他感觉到柔韧的阻力。那是食道。他用力一拔。

这感觉就像是从装满葡萄酒的桶子侧面拔开塞子。

谢尔盖·伊万诺夫在镜子里看着整个过程，活生生感觉到他的第一下心跳所产生的压力让一道鲜血朝右方喷出。他的脑子接收到这个景象，加以分析，并得出结论：他想划开喉咙的那个男人用开瓶器找到了他的颈动脉，扯破血管，使得生命之血汩汩流出。他在心脏跳动第二下、失去意识之前，脑子里转了三个念头。

他让伯父失望了。

他再也看不见心爱的西伯利亚了。

他会带着名不符实的刺青下葬。

心脏跳动第三下，他的身体往下倒。歌曲播完，谢尔盖也已气绝身亡。

哈利从高脚凳上起身，在镜中看见一道割痕划过下巴，但这并不是最糟的。有几道很深的割痕划过他的喉咙部位，鲜血直流，染红了衣领。

酒吧里其他三名酒客早已不见踪影。哈利低头看着倒在地上的男子，那人颈部的伤口仍有鲜血流出，但已不是在喷了，这表示他的心脏停止跳动了，急救已没有意义。哈利知道即使男子还活着，也绝对不可能透露主使者是谁，因为他看见男子身上露出衬衫外的刺青。他虽不知道图案的含义，但知道是俄罗斯刺青，说不定是黑种子帮的。这种刺青跟酒保身上的典型西方刺青不同。只见酒保背抵镜面酒架，惊恐地看着眼前的景象，瞳孔变得好黑，仿佛连眼白也被覆盖。涅槃乐队的音乐声逐渐减小，酒吧里一片寂静。哈利看着横躺在桌上的威士忌杯。

“抱歉，弄得一团糟。”他说。

他拿起吧台上的抹布，擦了擦双手，又擦了擦酒杯跟开瓶器的把手，再把开瓶器放回原位。他查看自己的血是否沾到吧台或地面上，然后俯身在男子的尸体旁，擦拭男子鲜血淋漓的手以及长长的象牙色刀柄和薄薄的刀身。这武器比他拿过的任何刀子都要沉重。之所以称之为武器是因为这把刀除此之外难做他用。它的刀锋锋利得有如日本寿司刀。哈利迟疑片刻，便将刀身折入刀柄，听见卡榫卡上时发出轻柔的咔嗒声，再扣上保险栓，放进口袋。

“可以用美元付账吗？”哈利问道，捏着抹布从皮夹里拿出一张二十元美钞，“上面写着这是美国的法定货币。”

酒保口中发出细弱的哀鸣声，仿佛想说话，却暂时失去了说话的能力。

哈利正要离去，又停下脚步，转身朝镜面酒架上的酒瓶望去，再度舔了舔嘴唇。他静静站立了一秒钟，身体似乎抽动了一下，才转身离去。

哈利在滂沱大雨中穿越马路。他们知道他住在哪里。当然啦，他们可以跟踪他，但也可能是年轻的接待员通风报信，或者那个烧毁者在旅馆住房记录里查到了他的名字。他可以从旅馆后院进去，如此就能悄悄回到房间。

旅馆后方通往街道的栅门上了锁。哈利咒骂一声。

他走进旅馆大门时，接待柜台里空无一人。

他爬上楼梯，踏进走廊，在浅蓝色油地毯上留下一排宛如摩斯密码般的红点。

走进房间后，他从床边桌里拿出缝纫包，进入浴室，脱下衣服，倚在水槽边。水槽很快就被鲜血染红。他沾湿一条擦手巾，擦拭下巴和脖子，但脖子上的伤口很快就被鲜血填满。他在冰冷的白光中将棉线穿过针眼，再用缝衣针缝合颈部肌肤。针先从伤口下方穿入，再从上方穿出。他缝到一半停下，擦去鲜血再继续。就在快缝完之际，线竟然断了。他咒骂一声，把线拔出来，重新再缝一次，这次用了两股线。完成之后再缝下巴的伤口，这次就简单多了。他洗去上半身的血迹，从行李箱里拿出一条干净衬衫，在床沿坐下。他觉得头晕，但动作得加快，因为他猜测他们应该就在不远处。他必须立刻行动，抢在他们发现他还活着之前。他打电话给汉斯，铃声响了四声后，他听见一个充满睡意的声音：“我是汉斯。”

“我是哈利。古斯托埋在哪里？”

“维斯特墓园。”

“你准备好工具了吗？”

“准备好了。”

“我们今晚就行动，一小时后在墓园东侧的小路碰面。”

“现在？”

“对，还有带一些绷带来。”

“绷带？”

“只是理发师手艺不佳而已。六十分钟后碰面可以吗？”

汉斯沉默片刻，叹了口气，说：“好。”

哈利正要挂上电话，似乎听见一个睡意浓重的声音，另一个人的声音。哈利穿上衣服，说服自己是他听错了。

29

哈利站在孤单的街灯下等了二十分钟，才看见身穿黑色运动服的汉斯沿着小路快步走来。

“我把车停在摩诺里特路上，”他气喘吁吁地说，“亚麻西装适合穿来挖坟墓吗？”

哈利抬起头来。汉斯瞪大双眼说：“我的老天爷，你那个理发师……”

“不适合推荐给别人，”哈利接口说，“我们走吧，离开灯光底下。”

他们走进黑暗，哈利停下脚步：“绷带呢？”

“这里。”

哈利仔细地把绷带包扎在脖子和下巴的缝合伤口上，汉斯趁这段时间仔细查看后方山坡上没亮灯的房子。

“放轻松，没人看得见我们。”哈利说着，拿起一把铲子，迈步向前。汉斯匆匆跟上，拿出一个手电筒按亮。

“现在有人看得见我们了。”

汉斯关上手电筒。

他们大步穿过战争纪念园，经过英军水手的坟墓，在碎石径上继续往前走。哈利发现，人就算死了也无法得到平等，这座奥斯陆西区墓园的墓碑比东区的更大更有光泽。碎石径一踩下去就嘎吱作响，他们越走越快，使得这些声音连成一气。

他们在流浪汉坟墓区停下脚步。

“左边数第二个。”汉斯低声说，朝向微弱的月光调整他打印出来的地图。

哈利往他们背后的黑暗望去。

“怎么了？”汉斯低声问道。

“我只是以为听见了脚步声，我们一停，他们也停了下来。”

哈利抬起下巴，仿佛在嗅闻空气中的气味。

“回音罢了，”他说，“走吧。”

两分钟后，他们站在一个朴素的黑色墓碑前。哈利把手电筒靠在墓碑前方按亮。墓碑上的刻字上了金漆。

古斯托·韩森在此安息

一九九二年三月十四日——二〇一一年七月十二日

“找到了。”哈利毫无顾忌地低声说。

“我们要怎么……”汉斯才开口，就被哈利的铲子铲进软土的声音打断，于是他拿起铲子开始帮忙挖土。

深夜三点半，月亮躲到了云层背后，这时哈利的铲子撞到坚硬之物。

十五分钟后，白色棺木露了出来。

他们各拿一把螺丝刀，蹲在棺材上，旋下盖子上的六个螺丝。

“我们两个人都在上面，盖子没办法打开，”哈利说，“一定要有一个人上去，另一个人才能打开棺材，有自愿者吗？”

汉斯的上半身已探到地面。

哈利一脚抵在棺材侧边，另一脚踩在土墙上，手指塞到棺材盖底下，使劲往上抬。他出于习惯使用嘴巴呼吸，还没往下看，就感觉棺材里冒出一股热气。他知道尸体腐烂会产生热量，但令他颈背寒毛直竖的是那种声音。

那是蛆虫活动的窸窣声。他用膝盖把棺材盖推到一旁。

“手电筒往这边照。”他说。

闪亮的白色蛆虫在尸体的嘴巴鼻子内和周围蠕动。尸体眼皮凹陷。眼球是首先会被吃掉的部位。

哈利不去理会汉斯作呕的声音，启动头脑的分析功能：尸体脸部变色，色泽暗沉，无法辨认是不是古斯托，但发色和脸形显示这就是他。

另有一样东西吸引了哈利的目光，令他不由自主屏住气息。

古斯托正在流血。

白色寿衣上开出红色的血玫瑰，越开越大。

两秒之后，哈利恍然大悟，原来那是他自己的血。他摸了摸脖子，手指摸到浓稠的血液。伤口没缝合好。

“你的T恤给我。”哈利说。

“什么？”

“我需要包扎一下。”

哈利听见拉链声，片刻之后，一件T恤飘到光线中。他抓住T恤，看见上头印着“免费法律咨询”的标志。老天，原来汉斯是理想主义者。哈利把T恤缠在脖子上，不知道这样是否会有帮助，但现下也别无他法。他俯身在尸首上方，双手抓住寿衣一把扯开。尸体颜色很深，稍微肿胀，蛆虫从胸口的弹孔里爬出来。

哈利看见弹孔符合验尸报告的内容。

“剪刀给我。”

“剪刀？”

“指甲剪。”

“该死，”汉斯咳了一声，“我忘了带。我车上可能有其他工具，要不要我……”

“不用。”哈利说着，从外套口袋拿出那把长弹簧刀，打开保险栓，按下弹出按钮。刀身以猛烈力道弹出，连刀柄也为之震动。他体验到这武器所具备的完美平衡。

“我听见声音。”汉斯说。

“那是活结乐队的曲子，”哈利说，“《蛆的脉动》（*Pulse of the Maggots*）。”说着轻轻哼起旋律。

“不是啦，有人来了，该死！”

“你把手电筒放下，调到光线可以让我看清楚的角度，然后逃跑。”哈利说，抬起古斯托的双手，仔细观察右手指甲。

“可是你……”

“快跑啊。”哈利说。

他听见汉斯的脚步声消失在远处。古斯托的中指指甲被人剪短。他查看食指和无名指，冷静地说：“是殡仪馆派我来的，我在加班。”

他抬头朝身穿制服的警卫看去，警卫十分年轻，站在坟墓边低头看着他。

“家属觉得死者的指甲修剪得不是很好。”

“快出来！”警卫命令道，声音微微颤抖。

“为什么？”哈利说，从外套口袋里拿出一个小塑料密封袋，放在无名指下方，同时切下指甲。刀锋轻易地切穿了指甲，仿佛那只是块牛油。这工具确实了不起。“很遗憾，你收到的命令是不得直接攻击侵入者。”

哈利用刀尖在剪短的指甲底下刮下干涸的残余血迹。

“你如果攻击侵入者，就会被开除，警察学院会拒绝你入学，以后你就没办法佩戴大枪，在自我防卫时还击。”

哈利把注意力放到食指上。

“奉劝你依照命令行动，打电话给警局里的大人，幸运的话他们会在半小时以后抵达。不过如果实际一点的话，可能要等到明天上班时间他们才会来。好了！”

哈利封起密封袋，放进外套口袋，盖上棺材盖，爬出坟墓，拂去西装沾上的泥土，弯腰捡起铲子和手电筒。

他看见汽车头灯转进了教堂区。

“其实他们说会马上过来，”年轻警卫说，退到安全距离外，“因为我告诉他们说有人来挖那个最近被射杀的家伙的坟墓。你到底是什么人？”

哈利关上手电筒，四周陷入一片黑暗。

“我是你应该声援的人。”

说完哈利发足急奔，朝东远离教堂，沿着来时的路往回奔跑。

他利用前方的亮光辨别方向，分析那应该是维格兰雕塑公园的街灯。他知道如果能跑到公园，以他目前的体能应该跑得过大多数警察。他只希望他们没带狗来，他讨厌狗。他认为自己最好沿着碎石径跑，以免撞上墓碑或花草，但碎石的嘎吱声响个不停，让他难以分辨是否后有追兵。跑到战争纪念园时，他移动到草地上，没法听见后头是否有动静。就在这时，他看见一道颤动的光束射向树梢上方，果然有人拿着手电筒追了上来。

哈利跑到碎石径上，朝维格兰雕塑公园奔去，努力不去理会脖子周围的疼痛，用放松而又有效率的方式跑步，把注意力放在技巧和呼吸上，在心中告诉自己，他已拉开了和追捕者之间的距离。他朝大石柱的方向奔去，知道警察看见他跑在碎石径的路灯下，而碎石径一直向前延伸，翻过山坡，他们一定以为他要奔向公园的东侧大门。

他翻过山坡，一等身影在他们视线之外立刻转往西南方，朝马瑟卢大道的方向奔去。一路上肾上腺素支持着他往前跑，但这时他感觉肌肉开始僵硬。有一瞬间他眼前突然一黑，以为自己就要失去意识，但接着又恢复清醒，只觉得一阵作呕感上涌，而后晕眩袭来。他低头一看，发现鲜血从外套袖子渗了出来，再从手指滴落，宛如在爷爷家吃夹心面包时，草莓果酱滴落的模样。看样子他无法跑完这段路程了。

他抻长脖子，看见一个人影穿过山坡顶的路灯跑下来。那是个魁梧男子，奔跑的体态十分轻盈，身穿紧身黑衣，而非警察制服。会不会是戴尔塔特种部队队员？大半夜的，这么快就能赶来，只因为有人挖坟？

哈利身形晃动，但立刻设法稳住。他绝对跑不过体能如此优秀的人，得找地方躲藏才行。

哈利看准马瑟卢大道的一栋房子，离开小径，冲下青草坡，张开双臂避免跌倒，然后穿越马路，跃过低矮的尖桩栅栏，继续奔过几棵苹果树，绕到屋后。他倒在湿润的草地上，不住地喘着粗气，感觉胃部收缩想吐。他把注意力放在呼吸上，侧耳倾听。

什么都没听见。

但他们找到这里只是迟早的事，此外他的脖子也需要好好包扎一下。他站起身来，走到屋子的露台上，透过门上的玻璃窗往内看去，只看见黑漆漆的客厅。

他踹碎玻璃，把手伸进去。这家人有着挪威人天真的传统，钥匙就插在门把上。他悄悄走进幽黑的屋内。

他屏住呼吸。卧室可能在二楼。

他打开桌灯。

绒布椅。电视柜。百科全书。桌上摆满家族照片。编织品。看来这屋子住的是老人。老人家都睡得很沉，还是很浅？

哈利找到厨房，打开电灯，拉开抽屉。餐具、餐巾。回想一下，小时候大人都把那些东西放在哪里。他打开倒数第二个抽屉。找到了。标准胶带、纸胶带、封箱胶带。他拿起封箱胶带，又打开两扇门才找到浴室。他脱下外套和衬衫，把头伸到浴缸上方，脖子对着莲蓬头，看着白色浴缸刹那间就被染红；接着用T恤擦干身体，用手指把伤口边缘用力合拢，同时用银色胶带在脖子上缠了几圈，再试试看是否太紧，毕竟他还需要血液流到脑部。

他穿上衬衫。晕眩再度来袭。他在浴缸边坐了下来。

他注意到有动静，抬起了头。

门口站着一名老妇，脸色苍白，双目圆睁，用恐惧的目光看着他。她在睡衣外穿了件发出诡异光泽的红色菱格纹睡袍，身子一动睡袍就发出静电的噼啪声。哈利猜想那件睡袍应该是采用的某种市面上已经看不到的合成材料——原料是石棉之类的，因为致癌所以被禁用。

“我是警察，”哈利说，咳了几声，“以前是警察，现在我碰到了点麻烦。”

老妇一语不发，只是站在原地。

“打破玻璃的钱我会赔你，”哈利从浴室地上捡起外套，拿出皮夹，放了几张钞票在水槽上，“这是港币，它们……没有听起来那么糟。”

他挤出一抹微笑，看见一颗泪珠从老妇爬满皱纹的脸颊上滑落。

“噢，天哪，”哈利说着，惊慌起来，觉得自己像是滑落山坡，失去控制，“别害怕，我真的不会对你怎样，我现在就走好不好？”

哈利奋力把手臂穿进外套袖子，朝老妇走去。她后退几步，脚步细碎而笨拙，目光紧盯哈利。哈利扬起双掌，快速走向露台门。

“谢谢你，”他说，“还有，抱歉。”

他推开门，走上露台。

这时传来一声轰然巨响，从爆炸威力来分析，是大口径枪支发出的声音。接着就是子弹的破空声，也就是子弹底火的爆发声响，这确认了他的分析正确无误。他赶紧伏下。第二发子弹击碎他旁边那张庭院椅的椅背。

这是一把口径非常大的重型枪支。

哈利爬回客厅。

“压低身体！”他高声吼道。这时客厅窗户碎裂，碎玻璃洒落在拼花地板、电视和摆满家族照片的桌子上，叮叮作响。

哈利弯着腰奔过客厅和门厅，来到前门。他一打开门，就看见街灯下停着一辆黑色轿车，车门开着，里头伸出的枪管爆出火花。他感觉脸颊一阵刺痛，同时听见金属被高速穿透发出的破裂声。他下意识地回头望去，看见墙上门铃被打得粉碎，大块的白色碎木片往外突出。

哈利退回门内，趴在地上。

这把枪的口径比警用枪支还大。哈利回想刚才奔越山坡顶的那个高大身影，那人不是警察。

“你脸颊上有东西……”

这句话是老妇说的，她得提高嗓门，声音才能盖过尖锐而持续的门铃声，因为门铃卡在墙里，响个不停。她站在哈利后方，就在门厅尽头。哈利用手指摸了摸脸颊，原来有根木片插在脸上。他拔出木片，竟还有时间去想幸亏木片是插在已有伤疤的那侧脸颊，应该不至于大幅减损他在单身市场上的价值。又是一声巨响，这次是厨房窗户爆破。这下可好，他的港币已经用完了。

远处传来的警笛声盖过门铃声。他抬起头来，透过门厅和客厅，看见四周房屋陆续亮起灯光，整条街如同圣诞树般亮了起来。如此一来，无论他往哪个方向跑，都会暴露在光线中，成为活生生的移动标靶。看来他仅有的选择不是中枪，就是束手就擒。不对，他根本别无选择。对方应该也听见了警笛声，知道时间无多，而且他到现在都没有开枪回击，对方一定会推测到他身上没带枪，所以一定会追上来。他必须逃走才行。他拿出手机。可恶，他为什么没有不厌其烦地把那人的号码输入手机，命名为T？他的手机联系人又不是已经满了。

“查号台的电话是多少？”

“查号台……的……电话？”

“对。”

"呃……"老妇咬着手指陷入沉思，在木椅上坐了下来，红色睡袍塞在大腿下，"有个号码是一八八○，可是我觉得一八八一的服务态度比较好，他们不会催你快一点，一直给你压力，他们会让你慢慢来……"

"一八八○查号台。"手机里传来一个充满鼻音的声音。

"我要查阿斯比·崔斯卓的电话，"哈利说，"拼音里有c和h。"

"奥普索乡有个阿斯比·贝德霍·崔斯卓，另外……"

"就是他！可以给我他的手机号码吗？"

经过宛如永恒的三秒之后，一个熟悉的暴躁声音传了过来。

"我什么都不需要。"

"崔斯可[①]？"

对方陷入沉默，哈利想象他这位胖老友脸上露出惊诧的表情。

"哈利？好久不……"

"你在上班吗？"

"对……对啊。"他说的"对"这个字带着犹疑。没有人会没事打电话给崔斯可。

"我需要你帮个小忙。"

"我想也是。哦，对了，上次你跟我借的一百克朗呢？你说……"

"我需要你关掉维格兰雕塑公园和马瑟卢大道附近地区的电力。"

"什么？"

"警方在这里遭遇紧急状况，有个家伙在这里乱开枪，我们需要黑暗掩护，你还在蒙特贝洛那边的变电所上班吗？"

对方再度陷入沉默。

---

① 崔斯可，挪威文为Tresko，意思是木鞋。崔斯卓（Treschow）因有一双遗传自父亲的汗脚而经常穿这种四不像的木鞋，以为木头会吸他的脚臭，故得了"崔斯可"这个绰号。《雪人》一书对此有详细说明。

“目前还是，可是你还是警察吗？”

“当然是。崔斯可，事态非常紧急。”

“关我屁事啊，我又没有权力做这种事，你应该去找恩莫，他……”

“他在睡觉，我们没时间了！”哈利吼道。这时又一发子弹射来，击中厨房橱柜，一摞盘子滑落地上，当啷当啷砸个粉碎。

“靠，那是什么？”崔斯可问道。

“你说呢？你自己选吧，你要为四十秒断电负责，还是要为一票人命负责？”

电话那头又沉默了一会儿，接着崔斯可缓缓说道：“事态紧急吗，哈利？现在坐在这里的人可是我，我说了算，你应该难以置信吧？”

哈利深深吸了口气，看见露台掠过一个黑影：“对，崔斯可，我难以置信。你可不可以……”

“你跟爱斯坦从没想过我会有什么成就吧？”

“对，我们大错特错。”

“那你要不要说个‘请’字……”

“操你妈的快把电切断！”哈利吼道，随即便听见“嘟——”的声音。他站了起来，抓着老妇的手臂，半拖半拉地把她扶进浴室。“待在这里不要出去。”他低声说，走出浴室关上门，朝打开的前门奔去，冲进灯光中，做好准备迎接排山倒海的子弹。

就在此时，四周陷入一片黑暗。

眼前那么黑，导致他一个踉跄跌在石板路上，往前滚去，心想自己是不是死了，随即明白是阿斯比·“崔斯可”·崔斯卓在变电所扳动了开关或按下了按键，给了他四十秒的时间。

哈利在漆黑中盲目地往前跑，绊到尖桩栅栏，感觉脚下踩到了人行道，再继续跑。他听见喊叫声和警笛声越来越近，但也听见汽车引擎启动时发出的咆哮声。他靠右侧跑，视线还算清楚，勉强能跑在道路上。看来他在维格兰雕塑公园南侧比较有机会逃脱。他奔过黑魆魆的独栋住宅、树木、森林。这一区依然处于断电状态。汽车引擎声越来越近。他摇摇晃晃地转了个弯，跑进网球场旁的停车场。碎石路上的一摊水差点让他摔倒，虽然脚步踉跄，他还是跑了过去。眼前唯一能反射足够的光线，并能被看见的东西是铁丝围栏后方的网球场的白色标线。他看见奥斯陆网球俱乐部的建筑轮廓，冲到更衣室的外墙边，压低身子，让汽车的两道头灯光线扫过。他在水泥地上侧躺下来，虽然动作缓慢，但还是觉得头晕。

他像老鼠一样躺着，动也不动，静静等待。

什么也没听见。

他望入黑夜。

毫无预警之下，灯光骤然亮起，令他眼花。

亮起的是屋檐下的灯，电力恢复了。

哈利躺了两分钟，聆听警笛声。俱乐部旁的马路上，车子来来去去。是搜查队。这地区可能已经被包围了，不久警犬队就会出动。

他无法再继续移动，只能闯进屋内。

他站了起来，探头朝墙角另一侧望去。

他看见红灯旁有个箱子，门边有个键盘。

国王出生的那一年。天知道是哪一年。

他回想八卦杂志上的照片，试着键入一九四一。哔一声传来。他抓住门把推了推。还是锁着。等一等，皇室家族在一九四〇或一九三九年前往伦敦，那时国王是不是已经出生了？他的年纪可能还要再大一点。哈利担心密码只能输入三次，如此就会被三振出局。说不定是一九三八。他推了推门把。可恶。还是一九三七？绿灯亮起，门开了。

哈利悄悄进门，听见门在身后锁上。

一片寂静。安全了。

他打开电灯。

是间更衣室，里头有木长椅和铁置物箱。

这时他才发现自己已筋疲力尽。他可以在这里待到黎明，直到搜索行动取消。他查看室内，里头有水槽、镜子、厕所、开了四朵花的盆栽。他打开更衣室内侧的厚重木门。

里头是桑拿房。

他走进桑拿房，门在身后关上。里面弥漫着木头香味。他在冷的电热炉旁一张宽大的木长椅上躺下，闭上眼睛。

30

他们一共三人，手牵着手，正在走廊上奔跑。哈利高声说他们得把手拉紧才行，这样雪崩来袭时大家才不会被冲散。他听见雪崩从后方逼近，先听见隐约的隆隆声，接着是轰然巨响。雪崩怒吼而至，那是白森森的黑暗、黑茫茫的混乱。他奋力把手握紧，但还是感觉他们的手从他手中溜走。

哈利心头一惊，醒过来，看了看表，发现自己睡了三个小时。他深深呼了口气，仿佛这口气憋了很久，只觉得浑身是伤，脖子疼痛，头痛欲裂，而且满身大汗，连西装都湿了，出现一块块的深色水渍。他不用转头也知道为什么会这样。电热炉：有人把烤箱的开关打开了。

他站起身来，蹒跚地走进更衣室。长椅上放着几件衣服，门外传来球拍的击球声。原来这些球友打算在打完球之后使用桑拿房。

哈利走到水槽前，看了看镜中的自己。满眼血丝，脸皮发红浮肿，脖子上缠着荒谬可笑的银色封箱胶带，胶带边缘嵌入柔软的肌肤。他洗了把脸，走进晨光之中。

球场上有三个人，一看就知道是退休人士，肌肤晒成古铜色，具有退休人士特有的细长双腿。他们停下来，看着哈利，其中一人调整眼镜。

“我们打双打还差一个人，年轻人，你想不想……”

哈利直视前方，尽量用平静的声音说话。

“抱歉，我有网球肘。”

他朝斯科延区走去时背后依然能感觉到那三人的视线。这附近应该有公交车经过才对。

楚斯敲了敲欧克林处长办公室的门。

“请进！”

米凯站着，手拿话筒放在耳边，看起来很冷静，但楚斯太了解他了，只见他的手不断拨弄着精心梳理的头发，加上稍微急促的说话方式和蹙起的眉头。

米凯挂上电话。

“今天早上压力很大？”楚斯问道，递了一杯热气腾腾的咖啡给米凯。

欧克林处长用惊讶的神情看着咖啡杯，接了过来。

“是署长打来的，”米凯说，朝电话点了点头，“记者都在追问他马瑟卢大道发生的事，那位老太太的家被轰得七零八落，他要我解释到底发生了什么事。”

“你怎么回答？”

“接警中心接到维斯特墓园警卫的通知，说有人挖掘古斯托·韩森的坟墓，立刻派警车前往。同人抵达时，嫌犯已经逃走，就在这时马瑟卢大道发生枪击事件，有人持枪射击某个闯入民宅的家伙。老太太饱受惊吓，只说闯入者是个很有礼貌的年轻人，身高两米，脸上有条疤。”

“你认为这起枪击案跟掘墓有关系？”

米凯点了点头：“她家客厅地上的许多泥土确实来自墓园。所以署长想知道这件事是不是跟毒品有关，是不是又发生帮派冲突，情况是不是在我掌控之中，等等。”米凯走到窗前，用食指抚摸着窄鼻梁。

“这就是你找我来的原因？”楚斯问道，谨慎地喝了口咖啡。

“不是，”米凯说，背对楚斯，“我只是在想，我们接到匿名线报说那天晚上整个灰狼帮都会出现在麦当劳那次，你是不是没参加逮捕行动？”

“对，”楚斯说，咳了一声，“那晚我生病，没办法去。”

“你最近也是生同样的病吗？”米凯说，并未转身。

“啊？”

“有些同人抵达摩托车俱乐部时非常诧异，因为门没上锁，他们在想图图怎么可能会跑出去，因为奥丁说那天晚上他让图图负责看守。没有人知道我们会突袭吧，是不是？”

“据我所知是没有，”楚斯说，“只有我们自己知道。”

米凯继续看着窗外，摇晃脚跟，双手叉腰，身体前后摆动。

楚斯擦了擦上唇，希望汗水不那么明显：“还有什么事吗？”

米凯的身体持续前后摆动，像个身材过于矮小的男孩想看清楚另一头的东西。

“没事了，楚斯。还有，谢谢……你的咖啡。”

楚斯回到自己的办公室，走到窗前，看见了刚才米凯肯定也看见的东西。树上钉着一张红色海报。

中午十二点，施罗德酒馆外一如往常有许多贪杯的酒客正在等莉塔开店。

“哎哟……”她一看见哈利就说。

“放轻松，我不是来喝啤酒的，只是来吃早餐，”哈利说，“还有要请你帮个忙。”

“我是说你的脖子，”莉塔说，替哈利把门拉开，“已经发青了，还有那是什么？”

“封箱胶带。”哈利说。

莉塔点了点头，转身去帮客人点餐。施罗德酒馆的政策是不管客人的闲事。

哈利在转角窗边那张餐桌前坐下，打电话给贝雅特。

电话转入语音信箱，哈利等待哔声响起。

“我是哈利，昨天晚上我碰到一个老太太，可能给她留下了深刻的印象，所以我认为我暂时不方便出现在警局或相关场所。我会在施罗德酒馆留下两个血样袋，请你亲自来找莉塔拿。另外还想请你帮个忙，贝尔曼会派一个小组去收集布林登区那附近的房屋地址，我想请你在这份地址清单送到欧克林之前取得一份复印件，而且尽可能谨慎一点。”

哈利结束通话，接着打给萝凯。电话又被转到语音信箱。

“嗨，我是哈利，我需要几件干净的合身衣服，以……以前我在你家留了一些。我要搬去广场饭店，换个好一点的地方。你回家以后如果可以请出租车送几件衣服过来，那就……”他发现自己不由自主地想找些可以逗她笑的话来说，比如“帅呆了”或“超棒哦”或“棒极了”之类的，但最后只是说了句传统的“太好了”。

莉塔端上咖啡和炒蛋，哈利又打电话给汉斯，她用责备的目光看了哈利一眼。施罗德酒馆有个不成文的规定，禁止玩电脑、棋盘游戏和手机，这里是喝酒（最好是喝啤酒）、进食、聊天或闭上嘴巴的地方，再不然也可以看报纸，看书已处于灰色地带。

哈利做个手势，表示电话很快就会打完，莉塔仁慈地点了点头。

汉斯听起来松了口气，同时也吓坏了：“哈利吗？我的老天，你没事吧？”

“以程度一到十来看……”

“是……？”

“你听说马瑟卢大道发生枪击事件了吗？”

“天哪！那是你吗？”

“你有枪吗，汉斯？”

哈利似乎听见他吞了口口水。

“我需要枪吗，哈利？”

“你不需要，我需要。”

“哈利……”

“只是用来防身而已，以防万一。”

汉斯沉默片刻：“我爸留了一把老猎枪给我，是用来猎麋鹿的。”

“听起来不错。你可以把它包起来，在四十五分钟内送到施罗德酒馆吗？”

“我尽量。你在干吗？”

“我……”哈利说，看见莉塔警告的眼神从柜台射来，“我正要吃早餐。”

楚斯朝旧城区教堂走去，他发现他平常通过的那扇栅门外停着一辆黑色轿车。副驾驶座车门打开，一名男子下车，他身穿黑色西装，身高远超过一米八，下巴强而有力，刘海平直，某种不好定义的亚洲轮廓总让楚斯联想到萨米人、芬兰人和俄罗斯人。男子身上那套西装显然是定做的，但肩膀仍嫌太窄。

男子站到一旁，打个手势，要楚斯坐进副驾驶座。

楚斯停下脚步。如果这些家伙是迪拜的手下，那不就等于违反不直接接触的原则？这令楚斯感到意外。

他犹疑不决。

假如他们打算除掉烧毁者，这正是他们会采用的方式。

楚斯看着那名高大男子。他的表情看不出任何端倪，楚斯也分辨不出男子拿出太阳镜戴上是好还是坏。

当然他也可以转身逃跑，可是接下来呢？

“都是为了 Q5。”楚斯喃喃自语。

车门立刻关上。车内甚阴暗，可能是因为深色车窗的缘故，冷气异常地强，感觉像是低于零下好几度。驾驶座上坐着一名狼脸男子，同样穿着黑西装，留着平直的刘海。可能是俄罗斯人。

“很高兴你能来。”楚斯背后响起一个声音，他没有转头。这个口音。是他。迪拜。那个不为人知的男人，不为其他人所知的男人。但就算楚斯知道他的名字、认得他的面孔，又有什么好处？再说，做人不要吃里爬外。

“我要你替我们去捉拿一个人。”

“捉拿？”

“把他‘接走’，带来交给我们，接下来的事你就不用操心了。”

“我跟你说过我不知道欧雷克·樊科在哪里。”

“我说的不是欧雷克·樊科，而是哈利·霍勒。”

楚斯几乎不敢相信自己的耳朵：“哈利·霍勒？”

“你知道这个人？”

“当然知道，他是犯罪特警队的，这家伙疯疯癫癫，还是个酒鬼，破过几个案子。他在奥斯陆？”

“他住在莱昂旅馆，三〇一号房，今天晚上十二点整你去那里把他接走。”

“我要怎么把他‘接走’？”

“抓住他，打昏他，说你有一艘船要请他去参观，随便你怎么做都行，只要把他带去肯根码头就好了，接下来就交给我们。价码是五万。”

接下来。他是说他要杀了哈利。他是说他要杀人，而且是杀警察。

楚斯想开口说不，但后座传来的声音比他更快。

“欧元。”

楚斯惊讶得连下巴都合不拢了，那句“不”就这么搁浅在他的脑子和声带之间。他只是复述耳中听见但脑子不敢置信的话语：

“五万欧元？”

“怎么样？”

楚斯看了看表。剩下不到十一小时的时间。他咳了一声。

“你怎么知道他今天午夜的时候会在房间里？”

“因为他知道我们会去找他。”

“什么？你是说他不知道我们会去找他吧？”

后座传来笑声，听起来宛如木船马达声“轧轧”作响。

31

下午四点，哈利站在瑞迪森布鲁广场饭店十九楼客房的莲蓬头下，希望胶带在热水冲洗之下可以维持黏性。热水暂时缓解了疼痛感。他被分到的是一九三七号房。他接过钥匙时，脑海里闪过一个念头：正好是国王诞生的年份，这不就是作家阿瑟·凯斯特勒书中提过的“共时性”吗？但哈利可不相信这种说法，他只相信人类的头脑具有寻找模式的能力，而事实上这类模式是不存在的。这就是为什么他是个抱持怀疑态度的警探，只是不断地怀疑和搜查、怀疑和搜查。他看见模式，但怀疑罪行，反之亦然。

哈利听见电话响起，铃声清晰，但低调愉悦，属于高级饭店的声音。他把水关上，走到床边接起电话。

“有位小姐来找您，”接待员说，“她叫萝凯·凡斯柯……抱歉……她说应该是樊科。她带了东西要给您。”

“给她电梯钥匙，请她上来。”哈利说。他看了看挂在衣柜里的那件亚麻西装，看起来活像是经历了两次世界大战。他把门稍微打开，将浴巾围在腰际，在床沿坐下，侧耳聆听。电梯发出“叮”的一声，接着便是她的脚步声。他依然认得出她的脚步声，坚定而短促的碎步，仿佛她总是穿紧身裙。他闭了一会儿眼睛，再睁开时她已站在他面前。

“嗨，裸男。”她脸上挂着微笑，把包丢在地上，在他旁边的床沿上坐了下来。“这是什么？”她用手指抚摸胶带。

“只是临时凑合用的绷带，”他说，“你不用亲自跑一趟的。”

“我知道，”她说，“可是我找不到你的衣服，一定是在我们搬去阿姆斯特丹的时候不见了。”

是被丢掉了，哈利心想，很合理。

“后来我把这件事跟汉斯说，他说他衣柜里有一大堆衣服闲置着，虽然跟你的穿衣风格不一样，可是你们的体形差不多。”

她打开包，哈利用惊恐的眼神看着她拿出一件鳄鱼衬衫、四条熨过的内裤、一条上头有折痕的阿玛尼牛仔裤、一件V领毛衣、一件添柏岚外套、两件绣有 POLO 标志的衬衫，甚至还有一双褐色软皮鞋。

她开始把衣服挂进衣柜，他起身接手。她在一旁看着他，面露微笑，把一绺头发顺到耳后。

“就算那套西装烂到不能穿了，你还是不肯买新衣服是不是？”

“这个嘛，”哈利说，挪动衣架，这些陌生的衣服散发着一丝熟悉的气味，“我必须承认我考虑过买件衬衫，也许再买条内裤。”

“你没有干净的内裤了？”

哈利看着她：“请定义干净。”

“哈利！”她拍了他肩膀一下，大笑几声。

他露出微笑。她的手没有离开他的肩膀。

“你好烫哦，”她说，“好像在发烧。你确定你这些所谓的绷带底下没有被细菌感染吗？”

他摇了摇头，但其实他从钝钝的抽痛清楚地知道伤口已经发炎，然而多年的犯罪特警队经验告诉他，警方已盘问过播放涅槃乐队歌曲的那家酒吧的酒保和酒客，得知杀了持刀行凶者的男子离开时下巴和脖子都有很深的割痕，并已通知市区所有的医生，查问了本地所有的急诊室。现在可不是被警方带去审讯的时候。

她抚摸他的肩膀，往上抚摸到脖子，又回到肩膀。他心想她一定可以感觉到他的心脏怦怦乱跳，而她就像已停产的先锋牌电视机，这牌子的电视机性能优越，光看就知道了，画面上的黑色部分非常黑。

他设法将窗户打开一条缝。饭店因为怕房客自杀，窗户无法完全打开。即使是在十九楼这么高的地方，他还是可以听见高峰时段车流的声音、偶尔响起的喇叭声，以及某处也许是其他客房传来的不合时宜、来得太迟的夏日歌声。

“你确定你想要吗？”他说，没用咳嗽来掩饰嘶哑的嗓音。他们站立原地，她的手放在他肩膀上，目光紧盯着他瞧，犹如专注的探戈舞伴。

她点了点头。

如此深广无垠的浓烈墨黑将他吞没。他甚至没注意到她移动脚步去关房门。他听见房门关上，那么轻柔，宛如一个吻。

他们做爱时，他满脑子只有深沉的黑与芳香的气味。黑的是她的发、她的眉、她的双眼。气味是她身上的香水，他不曾问她用哪种香水，但这味道为她独有，在她衣服上，也在她衣柜里。过去他把衣服和她的挂在一起时，就会沾上这种香味。如今这味道也出现在这间客房的衣柜里，只因那个男人的衣服也挂在她的衣柜里。那些衣服是她从家里拿来的，而不是从那个男人家。说不定把衣服给哈利穿根本就不是他的主意，说不定她只是直接从家中衣柜里把衣服拿出来，再带到这里而已。但哈利一句话也没说，因为他知道她只是自己借来的，如此而已。现下他拥有萝凯，拒绝的话他就一无所有。因此他保持缄默。他用一贯的方式跟她做爱，热烈但从容不迫，不让自己被她的贪婪或急躁所影响，只是缓缓地表达热情，使得她一会儿低声咒骂，一会儿又喘息不已。不是因为他认为萝凯喜欢这样，而是因为他想要如此。因为她只是借来的，他能够拥有的只是这几个小时。

她达到高潮时全身紧绷，用矛盾而又委屈的神情看着他。一时之间，他们曾经共度的那些夜晚全都涌上心头，几乎令他落泪。

事后他们同抽一根烟。

“为什么你不跟我说你们在一起？”哈利说，吸了口烟，把烟递给她。

“因为我们没有在一起啊，这只是……一时的，”她摇了摇头，“我也不知道，我已经什么都搞不清楚了。我应该远离每件事、每个人才对。”

“他是个好男人。”

“这就是重点。我需要好男人，但为什么我不想要好男人？我们都知道什么对自己最好，但为什么又总是该死地这么不理性？”

“人类是心灵扭曲又充满瑕疵的物种，”哈利说，“这一点无药可医，只能稍微缓解。”

萝凯依偎在他身旁：“我就是喜欢你这点，你总是有不屈不挠的乐观态度。”

“我认为散播阳光是我的责任，亲爱的。”

“哈利？”

“嗯？”

“我们有办法再像过去一样吗？”

哈利闭上双眼，聆听心跳声，他和她的心跳声。

“过去是回不来了，”他转头面对她，“但如果你心里对未来还有期望……”

“你这话是认真的吗？”

“这只是枕边细语，不是吗？”

“傻瓜。”她在他脸颊上轻轻一吻，把烟递给他，起身下床，穿上衣服。

“你知道你可以住我家楼上。”

哈利摇了摇头：“维持现状比较好。”

“别忘了我爱你，”她说，“不管发生什么事，永远都不要忘记，你可以答应我吗？”

他点了点头，闭上眼睛。房门再次轻柔地关上。他睁开眼睛，看了看表。

维持现状比较好。

不然他还能怎样？回到霍尔门科伦区，住到她家，让迪拜一路追踪到那里，最后把萝凯也卷入这场冲突，就跟过去的雪人案一样？如今他已清楚看见，从他一下飞机开始，所有行踪都被他们清楚掌握，他通过药头对迪拜传话的行为根本是多余的。他还没找到他们，他们就会抢先一步找到他，然后他们会找到欧雷克。

因此他唯一能掌握的优势就是他可以选择地点，他可以选择要在哪里让他们动手，而他也选好了。不是在这里，不是在广场饭店，他来这里只是希望能有一点自己的时间，睡上几小时，重新打起精神。他选择的地点是莱昂旅馆。

哈利考虑过联络哈根或米凯，跟他们解释目前的状况，但这样做只会逼得他们别无选择，只能将他逮捕。即便不联络，警方迟早会把夸拉土恩区那家酒吧的酒保、维斯特墓园的警卫和马瑟卢大道的老妇这三方证人的描述拼凑在一起：一名男子，身高一米九二，身穿亚麻西装，一侧脸颊有道疤，下巴和脖子缠着胶带。再过不久，警方就会对哈利·霍勒发出通缉令，因此情势迫在眉睫了。

他起身下床，呻吟了一声，打开衣柜。

他穿上熨过的内裤和马球衫，看着那件阿玛尼牛仔裤陷入沉思，然后摇了摇头，低低咒骂了一声，又穿上他那套亚麻西装。

接着他从衣帽架上拿下网球袋。汉斯说他只有这个包放得下猎枪。

哈利把网球袋背在肩上走出门。房门在他背后轻柔地关上，宛如轻轻一吻。

32

很难说究竟从什么时候开始主客易位，什么时候小提琴开始掌控我们，而不是我们掌控它。我的一切努力都付诸流水，包括我和易卜生谈的条件，以及摩托帮俱乐部的抢劫行动。欧雷克哭丧着脸走来走去，说失去伊莲娜的人生毫无意义。那三个礼拜，我们注射毒品花的钱比赚的还多，连工作的时候都在嗨，破产只是迟早的事。尽管如此，再嗨一次比什么都重要。这听起来只是陈腔滥调，它也真的是，但事实就是如此，妈的，就是这么简单也这么难以置信。我想我可以很中肯地说，我从未爱过任何人，我是说真的去爱，但我却无可救药地爱上小提琴。欧雷克用小提琴来麻痹他破碎的心，我用小提琴则理所当然地就只是为了让自己爽。而且我说的就是这个意思：妈的，让自己爽。它比食物、性、睡眠还棒；是的，它甚至比呼吸还美妙。

这就是为什么有一天晚上结完账后，安德烈把我拉到一旁说老头子很担心时，我一点也不惊讶。

“我没事啦。”我说。

安德烈说从今以后如果我不振作起来，每天带着清醒的头脑去上工，老头子就不得不把我送去戒毒。

我哈哈大笑，说我不知道这份工作还有像医保之类的员工福利，那欧雷克和我是不是还享有牙医补助和退休金？

“欧雷克没有。”

我多少从他眼神中看出这句话是什么意思。

我还不想戒掉小提琴，欧雷克也不想，所以我们不去理会安德烈，第二天晚上照样嗨到不行，卖掉半批货，拿走剩下的一半，偷了一辆车开到克里斯蒂安桑。我把弗兰克·辛纳特拉唱的《我一无所有》（*I Got Plenty of Nothing*）这首歌调到最大声。这首歌唱得真是贴切：妈的，我们连驾照都没有。最后欧雷克也扯开嗓子唱歌，但他说只是为了盖过辛纳特拉和我的声音。我们哈哈大笑，灌下温啤酒，仿佛又回到过去。我们住在恩斯特旅馆，这家旅馆没有它听起来那么无趣，但我们问前台药头都在哪里出没时，却得到一个白眼。欧雷克说这里的音乐节曾被一个白痴搞砸过，因为这个白痴急着想成为传奇，找来一堆酷得不得了的乐队，结果价码也高得不得了，害得主办单位超支。虽然当地人说这里十八到二十五岁之间的人有半数会为了音乐节而购买毒品，但我们一个客人都没找到。我们在暗夜里的行人徒步区绕来绕去，只碰到一个人——一个人！而且还是个醉汉。另外我们还碰到十四个青少年合唱团团员，他们问我们想不想遇见耶稣。

“如果他想买小提琴的话。”我答道。

但耶稣显然对小提琴毫无兴趣，所以我们回到饭店房间打小提琴，嗨了一整晚。不知道为什么，我们只是待在这个遥远彼方，无所事事，只是一直嗨，一直听辛纳特拉的歌。一天晚上我醒来，看见欧雷克站在我旁边，怀里抱着一只该死的狗。他说窗外的刹车声把他吵醒，他一往外看就看见那只狗躺在街上。我看了看，状况很糟。欧雷克和我都认为它脊椎断了，全身还有多处溃烂。可怜的小狗浑身是伤，至于是它的主人干的还是其他的狗干的就不得而知了。但它看起来还好，十分平静，一双褐色的眼睛看着我，仿佛相信我可以将它从悲惨遭遇中拯救过来。于是我尽力了。我喂它东西吃，给它水喝，拍拍它的头，跟它说话。欧雷克说我们应该带它去看兽医，但我很清楚兽医会怎么做，于是我们把小狗留在房间里，把“请勿打扰”的牌子挂在门外，让它在床上死去。我们轮流起来查看它还有没有呼吸。它躺在床上，体温越来越高，脉搏越跳越快。到了第三天，我替它取了个名字，叫鲁弗斯。

有何不可？如果你要把它吃了，何不替它取个名字？

“它在受苦，”欧雷克说，“兽医会打针让它睡着，一点也不会痛。”

“没有人可以给鲁弗斯注射廉价毒品。”我说，弹了弹针筒。

“你疯了吗？”欧雷克说，“那管小提琴要两千克朗呢。”

也许吧。但无论如何，鲁弗斯是搭商务舱离开这该死的世界的。

我很确定回家的路上乌云蔽日，反正没有辛纳特拉的歌，也没人唱歌。

回到奥斯陆之后，欧雷克很害怕会大难临头，至于我则非常冷静，奇怪得很，我似乎知道老头子不会动我们。我们不过是两个每况愈下、无家可归的毒虫，没钱又没工作，再过一阵子连小提琴都会用完。欧雷克发现“毒虫”（Junkie）这个名词已有一百多年历史了，它源于第一批海洛因上瘾者去费城港口窃取废金属（junk metal），卖钱之后拿去买毒品。我跟欧雷克也如法炮制，开始溜进碧悠维卡区港口旁的工地，看到什么就偷什么。铜和工具可以卖很多钱。我们把铜拿去卖给柯尔巴肯站的废品回收商，把工具卖给几个立陶宛人。

但随着物品失窃事发，栅栏越建越高，夜间警卫人数增加，警察也来巡逻，最后连买家也想避风头。于是我们只能坐困愁城，让毒瘾有如苛刻的奴隶工头夜以继日地鞭打我们。我知道我得想个办法才行，也真的想出了一个“最终解决方案”。

当然我对欧雷克只字未提。

我花了一整天准备要说的话，然后打电话给她。

伊莲娜刚运动完回家，说她很高兴听见我的声音。我滔滔不绝地讲了一个小时，讲完她已经哭了。

第二天晚上，我去奥斯陆中央车站，站在月台上看着来自特隆赫姆的列车进站。

她拥抱我的时候泪如雨下。

那么年轻。那么有爱心。那么珍贵。

就像先前说过的，我不曾真正爱过任何人，但当时一定非常接近了，因为我差点掉下眼泪。

33

通过三〇一号房打开的狭小窗缝，哈利听见某处传来的教堂钟声敲了十一下。下巴和颈部的疼痛给予他一项优势，那就是让他保持清醒。他下床坐到椅子上，椅背后倾靠着窗边的墙壁，好让他面对房门，猎枪放在大腿上。

他去前台要了一颗高亮度电灯泡，说是房里有个灯泡坏了要换，又要了一把铁锤，说要把门槛上凸出的钉子敲下去，还说他自己动手就好。接着他把外面走廊上光线微弱的灯泡换掉，用铁锤撬起门槛。

他坐在这个位置，正好可以从门缝底下看见他们到来。

哈利点了根烟，检查猎枪，又陆续把这包烟抽完。窗外夜色中又传来十二下教堂钟声。

手机响起，是贝雅特，她说她从去布林登区进行调查的警车那里拿到五张清单中的四张。

“最后一辆警车已经把清单送去欧克林了。”她说。

“谢谢，”哈利说，“你去施罗德酒馆跟莉塔拿血样袋了吗？”

“拿了，我叫病理组优先化验，他们已经在分析血迹样本了。”

一阵静默。

“然后呢？”哈利问道。

“然后什么？”

“我听得出你的口气，贝雅特，你还有事没跟我说。”

“化验 DNA 要花好几个小时，哈利……”

“最后的结果要好几天才会出来。”

“对，所以目前还没完成。”

“还有多少没完成？”哈利听见走廊传来脚步声。

“呃，至少有百分之五的概率比对不出符合的结果。”

“你应该已经拿到暂时的DNA图谱，也比对过DNA数据库了对不对？”

“不完整的化验结果只是用来排除谁不符合而已。”

“你比对过谁了？”

“我什么都不想说，要等到……”

“别这样。”

“不行，但我可以说那不是古斯托自己的血。”

“还有呢？”

“还有那也不是欧雷克的血，可以了吗？”

“很好。”哈利说，这时，他突然发现自己屏住了气息。

门缝底下出现一道影子。

“哈利？”

哈利挂掉电话，拿起猎枪指着门口，静静等待。门上传来三下短促的敲门声。他静观其变，侧耳倾听。那影子没有移动。哈利沿着墙壁蹑手蹑脚走到门口，避开可能的射击线，把眼睛凑上房门中央的窥视孔。

他看见一名男子的背影。

男子身上的外套服帖合身，短得露出了腰际。裤子后口袋垂挂一块黑布，可能是帽子。男子没系腰带，双臂垂落身侧。如果他带了枪，那么一定是放在枪套里，不是胸前就是小腿内侧，这两个位置都很常见。

男子转身面对房门，又敲了两下，这次比较用力。哈利屏住呼吸，仔细查看窥视孔里那张扭曲的脸。那张脸虽然扭曲，但有个特征却非常明显。男子有着十分突出的下腭，他正用脖子上挂着的证件卡刮着下巴。警察准备逮捕嫌犯时，有时会像这样把证件卡挂在脖子上。该死！没想到警察的动作比迪拜还快。

哈利心下迟疑。倘若这家伙奉命来逮捕他，一定会带蓝色逮捕令和搜查令，而且已经给楼下的前台看过，还拿了万能钥匙。哈利在脑子里不断盘算。他蹑手蹑脚离开门前，把猎枪藏到衣柜和墙壁之间的狭缝里，再去开门，说："你是谁？你要干吗？"同时朝走廊左右张望。

男子看着哈利："天哪，霍勒，你是怎么了？我能进来吗？"他出示证件。

"楚斯·班森，你以前是贝尔曼的手下对不对？"

"现在也是，他要我向你问好。"

哈利站到一旁，让楚斯先进去。

"这里真舒适。"楚斯说，环目四顾。

"请坐。"哈利说，指了指床铺，自己在窗边的椅子上坐下。

"要不要吃口香糖？"楚斯说，拿出一包。

"会蛀牙。你有什么事？"

"我是带着善意来的。"楚斯咧嘴而笑，卷起口香糖，放进有如抽屉般的下腭，坐了下来。

哈利的头脑接收楚斯的说话语调、肢体语言、眼神动作和气味。这人很放松，却带有威胁感，他双掌张开，没有突然的动作，但眼睛正在收集资料，分析现状，为了某事做准备。哈利开始后悔把猎枪藏起来，没有枪支执照不过是小问题而已。

"是这样的，昨天晚上维斯特墓园有人掘墓，现场发现的血迹经过DNA化验之后，显示那是你的血。"

哈利看着楚斯整齐地折起口香糖的银色包装纸，这时他比较记得此人是谁了。这人绰号叫瘪四，专门替米凯跑腿，人蠢却有小聪明，而且危险，是个步入歧途的"阿甘"。

"我不知道你在说什么。"哈利说。

"对，我想也是，"楚斯叹了口气，"说不定是当中有些误会？这样我得载你去警署采集血液样本。”

“我在找一个年轻女孩，”哈利说，“她叫伊莲娜·韩森。”

“她在维斯特墓园？”

“反正她是今年夏天失踪的，她的养兄是古斯托·韩森。”

“第一次听到。不过你还是得跟我走一趟……”

“她就是中间这个，”哈利说，从外套口袋里拿出韩森家的全家福照片递给楚斯看，“我需要一点时间，不用太多，然后你就会明白为什么我得做这些事。我保证会在四十八小时内去警署报到。”

“《48小时闯天关》，”楚斯说着，细看那张照片，“那部片子不错，是尼克·诺特和一个黑人演的，是不是叫麦菲？”

“艾迪·墨菲。”

“对。他已经不好笑了对不对？是不是很奇怪？原本你拥有某种本领，突然却丧失了，你觉得那是什么感觉呢，霍勒？”

哈利看着楚斯，他已不太确定楚斯是不是真的像电影《阿甘正传》中的阿甘。楚斯把照片对着灯光，眯眼细看。

“你认得她吗？”

“不认得。”楚斯说，递回照片，同时扭动身体。他的裤子后口袋放着一块黑布，坐在上面显然很不舒服，他很快地把那块布移到外套口袋。“我们先去警署，再来讨论四十八小时的事。”

楚斯口气轻快。太轻快了。这时哈利已稍加思索：贝雅特请病理组优先化验她拿去的DNA样本，到现在还得不到最后结果，那楚斯怎么可能已经拿到古斯托寿衣上的血迹样本化验报告？还有一件事，楚斯移动那块黑布的速度不够快，哈利认出那是头套，而且是全罩式头套，正是古斯托被射杀时凶手头上戴的那种。

紧接着一个念头冒了出来：烧毁者。

昨晚首先抵达墓园的难道不是警方，而是迪拜的手下？

哈利思索该如何拿到藏在衣柜后方的那把猎枪，现在要逃跑已然太迟。他听见走廊上传来脚步声，一共有两个人，其中一人块头很大，踩得地板咯吱作响。脚步声在他门外停下。门缝底下透进的光影显示两人叉腰站立。他当然希望这两人是楚斯的警察同事，前来执行真正的逮捕任务，但他已听见地板发出的哀叹声。对方是个大块头，他猜想体格可能跟昨晚在维格兰雕塑公园追逐他的男子相似。

“走吧，”楚斯说，起身站在哈利面前，漫不经心地搔了搔翻领底下的胸膛，“去兜兜风，只有我们两个人。”

“看来不是只有我们两个人，”哈利说，“我看到你的援兵了。”

哈利朝门缝底下的人影点了点头。这时另一个人影出现，是个挺直的长方形人影。楚斯顺着哈利的视线望去。接着哈利看见他脸上露出由衷的惊讶表情。这表情不是楚斯这种人装得出来的。来人不是楚斯的同伴。

“避开门边。”哈利低声说。

楚斯咀嚼口香糖的嘴巴停了下来，低头看着他。

楚斯喜欢把他的斯泰尔手枪收在肩套里，平贴胸膛，这样当他和人面对面时，别人很难看出他带了枪。但他知道哈利·霍勒是资深警探，曾远赴芝加哥接受 FBI 训练和其他训练，只要他身上有任何不正常的隆起，哈利立刻就会发现。楚斯并不认为手枪会派上用场，只是带在身上以防万一，假如哈利拒绝同行，他就可以用斯泰尔手枪小心地指着哈利背部，戴上全罩式头套，以免有人看见哈利消失在地表之前身旁有谁。他把萨博轿车停在后街，甚至特地破坏了街上唯一的一盏路灯，以免车牌号码被人看见。报酬是五万欧元。他必须保持耐心，步步为营，这样才能在比赫延哈尔更高一点的地方买栋房子，低头望出窗外就可以看见他们，看见她。

他记忆中的哈利是个巨人，但实际上看起来小了一号，也更丑一点。苍白、丑陋、肮脏、疲惫、认命、茫然。他心想这差事会比他预期的还要简单。因此当哈利低声叫他避开门边时，他的第一个反应是恼怒。一切看起来都那么顺利，这家伙竟然还想玩把戏？但他的第二个反应是，哈利用的是警察之间的说话口吻，每当警察处于危急状态就会用这种口气说话，不带额外情绪、没有添油加醋，只是中立且清晰地陈述事实，把误会的概率降到最低，将生还的概率拉到最高。

于是楚斯几乎不假思索，立刻避到一旁。

就在此时，门板上半部被轰入房内。

楚斯转身时下意识地在脑子里计算：要在这么近距离造成这么大范围的破坏，枪管一定被锯短了。他的手已伸进外套。倘若肩套置于传统位置而且没穿外套，他的拔枪速度可以更快，因为枪柄是突出来的。

房门“砰”的一声被整个轰开，楚斯向后倒到床上时已拔出枪来，扬起手臂指向前方。他听见后方传来玻璃碎裂声，整个房间又被接踵而来的轰然巨响给淹没了。

巨响灌入他耳中，房里宛如刮起一场暴风雪。

漫天飞舞的雪花中，可以看见门口有两名男子站立的身影。较高的男子举起了枪，他的头几乎碰到门框，身高远超过两米。楚斯开枪射击，接着又开了一枪，感觉美妙的后坐力传来，也尝到了真枪实弹交战的美妙滋味——至于后果，管他呢。高个子身子一晃，似乎先甩了一下刘海才后退消失踪影。楚斯移动手枪和目光。另一名男子站在原地动也不动，白羽毛在他周围飘飞。男子的身影进入楚斯的视线，但他没有开枪，现在他把男子看得更清楚了。男子有张狼脸。这种面孔总让他联想到萨米人、芬兰人和俄罗斯人。

男子冷静地举着枪，手指扣在扳机上。

“放轻松，班森。”他用英语说。

楚斯发出长长的怒吼声。

哈利扑倒在地。

他把头压低，缩起身体，往后移动。这时霰弹枪射出的第一批子弹从他头上飞过。他退到记忆中窗户的位置，感觉窗框几乎弯折。接着窗户似乎猛然记起自己是由玻璃构成的，放弃了坚持。

然后他就成了自由落体。

时间生生地停住了，他觉得自己像是在水中往下坠落，双手和双臂出于条件反射而缓缓拍动，要阻止身体往后翻倒。断断续续的思绪在他的大脑神经元之间反弹：

他会头朝下掉落地面，摔断脖子。

幸好窗帘被拆了下来。

对面窗户里的裸体女子是颠倒的。

他的身体被柔软之物承接。周围尽是空纸箱、旧报纸、脏尿布、牛奶盒、昨天旅馆厨房丢弃的面包、湿的咖啡滤纸。

他背朝下躺在打开的垃圾箱里，玻璃碎片如细雨般落下。上方窗户出现宛如相机闪光灯的亮光。那是枪口发出的火光，但却静得十分诡异，仿佛发出亮光、调到静音的电视。他感觉缠在脖子上的胶带被扯开，鲜血流了出来。有那么一瞬间他只想躺在原地，闭上眼睛，进入睡梦中飘浮而去。他似乎是看着自己坐起身子，跳出垃圾箱，奋力奔向院子尽头，打开栅门。耳中听见狂暴的长声怒吼从窗边传到街上。他在一处井盖上滑了一跤，又设法站起。一个身穿紧身牛仔裤的黑人女子下意识地对他微笑，噘起嘴唇，接着才看清楚状况，移开视线。

哈利拔腿狂奔。

他决定这次他只要往前跑。

跑到无路可跑。

跑到一切结束，被他们逮住。

他希望结束的那一刻不会拖太久才来。

现下他只是做出遭到猎杀的猎物的本能反应：逃跑，努力逃命，努力再存活几小时、几分钟、几秒钟。

他的心脏像是在抗议般猛烈跳动。他开始大笑，从一辆夜间巴士前方穿越马路，朝奥斯陆中央车站奔去。

34

哈利醒了过来，发现自己在一个上了锁的房间里，正上方的墙壁上挂着一张海报，里头是个骨瘦如柴的人体。海报旁边是个雕工精细的木刻品，刻的是一个男人挂在十字架上，流血致死。木刻品旁边是一个又一个的药柜。

他在沙发上翻身，想回到昨天完结的地方，把整个局势看清楚。目前他掌握了很多的“点”，但却还没办法把这些点连起来，更别说这些点暂时都还只是假设而已。

假设一：楚斯·班森是烧毁者，他在欧克林的职位正好适合替迪拜效力。

假设二：贝雅特在DNA数据库里发现符合的人是班森，这就是为什么她不肯松口，除非百分之百确定。古斯托指甲底下的血迹样本竟然指向警方自己人。倘若正确无误，那么古斯托用手去抓楚斯的那天，就是他遇害的那天。

但接下来就是令人纳闷的部分。倘若楚斯真的替迪拜工作，并接到命令要送哈利“上路”，那么那两个宛如《福禄双霸天》电影主角的男子为什么会出现，还跟楚斯自相残杀？如果他们是迪拜的手下，为什么会和烧毁者兵戎相见？他们不是同一阵线的吗？或者那只不过是一场计划不良的行动？或者根本没有计划这回事，说不定楚斯是擅自行动，意图制止哈利把在古斯托坟墓里发现的证据送出去，进而暴露他的身份？

门外传来钥匙的碰撞声，房门打开。

“早安，”玛蒂娜的声音宛如鸟儿的啁啾声，“感觉怎么样啊？”

“好多了，”哈利没说实话。他看了看表，六点钟。他掀开被子，双脚一晃站到地上。

“我们的医务室平常是不让人过夜的，”玛蒂娜说，“躺下来吧，我替你的脖子换新绷带。”

“昨天晚上谢谢你收留我，”哈利说，“但我说过，窝藏我是有危险的，所以我想我该走了。”

“躺下来！”

哈利看着她，叹了口气，乖乖听话。他闭上眼睛，听见玛蒂娜打开和关上抽屉的声音、剪刀在玻璃上发出的当啷声、楼下的灯塔餐厅拥进第一批客人来吃早餐的声音。

玛蒂娜解开她昨晚包上的绷带。哈利打电话给贝雅特，却被转入语音信箱，简短的语音告诉他请长话短说，哔。

“我已经知道那个血迹样本的主人是一个前克里波警探，”哈利说，“就算今天病理组确认了这件事，你也先不要告诉任何人，现在光凭这个还不足以申请逮捕令，如果我们打草惊蛇，他可能会烧了全部案宗，逃之夭夭。所以我们应该用别的名义逮捕他，好安心进行调查工作，那个名义就是他曾经闯入亚纳布区的摩托帮俱乐部。如果我没搞错的话，这个人是欧雷克的共犯，欧雷克也愿意出面做证。楚斯·班森现在是欧克林的人，我想请你传真一张他的照片去汉斯·克里斯蒂安·西蒙森的办公室，请他把照片拿去给欧雷克指认。”

哈利结束通话，深深吸了口气，突然觉得想吐，这感觉十分强烈，他不由得别过头去，感觉胃里的东西一路往上涌。

“痛不痛？”玛蒂娜问道，拿沾了酒精的棉花沿着哈利脖子和下巴上的伤口擦拭。

哈利摇了摇头，朝那瓶打开的酒精点了点头。

“对，”玛蒂娜说，旋起瓶盖。“难道永远都戒不掉吗？”她低声说。

“什么？”哈利用嘶哑的声音说。

她没有回答。

哈利的视线在医务室里飘来飘去，想找个东西让自己分心，让头脑可以集中注意力，什么东西都好。他的视线找到一只金戒指。玛蒂娜在照料他的伤口前，先把这只金戒指除下来，放在沙发上。她和里卡尔已经结婚好几年了，戒指上有许多缺角和刮痕，不再像挪威电信的托西森的戒指那样崭新亮丽。哈利突然觉得身体发冷、头皮发痒。当然这可能只是汗水造成的。

“那是纯金的吗？”哈利问道。

玛蒂娜开始绕上新的绷带：“那是婚戒，哈利。”

“所以呢？”

“所以它当然是纯金的啊。人就算再怎么穷，婚戒也不会买非纯金的。”

哈利点了点头。他的头皮痒了又痒，颈背汗毛直竖。“我就买了非纯金的。”他说。

玛蒂娜大笑：“那全世界只有你一个人会做这种事，哈利。”

哈利看着那只戒指。玛蒂娜的这句话仿佛正中红心。“才怪，全世界才不是只有我一个人……”他缓缓说道，颈背竖起汗毛。绝对错不了。

“嘿，等一下……我还没弄完！”

“可以了。”哈利说，已经坐了起来。

“那起码你应该换套干净的衣服，你浑身都是垃圾味、汗臭味和血腥味。”

“蒙古人在大战之前，都会把动物的排泄物涂在身上。”哈利说，扣上衬衫扣子，“如果你想给我什么东西的话，一杯咖啡就可以了……”

玛蒂娜用认命的眼神看了他一眼，走出房门下楼，不住摇头。

哈利赶紧拿起手机。

“喂？”克劳斯·托西森的声音听起来像僵尸，背景里的儿童尖叫声可能是主因。

“我是哈利·霍勒,如果你帮我这个忙,我以后再也不会来烦你,托西森。我想请你帮我查几个基站，我想知道七月十二日晚上楚斯·班森去过的所有地方，他住在曼格鲁区的某个地方。”

“我们没办法那么精准定位或画出……”

“每分钟的移动路线，我知道，你只要尽力就好。”

一阵静默。

“就这样？”

“不是，还有一个名字。”哈利闭上眼睛，努力回想镭医院的名牌，喃喃自语片刻，然后对着手机大声且清楚地说出一个名字。

“记下来了。对了，你说‘再也不会’的意思是……？”

“就是再也不会。”

“了解，”托西森说，“还有一件事。”

“什么事？”

“昨天警方来问你的手机号码，可是你名下没有。”

“我有一个未登记的中国手机号码。”

“他们好像想追踪你，发生了什么事？”

“你真的想知道吗，托西森？”

托西森沉默片刻，说：“不想，有发现我再打给你。”

哈利结束通话，心下盘算自己有什么选择。警方想追踪他，就算他们找不到登记在他名下的电话，还是可以把线索拼凑起来，只要调出萝凯的通话记录，就会发现上面出现他的中国手机号码。手机会暴露他的行踪，他得把手机处理掉才行。

玛蒂娜端了杯热腾腾的咖啡回来，哈利啜饮两大口，直接问可不可以借她的手机用几天。

她用单纯直接的眼神端详着哈利，然后说好，只要他全盘考虑过就行。

哈利点点头，接过她的红色小手机，吻了一下她的脸颊，端着咖啡去楼下餐厅。餐厅里已有五张桌子坐了人，待会儿还会有更多衣衫褴褛的早起游民前来。哈利找了张空桌坐下，匆匆键入中国手机里的联系人号码，发送短信通知亲友说他暂时更换号码。

毒虫跟其他人一样难以理解，但有一点他们很容易被料到，因此当哈利把他的中国手机留在桌上，起身去上洗手间时，心里清楚地知道这样做会导致什么结果。他回来时，手机已不在原地，它已踏上一段旅程，警方将会通过基站的信号在城里追着它到处跑。

哈利自己则走出灯塔餐厅，踏上德扬街，朝格兰区走去。

一辆警车开上山坡，朝他的方向驶来，他立刻低头拿出玛蒂娜的手机假装在讲电话，遮住大部分的脸。

警车从他身旁驶过。接下来这几个小时他都得保持低调才行。

更重要的是他心中雪亮，知道该从何处开始着手。

楚斯躺在层层叠叠的云杉树丛下。

他的脑子整个晚上都在重复播放同一段影像：狼脸小心翼翼地退开，说："放轻松。"仿佛是对停战的祈祷。他们拿枪指着彼此。狼脸。旧城区墓园外的轿车司机。迪拜的手下。狼脸弯腰扶起被楚斯开枪射中的大块头，放低手枪。他以前一定当过军人或警察，反正他身上散发出一种什么狗屁荣誉感之类的味道。这时大块头呻吟了一声。他还活着。楚斯既松了口气，又觉得可惜。但他没干涉狼脸的动作，让他扶起大块头，摇摇晃晃地沿着走廊往后门走去。大块头的鞋子里因为积了血而吱吱作响。他们一出去，楚斯立刻戴上全罩式头套奔出房门，经过前台，跑到萨博轿车上，直接把车开到这里，而不是回家，因为这里是个隐秘又安全的地方。在这里没人看得见他，只有他才知道这个地方，每当他想看她就会来这里。

这地方位于曼格鲁区，是个很受欢迎的健行区，但健行者只会走在固定的路径上，不会来到这块岩石附近，况且周围都被浓密的矮树丛给包围了。

米凯和乌拉的房子曾矗立在岩石对面的山脊上，从这里可以清楚地看见客厅的窗户，有无数个夜晚他看见她坐在客厅里。她只是坐在沙发上，多年来她的美丽脸庞和优雅体态几乎没什么改变。她依然是乌拉，曼格鲁区最美丽的女人。有时米凯也在客厅，楚斯看过他们亲吻爱抚，但什么事都还没发生他们就进卧室去了。反正他也不想继续看下去。他最喜欢看她拿本书独自坐在沙发上，屈起膝盖。有时她会朝窗外看一眼，仿佛知道自己正被人观看。这种时候他总是会兴奋起来，觉得她可能知道他在窗外某个地方。

但这时客厅窗户黑沉沉的。他们已经搬走了。她已经搬走了。新房子附近没有安全的瞭望地点。反正现在他可能也不需要这样一个地点了，他可能什么都不需要了。他已经成为被追杀的目标。

他们故意叫他在午夜的时候去莱昂旅馆找哈利，再发动攻击。

他们想除掉他，想烧了烧毁者。可是为什么？因为他知道太多吗？但他是烧毁者不是吗？烧毁者本来就会知道很多，这点毋庸置疑。他无法了解。管他呢！原因是什么不重要，最重要的是保住性命。

他又冷又累，全身酸痛到骨子里，但他不敢回家，要等到天亮，等到他确认一切安全才行。只要能回到家里，他就有足够火力禁得起围攻。他应该趁他有机会的时候把那两个人都当场击毙才对。反正如果他们敢再来犯，妈的他会让他们知道楚斯·班森可不是那么好惹的。

楚斯站了起来，拂去身上的针叶，用双臂拍打胸膛，又看了那栋房子一眼。黎明即将来临。他想起其他的乌拉，例如灯塔餐厅那个黑发的娇小女子。玛蒂娜。事实上他想过自己钓得到她。她常跟危险人物混在一起，而他是可以保护她的人。但她对他视若无睹。一如往常，他没有胆量上前表白，在遭到拒绝后了却一桩心事。最好还是怀着希望继续等待，拖一天是一天，折磨自己，寻找可能的鼓励，不让自己太过绝望，只去看这个世界释放出的善意。然后有一天，他无意中听见有人跟玛蒂娜说话，才知道原来她怀孕了。妈的，贱婊子。这些女人全都是婊子。帮古斯托·韩森把风的那个少女也一样。婊子，婊子，婊子。他恨这些女人，也恨懂得如何让这些女人爱上的男人。

他上下跳跃，用手臂拍打全身，却知道即使这样做也暖和不起来。

哈利回到夸拉土恩区，在波斯特餐馆找个位子坐下。这家餐馆最早开门，比施罗德酒馆整整早四个小时。他必须排在渴求啤酒的客人后头，买一些可充当早餐的食物。

第一通电话打给萝凯，他问她有没有去欧雷克的电子邮箱收信。

“有几封信是贝尔曼发来的，”她说，“看起来像是一长串地址。”

“好，”哈利说，“把信转发给贝雅特·隆恩。”他把贝雅特的电子邮箱给了萝凯。

接着他给贝雅特发了短信，说地址清单已经发过去了，这才把早餐吃完。然后他前往大广场的雅斯吉里餐厅，服务生端上一杯滤煮得宜的咖啡。贝雅特终于打电话过来。

“我已经把我从巡警那里直接拿来的清单复印件跟你发来的清单比对过了，这清单到底是怎么回事？”

“我发给你的那一份是贝尔曼从巡警那里拿到以后发来给我的，我想看看两者是不是相符，还是被篡改过。”

“原来如此。我拿到的那些地址都在你发给我的清单上。”

“嗯，”哈利说，“不是有一辆警车的清单你没拿到吗？”

“这到底是怎么回事，哈利？”

“我只是要让烧毁者帮我们一个忙。”

“帮什么忙？”

“指出迪拜住在哪栋房子里。”

“我来想想办法，看能不能拿到最后一张清单。”贝雅特说。

“谢谢，晚点再联络。”

“等一下。”

“怎么了？”

“难道你没兴趣知道古斯托指甲底下血迹样本的完整 DNA 图谱？”

35

那时正值盛夏，我是奥斯陆之王。我用伊莲娜换来半公斤小提琴，去街上卖掉一半，赚来的钱原本要拿来干一番大事业，建立一个新的贩毒网，把老头子踢出市场。但首先我们必须庆祝。我花了点钱替自己添置了一套西装，好搭配伊莎贝尔·斯科延送我的皮鞋。我看起来简直就是百万富翁，但我走进富丽酒店要一间客房时，他们竟然连眉毛都没抬一下。我们在富丽酒店住了下来。我们是二十四小时的派对动物。至于“我们”都有谁则每日不同，那时正值奥斯陆的盛夏，现场有女人也有小伙子，就跟美好的旧日时光一样，只不过用药量稍微重一点而已。就连欧雷克也开心起来，暂时恢复昔日的神采。原来我的朋友比我想象中还多，小提琴的消耗速度快得令我难以置信。我们被踢出富丽酒店之后，转往克里斯蒂酒店，后来又搬到霍勒伯广场的瑞迪森酒店。

当然这种生活不能永远持续下去，但又有什么是永恒的呢？

有一两次我走出酒店时看见马路对面停着一辆黑色轿车，当然车上有可能是任何人，但那辆车就是停在那里不走。

终于那一天来临，钱花光了，我得卖更多小提琴才行。我把小提琴藏在楼下杂物间的天花板上，放在一堆电线旁边，结果却发现那些货竟然不翼而飞。我没有别的存货了。如果不是我在嗨的时候说溜了嘴，就是有人看见了我去杂物间。

我们又回到了原点。只不过这次没有“我们”了。到了该退房的时候，还要打今天的第一管小提琴，这次得去街上买。当我准备结清两个多礼拜的房钱时，才发现身上没有一万五千克朗。

于是我做出最合理的行为。

逃跑。

直接穿越大厅，跑到街上，穿过公园，朝大海的方向跑去。没有人追上来。

我溜达到夸拉土恩区买药，但放眼望去，一个穿阿森纳队球衣的人都没有，只看见眼神空洞、身心麻木的毒虫拖着脚步四处寻找药头。我跟一个想卖我甲安的家伙聊了一下，他说已经好几天没有小提琴了，货源好像断了，但有传言说有些药头在布拉达广场兜售最后几包小提琴，要价五千克朗，他们要拿这笔钱去进一周份的海洛因。

我身上当然没有五千克朗，所以我知道自己麻烦大了。我有三个选择：卖、骗、偷。

第一是卖。可是我还有什么可以卖？我连自己的妹妹都已经卖了。我突然想起那把敖德萨手枪，它放在排练室里，夸拉土恩区的巴基斯坦人一定愿意掏五千克朗来买一把具有连发功能的手枪。于是我往北走，经过歌剧院和奥斯陆中央车站。但排练室像是被人破门行窃过，门上换了新挂锁，功放也都不见了，只剩下鼓具。我四处寻找那把敖德萨手枪，却找不到，一定是被拿走了，操他妈的小贼。

第二是骗。我拦了一辆出租车，叫司机往西开到布林登区。我一上车，司机就一直念叨着叫我一定要付车钱，他还真会看人。我叫司机在铁路前的马路尽头停车，迅速跳下车，穿过天桥，甩掉了他。我穿过创新中心地铁站，不停地往前跑，尽管后头根本没人在追。我之所以奔跑是因为我得赶时间，至于为什么我自己也不知道。

我打开栅门，踏上碎石路，奔到车库前，从百叶窗旁的缝隙往内看去。轿车停在里面。我敲了敲屋子大门。

安德烈来开门，他说老头子不在家。我指了指隔壁大宅，说老头子一定在那里，轿车还停在车库里。他又说了一次阿塔曼不在家。我说我需要钱。他说他无法帮我，我不应该再来这里。我说我需要小提琴，下不为例。他说现在小提琴缺货，因为易卜生缺少某种原料，要等几个礼拜之后才会有货。我说到时候我就死了，我一定得拿到钱或小提琴才行。

安德烈正要把门关上，我把脚卡进门缝。

我说如果拿不到，我就跟别人说他住在这里。

安德烈看着我。

“你想找死吗？”他用滑稽的口音说，“还记得毕斯肯的下场吗？”

我伸出一只手，说条子一定会付我一大笔赏金，只要我去跟他们说迪拜和他的走狗住在哪里，再加上毕斯肯身上发生的事，又说如果我告诉条子那个卧底警察死在地下室的地板上，他们一定会付我更多赏金。

安德烈缓缓摇头。

接着我跟这个哥萨克浑蛋说：“Passhol v'chorte.”——我想这句俄语的意思是“去死吧”。然后转身离开。

我感觉到他的视线一直跟着我离开栅门。

我不知道老头子为什么肯放过我偷毒品的事，但我知道这件事我绝对逃不了。反正我不在乎。我已经走投无路了，听见的只是全身血管的饥渴喊叫。

我走到维斯雅克教堂后方的小路，站在那里看许多老太太来了又走。那些寡妇正在前往坟墓的路上，是丈夫的坟墓，也是她们自己的，手提包发出现金的呻吟。但我没胆下手。外号小偷的我竟然呆呆地站在那里，像头猪似的汗如雨下，被颤巍巍的八十岁老太太吓得半死。这真是让人想哭。

那天是星期六，我开始找朋友借钱，没花多久时间朋友就找遍了。没人愿意借。

这时我突然想到有个人如果识相的话，一定会借我钱。

我溜上一辆巴士，往东前进，回到河对岸比较高级的地段，在曼格鲁区下车。

这次楚斯·班森在家。

他站在公寓六楼的自家门口，听我发出最后通牒。我说的话跟先前我在布林登路说的大同小异。要是他不肯掏出五张大钞，我就去跟条子说他杀了图图，还埋了尸体。

班森表现得很冷静，请我进屋，说有话可以好好商量。

可是他眼神很怪。

所以我没让步，说没什么好商量的，他如果不吐出钱来，我就去告发他，赚取赏金。他说警方才不会付赏金给告发警察的人，还说五千克朗没问题，我们那么有交情，几乎算得上哥们，又说家里没那么多现金，我们得开车去取款机取钱，车子就停在楼下车库。

我想了一会儿。警钟在我脑子里响起，但毒瘾简直像一场他妈的噩梦，蒙蔽了所有理性的想法。即使我不认为这是个好主意，还是点了点头。

“你拿到最后结果了？”哈利说着，扫视餐厅里的客人。没有可疑人士。也就是说，可疑人士很多，但没人看起来像警察。

“对。”贝雅特说。

哈利把手机换到另一只手上：“我想我已经知道古斯托抓过谁。”

“哦？”贝雅特语带惊讶。

“对，DNA 数据库里的数据通常来自嫌犯、被定罪的犯人和可能污染犯罪现场的警察，这次是来自第三者，他名叫楚斯·班森，是欧克林的警官。”

“你怎么知道是他的？”

“呃，这样说好了，我是从已经发生的事件归纳出来的。”

“好吧，”贝雅特说，“我不会去质疑你的推理过程。”

“谢谢。”哈利说。

“可是你错了。”贝雅特说。

“什么？”

“古斯托指甲底下的血迹样本不属于任何叫班森的人。”

楚斯·班森进去拿车钥匙。我站在他家门口，低头看着脚上的鞋子。这鞋真是他妈的太赞了，让我想起伊莎贝尔·斯科延。

她不像班森那么危险，而且她为我着迷。是吗？可能吧？

应该说不只着迷而已。

我趁班森还没出来，一次跳下七级楼梯，按下每层楼的电梯按钮。

我跳上地铁，前往奥斯陆中央车站。我想先打电话给她，但又改变主意。她可以在电话上数落我，但如果我以帅到不行的姿态出现，她可就狠不下心了。她固定来往的小男生周六不在，而且她一定在家，因为马和猪可不懂得怎么去冰箱找食物吃。我在奥斯陆中央车站钻进东福尔线的季票车厢，因为前往吕格市的票要一百多克朗，我身上没那么多钱。我从车站步行到农场。这是一种手法，尤其是在雨中。天空已开始飘雨。

我走进农场，看见她的车停在那里，那是一辆四驱越野车，人们总喜欢开这种车在路上横冲直撞。我敲了敲农场的门，但没人应门。我高声喊叫，声音在四壁间回绕，依然没人响应。她很可能骑马出去了。没关系，我知道她把现金放在哪里，而且乡下人家现在依然不锁门。我压下门把。没错，门没锁。

我朝卧室走去，突然她出现在我面前，身形高大，穿着睡袍，双脚分开站在楼梯上。

“你来这里干吗，古斯托？”

“我想见你啊。”我说，露出笑容，灿烂的笑容。

“你得去看牙医。”她冷冷地说。

我明白她的意思，我牙齿上有褐色斑点，看起来有点腐烂，但那没什么，刷刷牙就好了。

“你来这里干吗？”她又说一次，“要钱吗？”

伊莎贝尔跟我就是有这个共同点，我们都有话直说。

“五张大钞？”我说。

“不行，古斯托，我们已经结束了。要我开车载你回车站吗？”

“别这样，伊莎贝尔，那要不要干一炮？”

“嘘！”

过了片刻我才醒悟过来，显然我有点迟钝，都是该死的毒瘾害的。大白天她妆容完整地站在那里，却穿着睡袍。

“你在等人吗？”我问道。

她没回答。

“有了新炮友？”

“谁叫你哪儿都找不到人，古斯托。”

“现在我不是回来了吗？”我说。我一把抓住她手腕，她随即一个重心不稳，被我拉近身边。

“你全身都湿了。”她说，作势挣扎，但只是希望我抱得更紧一点而已。

“外面在下雨呀，”我说，轻咬她的耳垂，“那你有什么借口呢？”我已把手伸进她的睡袍底下。

“你臭死了，放开我！”

我用手抚摸她修过毛的私处，找到了缝口。她已经湿了，而且湿答答的。我的两根手指一下子就插了进去。太湿了。我摸到某种黏稠的东西，缩手一看，看见手指上沾了黏滑的白色物质。我惊讶地看着她。她露出胜利的笑容，倚着我的身体，轻声说："我刚刚说了，谁叫你哪儿都找不到人……"

我怒火中烧，扬手要甩她巴掌，但她一把抓住我的手，挡了下来。这贱人还真孔武有力。

"你走吧，古斯托。"

我觉得眼睛里有东西，要不是我清楚原因，会说那是眼泪。

"五千就好。"我用低沉的声音耳语道。

"不行，"她说，"这样你会一直回来要，我不能让这种事发生。"

"你这贱人！"我吼道，"你是不是忘了什么？把钱吐出来，不然我就把你的底细全都抖出来，去跟记者爆料，我指的可不是我们干炮的事，而是净化奥斯陆这整个阴谋都是你和老头子一手策划的。妈的虚伪的社会主义者，贩毒跟政治根本就是一丘之貉。你想《世界之路报》会出多少钱买这条新闻？"

我听见卧室门打开了。

"奉劝你快跑。"伊莎贝尔说。

我听见她背后的漆黑中传来地板的咯吱声。

我想跑，我真的想跑，可是我无法移动。

咯吱声越来越近。

我想象他脸上的斑纹在黑暗中亮起来。炮友。虎小子。

他咳了一声。

然后他踏进光亮之中。

他帅得要命，即使现在我受了重伤，还是可以再度想起那种感觉，那种想把手放在他胸膛上的冲动，想用指尖去抚触他肌肤上被阳光晒得暖暖的汗水，感受他因为我的放肆举动而肌肉绷紧。

"你说谁？"哈利说。

贝雅特咳了一声，又说一次："米凯·贝尔曼。"

"贝尔曼？"

"对。"

"古斯托遇害的时候，指甲底下有米凯·贝尔曼的血迹？"

"看来是这样。"

哈利靠上椅背。这个事实改变了一切。这是真的吗？古斯托指甲里有米凯的血迹不一定跟命案有关，但一定跟某件事有关，而这件事是米凯想隐藏的。

"出去。"米凯说，话声不大，因为不需要太大。

"原来是你？"我说，"我一直以为她雇用的是楚斯·班森。你真聪明啊，伊莎贝尔，找来了更高层的人士。你们有什么计谋？班森是不是只是你的奴隶，米凯？"

我像是爱抚般说出他的名字，毕竟那天我们是这样对彼此自我介绍的，古斯托和米凯，仿佛是两个男孩、两个玩伴。我看见我说的话像是在他眼眸深处点燃了一把火，他的双眼喷出怒火。米凯一丝不挂，也许因为这样我才认为他不会出手。但他快如闪电，一眨眼已扑了上来，出手把我的头夹在腋下。

"放开我！"

他把我拉上楼梯，我的鼻子被夹在他的胸膛和腋窝之间，可以闻到两者的气味。这时我的脑际闪过一个念头：既然他要我出去，干吗要把我拖上楼？我无法挣脱，只好把指甲插入他的胸膛，有如爪子般往我的方向拉，感觉一根手指的指甲抓到他的乳头。他咒骂一声，放开了手。我挣脱开来，纵身一跃，落在楼梯中段，但仍稳稳站立。我立刻朝玄关冲去，顺手抄起伊莎贝尔的车钥匙，奔进院子。她的车当然也没锁。我放开手刹，轮胎高速转动，溅起碎石。我从后视镜中看见米凯奔出门口，手上拿着一样闪闪发光的东西。接着轮胎咬入地面，我的身体往后抵在座椅上，车子疾速穿越院子，驶上马路。

“楚斯·班森是贝尔曼一起带去欧克林的，”哈利说，“班森会不会是奉贝尔曼的指示去执行烧毁者的工作？”

“你应该知道我们现在在讨论的是什么吧，哈利？”

“我知道，”哈利说，“从现在开始，你不要再跟这件案子扯上关系，贝雅特。”

“妈的，那你就阻挡我看看啊！”手机发出吱吱啦啦声，哈利不记得听贝雅特这样骂过粗话，“我也是警察，哈利，我可不想让班森这种人败坏警察风纪。”

“好，”哈利说，“可是我们先别忙着下结论，现在我们手上的证据只能证明贝尔曼见过古斯托，连楚斯·班森涉案的直接证据都还没找到。”

“所以你有什么打算？”

“我要从别的地方着手，如果事情如我所愿，那其他线索就会像多米诺骨牌一样连锁倒塌，问题是我必须维持自由之身，才能执行这个计划。”

“你是说你有计划？”

“我当然有计划。”

“是好计划吗？”

“我可没这样说。”

“不过还是有计划？”

“当然。”

“你在吹牛对不对？”

“我是在大吹牛皮。”

我驾车高速驶上E18公路，返回奥斯陆，这才发现自己惹上什么大麻烦。

贝尔曼想把我拖上楼，拉进卧室。他追出来的时候手上拿的那把枪就放在卧室里。妈的他想杀人灭口。这表示他惹上的麻烦也很大。那么现在他会怎么做？当然是逮捕我，罪名可以是偷车、贩毒、住霸王酒店，任君挑选。在我把秘密泄露出去前，把我关进监狱。一旦我进了监狱，接下来会发生什么事可想而知：他们可以安排我自杀，或安排其他犯人把我打死。所以现在我最愚蠢的举动就是开着这辆车到处跑，因为警方可能已经锁定了这辆车。我踩下油门。我要去的地方位于东区，可以避免穿过市区。我把车开上山坡，朝安静的住宅区前进，在一段距离外停车，下车步行。

太阳再度露脸，人们外出走动，有人推着婴儿车，野餐篮挂在把手上，他们对着太阳微笑，仿佛阳光就是幸福的来源。

我把车钥匙扔在院子里，爬上公寓，找到名牌，按下门铃。

"是我。"我说，对方终于有了响应。

"我有点忙。"对讲机传出话声。

"我有点毒瘾。"我说。这是句玩笑话，但我已感觉到它带来的冲击。有时我会问客人是不是有毒瘾问题，要不要试试小提琴。欧雷克觉得很有趣，总是哈哈大笑。

"你想干吗？"那声音问道。

"我想要点小提琴。"

我口中说出客人常说的台词。

一阵静默。

"我没有，用完了，没有基料可以再做。"

"基料？"

"左啡诺基料，要不要把配方也给你？"

我知道他说的是实话，但他一定还有一些小提琴，一定有。我思索片刻。我不能去排练室，他们可能会在那里等我。欧雷克。大好人欧雷克一定会让我进去。

“我给你两个小时，易卜生，两小时后如果你不带一克小提琴去黑斯默街，我就直接去找条子把所有的事情都抖出来，反正我已经没什么好损失的了。听清楚了吗？黑斯默街九十二号。你直接进去，上三楼。”

我想象他脸上的表情，肯定吓得冷汗直冒。这个老变态。

“好。”他说。

事情就是要这样干，就是要让他们明白事情的严重性才行。

哈利喝完剩下的咖啡，望着街道。该动起来了。

他穿越青年广场，前往市场街的烤肉串店，这时他接到一个电话。

是托西森打来的。

“好消息。”他说。

“哦，是吗？”

“在你说的那段时间里，楚斯·班森的手机信号被奥斯陆市区的四个基站收到，这显示他的位置跟黑斯默街九十二号是在同一个地区。”

“这个‘地区’的范围有多大？”

“呃，这个地区是六角形的，直径八百米。”

“好，”哈利说，吸收这个信息，“那另一个家伙呢？”

“我找不到任何登记在他名下的电话，可是他有一部登记在镭医院名下的公司手机。”

“然后呢？”

“然后我刚刚说过了，有好消息，这部手机在同一时间也出现在同一个地区。”

“嗯，”哈利开门而入，经过三张坐了客人的桌子，在柜台前停下脚步，柜台上展示着几串色泽光亮得很不自然的烤肉，“你有他的地址吗？”

托西森念出地址，哈利记在纸巾上。

“这个地址有没有另一部电话？”

“什么意思？”

“我是在想他有没有老婆或伴侣。”

哈利听见托西森敲击键盘的声音，接着他回答说：“没有，这个地址没有别的电话。”

“谢谢你。”

“所以我们已经说好喽？我们不会再联络了？”

“对，不过还有最后一件事：我要你去查米凯·贝尔曼，看他最近这几个月跟谁通过电话，七月十二日晚上人在哪里。”

托西森哈哈大笑：“你是说欧克林的处长？门都没有！搜索低级警官我还可以想办法隐瞒或解释，可是你要我做的事等于是要害我直接被炒鱿鱼。”他又笑了几声，仿佛这件事纯粹是个玩笑。“我想你应该会守信用吧，霍勒。”

通话结束。

出租车抵达餐巾上的地址，一名男子已在门口等候。

哈利下车走到男子面前：“你就是管理员奥拉·克凡伯格？”

男子点了点头。

“我是霍勒警监，刚刚那个电话就是我打的。”哈利看见管理员看了一眼等在原地的出租车，“警车不够的时候我们会搭出租车。”

奥拉看了看哈利出示的证件：“我没发现有人闯入的迹象。”

“可是有人报案，所以我们得去查看。你有万能钥匙对不对？”

奥拉点了点头，用钥匙打开大门。哈利细看门铃上的名字："目击者说他看见有人爬上阳台，闯进三楼。"

"是谁报的案？"奥拉爬上楼梯说。

"这必须保密，克凡伯格。"

"你裤子上沾了东西。"

"那是烤肉酱，我一直想要把它擦干净。你能把门打开吗？"

"你是说那个药剂师的家？"

"哦，他是药剂师？"

"他在镭医院上班，我们进门前是不是应该先打电话给他的办公室？"

"如果你不介意的话，我想先查看窃贼是不是还在里面，这样才能逮住他。"

管理员咕哝着说了声抱歉，赶紧打开门。

哈利走进这户公寓。

这里显然住着一个单身汉，而且很爱整洁。古典乐 CD 依照字母顺序排在 CD 架上。有关化学和制药的科学期刊堆得老高，但很整齐。书架上放着一个相框，照片里是两个大人和一个小男孩。哈利认得那个小男孩，他身子弯向一边，绷着脸，十二三岁。管理员站在门口，注视着哈利的一举一动。哈利为了做样子，先去查看阳台门，再逐个房间搜查，打开抽屉和柜子，但没发现任何有用的线索。

每当碰到这种情况，有些警察同人会认为干净得太可疑。

但哈利见过这种事，有些人是没有秘密的，虽然这种人不常见，但还是存在。他听见管理员在他背后不耐烦地变换站姿。

"没有侵入迹象，也没有东西被偷走，"哈利说着，从管理员身旁走过，朝门口走去，"可能是虚惊一场。"

"原来如此，"管理员说着，锁上了门，"如果小偷还在里面，你会怎么做？把他带上出租车吗？”

“这样我们可能就会呼叫警车过来，”哈利微微一笑，拿起门边架子上的靴子看了看，“告诉我，这两只靴子的尺寸是不是很不一样？”

奥拉揉揉下巴，仔细打量哈利。

“对，可能吧，他有畸形足。我可以再看看你的证件吗？”

哈利把证件递给奥拉。

“这上面的有效日期……”

“出租车还在楼下等我，”哈利说，拿回证件，快步走下楼梯，“谢谢你的协助，克凡伯格！”

我前往黑斯默街那栋公寓，大门门锁果然没人修理，我直接上楼。欧雷克不在，屋里没人，全都焦虑地跑出去找毒品了。得找一管来打才行，得找一管来打才行。这里看起来就是住了很多毒虫的样子，但可想而知，屋里什么也没有，只有满地的空瓶、用过的针筒、沾血的纱布、空烟盒。妈的地上还有烧焦的痕迹。我坐在脏床垫上咒骂的时候，看见了那只老鼠。人们提到老鼠总是说“大老鼠”，但老鼠其实不大。好吧，当老鼠觉得受到威胁时会直立起来，使得它们看起来比较大，但是说真的，它们只是可怜的家伙，跟我们一样承受强大的压力。得找一管来打才行。

我听见教堂钟声传来，心中告诉自己易卜生一定会来。

他一定得来。可恶，我难受得要命。记得以前我们去上工时，站在那里等候的毒虫一看见我们出现都开心地移动过来，颤抖的手上拿着现金，央求我们把货卖给他们。如今这种事也发生在我身上，我渴望听见易卜生拖着脚步爬上楼梯，渴望看见他那张愚蠢的脸。

我像个白痴般一一打出手上的牌。我只是想打一管，如此而已，结果我的所作所为却只是让他们整票人都反过来对付我：老头子和他的哥萨克手下、楚斯·班森和他的钻子及疯狂的眼神、伊莎贝尔女王和她的处长炮友。

那只老鼠沿着踢脚线惊惶奔跑。我走投无路，把地毯和床垫全都翻起来看，在一张床垫下发现一张照片和一根铁丝。那是伊莲娜皱巴巴又褪色的证件照，所以我猜那是欧雷克的床垫。但我不明白那根铁丝是做什么用的，过了一会儿才慢慢想了出来。我顿时手心冒汗，心脏怦怦乱跳。毕竟，是我教欧雷克怎么建立藏毒处的。

36

汉斯·克里斯蒂安·西蒙森在观光客之间左右穿行，爬上由意大利白色大理石构成的斜坡，这座斜坡使得奥斯陆歌剧院看起来有如漂浮在峡湾尽头的冰山。他爬到屋顶顶端之后左右张望，看见哈利坐在墙边，独自一人，看起来像是在歌剧院欣赏峡湾景色的观光客，但哈利却坐在那里往陆地的方向看着丑陋的老市区。

汉斯在他旁边坐了下来。

“汉斯，”哈利说，头也没抬，正低头看着一个介绍小册子，“你知道这种大理石叫作卡拉拉大理石，这座歌剧院要花每位挪威公民超过两千克朗吗？”

“知道。”

“那你对《唐璜》有什么了解？”

“莫扎特谱曲的歌剧，共有两幕。故事是说一个骄傲自负的年轻浪子深信自己是上帝赐给男人和女人的礼物，他欺骗所有人，最后搞得每个人都对他深恶痛绝。他认为自己所向无敌，最后一尊神秘的石像出现，把他拖下了地狱。”

“嗯，过几天这里会有新版本的首演，这上面介绍说最后一场戏众人齐唱：‘这是恶人应有的结局！恶徒都以死亡为应得的结果。’你认为这是真的吗，汉斯？”

“我知道那不是真的。说来悲哀，死与生是平等的。”

“嗯。你知道有个警察在这里被冲上岸吗？”

“我知道。”

“你有什么不知道的吗？”

“是谁杀了古斯托·韩森？”

“哦，是神秘的石像啊。”哈利说，放下小册子，“你想知道凶手是谁吗？”

“难道你不想吗？”

“并不尽然。重点是证明谁不是凶手，只要能证明不是欧雷克就好了。”

“同意，”汉斯说，看着哈利，“但你这句话不符合我听说过的热血警探哈利·霍勒的风格。”

“也许人终究是会改变的，”哈利脸上掠过一丝微笑，“你跟你的检察官朋友确认过调查进度了吗？”

“警方还没公布你的姓名，但已经通报给所有的机场和出入境管理单位。这样说好了，现在你的护照已经没多大用处了。”

“看来我要去马略卡岛的计划泡汤了。”

“你明知道自己被通缉，还约在奥斯陆最热门的观光景点碰面？”

“这是个屡试不爽的道理，汉斯，最危险的地方就是最安全的地方。”

“我以为你觉得孤独比较安全。”

哈利拿出一包烟摇了摇，朝汉斯递去：“这是萝凯跟你说的？”

汉斯点了点头，拿了根烟。

“你们在一起多久了？”哈利苦笑道。

“有一阵子了。会不会痛？”

“你是说我的喉咙？可能有点发炎。”哈利替汉斯点燃香烟，“你爱她吧？”

哈利一看律师抽烟的姿势，就知道他从学生时代以来就没再抽过烟。

“是的。”

哈利点了点头。

“可是你无所不在，”汉斯吸着烟说，“阴影里、衣柜里、床底下都有你的踪迹。”

“听起来好像怪物。”哈利说。

“对啊，可以这么说。”汉斯说，“我试过要驱除你，可是失败了。”

“你不用整根烟都抽完，汉斯。”

“谢谢，”律师把烟丢了，“这次你有什么事要我去做？”

“闯空门。”哈利说。

夜幕低垂，他们准备出发。

汉斯驾车去基努拉卡区的波卡酒吧载哈利。

“这辆车很不错，”哈利说，“家庭车款。”

“我养过一只猎麋犬，”汉斯说，“打猎、小屋，你知道的。”

哈利点了点头：“好人家的生活。”

“结果它被麋鹿踩死，我安慰自己说这对猎麋犬而言应该算是死得其所，也可以说是因公殉职。”

哈利点了点头。车子开到瑞恩区，途经许多山坡弯道，来到奥斯陆东区景观最好的地区。

“就是这里，”哈利说，指了指一栋没亮灯的屋子，“你把车停好，头灯对着窗户。”

“我要不要……”

“不用，”哈利说，“你在车上等我，手机保持畅通，有人接近就打给我。”

哈利拿着一根撬棒，踏上屋子的碎石小径。这时是秋天，夜晚天气凉爽，风中带有苹果的芬芳。他突然觉得眼前情景似曾相识：以前他和爱斯坦曾偷偷溜进一户人家的院子，崔斯可在栅栏边把风，突然一个人影从黑暗中出现，摇摇晃晃地朝他们靠近，头戴印第安头饰，口中发出猪似的尖叫。

他按下门铃，静静等待。

无人应门。

但他觉得应该有人在家。

他拿撬棒嵌入门锁旁的缝隙，利用体重扳动。这扇木门又老又软又潮湿，门锁还是旧式的。他用另一只手把证件卡插进被扳弯的门闩里，再用力压。

门锁爆开。哈利悄悄入内，把门关上。他站在黑暗之中，屏住气息。他的手感觉到一根细丝，可能是残留的蜘蛛网。屋子里弥漫着潮湿荒废的气味，但空气中还带有一种味道，这味道有点刺鼻，类似疾病、医院、尿布和药剂的气味。

哈利按亮手电筒，看见一支没挂东西的衣帽架，然后继续往里面走。

客厅看起来像覆盖着一层尘埃，墙壁和家具都褪了色。手电筒光束在客厅里游移。突然光线照到一双眼睛产生反射，令哈利的心跳为之一停，过了片刻才又恢复。原来是一只猫头鹰的标本，跟客厅里其他东西一样灰扑扑的。

哈利再往屋子里走，判断这栋房子跟那个公寓一样，没什么不寻常之处。

直到他走进厨房，发现桌上放着两本护照和两张机票。

护照上的照片虽然是将近十年前拍的，但哈利仍认得出照片中的男子是他去镭医院时见过的。女子的护照则是全新的，照片中的她几乎让人认不出来，面色苍白，一头直发。机票是飞往曼谷的，出发时间是十天后。

哈利朝唯一一扇他还没打开的门走去。钥匙就插在门锁上，他把门打开。扑面而来的是他在玄关闻到的相同气味。他打开门内的电灯开关，一颗裸灯泡亮了起来，照亮通往地下室的楼梯。那种有人在家的感觉又出现了。或者该说是当哈利问米凯是否调查过马丁·普兰时，米凯回答的："哦，对，你的直觉。"如今哈利明白这种感觉误导了他。

哈利想走下楼梯，但有股力量让他无法迈出脚步。这地下室跟他小时候家里的地下室很像。那时母亲会叫他去拿马铃薯，马铃薯装在两个大袋子里，放在阴暗的地下室。哈利总是快跑下去，尽量不去东想西想，只想着他之所以跑那么快是因为很冷，因为家里急着要做菜，因为他喜欢跑步，跟那个在地下室等着他的"黄人"绝对没关系。那男人全身赤裸、面带微笑，长长的舌头在嘴巴里一伸一缩，嗞嗞作响。但这时让他无法迈出脚步的不是黄人，而是那场梦，雪崩在地下室走廊里奔涌而来的那场梦。

哈利把这些思绪压抑下去，踏下第一级楼梯。楼梯发出警告的嘎吱声。他强迫自己慢慢迈出脚步，撬棒依然抓在手中。来到楼梯尽头，他继续往前走。两侧都是储藏室。天花板上的一颗灯泡发出微弱光芒，照出影影绰绰的黑影。他发现每间储藏室都用挂锁锁着。怎么会有人把自家地下室的储藏室给锁起来?

哈利把撬棒尖端插进一扇门的铰链下方，吸了口气，心下害怕此举会发出巨大声响。他很快地往后一扳，铰链发出短促的爆裂声。他屏住气息，侧耳聆听。整栋房子似乎也屏住了呼吸。没听见任何声音。

他轻轻把门打开。那股气味钻进他的鼻孔。他的手指在门内摸到电灯开关，接着他就沐浴在日光灯的光线中。

这间储藏室比外面看起来还大。他认得里头的物品，这房间跟他在镭医院见过的实验室几乎一模一样，工作台上放着许多烧瓶和试管架。哈利打开一个大塑料盒的盖子，里头是掺杂了褐色颗粒的白色粉末。他舔湿食指，沾了些粉末抹在牙龈上。味道苦涩。这些粉末是小提琴。

这时哈利心头一惊。他听见了声音。他再度屏息。那声音又出现了，是有人吸鼻涕的声音。

哈利赶紧把灯关上，在黑暗中弓起身体，握紧撬棒准备攻击。

又是一声吸鼻涕的声音。

他等待几秒，随即迅速安静地迈出脚步，离开储藏室，循声而去。声音来自左侧储藏室。他把撬棒交到右手，蹑手蹑脚走到那间储藏室门前，门上有个小洞，上头覆盖着铁丝网，就跟记忆中他家的门一样，唯一的不同之处是这扇门以金属强化。

哈利拿起手电筒，做好准备，背抵门边墙壁，从三开始倒数，然后按亮手电筒，对着孔洞照去。

他静静等待。

三秒钟过去了，没人开枪，也没人朝光线冲来。他把头抵在铁丝网上，朝里头望去。光线在砖墙上游移，照亮一条铁链，又照亮一张床垫，接着就找到了他要找的目标：一张脸。

她双眼紧闭，坐着动也不动，仿佛很习惯有人用手电筒照她。

“伊莲娜？”哈利试探地问。

这时他口袋里的手机发出振动。

37

我看了看表。我把整个公寓都翻遍了，还是没找到欧雷克的藏毒处。二十分钟前易卜生就应该到了才对。那个变态一定得付出代价！绑架和强暴会被判无期徒刑。那天伊莲娜抵达奥斯陆中央车站后，我带她去排练室，跟她说欧雷克在那里等她。当然了，在那里等她的不是欧雷克，而是易卜生。我替她注射毒品时，易卜生抓住她。我想起鲁弗斯，想起这样做是最好的选择。她立刻冷静下来，接着我们把她拖到易卜生车上。他答应我的半公斤小提琴就放在后备厢。你问我是否后悔？对，我后悔，我后悔没叫他给我一公斤！但我当然还是有些后悔，我不是完全没心肝的人。不过当我开始想“操，我不应该那样做的”时，我就告诉自己，易卜生会好好照顾她，他一定会用他的怪异方式去爱她。反正一切都已经太迟，现在最重要的就是拿到一些小提琴，恢复健康。

身体得不到它需要的，这对我来说可是破天荒。现在我才明白，我总是可以得到我想要的。如果将来不能这样，那我宁愿当场暴毙，死得年轻，死得漂亮，牙齿多少还保持完好。现在我知道，易卜生不会来了。我站在厨房窗前看着外面的街道，没看见那个跛脚怪胎的身影，也没看见欧雷克。

几乎每个人我都找过了，没找的只剩下最后一个人。

我已经避免联络这个人很久了。是的，因为我害怕。但我知道他在奥斯陆，他一发现伊莲娜失踪就赶紧跑来了。他就是我的养兄斯泰因。

我再度低头朝街上望去。

不要，我宁死也不要打给他。

时间一分一秒过去。易卜生不会来了。

操！我宁死也不要这么痛苦。

我又用力闭上眼睛，但虫子还是爬出了洞口，在眼皮底下四散，爬满我整张脸。

死占了下风。

结局正在等着我。

要打给他还是要死？

妈的，操！

手机发出振动，哈利关上手电筒，看见来电者是汉斯。

“有人来了，”汉斯的声音嘶哑焦虑，在哈利耳边低语，“他在栅门前停车，现在朝房子走去。”

“好，”哈利说，“放轻松，你看见什么动静再发短信给我，然后立刻撤退，如果你……”

“撤退？”汉斯听起来相当愤慨。

“如果你发现事情变得难以收拾的话立刻撤退，可以吗？”

“为什么我要……”

哈利挂掉电话，再次按亮手电筒，朝铁丝网照去：“伊莲娜？”

少女圆睁双眼，对着光线眨眼。

“听我说，我叫哈利，我是警察，我是来救你出去的，可是现在有人来了，如果他下来这里，你要假装什么都没发生过好吗？我保证很快就会带你离开这里，伊莲娜。”

“你有没有……”她咕哝着，哈利听不清楚后面那句话。

“我有没有什么？”

“你有没有……小提琴？”

哈利咬了咬牙：“你再撑一下。”他低声说。

他跑上楼梯，关上电灯，把门微微推开，往外看去。他可以清楚地看见前门。耳中听见外头的碎石径传来拖沓的脚步声，一只脚拖在另一只脚后头。畸形足。前门打开。

灯光亮起。

他进来了，身材又圆又胖。

他是斯蒂格·尼伯克。

镭医院的部门主管。他记得哈利是他学长，也认识崔斯可，手上戴着一只有黑色缺角的婚戒。他有一套单身公寓，里头找不到任何不寻常的地方。除此之外，他父母留下一栋房子给他，他没卖掉。

他把外套挂在衣帽架上，朝哈利的方向走来，伸出一只手。突然，他停下脚步，伸手在前方乱摸，眉头深深皱起，站在原地侧耳聆听。这时哈利恍然大悟，刚才他进门时摸到的那根他以为是蜘蛛网的丝线一定是别的东西，是某种斯蒂格刻意绑在玄关的隐形丝线，用来告知他屋子里是否来了不速之客。

斯蒂格用令人意外的速度移动，敏捷地来到柜子前，伸手拿出一个闪着金属亮光的东西。那是一把霰弹枪。

妈的，可恶。哈利痛恨霰弹枪。

斯蒂格拿出一盒子弹，盒子已开封。他拿出两枚红色子弹，夹在食指和中指之间。

哈利的脑子迅速转动，却想不出任何好办法，只好选择下下策。他拿出手机，按下按键。

按——喇——吧——登

可恶！按错了！

他听见斯蒂格打开弹膛的金属咔嗒声。

删除键在哪儿？删除“登”和“吧”，输入“叭”和“等”。

装填子弹的声音传来。

等——他——到

妈的按键这么小！快点！

枪管发出咔嗒一声扣回原位。

窗——编

又打错了！哈利听见斯蒂格拖曳的脚步声越来越近。时间不够。只能希望汉斯能发挥想象力了。

亮——灯

他按下发送键。

哈利看见斯蒂格把霰弹枪举到齐肩位置，这才发现这位药剂师已注意到地下室门微微开着。

就在此时，汽车喇叭声响起，声音响亮而急切。斯蒂格吓了一跳，朝面对马路的客厅望去，迟疑片刻，然后走进客厅。

喇叭再度响起，这次一直响着没有停。

哈利打开地下室的门，跟在斯蒂格背后，并未放轻脚步，因为他知道喇叭声会掩盖他的脚步声。他在客厅门前看见斯蒂格拉开窗帘，客厅瞬间被汉斯那辆车的刺目头灯照亮了。

哈利迈出四大步。斯蒂格举起一只手遮住光线，没看见也没听见哈利靠近。哈利伸出双臂，绕过斯蒂格的肩膀，双手抓住霰弹枪往后猛拉，卡在他肥滋滋的脖子上，同时双膝撞进斯蒂格的大腿后侧，逼迫他身子下坠，挣扎吸气。

汉斯一定是知道喇叭奏效，放开了手。但哈利继续施压，直到斯蒂格的动作越来越慢，失去力气，瘫软下来。

哈利知道斯蒂格失去了意识。脑部缺氧数分钟即会受损，若再持续缺氧，斯蒂格这位绑架犯兼小提琴制造者就会死亡。

哈利评估状况，数到三，一只手放开霰弹枪。斯蒂格一声不响地倒在地上。

哈利在椅子上坐下，气喘吁吁。血液中的肾上腺素浓度逐渐下降，下巴和脖子的疼痛也回来了。疼痛随时间流逝越来越剧烈。哈利试着不去理会，在手机上键入“O”和“K”，传给汉斯。

斯蒂格发出呻吟，像婴儿般蜷曲身体。

哈利搜查他全身，把他口袋里的东西都放在咖啡桌上，包括皮夹、手机、一瓶处方药片：捷赐瑞。哈利想起他爷爷也吃过这种药，这是治心脏病的药。他把药瓶放进外套口袋，用枪口指着斯蒂格的苍白额头，命令他爬起来。

斯蒂格看着哈利，张口欲言，又把话咽了回去，挣扎着站了起来，左右摇晃。

“我们要去哪里？”他问道。这时哈利轻轻推他，要他走进走廊。

“地下室。”哈利说。

斯蒂格的步伐依然不稳，哈利一手扶着他的肩膀，一手用枪抵着他的背，走下楼梯。两人在哈利发现伊莲娜的那扇门前停下脚步。

“你怎么知道是我？”

“因为那只戒指，”哈利说，“把门打开。”

斯蒂格从口袋拿出钥匙，打开挂锁。

进门之后他把灯打开。

伊莲娜移动了，她蜷缩在房间另一侧的角落，全身发抖，一边肩膀耸起，仿佛害怕有人会打她。她的脚踝上铐着脚镣，脚镣上的铁链延伸到天花板，钉在横梁上。

哈利注意到铁链的长度容许她四处移动，也容许她打开电灯。

是她自己喜欢黑暗。

“放了她，”哈利说，“然后把脚镣戴在自己脚上。”

斯蒂格咳了一声，举起双掌：“听着，哈利……”

哈利打了他，因为实在按捺不住而出手，耳中听见金属敲击肉体时发出死气沉沉的“砰”的一声，看见枪管在斯蒂格的鼻子上敲出红色痕迹。

“你再叫我名字一次，”哈利压低声音，听见自己口中挤出这几个字，“我就用这把枪把你的头轰到墙壁上。”

斯蒂格双手颤抖，打开伊莲娜的脚镣。伊莲娜只是瞪着虚空，全身僵硬，无动于衷，仿佛这一切都与她无关。

“伊莲娜，”哈利说，“伊莲娜？”

这时她似乎才回过神来，看着哈利。

“离开这里。”他说。

伊莲娜眯起眼睛，仿佛需要动用所有的注意力才能解读哈利说的话，理解话中的意思，然后才能行动。她从哈利身旁走过，用缓慢、僵硬、梦游般的步伐走进地下室的走廊。

斯蒂格在床垫上坐下，拉起裤管，想把窄小的脚镣铐在他肥大苍白的小腿上。

“我……”

“铐在手腕上。”哈利说。

斯蒂格照做。哈利拉了拉铁链，查看是否铐得够紧。

“把戒指拿下来给我。”

“为什么？这只是个便宜的……”

“因为那不是你的。”

斯蒂格取下戒指，交给哈利。

“我什么都不知道。”他说。

“不知道什么？”哈利问道。

“不知道你要问我的事，不知道迪拜的事。我只见过他两次，两次我都被蒙上眼睛带走，所以不知道他住哪里。他那两个俄罗斯手下一个礼拜来这里取货两次，可是我都不知道他们叫什么名字。听着，如果你要的是钱，我有……”

“就为了这个吗？”

“为了什么？”

“这一切都是为了钱吗？”

斯蒂格的眼睛眨了好几下，耸了耸肩。哈利静静等待。斯蒂格脸上掠过一丝疲惫的微笑：“你说呢，哈利？”

斯蒂格朝自己的腿比了比。

哈利没有搭话。他不确定自己是不是想听答案，但也许他已经明白事情的来龙去脉。两个同样在奥普索乡长大的小孩，条件大约相当，却只因为一个天生缺陷而命运截然不同。几根骨头长错了方向，使得脚往内弯，形成了马蹄内翻足。这名称源自畸形足的人走路时很像马踮着脚走路。这缺陷让人在生命起跑点有了稍微糟糕的开始，为此你会设法弥补，或者不会。这表示你必须更努力才能成为受欢迎的人，满足别人的期待，成为班级代表，成为拥有酷朋友的酷家伙，拥有坐在窗边那排的女生。她的笑容让你的一颗心仿佛就要爆炸，尽管她其实并不是对你笑。斯蒂格一跛一跛地走过人生，不受人注意，那么的不受人注意以至于哈利根本不记得他。后来他发展得不错，接受高等教育，努力工作，当上部门主管，就像当上班级代表。但生命中仍然少了个重要元素，那就是坐在窗边那排的女生，她依然只对别人笑。

富有。他必须变得富有。

只因金钱有如化妆品，它能粉饰一切，也能给予你一切，包括那些人家说金钱买不到的东西，比如尊敬、钦佩、爱。看看周围就知道了，美女总是嫁给有钱人。所以现在应该轮到他了，轮到畸形足斯蒂格·尼伯克。

他发明了小提琴，全世界都应该拜服在他脚下才对，那为什么她不要他？为什么她只能勉强掩饰心里对他的厌恶，即使她清楚知道他已经是有钱人了，而且随着时间一周周过去，他只会变得更加有钱。是不是因为她心里已经有了别人，这人给了她一只可笑又俗丽的戒指，而她却戴在手上？这未免太不公平了吧，他勤奋工作，孜孜不倦地工作，只为了达到被爱的标准。现在她必须爱他才行。于是他把她抢过来，从窗边那排的位子把她夺过来，铐在这里，这样她就永远跑不掉了。为了完成逼婚的仪式，他取下她手上的戒指，戴在自己手上。

那只廉价戒指是欧雷克送给伊莲娜的，欧雷克是从母亲萝凯那里偷来的，戒指是哈利送给萝凯的，哈利是从跳蚤市场买来的……就跟挪威童谣《收下戒指让它流传》的歌词一样。哈利抚摸镀金戒指上的发黑缺角。他真是观察敏锐却又盲目无比。

观察敏锐在于他第一次跟斯蒂格碰面时就说："那枚戒指，我以前有个戒指跟你的很像。"

盲目无比在于他并未多想到底是哪里很像。

其实是戒指缺角露出的发黑铜锈让他觉得很像。

一直等到他看见玛蒂娜的婚戒，听她说全世界只有他会买非纯金的戒指来当婚戒，他才把欧雷克和斯蒂格联系在一起。

纵使先前在斯蒂格的公寓里没发现任何可疑物品，他心里也没有一丝怀疑。正好相反，公寓里连一样可疑物品也没有，只让他立刻觉得斯蒂格一定是把问心有愧的东西都藏到别的地方去了。如今斯蒂格的老家没人住，又不能卖，那栋红色房子就位于哈利老家上方的山坡上。

“是你杀了古斯托吗？”哈利问道。

斯蒂格摇了摇头，眼皮沉重，看起来十分困倦。

“你有没有不在场证明？”

“没有，没有，我没有不在场证明。”

“为什么没有？说来听听。”

“我就在那里。”

“哪里？”

“黑斯默街。当时我正要去找他，他威胁说要告发我，可是等我到那里的时候，街上到处停满了警车，已经有人把他杀了。”

“已经？所以你原本也打算要做同样的事？”

“不是同样的事，我又没有手枪。”

“那你有什么？”

斯蒂格耸了耸肩：“我有化学知识。古斯托出现了戒断症状，他需要小提琴。”

哈利看着斯蒂格的疲惫微笑，点了点头：“也就是说不管你给古斯托什么样的白色粉末，他都会立刻注射。”

斯蒂格抬起手来，指了指门口，铁链咔啦作响：“伊莲娜，我可以跟她说几句话吗？然后你就可以……”

哈利看着斯蒂格，这种人他曾经见过。一个心理受创、失去未来的人，对命运发到他手上的牌展开反抗，最后仍然败北。

“我去问她。”哈利说。

哈利在楼上客厅找到伊莲娜，她屈腿坐在椅子上。哈利拿下挂在玄关衣帽架上的外套，披在她肩上。他轻声跟她说话，她细声回答，仿佛害怕听见客厅的冰冷四壁传来回音。

她说古斯托和斯蒂格（他们都叫他易卜生）联合起来设计她，代价是半公斤小提琴。她已经被锁在这里四个月了。

哈利让她畅所欲言，直到她把话说完才问她下一个问题。

她对古斯托命案一无所知，只知道易卜生告诉她的事。她也不知道迪拜是谁或住在哪里，古斯托不曾透露，她也不想知道。她只听说过有关迪拜的传言，说他犹如幽灵般在城里飘来飘去，没人知道他的身份或样貌，他就像风一般难以捉摸。

哈利点了点头，最近他听过太多人这样形容迪拜了。

“汉斯会载你去警局，他是律师，会协助你报案。然后他会载你去欧雷克的母亲家，你可以先住在那里。”

伊莲娜摇了摇头：“我要打给我哥哥斯泰因，我可以住他那里，还有……”

“什么？”

“我一定得报案吗？”

哈利看着她。她那么年轻、那么娇小，宛如一只雏鸟，这些人对她造成的伤害难以估计。

“可以等明天再说。”哈利说。

他看见她泪眼盈眶，心想：眼泪终于释放了。他想把手放在她肩膀上，又打消了念头。现在她需要的可能不是陌生男人的手。但下一刻她眼中的泪水又止住了。

“有没有……有没有其他选择？”她问道。

“比如说？”哈利说。

“比如说永远都不要再看见他，”她热切地注视着哈利，“永远都不要。”

哈利感觉到她把手放在他的手上：“求求你。”

哈利拍了拍她的手，把她的手放回她腿上：“走吧，我带你去找汉斯。”

哈利目送汉斯的车离开之后，回到屋里，走进地下室。他找不到绳子，只看见楼梯底下挂着庭院用的水管。他把水管拿进储藏室，丢给斯蒂格，抬头看了看横梁。高度够高。

他拿出在斯蒂格身上找到的药瓶，把里头的捷赐瑞片全倒出来，一共六颗。

“你心脏有毛病？”哈利问道。

斯蒂格点了点头。

“这药你一天得吃几颗？”

“两颗。”

哈利把六颗捷赐瑞片放到斯蒂格手中，空药瓶放进外套口袋。

“两天之后我会再回来。我不知道名声对你来说有多大意义，但如果你父母还在世，你一定会更加羞愧。你想必知道监狱里的其他囚犯会怎么对待性侵犯吧？我回来的时候如果你已经不在了，那你就会被遗忘，再也不会有人提起你的名字。如果你还在，我就会把你送去警局，听懂了吗？”

斯蒂格的惨叫声一路跟着哈利上楼。只有不得不跟自己的罪恶感、自己的心魔、自己的孤寂、自己的抉择单独相处的人，才会发出这种凄厉的叫声。是的，他见过这种人。哈利把门重重甩上。

哈利在维特兰斯路叫了一辆出租车，请司机开到厄塔街。

他的脖子抽痛不已。剧痛仿佛有自己的心跳、自己的生命，是个由细菌构成、被囚禁的发炎生物，只想从囚牢里被放出来。哈利问司机车上是否有止痛药，司机摇了摇头。

车子拐进碧悠维卡区。哈利看见烟火在歌剧院上空绽放，有人在庆祝。他突然想到自己也该庆祝一番，因为他办到了，他找到伊莲娜了，欧雷克也重获自由了，他所设定的目标都达成了，但为什么他一点庆祝的心情都没有？

“今天有什么活动吗？”哈利问道。

“哦，好像是歌剧的首演之夜，我刚刚才载了几个衣着优雅的客人去那边。”

“是《唐璜》，我收到了邀请。”

“那你怎么不去？应该很好看啊。”

“悲剧只会让我心情不好。”

司机在后视镜里用惊讶的眼神看着哈利，笑说：“悲剧只会让我心情不好？”

哈利的手机响起，是托西森打来的。

“我以为我们永远不再联络了。”哈利说。

“我也这样以为，”托西森说，“可是我……呃，我还是查了。”

“反正已经不重要了，”哈利说，“对我来说这件案子已经了结了。”

“好吧，不过知道一下也不错。命案发生前后，贝尔曼在东福尔郡，或者至少他的手机在东福尔郡，他不可能在这么短的时间里在犯罪现场和东福尔郡之间来回。”

“了解，克劳斯，谢啦。”

“好，永远不再联络？”

“永远不再联络，我要挂电话了。”

哈利结束通话，靠上椅枕，闭上眼睛。

现下他应该感到开心才对。

他在眼皮底下看见烟火璀璨绽放的亮光。

Gjenferd

第四部

他倒了下去，身子底下是一片漆黑。他坠入黑暗，让黑暗将他吞没，把他卷到冰凉无痛的虚空之中。这一刻终于来了，他心想……经过漫长的等待，他终于自由了。

38

“我跟你一起走。”

事情结束了。

她回到了他身边。

哈利在加勒穆恩机场大厅排队办登机手续。他突然福至心灵，有个关于下半辈子的计划，反正是个计划。现在他整个人都沉醉在一种飘飘然的感觉里，除了“快乐”之外，他想不出更好的词来形容。

机场柜台上方的屏幕显示“泰国国际航空，商务舱”。

事情发生得很快。

哈利从斯蒂格家直接去灯塔餐厅找玛蒂娜，归还手机，但她说手机他可以留着，因为她买了一部新的。他被说服收下一件没怎么穿过的大衣，好让他看起来像样点。他还收下三颗“扑热息痛”止痛药，但拒绝让她检查伤口。玛蒂娜只是想替他重新包扎，但时间不够。他打电话给泰航，订了一张机票。

接着事情就这么发生了。

他打电话给萝凯，跟她说伊莲娜找到了，再加上欧雷克已经获释，他的任务都完成了。如今他必须赶快离境，以免遭到逮捕。

就在这时她说了那句话。

哈利闭上眼睛，脑海里重复播放萝凯说的话：“我跟你一起走，哈利。”我跟你一起走。我跟你一起走。

还有：“什么时候？”

什么时候？

他几乎全身都想回答："现在。"收拾行李，现在就走！

但他用头脑的理性部分多少思考了一下。

"听着，萝凯，我被通缉了，警方可能已经盯上了你，希望借此找到我，明白吗？我今天晚上先自己离开，你明天晚上再飞过来，我会在曼谷等你，我们再一起飞去香港。"

"如果你被逮捕，汉斯可以帮你辩护，刑期不可能太……"

"我担心的不是刑期长短的问题，"哈利说，"只要我在奥斯陆，迪拜就找得到我。你确定欧雷克在安全的地方吗？"

"确定，可是我想叫他跟我们一起走，哈利。我不可能自己……"

"他当然要跟我们一起走。"

"你说的是真心话吗？"哈利从她的语气中听见她松了口气。

"我们会在一起的，到了香港迪拜就动不了我们了。我们可以先等几天，然后我会叫赫尔曼·克鲁伊的手下来奥斯陆把欧雷克接走。"

"我来跟汉斯说，明天我就去买机票，亲爱的。"

"我会在曼谷等你。"

一阵短暂的静默。

"可是你被通缉了，哈利，你要怎么登上飞机而不被……"

"下一位。"

下一位？

哈利睁开眼睛，看见柜台里的小姐正在对他微笑。

他上前一步，递出机票和护照，看见她键入护照上的姓名。

"我这里找不到您的名字，尼伯克先生……"

哈利露出沉稳的微笑："我十天前订了飞往曼谷的机位，可是我一个半小时前才打电话把时间改到今天晚上。"

女柜员又敲了几个按键。哈利在心中读秒。吸气，吐气，吸气。

“有了，在这里。比较晚的订位总是不会立即显示。可是这里说您要跟一位伊莲娜·韩森小姐同行。”

“她要按照原定时间出发。”哈利说。

“哦，好的。您有行李要托运吗？”

“没有。”

键盘敲击声再度传来。

女柜员蹙起眉头，又打开护照。哈利做好心理准备。她把登机牌夹在护照里，交还给哈利：“您可能得动作快一点，尼伯克先生，已经开始登机了。祝您旅途愉快。”

“谢谢。”哈利说，语气出乎他意料地诚恳，说完便奔向安检处。

当他来到X光检查机的另一头，拿起钥匙和玛蒂娜的手机时，才发现手机收到一条短信。他以为那是发给玛蒂娜的，正准备像其他短信一样储存起来，才看见发信人是B，也就是贝雅特。

他朝五十四号登机门疾奔。飞往曼谷的航班已开始进行最后的登机广播。

快读短信。

“我拿到最后一份清单了，有个地址不在贝尔曼给你的清单上：布林登路七十四号。”

哈利把手机塞进口袋。柜台前无人排队。他打开护照。工作人员检查护照和登机牌，看了看哈利。

“我脸上的疤痕比照片还新。”哈利说。

工作人员仔细看了看他。“去拍张新的照片吧，尼伯克。”他说，交还护照和登机牌，朝哈利后面的人招了招手，表示轮到他了。

哈利自由了，得救了，全新的生活就在眼前。

登机门前还有五个最后赶上的旅客正在排队。

哈利看了看手上的登机牌。这是商务舱的登机牌。他从未搭过经济舱以外的舱位，就算替赫尔曼工作期间也没搭过。斯蒂格的事业很成功。迪拜的事业很成功：曾经很成功，现在依然很成功。现在，就在今天晚上，就在这一刻，购毒者依然站在街头，脸面颤抖，表情饥渴，苦苦等候身穿阿森纳队球衣的家伙说："来吧。"

队伍剩下两人。

布林登路七十四号。

我跟你一起走。哈利闭上眼睛，再度听见萝凯的声音。接着这句话又响了起来：你是警察吗？难道你变成了机器人？变成了蚁冢的奴隶？变成了别人想法的奴隶？

他是这样吗？

轮到他了。柜台前的女工作人员扬起双眉。

不是，他不是奴隶。

他递出登机牌。

他往前走，沿着栈桥往机舱前进。透过玻璃窗，他看见准备降落的航班的灯光，那班飞机将飞越托德·舒茨的家。

布林登路七十四号。

古斯托的指甲底下有米凯·贝尔曼的血迹。

妈的，可恶！

哈利登上飞机，找到座位，瘫坐在真皮座椅上。天哪，这椅子真柔软。他按下按钮，椅背开始往后倒，一直倒一直倒，直到他整个人躺平为止。他再度闭上眼睛，试着睡觉。睡觉。睡到有一天醒来他已然改头换面，身在另一个国度。他找寻她的声音，出现的却是另一个说瑞典语的声音：

我戴假神父领圈，你戴假警徽。你有多相信你个人想传播的福音？

米凯的血迹："……在东福尔郡，他不可能在这么短的时间里……"

一切都对上了。

哈利感觉一只手搭上他的手臂，便睁开眼睛。

一名颧骨高耸的泰航女空服员面带微笑俯身看着他。

“先生抱歉，请您竖直椅背，我们就要起飞了。”

竖直椅背。

哈利吸了口气，拿出手机，看着最后一通来电。

“先生，请您关上手……”

哈利扬起一只手挡住女空服员的话，按下拨号键。

“我们不是永远不再联络了吗？”托西森接起电话说。

“东福尔郡的哪里？”

“什么？”

“我是说贝尔曼，古斯托遇害的时候他在东福尔郡的哪里？”

“吕格市，就在莫斯市隔壁。”

哈利收起手机，站了起来。

“先生，系上安全带的信号……”

“抱歉，”哈利说，“我搭错班机了。”

“您没搭错，我们清点过人数了……”

哈利大踏步沿着走道往前走，耳中听见啪嗒啪嗒的脚步声跟了上来。

“先生，我们已经关闭……”

“那就把它打开。”

乘务长也走了过来：“先生，依照规定机舱门不能再打开……”

“我的药吃完了，”哈利说，往外衣口袋里摸索，掏出贴有捷赐瑞标签的空药瓶，推到乘务长面前，“我就是尼伯克，看见了吗？你希望当飞机飞到……比如说阿富汗上空的时候，有乘客心脏病发吗？”

晚上十一点多，奔向奥斯陆的机场快线上只有零星几位乘客。挂在车厢上方的屏幕正在播放新闻，哈利心不在焉地看着。他原本有个计划，一个展开新生活的计划，如今他只好在二十分钟内再想出一个新计划。这简直是太疯狂了，他原本应该在飞往曼谷的航班上才对。这正是重点所在：他原本应该在飞往曼谷的航班上。他就是欠缺这种能力，可以称之为缺陷、故障、畸形足，因为他就是没办法置之不理，没办法让自己放下和退场。他可以喝醉，但却一直保持清醒。他可以飞去香港，却又跑了回来。他是个有严重缺陷的人，这点毋庸置疑。玛蒂娜给他的止痛药效力已慢慢退去，他必须再吃药才行，脖子的疼痛令他晕眩。

他看着今日头条的当季数据和赛事比分，突然想到：会不会他现在就是在做这件事，退出场外、临阵退缩？

不对，这次不同。他把机票改到了明天晚上，打算跟萝凯搭同一班飞机，甚至还支付了升等差额，把萝凯的舱位换到了商务舱。他心想到底要不要把他现在做的事告诉萝凯，但他知道她会怎么想，她一定会认为他依然故我，他还是受到心中那股疯狂力量的驱使，一点都没变，永远是这样。但是当他们并肩坐在商务舱里，飞机的加速度让他们的身体抵住椅背，让他们感觉上升，感觉身体变轻，感觉无可阻挡时，她会知道他们终于把过去抛在脑后，抛在机尾，他们的新旅程已经展开。

哈利下了机场快线，穿过天桥来到奥斯陆歌剧院，踏上意大利大理石地面，朝正门走去。他看见落地玻璃窗内的华丽大厅里，许多打扮得优雅体面的人站在红绒索内交谈，服务生奉上点心和饮料。

正门口站着一名男子，身穿西装，戴着耳机，双手交握在裤裆前方，仿佛守门员正在防御任意球。男子肩膀宽阔，但不壮硕，一双受过训练的眼睛早已注意到哈利，这时正在打量哈利周围是否有什么必须留意的事物。男子显然是挪威安全局的，这也表示有警察署长或政府高官莅临现场。哈利朝男子走去时，对方上前两步。

“抱歉，这是私人宴会……”男子开口说，一看见哈利出示的证件便住了口。

“我不是来找你们长官的，老兄，”哈利说，“我只是来办公事，找一个人谈谈。”

男子点了点头，朝西装翻领上的麦克风说了几句话，让哈利通过。

歌剧院大厅是个偌大的圆顶空间，哈利虽然在国外生活了好几年，但仍认得出现场许多面孔，包括装模作样的媒体人、电视名嘴、体坛和政坛明星，以及掌控文化产业的幕后黑手。伊莎贝尔·斯科延说过她一穿高跟鞋就很难找到够高的男伴，哈利发现的确如此。她在众宾客间鹤立鸡群，一眼就能被看见。

哈利跨过红绒索，穿过人群，口中不断赔礼，周围宾客手中的酒杯溅出白酒。

伊莎贝尔正在跟一个矮她半个头的男子说话，但哈利一看她逢迎色笑的神情，就知道男子的权势和地位都比她高。距离剩下三米，这时一名男子挡在哈利面前。

“我是刚才跟你同事说过话的警官，”哈利说，“我要跟她讲几句话。”

“请便。”安保人员说。哈利似乎在他口气中听见弦外之音。

哈利迈出最后几步。

“嗨，伊莎贝尔，”他说，看见她面露惊讶，“我没打断你的……政治生涯吧？”

“霍勒警监。”伊莎贝尔说，尖起嗓子笑了几声，仿佛哈利说了个只有自己人才听得懂的笑话。

伊莎贝尔身旁的男子立刻伸出手来，并多此一举地报上姓名。男子在市府高层摸爬滚打多年，可能早已学会必须给一般民众留下好印象，将来选举才能有正面回报，“你喜欢这出戏吗，警监？”

“有的地方喜欢，有的地方不喜欢。”哈利说，“戏演完了，我很高兴。我本来要回家，可是突然想到有几个地方我没搞清楚。”

“什么地方？”

“这个嘛，唐璜是小偷也是风流浪子，自然应该在最后一幕受到惩罚。我想我知道最后拖他下地狱的石像是谁，但我不明白的是，到底是谁告诉石像说可以在那个地方找到他？不知道这个问题……”哈利一转头，“伊莎贝尔你可以回答我吗？”

伊莎贝尔的笑容僵在脸上：“阴谋论总是很有意思，我也很想听，可是改天好不好？我正在跟……”

“我想跟她说几句话，”哈利说，看着男子，“您准许的话。”

哈利看见伊莎贝尔想提出异议，但男子很快就说：“当然可以。”然后微微一笑，点了点头，转身面对一对急欲找人聊天的老夫妇。

哈利挽着伊莎贝尔的手臂，带她朝洗手间的方向走去。

“你臭死了。”哈利双手按着她的肩膀靠在男厕门口旁的墙壁上时，伊莎贝尔啧了一声。

“我的西装在垃圾堆里打滚过好几次，”哈利说，看见他们吸引了周围许多人的目光，“听着，我们可以采取文明的方式，也可以来硬的。你跟米凯·贝尔曼是怎么合作的？”

“去死啦，霍勒。”

哈利踢开洗手间的门，把她拖进去。

一名站在洗手台前、身穿晚礼服的男子吓了一跳，朝他们望来。哈利把伊莎贝尔摔在隔间门上，用前臂抵住她的喉咙。

“古斯托遇害的时候，贝尔曼就在你家，”哈利喘着气说，“古斯托的指甲底下有贝尔曼的血迹，迪拜的烧毁者是贝尔曼的亲信兼好友。你不从实招来，我就打电话给我在《晚邮报》的联络人，让这件事登上明天的报纸，然后我会把手上的线索全都摊在检察官的桌子上。好了，你说不说？”

“不好意思，”晚礼服男子隔着一段礼貌的距离说，“请问你们需要帮忙吗？”

“妈的快滚！”

男子似乎震惊不已，可能不是因为听见这句话，而是因为这是伊莎贝尔说的。他拖着脚步离开洗手间。

“那天我们在打炮。”伊莎贝尔说，因为喉头被扼住而声音扭曲。

哈利放开她，从呼气闻出她喝了香槟。

“你跟贝尔曼在打炮？”

“我知道他结婚了，所以我们只是纯打炮而已。”她说，揉了揉脖子，“可是古斯托突然跑来，还把贝尔曼抓伤，最后被他丢了出去。你想跟记者说的话就尽管去啊。你一定从没干过有夫之妇吧？不过你可以想想这条新闻会对贝尔曼的老婆跟小孩造成什么影响。”

“你跟贝尔曼是怎么认识的？你的意思是说你跟贝尔曼和古斯托的三角关系只是纯属巧合？”

“你以为位高权重的人都是怎么认识的，哈利？看看四周，看看来参加这场宴会的都是些什么人。每个人都知道贝尔曼即将成为奥斯陆的新任警察署长。”

“而你将在市议会占有一席之地？”

“我们是在一场活动上认识的，是首映式还是私人艺廊开幕式我已经不记得了。事情就是这样，你可以打电话去问米凯我们是什么时候认识的，可是不要今晚打，他正在享受天伦之乐。那只是……呃，事情就是这样。”

事情就是这样。哈利瞪着伊莎贝尔。

“那楚斯·班森呢？”

“谁？”

“他是他们的烧毁者对不对？是谁派他去莱昂旅馆解决我的？是不是你？还是迪拜？”

“天哪！你到底在说什么？”

哈利看得出她确实不知道楚斯·班森是谁。

伊莎贝尔开始哈哈大笑：“哈利，别这么气馁嘛。”

他原本应该坐在飞往曼谷的航班上，飞向崭新的人生。

他转身就要离开。

“等一下，哈利。”

哈利转回去。伊莎贝尔倚在隔间门上，高高撩起裙子，露出丝袜顶端和吊袜带，一绺金发垂落在她眉毛旁边。

“既然现在厕所没人……”

哈利和她四目相交，只见她眼神迷蒙，不是因为酒精，也不是因为欲望，而是出于别的原因。难道她在哭？强悍、孤独、自我鄙视的伊莎贝尔竟然在哭？然后呢？她也是个痛苦的人，不惜破坏别人的人生来主张她认为自己与生俱来的权利：被爱。

哈利推门而出后，厕所门继续来回摆动，胶条摩擦的速度越来越快，仿佛越发热烈的最后一轮掌声。

哈利沿着廊桥走回奥斯陆中央车站，走下通往布拉达广场的台阶。广场另一头有家二十四小时营业的药店，里头的结账队伍总是很长，但他知道开架式止痛药的效力不足以舒缓他的剧痛。他继续往前走，经过海洛因公园。天空下起了雨，闪烁的街灯照亮王子街上湿漉漉的电车铁轨。他边走边思索。斯蒂格在奥普索乡的那把霰弹枪较易取得，霰弹枪也可以给他较多的回旋余地。如果要去三〇一号房的衣柜后方拿那把猎枪，就得悄悄溜进莱昂旅馆，但他不确定猎枪是否已被他们发现。最后他决定去拿猎枪。

莱昂旅馆后方栅门的门锁被砸烂了，看样子是最近才遭到破坏的。哈利猜想那天晚上那两名西装男子就是如此潜入的。

哈利通过栅门。旅馆后门的门锁同样也坏了。

他爬上曲折狭窄的消防梯。旅馆三楼走廊空无一人。哈利敲了敲三一〇号房的门，想问卡托有没有警察或别人来过，但无人响应。他把耳朵贴在门上。里头一片寂静。

三〇一号房的房门根本没人修理，所以不需要用到钥匙，伸手一推门就开了。被他拆去门槛的地方露出光秃秃的水泥地，血迹渗入地面。

窗户也没修理。

哈利没开灯，直接入内，在衣柜后方摸索，确认猎枪没被拿走。床边桌抽屉里放在《圣经》旁的一盒子弹也没人动过。哈利发现警察根本没来过。看来旅馆的房客和邻居都认为不过是开了几枪罢了，又没死人，没必要跟执法人员扯上关系。他打开衣柜，看见他的衣服和行李箱都还在里头，仿佛什么事都没发生过。

哈利看见对面房间的女子。

她坐在镜前，背对着他，正在梳头，穿着一件老气又怪异的洋装。洋装不旧，只是样式老旧，像是另一个时代的服装。不知为何，哈利透过破了的窗户朝她高喊一声。女子没有反应。

哈利回到一楼，知道自己无法再撑下去。他的脖子滚烫滚烫的，像是着了火，毛孔不断沁出汗珠。他满身大汗，感觉第一阵冷战来袭。

那家酒吧换了音乐，敞开的大门流泻出范·莫里森的《让我迷醉》（*And It Stoned Me*）。

这音乐具有舒缓疼痛的作用。

哈利走上马路，突然听见一阵尖锐急切的鸣笛声，霎时间，一堵蓝白色的墙壁填满他的视线。他在马路中央直挺挺地站立了四秒钟。电车通过，开着大门的酒吧再度回到视线中。

酒保从报纸上一抬眼就看见了哈利，不禁吓了一跳。

“金宾。”哈利说。

酒保动也不动，眼睛眨了两下，报纸跌落地上。

哈利从皮夹里拿出欧元，放在吧台上：“给我一整瓶。”

酒保的下巴掉了下来，在“EAT”刺青的T字母上方形成一圈双下巴。

“快点，”哈利说，“我拿了就走。”

酒保低头瞥了眼钞票，又抬头看看哈利，伸手去拿塑料瓶装的金宾威士忌，目光并未离开。

哈利看到酒瓶只是半满，叹了口气。他把酒瓶放进外套口袋，环目四顾，思索着要找一句令人难忘的临别之语，却找不到，于是点点头，转身离去。

哈利在王子街和卓宁根街的转角停下脚步。他先打给查号台，再打开酒瓶。波本威士忌的气味让他胃打结，但他知道自己无法在缺乏麻醉的状态下去做他必须做的事。他最后一次沾酒已经是三年前的事了，说不定这次会比较好。他把酒瓶对准嘴巴，仰头举瓶。为期三年的戒酒生涯在此画下句号。酒精犹如汽油弹般击中他的身体系统。这次并没有比较好，反而比以往都来得糟。

他弯下腰，伸出一只手撑在墙上，避免呕吐物溅到裤子或鞋子上。

他听见背后人行道传来高跟鞋的声音：“嘿，先生，我美吗？”

“美。”哈利赶在呕吐物溢满喉咙前说出这个字。黄色喷泉挟带着强大力道击中人行道，形成惊人的溅射半径。他听见高跟鞋的声响渐去渐远。他用手背擦了擦嘴，仰头再试一次。威士忌混着胆汁一起灌入食道，接着又涌了出来。

到了第三次，酒液终于留在胃里，至少暂时停留了下来。

第四次终于正中红心。

第五次宛如上天堂。

哈利拦了一辆出租车，给了司机地址。

楚斯·班森快步穿过阴郁黑夜，越过公寓前方的停车场。停车场被那些舒适美满的家庭里放出的灯光照亮。这些住家里头的人可能正端出零食、咖啡，甚至啤酒，打开电视。新闻已经播完了，更有趣的节目正要上演。楚斯打电话去警署请病假，同事也没问他生什么病，只问他是不是要请整整三天病假，因为三天以内的病假不用医师诊断证明。楚斯回答说妈的他怎么知道自己刚好会生病三天？这真是个懒惰的国家，还有虚伪的政客宣称人民如果有能力的话真的都想工作。挪威人投票给国家社会党是因为他们主张缩短工时就是伸张人权。谁不会投票给主张三天病假不用医师诊断证明的政党，让你有权利坐在家里打手枪或跑去滑雪，又或消除宿醉？国家社会党当然知道这等同于政策买票，但仍把它包装得合情合理，说什么“信任大多数民众”，宣称人民有装病的权利是一种社会改革。挪威进步党更令人火大，直接用减税来买票，连包装都免了。

他坐了一整天思考这些事，同时准备枪支，装填子弹，仔细检查。他注视着上锁的门，透过马克林步枪的瞄准镜，细看每一辆进入停车场的车。这把马克林步枪是大型狙击步枪，是多年前一起案件中歹徒使用的枪，负责没收这把枪的警官可能还以为它仍存放在警署里。楚斯知道自己迟早都得出去采买食物，他一直等到夜幕低垂，街上没什么人了才出门。时间将近十一点，力蜜超市快打烊了。他带着斯泰尔手枪，悄悄溜出家门，慢跑前往超市。他沿着超市走道行走，一只眼看着食物，另一只眼留意顾客。他买了一星期分量的峡湾牌炸丸子，这种即食食品以透明小袋装盛切片马铃薯、炸丸子、奶油青豆和肉汁，只要整袋丢进滚水里加热几分钟，再剪开袋子把里头的东西挤到盘子上，就可以端上桌了。如果你闭上眼睛，会觉得尝起来跟真正的食物没什么两样。

楚斯回到公寓大门前，把钥匙插进门锁，这时他听见背后的黑暗中传来急促的脚步声。他猛然转身，手伸进外套握住手枪枪柄，映入眼帘的竟是薇迪丝·A.的惊恐面容。

“我……我是不是吓到你了？”薇迪丝结结巴巴地说。

“没有。”楚斯冷冷地说，走进公寓，没替薇迪丝扶门，但他听见她在门关上前把丰腴的身躯挤了进来。

他按下电梯按钮。吓到？妈的他当然被吓到了。眼看西伯利亚的哥萨克人就要来追杀他了，他怎么可能不被吓到？

薇迪丝·A.跟在他后头，气喘吁吁。她跟其他女人一样过胖。倒也不是说他会拒绝她，只是为什么大家都不干脆直接一点？挪威女人都吃得那么胖，不仅饱受一大堆与肥胖相关的疾病的折磨，还直接退出繁衍下一代的竞赛，导致挪威人口下滑。因为老实说，没有男人会愿意跟那么多肥肉搏斗，当然啦，除了他们自己的以外。

电梯来了，他们走了进去，缆绳发出痛苦尖鸣。

他读过一些文章，说当男人增加相同体重时，不会像女人那样明显。男人的臀部不会变得那么大，体形也只会显得较为壮硕。男人增重十公斤后会比之前稍微好看些，在女人身上则会出现颤巍巍的一圈圈肥肉，让他想踹她们一脚，看看他的脚是不是会陷在肥肉堆里。大家都知道肥胖已成为新形态的癌症，但女人只是抱怨瘦身所带来的歇斯底里，并替“真实的”女性身体鼓掌叫好，仿佛不运动和大吃大喝才是某种合乎常理的行为准则，还大肆宣传什么要对你自己的身体好一点的理念。就算成千上万人死于心脏病，也好过一人死于饮食失调症。如今甚至连玛蒂娜也成了这种人。虽然他知道玛蒂娜怀孕了，但她向这些肥女人看齐始终令他耿耿于怀。

“你看起来很冷的样子。”薇迪丝·A.露出微笑。

楚斯不知道那个A.是什么姓氏的首字母，只知道她的门铃名牌上写着“薇迪丝·A.”。他想使出右勾拳，重重打她一拳，或是干她，或两者兼施。妈的，她肥嘟嘟的脸颊有如仓鼠，一点都不用担心指节会痛。

楚斯知道自己为何这么火大，全是因为那部手机的缘故。

后来挪威电信终于帮警方追踪了哈利的手机，发现手机位于市区，就在奥斯陆中央车站附近。那可能是奥斯陆最繁忙拥挤的地方，日夜人潮众多。十几名警察在人潮中搜寻哈利，连续找了好几个小时，却一无所获。最后有个菜鸟警察提出一个老方法，那就是让全员手表对时，分散在这个地区，其中一人每隔十五分钟就打一次哈利的手机，如果有人听见手机铃声响起，或是看见有人拿出手机，就直接扑上去。手机一定就在附近。这个方法立刻被采纳，不一会儿工夫就找到了手机。在一个毒虫的口袋里发现的，那人坐在铁路广场的台阶上打瞌睡，说手机是有个家伙在灯塔餐厅“送”给他的。

电梯停住。“晚安。”楚斯咕哝说，走出电梯。

他听见门在背后关上，电梯再度开始移动。

接下来是炸丸子配DVD的时间。第一部片是《速度与激情》，烂片一部，但里头有一两幕还不错。第二部片是《变形金刚》，可以欣赏梅根·福克斯，同时打个又长又爽的手枪。

他听见薇迪丝的呼吸声传来。没想到她跟着他走出了电梯，真是个浪女，今晚他有炮可打了。他嘴角微扬，一转过头，头就顶到一样东西。那东西坚硬冰冷。楚斯瞪大眼睛。那是一根枪管。

“谢啦，”一个熟悉的声音说，“我很想进去坐坐。”

楚斯坐在扶手椅上，看着他那把手枪的枪口。

他找到他了，反之亦然。

“我们不能再这样见面了。”哈利说，他把烟叼在嘴角，这样烟才不会熏到眼睛。

楚斯没有接话。

“你知道为什么我比较想用你的枪吗？”哈利说，拍了拍放在大腿上的猎枪。

楚斯只是双唇闭紧。

“因为我希望在你体内发现的子弹会追踪到你自己的手枪。”

楚斯耸了耸肩。

哈利倾身向前。楚斯闻到酒气。妈的，这家伙喝醉了。他听说过这家伙清醒时的能耐，但现在他却喝醉了。

“你是烧毁者，楚斯·班森，证据就在这里。”

哈利从皮夹里拿出一张证件，这皮夹是跟手枪一起从楚斯身上搜出来的：“托马斯·路德？去加勒穆恩机场收取毒品包裹的不就是这个人吗？”

“你想怎样？”楚斯说，闭上眼睛，靠上椅背。炸丸子和 DVD。

“我想知道你、迪拜、伊莎贝尔·斯科延和米凯·贝尔曼之间的关联。”

扶手椅上的楚斯心头一惊。米凯？妈的，米凯跟这件事有什么关系？还有伊莎贝尔·斯科延？她不是政治人物吗？

“我不知道……”

他看见哈利扣动扳机。

“小心点，霍勒！那把枪的扳机很敏感，它……”

击锤又升高了点。

“等一下！等一下！天哪！”楚斯的舌头在口腔里打转，寻找润滑的唾液，“我不知道贝尔曼或斯科延的事，可是迪拜……”

“迪拜怎样？”

“我可以跟你说关于他……”

“你可以跟我说什么？”

楚斯深深吸了口气，屏住气息，又伴随着呻吟声呼了出来：“关于他的一切。”

39

三只眼睛冷冷地瞪着楚斯，其中两只是带有酒意的浅蓝色眼珠，第三只是黑洞洞的圆眼珠，也就是他那把斯泰尔手枪的枪口。握着手枪的男子与其说是坐着不如说是躺在扶手椅上，修长的双腿张开在地毯上。男子用嘶哑嗓音说："那就告诉我吧，班森，告诉我迪拜的事。"

楚斯咳了两声，妈的，喉咙怎么这么干。

"有天晚上有人来按我家门铃，我接起对讲机，有个声音说要跟我谈谈。起初我不想让他进来，可是他提到一个名字……呃……"

楚斯用拇指和中指捏着下巴。

哈利静静等待。

"有件很遗憾的事我以为没人知道。"

"什么事？"

"以前有个被拘留者需要一点教训，我以为没人知道是我……教训他的。"

"造成伤害了吗？"

"他父母本来想提出起诉，但那小子没办法在队伍里把我指认出来，一定是因为我伤到了他的视神经。这是不是叫因祸得福？"楚斯发出紧张的呼噜笑声，又赶紧闭嘴，"找上门来的男人知道这件事，他说我有保持低调的天分，还说愿意付很高的价码来聘用我这种人才。他说的是挪威语，只是有点口音，不过听起来还挺正派的，所以我就让他进来了。"

"你见过迪拜本人？"

"见过。他一个人来，是个老头，穿着优雅的老式西装，还有背心、帽子和手套。他说明他想派给我的工作，提出愿意支付的金额。他行事非常谨慎，说以后我们不会再碰面、不会用手机联络、不会有电子邮件往来，这样就不会被追踪。我觉得这样还蛮好的。”

“那要怎么安排工作？”

“任务会写在墓碑上，他跟我说墓碑的位置。”

“在哪里？”

“旧城区墓园，我也是在那里收钱。”

“告诉我关于迪拜的事，他是谁？”

楚斯看着远方，心中计算着得失与后果。

“你在犹豫什么，班森？你不是说你会说出关于他的一切？”

“你知道我跟你说这些是冒了多大的……”

“上次我见到你的时候，迪拜的两个手下想请你吃子弹。就算我没用这把枪指着你，你也已经失宠了，班森。说出来，他是谁？”

哈利的双眼直视着他。楚斯心想，那双眼睛像是把我看透了。这时手枪击锤又动了动，他心中的计算顿时变得简单了许多。

“好好好，”楚斯说，举起双手，“迪拜不是他的本名，他们都叫他迪拜是因为他手下药头穿的球衣都在给一家飞往阿拉伯国家的航空公司打广告。”

“给你十秒钟说些我还没自己想出来的事。”

“等一下等一下，我就要说了！他本名叫鲁道夫·阿萨耶夫，他是俄罗斯人，父母是持不同政见的高级知识分子，也是政治难民，至少他在法庭上是这样说的。他在很多国家住过，会说大概七种语言。他在七十年代来到挪威，称得上是哈希什的走私先锋。他行事非常低调，却在八十年代被手下出卖，当时贩毒和走私毒品的刑罚跟叛国罪一样重，所以他吃了很久的牢饭。出狱后他搬到瑞典，改卖海洛因。”

“卖海洛因的刑期跟卖哈希什一样，利润却高很多。”

“没错。他在哥德堡建立了贩毒网，可是在一个卧底警察遭到杀害以后，他不得不隐匿身份，大概两年前回到奥斯陆。”

“这些是他告诉你的？”

“不是不是，这些是我自己查出来的。”

“真的？怎么查？我以为这家伙是幽灵，没人知道他的事。”

楚斯低头看看双手，又抬头看看哈利，脸上几乎透出微笑，因为这件事一直让他心痒难耐，很想跟别人炫耀说他如何用计骗过迪拜，却苦无对象可说。他舔了舔嘴唇：“那天他就坐在你坐的那张椅子上，双手放在扶手上。”

“然后呢？”

“他的衬衫袖子后缩，手套和外套袖口之间露出一道空隙，那里的肌肤有一些白色疤痕。你知道的，就是那种除去刺青后留下的疤痕。我一看到他手腕上的疤痕，就想到……”

“监狱。他戴手套是为了不留下指纹，不让你有机会拿去比对数据库。”

楚斯点了点头，不得不佩服哈利领悟力强，脑筋又动得很快。

“没错。我同意他开出的条件以后，他看起来放松了一点。交易谈成后，我跟他握手，他取下一边的手套。后来我在我的手背上采集到一个还算清晰的指纹，在计算机上找到符合的数据。”

“鲁道夫·阿萨耶夫，也就是迪拜，他怎么能隐藏身份这么久？”

楚斯耸了耸肩：“这种事我们在欧克林见得多了。这个大人物跟其他被逮到的毒枭有所不同，那就是他的组织很小，他跟外界的往来很少，亲信也很少。那些自以为有壮盛军团层层保护才算安全的毒枭总会被抓获，因为总会有手下不忠，总会有人想要篡位，或为了换取减刑而把首领供出来。”

“你只见过他一次，就在这里？”

“还有一次，那次是在灯塔餐厅，我想那个人应该是他。他在门口一看见我就转身离开。”

“所以传言是真的啰，他就像幽灵一样在城里飘来飘去。”

“谁知道呢。”

“你去灯塔餐厅干吗？”

“我？”

“警方又不能去那里执行任务。”

“我认识一个在那里工作的女生。”

“嗯，玛蒂娜？”

“你认识她？”

“你是不是坐在餐厅里看她？”

楚斯觉得血气冲脑：“我……”

“放轻松，班森，你刚才排除了自己的嫌疑。”

“什……什么？”

“你就是那个缠扰者，玛蒂娜以为你是卧底警察。古斯托遇害的时候你就在灯塔餐厅对不对？”

“缠扰者？”

“别多想，快回答。”

“天哪，你该不会以为我……我为什么要杀害古斯托·韩森？”

“说不定这项任务是阿萨耶夫派给你的，”哈利说，“但你也有个强烈的杀人动机，因为古斯托曾在摩托帮俱乐部目睹你用电钻杀死一个人。”

楚斯思考哈利说的话。他是个时时刻刻都生活在谎言中的警察，总是利用个人经验来判断对方说的话是真是假。

“这也让你有杀害欧雷克·樊科的动机，他是另一个目击者。那个在监狱里企图刺死欧雷克的……”

“那家伙不是我派去的！这你得相信我，霍勒……我跟这件事一点关系也没有。我只负责烧毁证据而已。我从来没杀过人，摩托帮俱乐部的那件事纯粹只是巧合。”

哈利侧过了头：“那你去莱昂旅馆找我那天是不是打算杀了我？”

楚斯吞了口口水。哈利这家伙有办法杀了他，妈的他真的可以动手杀了他。只要在他太阳穴上开一枪，擦去手枪上的指纹，再把枪塞到他手中就好了。现场没有闯入痕迹，薇迪丝可以做证说看见他独自回家，表情看起来冷漠且沮丧，再加上他还打电话去警署请过病假。

“那天出现在旅馆的那两个家伙是谁？是不是鲁道夫的手下？”

楚斯点了点头：“后来他们跑了，我开枪射中其中一个人。”

“那是怎么回事？”

楚斯耸了耸肩：“我猜是因为我知道太多内情了。”他挤出笑声，听起来仿佛是卡了痰的咳嗽声。

两人坐着不动，彼此对望。

“你打算怎么做？”楚斯问道。

“把他缉捕归案。”哈利说。

缉捕归案。楚斯已经很久没听见有人这样说了。

“所以他身边会有人吗？”

“顶多三四个吧，”楚斯说，“也说不定就只有那两个家伙。”

“嗯，你有其他硬家伙吗？”

“硬家伙？”

“除了这些之外。”哈利朝咖啡桌上的两把手枪和一把 MP5 冲锋枪点了点头，这些武器都已装填子弹，蓄势待发，“我会把你铐起来，然后搜查屋子，所以你最好现在就跟我说。”

楚斯衡量轻重，朝卧房点了点头。

楚斯开启衣柜门，打开日光灯。冷色调的光线照亮里头的物品，哈利看了不禁摇头。衣柜里放了六把手枪、两把大型刀具、一把黑色警棍、好几副铜指虎、一副防毒面具，此外还有一把所谓的短筒防暴枪，这种枪粗粗短短，枪身中段设有大型筒式弹仓，里头装填的是催泪弹。这些武器是楚斯以报废的名义从警方弹药库拿来的。

“你真是疯了，班森。”

“怎么说？”

哈利伸手指了指。楚斯在柜壁上钉了钉子，还画上每种武器的轮廓，让每样武器都有固定的摆放位置。

“防弹背心挂在衣架上？是怕它皱吗？”

楚斯默然不语。

“好吧，”哈利说，取下防弹背心，“给我防暴枪、防毒面具、客厅那把 MP5 的子弹，还要一个背包。”

哈利盯着楚斯把武器放进背包。两人回到客厅，哈利拿起 MP5。

准备完成后，两人站在门口。

“我知道你在想什么，”哈利说，“可是在你打电话或试图用其他方法阻止我之前，也许你该先想想我对你的事了如指掌，而且这件案子掌握在一个律师手上，我已经跟他说过如果我遭遇不测的话该如何行动，明白吗？”

骗人，楚斯心想，点了点头。

哈利轻轻一笑：“你一定觉得我在骗你对不对？可是你也不能百分之百确定吧？”

楚斯心中浮现对哈利的浓浓恨意，他恨哈利脸上那抹纡尊降贵、冷漠淡然的微笑。

“如果你没死的话呢，霍勒？”

“那你的麻烦就结束了，我会离开，飞到地球另一端，再也不会回来。还有最后一件事……”哈利在防弹背心外穿上长大衣，扣上扣子，“那个布林登路的地址，是你从贝尔曼和我收到的清单上删掉的对不对？”

楚斯正要回答“不是”，却被直觉或尚未完全消化的思绪给挡了下来。事实上他一直都不知道鲁道夫·阿萨耶夫住在哪里。

“对。”楚斯说。他的脑子正在翻腾，吸收刚才所听见的话，努力分析“贝尔曼和我收到的清单”这句话所隐含的意义，以归纳出结论。但他的脑子跑得不够快，动脑一向不是他的强项，他需要更多时间。

“对啊，”他又说了一次，希望脸上没露出太多惊讶表情，“删去地址的人当然是我。”

“我把猎枪留在你这里，”哈利说，打开弹仓，取出子弹，“如果我没回来，请你把它送到巴赫与西蒙森法律事务所。”

哈利把门关上。楚斯听见他大步走下楼梯。一确定哈利不会返回，他立刻开始行动。

那把马克林步枪倚在阳台门窗帘后方的墙壁上，哈利没发现。楚斯抓起那把沉重的狙击步枪，打开阳台门，把枪管搁在栏杆上。天气冰冷，天上飘着毛毛细雨，最重要的是此时几乎无风。

他看见哈利走出楼下的公寓大门，大衣飘动，快步走向等候在停车场内的出租车。他透过高倍数瞄准镜看着哈利，这具瞄准镜以德国光学工程科技制成，影像虽然粗糙，但聚焦清楚。他可以从这里射杀哈利，一点问题也没有，子弹可以穿透哈利身上的任何一处，甚至可以避开背包中的武器，毕竟马克林步枪是设计来猎杀大象的。他可以等哈利走到停车场的一盏街灯下再开枪，这样可以射得更准，也更实际，因为深夜这个时间停车场没什么人，要把尸体拖到车上的距离也不会太远。

至于哈利已经交代律师这件事呢？一定是胡诌的。当然楚斯也会评估是不是要连汉斯·克里斯蒂安·西蒙森也一起干掉，以防万一。

哈利离街灯越来越近。要瞄准脖子还是头部？那件防弹背心领口很高，重得要命。他扳下击锤。这时一个细小的声音对他说不该这样做，这是谋杀。

他从不曾刻意杀害过任何人。托德·舒茨不是他杀的，凶手是鲁道夫手下的凶神恶煞。那古斯托呢？妈的那小子到底是谁杀的？反正不是他杀的。是米凯？还是伊莎贝尔？

那细小的声音沉默下来，十字瞄准线似乎已对准哈利的后脑勺，现在只等子弹发出砰的一声！他可以想象脑浆四溅的画面。他扣住扳机。再过两秒，哈利就会走到街灯下。真可惜不能把这画面录下来，烧到 DVD 上。无论有没有搭配峡湾牌炸丸子，这部 DVD 的精彩程度肯定远远胜过梅根·福克斯。

40

楚斯慢慢深吸了口气，他心跳加速，但还算能控制。

哈利走到了灯光下，瞄准器的镜头可以清楚地看见他。

不能录下来真是太可惜了……

楚斯心下犹豫。

随机应变不是他擅长的，倒也不是说他笨，而是有时反应较慢。

成长过程中，这是他和米凯之间最大的不同，米凯十分善于思考和表达。但重点是最后楚斯还是会把事情想清楚，就像现在。就像清单上少了一个地址。就像那个细小的声音叫他不要射杀哈利，告诉他现在还不是时候。换作米凯，一定会说这不过是基本算数而已：现在哈利要对付的是鲁道夫·阿萨耶夫，接下来才是楚斯，幸好是依照这个顺序，因此哈利如果干掉鲁道夫，不是正好替楚斯解决了一个麻烦吗？反过来也一样。从另一方面来说……

哈利仍在灯光下。

楚斯的手紧紧扣在扳机上，平均施力。他在克里波的步枪射击成绩是第二名，手枪射击成绩夺冠。

他呼出肺脏里的空气，身体完全放松，避免产生不自主的抽动。他再度吸气。

然后放下步枪。

哈利看着前方的布林登路，路灯发出的光芒洒落地面。这条路在山坡地上蜿蜒起伏，两旁尽是老房子、大院子、大学校舍和草坪。

出租车的灯光消失在远处之后，他才迈开脚步。

这时是午夜十二点五十六分，街上空无一人。刚才他请出租车司机把车停在布林登路六十八号的门口。

这座大宅被三米高的栅栏围绕，房屋本体距离马路大约五十米，旁边矗立着一座圆柱形砖砌建筑，高度和直径皆约四米，看起来宛如水塔。哈利不曾在挪威见过这种水塔。他注意到隔壁大宅也有一座外形相同的水塔。气势宏伟的木造大宅门口的确有台阶，也有一条碎石径通往大门。深色大门可能是实木的，上方吊挂着一盏亮着的灯。

一楼的两扇窗户和二楼的一扇窗户透出光线。

哈利站在对街的橡树阴影下，卸下背包并打开，备妥防暴枪，把防毒面具戴在头顶，这样要用的时候拉下来罩在脸上就行了。

他希望可以在雨的遮蔽下尽量靠近大宅。他检查 MP5 冲锋枪是否装满子弹，保险是否打开。

时候到了。

但酒精的麻醉效力正快速消退。

他拿出金宾，打开瓶盖。瓶底只剩些许酒液。他看了看那栋大宅，又看了看酒瓶。这场行动成功之后，他会需要喝一口酒。他拧上瓶盖，把瓶子塞回外套内袋，和 MP5 的备用弹匣放在一起。他检查自己是否正常呼吸，让大脑和肌肉得到充分的氧气。他看了看表。一点零一分。再过二十三小时，他替自己和萝凯订的那班飞机就要起飞了，他又深呼吸两口气。栅门可能设有警铃，但他身上负有重物，无法快速翻越栅栏，他又不想跟上次在马瑟卢大道一样成为活生生的枪靶。

哈利在心中默念：二点五、三。

他来到栅门前，压下门把推开门，一手握着防暴枪，另一手握着 MP5，迈开脚步向前疾奔。他不是跑在碎石径上，而是在草地上，朝客厅窗户奔去。过去他担任警官时参加过不少闪电缉捕任务，清楚知道突袭行动会产生哪些惊人优势，这些优势不仅包括先发制人的射击，也包括强光巨响的震撼效果，可让对方完全瘫痪。但他也知道突袭的效果只能维持十五秒，可以利用的时间也只有这些。如果没有在十五秒内打倒敌人，对方就会镇定下来，重新组织，展开反击。对方熟知大宅格局，他却连平面图都没看过。

十四、十三。

从他朝客厅窗内发射两枚催泪弹、爆炸喷发出大量白烟的那一刻起，时间仿佛凝止，一切就像是颤动不已的停格画面。他知道自己正在行动，他的身体正在进行他该做的事，但他的大脑从外界接收到的信息却是破碎的。

十二。

他拉下防毒面具，把防暴枪扔进客厅，用 MP5 扫除窗户上的碎玻璃，然后把背包放在窗台上，双手也按上窗台，把身体抬高，接着身子一晃，跃入窗内白茫茫的烟雾中。防弹背心让他动作有点迟钝，但他一进入客厅之后就仿佛在云端飞行。枪声传来，他立刻扑倒在地。

八。

枪声不绝于耳。拼花地板被子弹击碎，发出单调声响。对方并未吓到瘫痪。他静静等待，不久就听见咳嗽声。这是当一个人受不了催泪瓦斯对眼睛、鼻子和肺脏造成的刺激时所发出的声音。

五。

哈利扬起 MP5，在灰白烟雾中朝咳嗽声的方向射击，耳中听见短促沉重的脚步声奔上楼梯。

三。

哈利爬了起来，向前疾冲。

二。

二楼没有烟雾。若给对方逃走，哈利就会陷入极为不利的处境。

一、〇。

哈利看见楼梯轮廓，随即又看见扶手和栏杆。他把 MP5 插进栏杆之间，枪口朝上，扣下扳机。冲锋枪在他手中剧烈震动，他紧握枪柄，一口气把弹匣里的子弹全部射完，再抽回冲锋枪，卸下弹匣，伸手进外套口袋去拿备用弹匣，不料却只摸到酒瓶。刚才他扑倒在地的时候，弹匣掉出来了！其他弹匣都在窗台上的背包里。

哈利听见楼梯上传来脚步声，心想这回死定了。脚步声从楼上而来，起初缓慢且犹豫，接着越来越快，最后简直是冲下来的。哈利看见一条人影冲出烟雾，看起来像是身穿黑西装白衬衫、跌跌撞撞的鬼魂。那人撞上栏杆，身体扭曲，了无生气地滑到栏杆柱旁。哈利看见西装背后有许多破损的洞口，那是子弹穿入所造成的伤口。他走到那人旁边，抓住头发把头拉起来。他立刻觉得一阵窒息，不得不按下想把防毒面罩拉开的冲动。

那人的半边鼻子虽然被一发子弹给打烂了，但哈利还是认得出他。他就是出现在莱昂旅馆门口的矮男子，也就是在马瑟卢大道的车子里对他开枪的人。

哈利竖耳聆听，只听见喷发白色烟雾的催泪弹依然嗞嗞作响，除此之外没有其他声音。他退回到客厅窗边，拿起背包，装上新弹匣，再把一个弹匣塞进防弹背心。这时他才发现自己衣服底下全都是汗。

那个大块头呢？迪拜呢？哈利再次侧耳听去。催泪弹嗞嗞响着，但他是不是听见楼上传来脚步声？

他在烟雾中看见另一个房间，以及一扇开着的门通往厨房。只有一扇门关着。他站到那扇门旁边，把门打开，用防暴枪朝内开了两枪，关门数到十，再开门进入。

房内空无一人。他在烟雾中看见书架、黑皮椅和大壁炉，壁炉上方挂着一幅画，画中男子身穿盖世太保制服。难道这是纳粹的老房子？哈利知道挪威突击队首领卡尔·马丁森曾经住在布林登路上被纳粹征收的房子里，最后马丁森在屋外被子弹打得全身都是窟窿。

哈利退出房间，穿过厨房和另一头的门，来到仆人房间，发现了他要找的东西，也就是后楼梯。

通常这种楼梯具有逃生梯的功能，但这道楼梯的尽头似乎不是通到屋外的后门，而是一路通到地下室，原本后门的位置砌上砖墙被封了起来。

哈利查看防暴枪，弹匣里还有一枚催泪弹。他放轻脚步，大步爬上楼梯。他对走廊发射了最后一发催泪弹，数到十，再踏进走廊，打开每一扇门。脖子传来刺痛，但他仍设法保持专注。除了第一扇门上锁之外，其余每个房间都是空的，其中有两间是卧室，看起来有人住，不过其中一间的床上没有床单。哈利看见床垫有深色痕迹，仿佛是血迹。第二间卧室的窗边桌上放着一本《圣经》。哈利翻了翻，见里头写的是西里尔字母，原来是一本俄罗斯东正教的《圣经》。《圣经》旁是个制作完成的甲虫，也就是钉有六根钉子的红色砖头。砖头的厚度跟《圣经》正好相同。

哈利回到那扇上锁的门前。防毒面具里的汗水使得玻璃镜面起雾。他背抵墙壁，抬脚朝门锁踹去。踹到第四脚，门板被踢开了。哈利趴下身子，朝房内发射了一轮子弹，听见玻璃碎裂的叮叮声响传来。他等走廊的烟雾飘进门内后才走进去，找到电灯开关。

这房间比其他房间都要大，较长的墙边摆着一张四柱床，床铺没整理，床边桌上摆着一只戒指，上头镶的蓝色宝石闪闪发光。

哈利把手伸进被子，感觉里头仍是暖的。

他环目四顾。刚才躺在床上的人可能已离开房间，并锁上房门。但钥匙依然留在房内，显然实际上并非如此。哈利查看窗户，关着且上锁了。

他查看较短墙边那个看起来十分坚固的衣柜，打开柜门。

乍看之下这只是个普通衣柜，但他伸手往后侧柜壁一推便推开了。

原来是个逃生通道，德国人设想得十分周全。

哈利把衣柜里的衬衫和外套推到一旁，头探入假柜壁中。迎面吹来一阵寒风，里头是个竖井。哈利往内摸索，摸到钉在墙上当作梯子的横杆，看来横杆一直向下延伸到地下室。他的脑际闪过一个画面，一个梦境的片段。他撇开这个画面，掀起防毒面罩，穿过假柜壁。他的脚找到横杆，小心翼翼往下移动。当他的脸部跟衣柜地板平行时，正好看见地上有个硬挺的U形棉制品。哈利把那物体放进大衣口袋，继续往下方的黑暗移动。他在心中数着横杆，数到二十二的时候，一脚触碰到地面。他正要放下另一脚，地面突然不再坚实，而且会动。他失去平衡，摔了下去，着地处甚为柔软。

这种柔软触感令人生疑。

哈利躺着不动，静静聆听，从裤子口袋拿出打火机，打亮了两秒。他已看见他需要看见的。

原来他躺在一个男人身上。

男人的块头大得不寻常，身上一丝不挂，十分诡异，肌肤冰冷有如大理石，呈现出刚死不久的典型发青色泽。

哈利从尸体身上爬起来，越过水泥地面，走到他发现的一扇碉堡门前。若是点亮打火机，他会成为靶子；若是光线更亮，那么大家都会成为目标。他把 MP5 举到准备击发的位置，用左手打开电灯开关。

一排灯泡亮起，往一条低矮隧道里延伸而去。

哈利分析除了裸体男子和他之外，这个地底空间没有其他人。他低头朝尸体望去。尸体躺在地上铺着的毯子上，上腹部绑着沾有血渍的绷带，胸部的圣母马利亚刺青正瞪着他。据哈利所知，这个刺青代表此人从小就是罪犯。男子身上没有明显外伤，因此哈利分析死因来自绷带底下的伤口，而且很可能是楚斯那把斯泰尔手枪的子弹造成的。

哈利用手指推了推碉堡门，门锁上了。隧道尽头有一块嵌在墙上的金属板。换句话说，鲁道夫·阿萨耶夫只有一条路可以走，那就是隧道。哈利知道他之所以要先尝试所有其他出口，正是因为那个梦境的缘故。

他看着狭小的隧道。

幽闭恐惧症只会拖后腿，它会发出假的危险信号，因此你必须与之对抗。他检查弹匣确实插入MP5。去死吧，鬼魂之所以存在是因为你让他们存在。

他迈出脚步往前走。

隧道比他想象中狭小得多。他虽压低身子，头肩仍会撞到长满青苔的天花板和墙壁。他让脑子保持运转，不让幽闭恐惧症乘虚而入，思索这一定是以前德军的逃生通道，怪不得后门要用砖墙封起来。他一向习惯保持方向感，因此除非他搞错了，否则他正朝隔壁那栋也有一座水塔的大宅前进。这条隧道经过精心打造，地上甚至设有许多排水孔。怪了，爱建大型高速公路的德国人怎会打造一条如此狭小的隧道？他脑子里想到“狭小”这两个字时，幽闭恐惧症乘机攫住了他。他把注意力放在数算脚步上，努力想象他在山坡后方所处的位置。上方的山坡无拘无束，可以自由自在地呼吸。数啊，继续数啊，我的老天。他数到一百一十时，看见地上画有一条白线。他看见灯光只延伸到前方远处，回头一看，明白这条线标示的是隧道中央。他在隧道里只能小步前进，估算应该已经走了六七十米。就快到了。他试着加快速度，像老人般拖着脚步前进。突然咔嗒一声，他低头一看。那声音来自其中一个排水孔。排水孔上的横杆正在移动，直到封住洞口才停下来，犹如汽车的通风孔。这时他听见另一种声音，后方传来低沉的隆隆声响。他回过头去。

他看见金属亮光。原来嵌在隧道尽头的那块金属板移动了，向下沉入地面，隆隆声响就来自那个方向。哈利停下脚步，举起冲锋枪做好准备。

他看不见金属板后方有什么东西，因为实在太黑了。突然有样东西闪闪发光，犹如美丽的秋日午后奥斯陆峡湾所反射的阳光。接着是片刻的全然寂静。哈利的心脏剧烈跳动。贝雷哥曾经陈尸在隧道里，他是溺死的。两座水塔。狭小隧道。附着在天花板上的不是青苔，而是水藻。这时他看见一堵墙逐渐逼近，墙是黑绿色的，边缘是白色的。他转身奔跑，却看见另一头也有相同的一堵墙朝隧道中央移动。

41

这感觉就像是站在两列疾驶而来的火车之间。前方的水墙先扑上他，把他打得往后倒，他感觉头部撞上地面，接着身体就被卷向前方。他挥动四肢，手指和膝盖摩擦墙壁，试图抓住什么东西，但却完全抵挡不住带着他迅速前进的强劲水流。接着，水势骤然停止。他感觉到两股水流相撞之后抵消了彼此的力道。这时他看见后方有样东西，两条闪着绿色光泽的白色手臂忽然从后面抱住他，苍白的手指戳到他脸上。哈利踢动双脚，转过身子，看见那具上腹部包着绷带的尸体在黑沉沉的恶水中转动，犹如无重力状态下的裸体航天员。尸体的嘴巴大张，头发和胡子在水中缓缓漂动。哈利双脚踩上地面，朝天花板伸长身体。水淹满整条隧道。他屈起身体，开始往前游动时，瞥见那把 MP5 和下方地上的白线。原本他已失去方向感，是那具尸体告诉他该往哪个方向移动，才能回到原来的地方。他让身体斜向墙壁，好让手臂能以最大幅度划动，同时逼自己不去胡思乱想。浮力本身不是问题，反而是那件防弹背心大幅拖慢他的速度。哈利考虑是否要花时间脱去背心，因为它一直漂到他上方，形成更大的阻碍。最后他决定把注意力放在必要之举上，也就是游回竖井，不要去数时间过了几秒、距离过了几米。但他已开始感觉到脑压上升，仿佛要爆炸似的。这时回忆终究还是浮现脑海。那是在夏日五十米的露天游泳池，时间是早晨，游泳池几乎没有别人，阳光普照，萝凯身穿黄色比基尼。那天欧雷克和哈利要一决胜负，看谁能在水底游得最远。那时溜冰季刚结束，欧雷克的体能处于绝佳状态，但哈利的泳技比较好。他们热身时萝凯在一旁欢呼加油，发出悦耳的笑声。欧雷克和哈利在萝凯面前不停地卖弄，仿佛她是维格兰露天游泳池的女王，而他们是她的子民，努力想赢得她的青睐。比赛开始。天气热得要命。两人游了四十米之后都冒出了水面，喘息不已，各自认为自己胜券在握。四十米，再游十米就能到达终点。泳池壁可供踢脚，手臂滑动不受限制。现在他在隧道里，已朝竖井游了一半多一点的距离。他没有成功的机会。他将葬身于此，他的死期即将来临。他的眼珠感觉快要暴出来了。航班将在午夜起飞。黄色比基尼。再游十米就能到达终点。他再度划动双臂，却只能再划动一下，然后，然后他的生命就来到了尽头。

凌晨三点半，楚斯驾车行驶在奥斯陆街头，毛毛细雨在风挡玻璃上细语呢喃。他已开车在街上兜了两小时，并不是因为在寻找什么，而是因为这样能让他冷静下来。冷静下来好好思考，也冷静下来不去思考。

有人删去哈利手上那份清单的一个地址，而那人不是他。

也许一切终究都不是那样黑白分明。

他再度回想那晚的命案。

那天古斯托来访，毒瘾发作，全身发抖，威胁说除非给他钱去买小提琴，否则就要揭发楚斯。不知何故，那几个星期小提琴严重缺货，在毒虫公园引起一阵恐慌，零点二五克的小提琴至少喊价到三千克朗。楚斯跟古斯托说要开车带他去提款机取钱，转身进屋内拿钥匙，却连斯泰尔手枪也一并带上了。显然这件事必须有个了结才行。古斯托已提出同样的威胁好几次了，像他这类药头会做出什么事其实不难预料。但楚斯回到门口时，古斯托已经离开了，说不定是因为闻到了血腥味。这样也好，楚斯心想。古斯托在得不到好处的情况下是不可能去揭发他的，再说摩托帮俱乐部的闯空门事件古斯托也有份。那天是星期六，楚斯值的是预备勤务，也就是说他必须待命，因此他去灯塔餐厅看报纸喝咖啡，顺便看看玛蒂娜。过了不久，他听见警笛声响起，几秒之后手机就响了起来。电话是接警中心打来的，有人打电话报案说黑斯默街九十二号有人开枪，但犯罪特警队却无人值勤。楚斯跑步抵达现场，现场距离灯塔餐厅只有几百米远。他的警察本能使他处于高度警戒状态，沿途仔细观察路人，清楚知道他的所见所闻可能对案情极为重要。他看见一个戴毛线帽的青年倚着一栋房子，专注地望着停在犯罪现场公寓栅门口的警车。楚斯之所以注意到那个青年，是因为他不喜欢青年把双手插在“北面”牌外套口袋里的模样。那件外套在那个时节显得过于厚重，口袋里可能藏有什么东西。青年神情严肃，但看起来不像药头。等警察从河边把欧雷克押上警车之后，青年才转身踏上黑斯默街。

楚斯也许可以再想出他在犯罪现场附近观察到的十个人，把犯案的可能性套在他们身上，但他之所以特别记得那个青年，是因为后来他又见到了他，不是见到本人，而是在莱昂旅馆里哈利拿给他看的那张全家福照片上。

哈利问他认不认得伊莲娜·韩森，他诚实回答说不认得，但他没跟哈利说他在照片上认出了谁。当然他认得古斯托，但照片上还有另一个人，另一个青年，也就是古斯托的养兄。青年在照片上露出同样的严肃表情，正是楚斯在犯罪现场见过的那个人。

楚斯把车停在王子街上，就停在莱昂旅馆附近。

他开着警用频道聆听，这时等待已久的通话终于传来了：

“呼叫〇一，民众报案说布林登路发出巨大声响，我们去查过了，看来那里发生过交战，现场有催泪瓦斯，还有大量弹痕，看起来绝对是自动武器造成的。有名男性遭射杀。我们下到地下室，可是里头全是水。我们认为最好还是派戴尔塔小队去查看二楼。”

“能不能确认现场是否还有人生还？”

“你自己来确认！没听见我刚说的吗？现场有催泪瓦斯还有自动武器！”

“好吧好吧，你需要什么？”

“派四辆警车来搜索这个地区，再派戴尔塔小队、SOC小组，还有……可能还需要水电工。”

楚斯调低音量。他听见一辆车发出尖锐的刹车声，停了下来，看见一名高大男子从车子前方穿越马路。那辆车的驾驶员大发雷霆，猛按喇叭，但男子充耳不闻，只是朝莱昂旅馆大步走去。

楚斯眯起眼睛。

真的是他吗？真的是哈利·霍勒吗？

男子垂头缩肩，身穿一件破旧大衣，一转头，街灯照亮了他的脸。楚斯发现自己看错了，男子看起来有点眼熟，但绝对不是哈利。

楚斯靠上椅背。现在他知道是谁赢了。他朝窗外望去，俯瞰他的城市。这座城市是他的了。绵绵细雨在车顶喃喃地说哈利·霍勒已经死了，接着叫嚣着从风挡玻璃奔流而下。

多数客人在凌晨两点以前都已干完炮，拖着疲惫身躯回家，莱昂旅馆也安静下来。神父走进旅馆大门时，年轻的接待员只稍微抬了下头。雨水顺着神父的大衣和头发流下。每次卡托消失多日之后，半夜以这种狼狈状态返回旅馆，接待员总会问他究竟跑去做了什么事，但他的回答总是冗长、热切，又巨细靡遗，述说他如何帮助别人免于不幸。不过今晚卡托似乎比往常显得更疲惫。

“今晚很累？”接待员问道，希望得到“对啊”或“还好”之类的答案。

“哦，你知道的，”老人说，露出苍白的微笑，“人道工作，人道工作，差点连我这条老命也赔上了。”

“哦？”接待员回应道，但话一说出口他就后悔了，因为卡托一定会滔滔不绝讲上半天。

“我差点被车撞死。”卡托说着，爬上楼梯。

接待员松了口气，继续看他的《幻影侠》漫画。

卡托把钥匙插入门锁并转动，惊讶地发现门是开着的。

他走进房内，打开电灯开关，天花板的灯却不亮。他看见床边桌的台灯亮着，坐在床沿的男子颇高大，驼着背，跟他一样穿长大衣，水珠从大衣衣角滴到地上。他和男子是如此截然不同，但这时卡托首度惊讶地发现，他看着男子竟如同看着自己的映影。

“你在干吗？”卡托低声问。

“还用说吗？”男子说，“我闯进来看看你这里有没有值钱的东西。”

“结果找到了吗？”

“你是说值钱的东西？没有，可是我找到了这个。”

老人接住男子丢来的东西，拿在指间。他缓缓点头。那东西以硬质棉布做成，U字形，已没有原来那么洁白。

“你在我房间找到这个？”卡托问道。

“对，在你房间的衣柜里找到的，戴上吧。”

“为什么？”

“因为我想告解，而且你没戴它就好像没穿衣服一样。”

卡托看着弓身坐在床沿的男子，水从他的头发流下，流过脸上的疤痕，凝聚在下巴，再滴到地上。男子把房里唯一一张椅子放在房间中央，当作告解椅。桌上放着一包尚未开封的骆驼牌香烟，旁边是打火机和一根湿透的残破香烟。

“那我就恭敬不如从命吧，哈利。”

卡托解开大衣坐下，把U形领圈插进教士服的狭缝里，再把手伸进大衣口袋。哈利一见这动作就缩了一下。

“我只是要拿烟而已，”卡托说，“给我们两个人抽，你那包看起来像是溺水了。”

哈利点了点头，老头子从口袋里拿出一包已开封的香烟。

“你的挪威语说得很好。”

“说得比瑞典语好一点，可是我说瑞典语的时候你们挪威人听不出我的口音。”

哈利抽出一根黑色香烟，仔细打量。

“你是说你的俄罗斯口音？”

“这是寿百年的黑俄罗斯，”老人说，“现今唯一像样的俄罗斯烟，目前在乌克兰生产，我都是从安德烈那里偷来的。说到安德烈，他怎么样了？”

“不太好。”哈利说，让老人替他点燃香烟。

“很遗憾知道这件事。说到不太好，你应该已经死了才对啊，哈利。我知道我打开水门的时候，你就在隧道里。”

“的确是。”

“两道水门是同时开启的，水塔又是满的，你应该被冲到隧道中央才对。”

“的确是。”

“那我就不懂了，大部分的人都会因为饱受惊吓而溺死在隧道中央。”

哈利从嘴角呼出白烟：“就像那些追杀盖世太保首领的反抗军成员？”

“我不知道他在那里躲避的时候有没有测试过那个陷阱。”

“可是你在那个卧底警察身上测试过了。”

“他就跟你一样，哈利。认为自己身负使命的男人总是很危险，不只对他们自己来说危险，对周遭环境也是。你应该跟他一样淹死了才对。”

“但正如你所见，我还好端端地在这里。”

“我还是不明白这怎么可能。你是说你被大水冲倒以后，肺脏还有足够的空气可以在冰水里游八十米，穿过狭小的隧道，身上还穿着衣服？”

“不是。”

“不是？”老人露出微笑，看起来真心感到好奇。

“不是，我肺里的空气太少，只足以让我游四十米。”

“然后呢？”

“然后我得救了。”

“得救？是谁救了你？”

“那个你说他很善良的人救了我，”哈利举起空的威士忌酒瓶，“金宾。”

“威士忌救了你？”

“是威士忌瓶救了我。”

“空的威士忌瓶？”

“正好相反，是满的威士忌瓶。”

哈利把烟叼在嘴角，旋开瓶盖，把酒瓶举到头顶。

“里头有满满的空气。”

老人露出不可置信的神情：“你……”

“在水中耗尽我肺里的空气以后，最大的挑战就是如何把酒瓶对准嘴巴，仰头朝上，好让我吸进空气。那就像第一次潜水，身体会抵抗，因为身体的物理学知识有限，以为自己会因为吸进水而溺毙。你知道肺脏可以容纳四升空气吗？一整瓶空气加上一点决心，就足以支持一个人再游四十米。”哈利放下酒瓶，夹起香烟，用怀疑的目光看着它，“德国人应该把那条隧道建得更长一点。”

哈利看着老人，看见皱成一团的眉头突然舒展开来，听见他放声大笑，有如船只马达“轧轧”作响。

“我早就知道你与众不同，哈利。他们说你一听说欧雷克的事，必定会返回奥斯陆，所以我去打听了一下，现在我知道那些传言并没有夸大。”

“这个嘛，”哈利说，目光注视着神父交握的双手。他坐在床沿，双脚踏地一直做好准备，脚趾上的重量让他感觉得到鞋子底下的细尼龙线，“那你呢，鲁道夫？关于你的传言有没有夸大？”

“哪些传言？”

“呃，例如有人说你在哥德堡建立了海洛因贩毒网，还杀了一个警察。”

“怎么听起来好像要告解的人是我而不是你？”

“我只是觉得你临死之前把重担卸下来给耶稣也不错。”

又是一阵轧轧笑声：“说得好，哈利！说得好！没错，我们不得不除掉他。他原本是我们的烧毁者，可是我觉得他不可靠。我可不想再回监狱。那是个潮湿腐朽的地方，会一点一点啃蚀掉你的灵魂，就像霉菌侵蚀墙壁一样。每天你都被吃掉一点，你的人性也逐渐耗尽。我只希望我生平最大的死敌、我最恨的敌人也能尝到这种滋味。”他看着哈利。

“你知道我为什么回奥斯陆，那你呢？瑞典不是跟挪威一样是个很好的市场吗？”

“跟你一样，哈利。”

“跟我一样？”

鲁道夫抽了一口黑俄罗斯烟，说：“算了，反正除掉那个烧毁者以后，警察一直在追捕我。挪威和瑞典虽然是邻国，但奇妙的是你在挪威会觉得瑞典很遥远。”

“你回来以后变成神秘的迪拜，没人见过真面目，你只在夜晚出没，有如夸拉土恩区的鬼魂。”

“我必须转入地下才行，除了为生意着想之外，也是因为鲁道夫·阿萨耶夫这个名字会触动警方的敏感神经。”

“在七八十年代，”哈利说，“海洛因成瘾者大量死亡，你是不是也会替他们祷告呢，神父？”

老人耸了耸肩：“人们不会去批判跑车、定点跳伞、手枪或其他玩乐商品的制造商，但这些都是会让人去送死的商品。我只是满足消费者的需求，提供质量优良、价格合理的商品而已，商品的使用方式消费者可以自行决定。有些身心健全的公民也会吸食鸦片剂，这你应该知道吧？”

“对，我就是其中之一。你跟跑车制造商的不同之处，在于你做的事是非法的。”

“千万不要把法律和道德混为一谈，哈利。”

“所以你认为你的上帝会赦免你的罪？”

老人用手托住下巴。哈利觉得他看起来十分疲惫，但也知道这可能是装出来的，因此小心注意他的一举一动。

“我听说你是个热血警察，还是个卫道之士，哈利。欧雷克跟古斯托提过你的事，你知道吗？欧雷克爱你就像儿子爱父亲一样。像我们这种热血的卫道之士和渴望爱的父亲都有巨大的动能，但我们的弱点就是很容易被料到。你回奥斯陆只是迟早的事。我们在加勒穆恩机场布有眼线，可以取得旅客名单，所以你在香港还没搭上飞机，我们就知道你要回来了。”

“嗯，你们的眼线是不是烧毁者楚斯·班森？”

老人以微笑作为回答。

“那伊莎贝尔·斯科延呢？你也跟她合作吗？”

老人重重叹了口气：“你知道我会把答案一起带进坟墓。我很乐意死得像狗，可是我不想像告密者那样死去。”

“好吧，”哈利说，“后来呢？”

“安德烈从机场跟踪你到莱昂旅馆。我用卡托的身份四处游荡时，会在许多这种等级的旅馆流连，莱昂旅馆正好是其中常住的一家。所以你入住的第二天，我也跟着投宿。”

“为什么？”

“我想知道你在做什么，看你是不是会查到我们身上。”

“就跟贝雷哥住在这里的时候一样？”

老人点了点头：“我知道你是个危险人物，哈利，可是我喜欢你，所以我一直对你发出善意的警告，”他叹了口气，“可是你听不进去。你当然听不进去，哈利，我们这种人都听不进去。这就是我们之所以成功的原因，也是我们最后老是失败的原因。”

“嗯，你怕我会做出什么事？说服欧雷克去揭发你们吗？”

“这是其中之一。欧雷克没见过我，但我不知道古斯托跟他说过些什么。我必须很难过地说，古斯托是个不可信赖的人，尤其是他开始使用小提琴以后。”这时哈利震惊地发现他在老人眼神中看见的不是疲惫，而是痛苦，纯粹的痛苦。

“所以当你认为欧雷克可能会把内幕告诉我，你就想杀他灭口。当你杀不了他，你就想借由协助我来带你找到欧雷克。”

老人缓缓点头：“这不是针对个人，哈利。我们这行的行规就是这样，凡是告密者都必须铲除，我想你应该知道吧？”

“我知道，你只是遵守行规而已，但这不表示我会因此放过你。”

“那你怎么还不动手？难道你不敢吗？难道你怕下地狱吗，哈利？”

哈利在桌上摁熄香烟：“因为我想先知道几件事。为什么你要杀害古斯托？是不是害怕他会揭发你？”

老人把白发顺到一双大耳朵后方：“古斯托身上流着的血带有劣质基因，跟我一样，他天生就是告密者。要不是捞不到什么好处，他早就揭发我了。后来他被逼得狗急跳墙，那是小提琴的瘾头造成的，纯粹是化学作用，身体的需求胜过了理智。当我们的身体需求是那么强烈迫切，理智的力量就会削弱。”

“的确，”哈利说，“这种时候我们都会变得虚弱。”

“我……”老人咳了一声，“我不得不放他走。”

“放他走？”

“对，放他走，让他沉沦、消失。我明白我不能让他接管我的生意。他够聪明，那是他的父亲遗传给他的，但他缺少骨气，这个缺陷是他的母亲给他的。我想赋予他责任感，可惜他没有通过试炼。”老人抚摸后脑的头发，越来越用力，仿佛头发沾了污渍，想把它抹去，“试炼没过。劣质基因。所以我想，继承人得找别人才行。起初我想到安德烈和彼得，他们是来自鄂木斯克的西伯利亚哥萨克人。你知道吗？‘哥萨克’是‘自由人’的意思。安德烈和彼得是我的军团、我的 Stanitsa（哥萨克军队）。他们对阿塔曼非常忠诚，誓死效忠。但是你也知道，他们不是生意人。”哈利注意到老人的手势，看起来他完全沉浸在自己的思绪里。“生意不能交给他们，所以我想那就是谢尔盖了，他还年轻，还有大好未来等着他，还可以塑造……”

“你跟我说过你以前曾有个儿子。”

“谢尔盖也许没有古斯托的数学头脑，可是他有纪律和野心，为了成为阿塔曼他什么都愿意做，所以我给了他一把刀。他只剩下最后一场试炼。过去哥萨克人要成为阿塔曼之前，必须进入针叶林活捉一头狼，把它五花大绑带回来。谢尔盖虽然有这个意愿，但我还得看看他能不能完成 Chto Nuzhno。”

“什么？”

“就是‘必然之事’。”

“你儿子是不是古斯托？”

老人非常用力地抚摸后脑头发，双眼眯成两条缝。

“古斯托六个月大的时候我进了监狱，他母亲转而去别的地方寻求慰藉，至少是暂时的慰藉，她也没有能力扶养他。”

“你是说海洛因？”

“社会局从她手中带走古斯托，替他安排了一对养父母，他们都把我这个囚犯当作不存在一样。第二年冬天，古斯托的母亲就因用药过量而死亡，她应该早点这样才对。”

“你说你回奥斯陆的原因跟我一样，这个原因就是你儿子。”

“我听说他离开寄养家庭，走入歧途。当时我本来就考虑要离开瑞典了，而且那时候奥斯陆的市场竞争不那么激烈。我查出古斯托都在哪一带鬼混，一开始只是远远观察他。他长得好俊美，妈的真是太俊美了，当然啦，像他母亲。我可以坐在那里光看着他，就只是一直看着他，心想他是我儿子，是我亲生的……”老人开始哽咽。

哈利盯着自己的双脚，盯着旅馆接待员因为找不到窗帘杆而给他的那条尼龙线，正被他的鞋底踩在地上。

“后来你让他加入你的行列，测验他有没有接管生意的能力。”

老人点了点头，低声说：“可是我从来没跟他说过这件事，他临死之前都不知道我是他父亲。”

“为什么突然这么赶？”

“赶？”

“为什么你赶着要找继承人？先是古斯托，后来又是谢尔盖。”

老人挤出疲惫的微笑，在椅子上倾身向前，台灯的光线洒在他身上。

“因为我生病了。”

“嗯，我想也是。癌症？”

“六个月前医生说还剩一年。谢尔盖用的那把圣刀我原本都放在床垫底下。你的伤口会不会痛？那就是我所受的病痛，从刀子传到了你身上，哈利。”

哈利缓缓点头。鲁道夫说的这番话有些地方合乎情理，有些则不然。

“既然你只剩几个月的生命，为什么还那么害怕你儿子去告密，以至于要杀了他？难道你想用他来日方长的人生来换取你转眼即逝的性命？”

老人捂嘴咳了几声：“厄尔卡和哥萨克人只是单纯的军人，哈利。我们誓言效忠法纪，严格遵守，但我们不是盲目服从，而是心里有数。我们都受过训练要管好自己的感情，这样我们就可以成为自己人生的主宰。亚伯拉罕之所以同意牺牲自己的儿子是因为……”

“因为那是上帝的旨意。我不知道你口中的法纪是什么，但它说过让一个十八岁少年背黑锅是正当的吗？”

“哈利呀哈利，难道你还不明白吗？古斯托不是我杀的。”

哈利睁大眼睛瞪着老人：“你刚才不是说那是你们的法纪吗？必要的话连亲生儿子都要杀了？”

“对，我是这样说没错，可是我也说我生来就带有劣质基因。我爱我的儿子，绝对不可能夺走古斯托的性命，正好相反，我觉得亚伯拉罕和他的上帝可以去死。”老人的笑声变成了咳嗽声，他双手按在胸前，弯下身子，不停地咳嗽。

哈利眨了眨眼：“那是谁杀了他？”

老人直起身子，右手握着一把左轮手枪，又大又丑，看起来年纪比它的主人还要老。

“你应该很清楚不带武器来找我会有什么下场吧，哈利。”

哈利没有回答。他的 MP5 冲锋枪还躺在灌满水的隧道中，猎枪则留在楚斯家。

“那是谁杀了古斯托？”哈利又问一次。

“谁都有可能。”

老人的手指扣在扳机上，哈利似乎听见咔嗒一声。

“杀人不是太难，哈利，你同意吗？”

“我同意。”哈利说，抬起了脚。细尼龙绳发出嗖的一声，朝窗帘杆射去。

哈利在老人眼中看见问号，也看见他的脑子正以快如闪电的速度分析尚未整理完毕的信息。

不亮的电灯。

摆在房间中央的椅子。

哈利没搜他的身。

哈利一直坐在原地不动。

也许这时老人在昏暗中看见尼龙线从哈利脚下溜开，经过窗帘杆，再滑向他正上方的天花板灯。灯已不在天花板上，取而代之的是哈利除了神父领圈之外，唯一从布林登路大宅带回来的东西。那时哈利躺在鲁道夫的四柱床上，脑子里想到的只有那个东西。他全身湿透，大口喘息，眼前有无数黑点跳来跳去，觉得自己随时都会昏厥，却又努力让自己保持清醒，把自己留在此岸的黑暗中。他翻身下床，从《圣经》旁边取走甲虫。

鲁道夫·阿萨耶夫往左侧身，不让嵌在砖头上的钢钉穿透脑袋，而是穿入锁骨和肩膀肌肉之间的肌肤。这里的肌肉连接到神经纤维的接合处，也就是颈神经丛和臂神经丛交会之处。两百分之一秒后，他扣下扳机，正好这时他因为被甲虫击中而上臂肌肉瘫痪，使得左轮手枪往下掉了七厘米。子弹火药在千分之一秒间引燃，发出嗞嗞声，推动子弹从老纳甘手枪的枪管激射而出。千分之三秒后，子弹穿入哈利小腿之间的床架。

哈利站起来，扳开保险栓，按下弹出钮。刀柄一震，刀身弹出。哈利的手从臀部侧边低低挥舞，手臂直直地往前一送，又长又薄的刀身就从大衣翻领之间刺入，穿进教士服。他感觉衣服和肌肤毫无阻力，刀锋长驱直入地滑了进去，没至刀柄。哈利放开刀子，他知道鲁道夫·阿萨耶夫活不久了。椅子往后倒去，老人撞上地板，呻吟一声。他踢开了椅子，但留在原地，身体蜷曲，犹如一只受伤的危险黄蜂。哈利跨到老人上方，弯腰拔出刀子，看着不寻常的深红色鲜血。可能是从肝脏流出来的。老人伸出左手，在瘫痪的右臂附近摸索，寻找掉在地上的手枪。有个疯狂的瞬间，哈利希望老人的手摸到手枪，好让他有借口……

哈利踢开手枪，听见它击中墙壁发出砰的一声闷响。

“铁刀，”老人低声说，“用我的刀祝福我吧，孩子。这感觉好像火在烧。现在就把事情了结吧，这样对我们都好。”

哈利闭了一下眼睛，觉得它消失了，恨意消失了。那美妙而白炽的恨意一直是支持他前进的燃料，如今这燃料已然用尽。

“不了，谢谢。”哈利说，迈步离开老人，扣起潮湿的大衣，“我要走了，鲁道夫·阿萨耶夫。我会请前台那个小伙子打电话叫救护车，然后打电话给我以前的上司，告诉他哪里找得到你。”

老人发出咯咯笑声，嘴角冒出红色泡泡：“铁刀，哈利。杀了我不算杀人……我早就跟死人没两样了，我保证你不会因此下地狱。我会跟地狱的守门人说，不要把你拉进去。”

“我不是害怕下地狱，”哈利把湿了的骆驼香烟放进大衣口袋，“我只是警察，我们的工作是把罪犯绳之以法。”

老人咳嗽，泡泡破了：“少来了，哈利，你的警徽是塑料做的。我是病人，法官只会给我囚室、亲吻、拥抱和吗啡而已。我犯下那么多起杀人命案。我把竞争对手吊在桥上；我连手下也杀，例如我们用砖头对付的那个机长；还有警察，那个贝雷哥。我派安德烈和彼得去你房间除掉你和楚斯·班森，你知道为什么吗？是为了要布置得像是你们开枪杀了彼此，还会留下枪支做证据。快点，哈利。”

哈利在床单上擦了擦刀身：“你为什么要杀班森？再怎么说他都是为你工作。”

鲁道夫侧过身子，呼吸似乎顺畅了点，他维持这个姿势几秒钟后才开口回答：“他背着我去摩托帮俱乐部，想偷一大批海洛因，那些海洛因虽然不是我的，但我一发现手下的烧毁者这么贪婪，就知道此人不可信任，况且他知道太多，足以毁了我。这所有因素加起来，风险就变得太高，像我这样一个生意人，总是得去除风险，哈利。我们发现那是个一石二鸟的好机会，可以同时除掉你和班森。感到恨意了吗，哈利？我差点就杀了你儿子。”

哈利在门口停下脚步：“古斯托是谁杀的？”

“‘恨意’这篇福音就是人类的生存法则，跟着恨意走，哈利。”

“谁是你在警界和市议会的联络人？”

“如果我跟你说，你会帮我了断吗？”

哈利看着他，迅速点了点头，希望欺骗之意没有那么明显。

“你靠近一点。”老人低声说。

哈利弯下腰去。突然老人犹如硬爪的手抓住哈利的翻领，把他拉近，在他耳边发出磨刀石般细细的喘息声。

“哈利，你知道我付钱找人去担下谋杀古斯托的罪，如果你以为那是因为欧雷克被拘留在一个秘密地点，所以我杀不了他，那你就大错特错了。我在警界的联络人能够取得证人保护计划，要在那里刺死欧雷克对我来说易如反掌。我只是改变心意而已。我不想让他死得那么容易……”

哈利试图拉开老人的手，但他抓得死紧。

“我要把他倒吊起来，在他头上罩上塑料袋，透明的塑料袋，”老人话音低沉，“再把水从他脚上倒下，让水顺着身体流进塑料袋。我要把这整个过程拍下来，连声音一起，这样就可以听见他发出的惨叫声。事后我会把视频寄给你看。你如果放过我，我一定会这么做。警方很快就会释放我，哈利，因为他们缺乏证据。然后我会找到欧雷克，我发誓我一定会……你就等着 DVD 寄到你的信箱里吧。”

哈利本能地手一挥，感觉刀身没入，再深深往内插，然后转动。他听见老人倒抽一口凉气。哈利的手继续转动，他闭上眼睛，感觉肠子和器官搅动，破裂，彻底翻转。最后他听见老人放声尖叫，但其实那是他自己的尖叫声。

42

哈利被脸庞旁边的阳光唤醒，或者唤醒他的是声音？

他小心睁开眼睛，环顾四周。

眼中看见客厅窗户和蓝色天际，但没听见声音，至少现在还没有。

他在满是烟味的沙发上吸了口气，抬起头来，想起自己身在何处。

他离开老人的房间后，返回自己房间，冷静地收拾帆布行李箱，再从后楼梯离开旅馆，搭出租车前往一个绝对没人找得到他的地方，那就是斯蒂格·尼伯克在奥普索乡的老家。看来在他离开之后，没人进过那栋屋子。他进门后的第一件事就是翻遍厨房和浴室的抽屉，最后终于找到止痛药。他服下四颗药，洗去老人在他手上留下的血迹，然后去地下室看斯蒂格做出决定没。

他做了决定。

哈利回到一楼，脱下衣服挂在浴室晾干，找出一条毯子，躺到沙发上，脑子还来不及胡思乱想就已沉沉睡去。

醒来后他走进厨房，拿了两颗止痛药，用开水吞下。他打开冰箱看了看，里头有很多美食，显然斯蒂格让伊莲娜吃得很好。昨天的反胃感又出现了，他知道自己无法进食，便回到客厅。他昨天已经在客厅看见酒柜，但只是对它敬而远之，径直去沙发上睡觉。

他打开酒柜门，见里头空空如也，不由得松了口气。他翻寻口袋，找寻那只廉价戒指，这时他听见一个声音。

刚才他觉得有声音把他吵醒，果然没错。

他走到打开的地下室门前，侧耳倾听。这是爵士乐手乔·扎维努（Joe Zawinul）的乐曲吗？他走下楼梯，来到储藏室门前，朝铁丝网内望去。斯蒂格正慢慢转动，宛如无重力状态下的航天员。哈利心想，难道斯蒂格裤子口袋里的手机振动，可以产生有如螺旋桨般的功用？手机铃声是天气预报乐队的《钯金属》（*Palladium*）这首曲子的四个……不对，是三个音符，听起来宛如来自冥界的电话。哈利从斯蒂格身上拿出手机时就是这么想的：斯蒂格打电话来找我。

哈利看了看屏幕显示的号码，按下接听键，听出镭医院前台接待员的声音："斯蒂格！哈啰！你在吗？你听得见我说话吗？我们到处在找你，斯蒂格。你在哪里？有一个会议你应该来参加，不对，不是一个，是好几个。我们都很担心。马丁去你家找过你，可是你不在。斯蒂格？"

哈利挂上电话，把手机放进自己口袋。他需要这部手机，玛蒂娜的手机在隧道里泡水坏了。

他从厨房搬了张椅子，坐到阳台上，让晨光洒在脸上，拿出那包烟，将愚蠢的黑色香烟放进嘴里点燃。反正就凑合着抽吧。他拨打熟悉的号码。

"我是萝凯。"

"嗨，是我。"

"哈利？我不认得你的号码。"

"我换了一部新手机。"

"哦，听见你的声音真开心，一切都顺利吗？"

"对，"哈利说，听见她愉悦的语气不禁嘴角上扬，"一切都顺利。"

"那里热不热？"

"很热，太阳很大，我正要吃早餐。"

"早餐？那里现在不是大概四点吗？"

"我有时差，"哈利说，"在飞机上睡不着。我在素坤逸路上找了一家很棒的酒店。”

“你不知道我多想再见到你，哈利。”

“我……”

“不，等一等，哈利，我是说真的。我整晚没睡都在想这件事。这个决定绝对是正确的，也就是说，如果它是正确的我们就会发现。而且这也正是它为什么正确，因为我们会自己搞清楚。哦，想想看那时如果我拒绝的话会怎么样，哈利。”

“萝凯……”

“我爱你，哈利。我爱你。听见了吗？你能听见这句话有多么平淡、别扭、多了不起吗？你必须打从心底说出这句话才说得出这种感觉，就跟要穿上大红色洋装的心情一样。我爱你。这样说会不会有点太过火了呢？”

她哈哈大笑。哈利闭上眼睛，感受世界上最美好的阳光亲吻他的肌肤，感觉世界上最悦耳的笑声亲吻他的鼓膜。

“哈利？你还在吗？”

“我在。”

“真奇怪，你听起来很近。”

“嗯，我很快就会离你很近了，亲爱的。”

“再说一次。”

“说什么？”

“亲爱的。”

“亲爱的。”

“嗯……”

哈利觉得自己坐在一样东西上，他的裤子后口袋有个硬物，他把它拿出来。阳光下那只戒指的镀金表面有如真金般灿烂夺目。

“萝凯，”他说，用指尖抚摸戒指上的发黑缺角，“你觉得我们结婚怎么样？”

“哈利，你别闹我。”

“我没闹你。好啦，我知道你难以想象自己嫁给一个香港的收债人。”

“我完全没这么想哦，不然我应该想象自己嫁给谁？”

“不知道，如果是嫁给一个以前当过警官、现在在警察学院教命案调查的普通人呢？”

“我好像不认识这种人。”

“搞不好你以后会认识这种人，他会带给你很多惊喜，不可思议的事总是会发生。”

“是你自己老是说人是不会改变的。”

“那如果现在我说人是可以改变的，有证据显示这件事是有可能发生的呢？”

“你这油嘴滑舌的家伙。”

“这样说好了，假设我是对的，人可以改变，那么把过去全都抛在脑后是可能的。”

“你是说你可以把萦绕着你的那些鬼魂全都放下吗？”

“那你会怎么回答？”

“回答什么？”

“回答我提出结婚的假设性问题。”

“你这是在求婚吗？假设性的？在电话上？”

“你有点过度解读我意思了，我只是坐在阳光下跟一个很迷人的女人聊天而已。”

“我要挂电话了！”

萝凯挂上电话，哈利瘫坐在餐椅上，闭上眼睛，脸上挂着大大的微笑。阳光暖洋洋的，疼痛消失了。再过十四小时他就能见到她。他想象着萝凯走到加勒穆恩机场的登机口，竟看见他坐在椅子上等她时，脸上所露出的惊讶表情。想象奥斯陆在飞机底下越缩越小时，她脸庞的模样。想象她睡着时，头靠在他肩膀上。

他在椅子上动也不动，直到温度骤降，他半睁开眼，原来是云朵一角遮住了阳光。

他又闭上眼睛。

跟着恨意走。

当老人这么说时，哈利以为意思是要他跟随自己的恨意，把老人杀了。但若他是另有所指呢？当时他说这句话是接在哈利问谁杀了古斯托之后，难道这就是答案？难道他的意思是说只要跟着恨意走，就可以找到真凶？如此想来，是有几个可能的嫌疑犯，但谁最有理由痛恨古斯托？伊莲娜当然是其中之一，但古斯托遇害时她被锁在地下室里。

太阳再度露脸，哈利认为自己过度解读了老人的话。任务已经结束，他应该放轻松，再过不久他就得再吃止痛药，也得打电话给汉斯说欧雷克终于脱离险境。

这时他的脑际闪过另一个念头：楚斯是个游手好闲的欧克林警官，不可能拿得到证人保护计划的数据，那么联络人一定另有其人，一个层级更高的人。

等一下，他心想，等一下，老天爷，管他呢，想想航班，想想今晚的航班，想想俄罗斯上空的繁星。

他回到地下室，心想是不是要割断水管把斯蒂格放下来？但随即否决了这个想法，找到寻找已久的撬棒。

黑斯默街九十二号公寓楼下的大门开着，但命案现场那一户的大门已重新贴上封条并被锁上。可能是因为最近有人自首了吧，哈利心想，手一挥把撬棒插进门板和门框之间。

屋里似乎每样东西都在原位，长条形的晨光横亘在客厅地上，宛如钢琴键盘。

他把小帆布行李箱放在墙边，在一张床垫上坐下，检查机票是否放在大衣内袋，看了看表。距离航班起飞还有十三小时。

他环目四顾，闭上眼睛，想象当时的情况。

一名男子头戴全罩式头套，不发一语，因为他知道自己一出声就会被认出来。

男子来这里找古斯托，他什么东西都没拿，只夺走古斯托的性命。显然他满怀恨意。

子弹是 9 毫米 ×18 毫米的马卡洛夫子弹。凶手用的很可能是马卡洛夫手枪或福特 12 式手枪。如果敖德萨手枪在奥斯陆很常见的话，那么必要时凶手也会使用这种枪。凶手站在那里开枪，然后离开。

哈利仔细聆听，希望这个房间会透露信息给他。

时间一分一秒过去。

教堂钟声响起。

这里已经没有线索可以收集了。

哈利起身准备离开。

他走到门前，突然听见有个声音夹杂在教堂钟声之间。他等待下一声钟响结束。又来了，那是个细小的抓搔声。他轻轻往回走了两步，查看整个房间。

它就在门槛边，背对哈利。那是一只褐色老鼠，细长的尾巴闪闪发光，耳朵内侧是嫩粉红色，身上的皮毛有着怪异的白色斑纹。

哈利不知道为什么自己要留下来，屋里有只老鼠又没什么稀奇的。

是白色斑纹的缘故。

那只老鼠看起来像是曾经爬过洗衣粉，或是……

哈利再度环顾客厅。床垫之间有个大烟灰缸。他知道自己只有一次机会，因此脱去鞋子，趁下次钟声响起时悄悄越过客厅，拿起烟灰缸，静静站立不动。老鼠距离他一米半，依然没察觉到他的存在。他在心里计算时间。钟声响起，他向前一跃，伸长手臂。老鼠反应太慢，没能躲过从天上罩下的陶瓷烟灰缸。哈利听见它发出吱吱叫声，在里头前后冲撞。他推着烟灰缸越过地板来到窗边，拿起那里的一摞杂志压在烟灰缸上，然后开始搜寻。

他找遍屋内的抽屉和柜子，但一丝线索也没发现。

他拿起地上的碎呢地毯，拉出一缕纤维，在一端绑个绳圈，然后移开杂志，稍微抬起烟灰缸，把手伸进去，准备好迎接之后发生的事。就在他感觉到老鼠的牙齿咬入他拇指和食指之间的虎口位置时，他翻开烟灰缸，用另一只手抓住老鼠，再沾起它身上的白色粉末。老鼠吱吱叫个不停。他用舌头舔了舔粉末，尝起来有苦味和熟透的木瓜味。是小提琴。这附近有藏毒处。

哈利把绳圈套进老鼠尾巴，牢牢绑在根部，再把它放回地上。老鼠冲了出去，绳线也从哈利手中飞出。它要回家。

哈利跟着老鼠进入厨房，老鼠冲进油腻腻的炉台后方。他抬起笨重的老式炉台，让重量落在后方的两个轮子上，往前一拉，露出墙边一个拳头大小的洞。

绳线跑进洞里，露出尾端，不再移动。

哈利把刚才被咬的那只手伸进洞里，摸索墙内的结构，感觉左右两侧都有隔热棉材，又摸了摸洞的上方，但什么也没摸到。里头的隔热材料已被挖空。哈利把绳线末端绑在炉台脚上，去浴室拆下镜子。镜子上沾有唾液和痰液。他对准水槽边缘，砸破镜子，挑了一块合适的大碎片，然后走进卧室，拿起墙边的台灯，回到厨房，把镜子破片放入洞内，再把台灯插头插进炉台旁边的插座，朝镜子破片照去，对着墙壁找到正确角度。他要找的东西映入眼帘。

藏毒处。

那是个布包，挂在距离地面半米的钩子上。

他必须把手伸进洞内又屈起手臂，才能够到布包，但洞口太小，不可能办到。哈利努力思索，藏毒的主人要用什么工具才够得到布包？他搜查过屋里所有的抽屉和柜子，这时他在脑海中回想自己看过的东西。

铁丝。

他回到客厅。他和贝雅特第一次来这套公寓时，就看见客厅床垫下突出一根弯成九十度角的铁丝，唯有那根硬铁丝的主人知道它有什么功用。哈利把铁丝插进洞里，利用弯折的末端勾下布包。

布包很重，和他预料的一样重，必须硬拉才能拉出洞口。

布包挂得很高，老鼠够不到，但还是在底端咬出一个小洞。哈利摇摇布包，几许粉末掉了出来，这就是老鼠身上沾有白粉的原因。他打开布包，拿出三小包小提琴，每包容量可能是零点二五克。布包里没有全套吸毒器具，只有一根汤匙，匙柄是弯的，还有一支用过的针筒，一根橡胶管，以及别的什么东西。

那玩意放在布包底部。

哈利用抹布拿起来，以免留下指纹。

那是什么毋庸置疑，因为它的外形厚实怪异，几乎称得上滑稽，犹如喷火战机乐队的同名专辑封面图案。那是一把敖德萨手枪。哈利闻了闻枪身。子弹击发之后，手枪若未及时清理上油，火药味会在上头残留好几个月。这把枪不久之前才击发过。他查看弹匣，里头有十八发子弹，少了两发。他心下再无怀疑。

这就是凶枪。

哈利走进主街的玩具店。距离航班起飞还有十二小时。

店里有两种指纹工具可供选择，哈利选了比较贵的那种，里头有放大镜、LED 灯、软刷子、三色指纹粉、采集指纹的胶带，以及一本簿子，用来收集家人的指纹。

“买给我儿子的。”结账时哈利说。

女店员露出职业笑容。

哈利步行返回黑斯默街，立刻开始工作，用小得不像话的 LED 灯寻找指纹，拿起一个迷你小罐洒出指纹粉。软刷也很小，哈利觉得自己活像是《格列佛游记》里的巨人。

枪柄上有几枚指纹。

针筒活塞的侧边有一枚清楚的指纹，可能是大拇指的，上头还有许多黑点，虽然什么都有可能，但哈利猜测那应该是残留的火药。他把所有指纹都采集到胶带上，开始比对。显然握过手枪的人也拿过针筒。哈利查看床垫附近的墙壁和地板，找到很多指纹，但都跟手枪上的不符。

他打开帆布行李箱和内侧置物袋，拿出里面的东西放在餐桌上，打开 LED 灯。

他看了看表。还有十一小时。时间还多着呢。

下午两点，汉斯·克里斯蒂安·西蒙森走进施罗德酒馆，看起来跟这个地方格格不入。

哈利坐在窗边角落他习惯坐的那个位子上。

汉斯坐了下来。

“好喝吗？”他问道，朝哈利面前那壶咖啡点了点头。

哈利摇了摇头。

“谢谢你来。”

“不用，星期六不用上班，又没什么事好做。怎么了？”

“欧雷克可以回家了。”

律师的脸亮了起来：“这表示……？”

“那些可能伤害欧雷克的人都已经走了。”

“走了？”

“对。他在很远的地方吗？”

“没有，距离市区二十分钟车程，在尼德塔街。你说他们走了是什么意思？”

哈利端起咖啡杯：“你确定你想知道吗，汉斯？”

汉斯看着哈利：“这表示你侦破这件案子了吗？”

哈利没有回答。

汉斯倾身向前：“你知道是谁杀了古斯托对不对？”

“嗯。”

“怎么知道的？”

“我做了些指纹比对。”

“那是谁……”

“这不重要。我今天离开，所以我想跟欧雷克道别。”

汉斯微微一笑。那是个痛苦的微笑，但仍算是个微笑：“你是说在你跟萝凯离开之前？”

哈利转动咖啡杯：“她跟你说了？”

“我们一起吃过午餐，我答应照顾欧雷克几天。我猜你会从香港派人来接他。不过我是不是误会了，我以为你已经在曼谷了。”

“我有事耽搁了。有件事我想问你……”

“她还说了别的事，她说你跟她求婚。”

“哦？”

“当然是用你的方式求婚。”

“这个嘛……”

“她还说她想过了。”

哈利扬起一只手，表示不想再听下去。

“结果是‘不好’，哈利。”

哈利呼出一口气：“很好。”

“所以她说她不是‘想’的，而是‘感觉’的。”

“汉斯……”

“结果答案是‘好’，哈利。”

“听我说，汉斯……”

“你听见了吗？她想嫁给你，哈利，你这个幸运的大浑蛋。”汉斯脸上放出喜悦般的光彩，但哈利知道那其实是绝望的光芒，“她说她想跟你长相厮守。”他的喉结上下跳动，声音在假音和嘶哑声之间交替，“她说她跟你在一起，一定少不了会有糟糕透顶、简直是灾难的时候，会有马马虎虎、还过得去的时候，还会有棒得不得了的时候。”

哈利知道汉斯一字不漏地转述萝凯的话，也知道他为什么会这样做，因为她说的字字句句都烙印在他心里。

“你有多爱她？”哈利问道。

“我……”

“你爱她爱到愿意在她的下半辈子照顾她和欧雷克吗？”

“什么？”

“回答我。”

“当然愿意，可是……”

“发誓。”

“哈利。”

“我要你发誓。”

“我……我发誓。可是这又不能改变什么。”

哈利露出苦笑：“你说得对，什么都没改变，什么都不能改变，永远都不会改变。妈的，河水总是会顺着相同的路线走。”

“我听不懂你在说什么。”

“你会懂的，”哈利说，“她也会懂的。”

“可是……可是你们彼此相爱啊。她说得很明白，你是她一生的挚爱，哈利。”

“她也是我一生的挚爱，过去是，未来也都会是。”

汉斯看着哈利，脸上夹杂着困惑和类似同情的表情：“就算这样，你还是不要她？”

“这个世界上我最想要的就是她，可是我不确定我还能在这里待多久，如果我离开的话，你要记得你发过的誓。”

汉斯哼了一声：“你会不会说得太夸张了一点，哈利？我都不知道她要不要我呢。”

“那就想办法让她要你，”颈部的剧痛让哈利有点呼吸困难，“你可以保证你会做到这点吗？”

汉斯点了点头：“我会尽力一试。”

哈利迟疑片刻，伸出了手。

两人握手。

“你是好人，汉斯，我把你储存为H，”哈利拿起手机，“你取代了哈福森。”

“谁？”

“只是个以前的同事，我很想再见他一面。我得走了。”

“你现在要去干吗？”

“去见杀害古斯托的凶手。”

哈利站了起来，转身朝柜台旁的莉塔比了个致意的手势，莉塔也挥了挥手。

哈利走出酒馆，迈开大步从马路上的车辆之间穿过，他眼睛后方仿佛发生爆炸，喉咙感觉像要撕裂开来；走到多弗列街时，胆汁开始上涌。他在宁静街道的墙边弯下腰，呕出先前莉塔端上的培根、蛋和咖啡，再直起身子，朝黑斯默街走去。

反正呢，最后要做出这个决定很简单。

我坐在肮脏的床垫上，拨打电话，感觉我那颗惊慌的心扑通扑通跳个不停。我既希望他会接起电话，又希望他不会。

我正要挂断时，他接了起来。养兄的声音冷漠而又清楚地传来。

“我是斯泰因。”

有时我觉得他取这个名字真是再适合不过，挪威文的斯泰因（Stein）就是“岩石”的意思，岩石具有难以穿透的表面和坚硬的内部，缺乏感情、冷酷沉重。但即使是岩石也有弱点，只要朝弱点猛力一击，就能让它迸裂开来。

我清了清喉咙：“我是古斯托，我知道伊莲娜在哪里。”

我听见轻轻的呼吸声。斯泰因总是轻声呼吸。

他可以连续奔跑好几个小时，几乎不需要氧气，也不需要奔跑的理由。

“她在哪里？”

“这就是重点，”我说，“我知道她在哪里，可是你要付出代价才能知道。”

“为什么？”

“因为我需要。”

那感觉就像一波热浪，不对，是冷飕飕的寒风。我感觉到他的恨意袭来，听见他吞了口口水。

“你要多……”

“五千。”

“好。”

“我是说一万。”

“你刚刚说五千。”

操。

“可是事情很紧急。”我说，即使我知道他已经站了起来。

“好，你在哪里？”

“黑斯默街九十二号，大门门锁坏了，我在三楼。”

“我马上过去，你哪里都别去。”

哪里都别去？我从客厅烟灰缸里拿起几个烟屁股，走进厨房，在午后震耳欲聋的寂静中点燃。可恶，这里热死了。有东西发出窸窣声响，我循声看去。又是那只老鼠，它正沿着墙边奔跑。

它是从炉台后面跑出来的。它在那里有个藏身处。

我抽了第二根烟屁股。

这时我心念一动，跳了起来。

炉台重得要命，但我发现它的后侧有两个轮子。

那老鼠洞比一般老鼠洞要大得多。

欧雷克啊欧雷克，你虽然聪明，但这把戏当初可是我教你的。

我蹲下身去，操作铁丝时就已经嗨了起来，手指剧烈颤抖，我恨不得把它们全都咬下来。我感觉到它，却又错过。那一定是小提琴，一定是！

我终于勾到了它，觉得沉甸甸的。我把它拉出来，原来是个又大又重的布包。我打开布包。中奖了！

布包里有一根橡胶管、一支汤匙、一支针筒，还有三个透明的小密封袋，袋里的白粉夹杂褐色颗粒。我的心欢声歌唱。我跟我唯一信赖的朋友和情人重逢了。

我把两个小密封袋放进口袋，打开第三个。只要省着点用，这些小提琴够用一个礼拜。现在我只要先注射小提琴，然后在斯泰因或其他人抵达之前开溜就行了。我在汤匙上倒了些白粉，点亮打火机。通常我会再加几滴柠檬汁，就是市面上卖的那种瓶装柠檬汁，它可以防止白粉结块，让针筒把白粉全都吸进去。但我手边没有柠檬汁，也没有耐性。眼前只有一件事最重要：把这玩意打进血管。

我把橡胶管绑在手臂上端，用牙齿咬住管子末端把它拉紧，找到一条蓝色大静脉，用针筒瞄准这个大目标，稳住手指。我在发抖，剧烈发抖。

针尖没刺中静脉。

一次、两次。吸气。别多想，别太急，别慌张。

针尖摇晃不定，我朝蓝色大虫戳下去。

又没刺中。

我奋力对抗绝望，心想是不是要先吸一点，让自己镇定下来。可是我要的是激昂，是整管小提琴进入血管所带来的强烈快感，是它直接进入脑部所产生的高潮和自由坠落！

燠热和阳光令我目眩。我移动到客厅，在墙边的阴影里坐下。妈的，这下连静脉都看不到了！慢慢来。我等待瞳孔扩张。幸好我的前臂白得跟电影屏幕一样，静脉看起来有如格陵兰地图上的河川。

就是现在。

又没中。

我再也受不了了，觉得眼泪就要夺眶而出。这时鞋子踩上地板的咯吱声响传来。

我的注意力全都集中在手臂上，完全没听见他走进来。

我抬头望去，泪眼盈眶，眼前影像都是扭曲的，活像是他妈的游乐园里的哈哈镜。

“嗨，小偷。”

已经好久没听见有人这样叫我了。

我眨了眨眼，泪水散去，眼前出现熟悉的人影。是的，现在我看清楚了，连手枪都看得很清楚。原来那把枪不是被恰巧闯入的窃贼偷走的。

奇怪的是我并不害怕，突然我变得异常冷静。

我再度低头朝静脉看去。

“别这样做。”那声音说。

我看见我的手稳得跟扒窃之手一样。机会来了。

“我会开枪哦。”

“我不这么认为，”我说，“你如果开枪，就永远都找不到伊莲娜。”

“古斯托！”

“我只是做我必须做的事，”我说，刺了下去，正中静脉，抬起拇指准备按下活塞，“你也可以做你必须做的事。”

教堂钟声再度响起。

哈利坐在墙边的阴影中。外头街灯的亮光落在床垫上。他看了看表。九点。飞往曼谷的航班三小时后起飞。脖子的疼痛突然加重，烫得有如即将消失在云朵背后的阳光。不久之后阳光就会消逝，不久之后他就不会再觉得痛。哈利知道事情会如何结束。那天当他重新踏上奥斯陆的土地，这个结局就已无可避免。就好像他知道人类需要秩序与依附，于是会操控自己的头脑去看出特定的逻辑，因为“世上的一切不过是一团冰冷的混乱，其实毫无意义”的这种想法，远比最为惨烈但却可以理解的灾难还令人难以忍受。

他往大衣内袋摸索香烟，指尖却摸到那把弹簧刀的刀柄。他觉得应该丢掉那把刀，因为有个诅咒附在刀上，也附在他身上。算了，反正也没多大差别，早在这把刀出现之前，他就已受到诅咒，而这个诅咒比什么刀都来得可怕。这诅咒说：他的爱是祸患，他一直背负着这个祸患。正如鲁道夫所说，那把刀会将主人的痛苦和病痛传到被它刺伤的人身上，而那些容许自己被哈利所爱的人终将付出代价，也终将被摧毁，从他身旁被夺走，变成鬼魂。每个被他爱过的人都会变成鬼魂，不久之后萝凯和欧雷克也将变成鬼魂。

他打开那包烟，审视自己内心。

他究竟在想什么？难道他以为自己逃得过这个诅咒？难道他以为跟他们一起飞到地球另一端，就能从此过上幸福快乐的生活？他脑子里虽然这么想，却又看了看表，盘算最晚什么时候出发可以赶上飞机，而如此盘算的正是他那颗自私贪婪的心。

他再度拿出那张被折了一角的全家福照片来看，看看伊莲娜，还有她哥哥斯泰因，那个脸色阴沉的青年。哈利去找斯泰因的时候，斯泰因在他记忆中已存在两个印象，其一来自这张照片，其二来自他回到奥斯陆的那天晚上。那晚在夸拉土恩区，斯泰因仔细打量过哈利，让哈利误以为他是警察，但其实哈利错了，而且是大错特错。

哈利听见楼梯传来脚步声。

教堂钟声响起，听起来脆弱而孤独。

楚斯在台阶顶端停下脚步，看着大门，感觉心脏剧烈跳动。他们又要见面了。他期待再度碰面，却又感到害怕。他吸了口气。

然后按下门铃。

他调整了一下领带。穿西装让楚斯很不自在，但他一听米凯说有谁会来参加乔迁派对，就知道非穿西装不可。宾客全都是来头不小的长官，包括即将卸任的警察署长和他们的老对头，犯罪特警队队长甘纳·哈根。此外还有一些政治人物，比如那个妖娆的伊莎贝尔·斯科延。他曾盯着她的照片猛看。另外还有几个电视名人。楚斯不知道米凯是怎么认识这些人的。

大门打开。

是乌拉。

“你看起来很帅，楚斯。”她说，露出女主人的微笑，双眼闪烁光芒，但楚斯立刻知道自己来得太早了。

他只是点了点头，无法说出理当响应的话：你也很漂亮。

乌拉跟他很快地拥抱了一下，请他进屋。他们准备了迎宾香槟，但她还没把香槟倒进杯子。她微微一笑，绞着手，有点慌张地看了看通往二楼的楼梯，可能希望米凯赶快下来招待客人。但米凯可能还在更衣照镜，检查头发是否梳理整齐。

乌拉聊起小时候他们在曼格鲁区认识的人，说话速度有点太快，问楚斯知不知道那些人现在怎么样了。

楚斯不知道。

“已经没联络了。”他答道，尽管他清楚知道乌拉晓得他不曾和那些人保持联络。他没和任何人保持联络，没和古根、吉米、安德斯或克鲁格保持联络，他只有一个朋友，那就是米凯。米凯在社会和职场上一路往上爬，也一直把楚斯带在身边。

两人已无话可聊，应该说乌拉已找不到话说，楚斯则是一开始就不知道要说什么。一阵静默。

“那你认识什么女性朋友了吗，楚斯？”

“没有。”现在他很想喝那杯迎宾香槟。

“真的都没人可以让你心动吗？”

她侧过头，一只带笑的眼睛眨了眨，但他看得出她话才说出口就已后悔，也许因为她看见他涨红了脸，又或者她早已知道答案。答案就是：你，乌拉，让我心动的就是你。过去在曼格鲁区，楚斯总是跟在米凯和乌拉这对超级情侣后方三步的位置，随传随到，尽管他总是绷着脸，露出一副无所谓，反正我很无聊，也没别的事好做的神情。虽然他的心为她燃烧，虽然他的眼角余光总是注意她的一举一动和脸上表情，但他得不到她，他知道自己永远都不可能得到她，然而他却一直怀抱这股渴望，就如同人类渴望飞行一样。

米凯终于从楼梯上走下来，他拉拉袖子，好让袖扣从晚礼服外套的袖口露出来。

“楚斯！”

这种夸张热情的口气，通常用来招呼不熟的客人。“老朋友，干吗拉长了脸？今天我们应该为这座宫殿好好庆祝一番才对啊！”

“我以为是要庆祝你当上警察署长呢，”楚斯说，环顾四周，“我今天在报纸上看到了。”

“那是消息走漏，还没正式宣布。但今天我们要向你建造的露台致以敬意，楚斯，不是吗？香槟准备得如何了，亲爱的？”

“我现在就去倒。”乌拉说，扫去丈夫肩膀上看不见的灰尘，转身离去。

“你认识伊莎贝尔·斯科延？”楚斯问。

“对啊，”米凯说，脸上依然挂着微笑，“今天晚上她会来。为什么这样问？”

“没什么，”楚斯吸了口气。要问的话现在就开口问，否则就永远闭嘴，“有件事我有点纳闷。”

“什么事？”

“前几天我被派去莱昂旅馆执行逮捕任务，你知道吗？”

“我想我应该知道。”

“可是我到了现场，正要执行任务的时候，另外两个我不认识的警察突然出现，要逮捕我们两个人。”

“任务重叠？”米凯笑道，“去找芬恩啊，任务分配是他负责的。”

楚斯缓缓摇头：“我不认为那是任务重叠。”

“不是吗？”

“我想是有人故意派我去的。”

“你是说你被设计了？”

“对，我被人设计了。”楚斯说，细看米凯的眼神，但看不出米凯明白他在说什么的迹象。难道他误会了？楚斯吞了口口水。

“所以我才纳闷，不晓得你知不知道这件事，不晓得你有没有参与这件事。”

“我？”米凯靠上椅背，爆发出一阵大笑。楚斯向米凯的嘴里看去，想起以前米凯让学校牙医检查，结果总是零蛀牙，就连童书故事的两位主角“龋齿”和“细菌”也对他无可奈何。

“我还真希望我参与了！告诉我，他们有没有把你按倒在地上，铐上手铐？”

楚斯看着米凯，发现自己误会了，于是跟着一起大笑。他之所以跟着笑，除了因为松了口气，并想象自己被两名警员按倒在地的模样，也因为米凯深具感染力的笑声总是邀请他一起大笑。不对，不是邀请，而是命令他一起大笑。但米凯的笑声也环绕他、温暖他，让他成为某种东西的一部分，成为某种东西的一员，而“某种东西”就是由他和米凯所组成的双人组，这表示他们是朋友。米凯的笑声逐渐退去后，他听见自己的呼噜笑声。

“你真的认为这件事我也有份吗，楚斯？”米凯问，露出忧伤的神情。

楚斯微微一笑，看着米凯，想起迪拜如何找上他，还提到他曾在审讯过程中差点把一个少年打到失明。是谁告诉迪拜这件事的？楚斯又想起SOC小组在黑斯默街命案现场从古斯托指甲底下采集到的血迹样本，还没被送去化验DNA就被他故意污染。但那血迹样本可是珍贵证据，因此他自己留了一点下来，未雨绸缪。现在天空显然已经开始下雨，因此今早他亲自开车把样本送去病理组，并在今晚来米凯家之前得知了结果。目前为止的化验结果显示，他所提供的血迹和指甲样本，跟前几天贝雅特送去的样本一模一样。病理组人员说，难道你们都不彼此沟通的吗？难道你们觉得刑事鉴识中心的人都太闲了吗？楚斯赶忙道歉，挂上电话，并思索化验结果：古斯托指甲底下的血迹是米凯的。

米凯和古斯托。

米凯和鲁道夫·阿萨耶夫。

楚斯用手指抚摸领带结。教他如何打领带的不是他父亲，他父亲连替自己打领带都不会。教他的是米凯，那时他们要去参加毕业舞会，米凯教他打简单的温莎结。楚斯问米凯说为什么他的领带结看起来饱满很多，米凯回答说因为他打的是双温莎结，但这种结可能不太适合楚斯。

这时米凯注视着他，还在等答案：为什么他认为他也有份。

为什么楚斯认为米凯参与了在莱昂旅馆一并解决他和哈利的决定。

门铃响起，米凯坐着没动。

楚斯假装搔了搔额头，用指尖擦去汗水。

“没有，”他说，听见自己发出呼噜笑声，“只是突然冒出这个想法而已，当我没说。”

楼梯承受着斯泰因的体重，咯吱作响。他清楚感觉自己踏出的每一步，能料到楼梯发出的每个咯吱声和呻吟声。他来到楼梯顶端，敲了敲门。

“请进。”他听见门内传来回应。

斯泰因开门入内。

映入他眼中的第一样东西是行李箱。

“行李都整理好了？”他问道。

对方点了点头。

“找到护照了？”

“对。”

“我叫了去机场的出租车。”

“我马上好。”

“好。”斯泰因环视房内，就跟他刚才去别的房间一样。他去每个房间道别，说他不会再回来了，并聆听童年时期的回音，包括父亲激励人心的声音、母亲令人安心的声音、古斯托热烈的声音、伊莲娜开心的声音。唯一听不见的是他自己的声音。他一向都保持沉默。

“斯泰因？”伊莲娜手里拿着一张照片，斯泰因知道她拿的是哪一张。那天晚上那个叫汉斯的律师送她回来，她就把那张照片钉在床头板上。那是她和古斯托及欧雷克的合照。

“什么事？”

“你有没有想过要杀了古斯托？”

斯泰因没有回答，只是想起那天晚上。

那晚古斯托打电话来说知道伊莲娜的下落，他赶紧跑去黑斯默街，到了之后却发现公寓门口停满警车，围观民众窃窃私语说公寓里有个少年死了，遭人枪杀。起初他感到兴奋，是的，几乎可说是开心。但随即感到的是震惊，以及哀伤。没错，对古斯托的死，他多少有点哀伤，同时心中又燃起希望，希望如此一来伊莲娜终于能和毒品划清界线。但这个希望随着日子过去逐渐破灭，因为他发现古斯托的死表示他失去了找到伊莲娜的机会。

伊莲娜脸色苍白，出现戒断症状。前方的路将会十分辛苦，但他们会熬过去的，他们会一起突破难关。

“我们是不是该走了？”

“好。”她说，打开床边桌的抽屉，凝视那张照片，按在唇上轻轻一吻，正面朝下放进抽屉。

哈利听见前门打开。

他静静地坐在黑暗中，聆听脚步声越过客厅地板，看着一个人影走到床垫旁，瞥见在窗外街灯的光线映衬下闪过的铁丝。脚步声进入厨房，电灯亮起，炉台移动的声音传来。

哈利起身跟在后面。

他站在厨房门口，看见那人蹲在老鼠洞前，用颤抖的双手打开布包，拿出里头的东西整齐排好。针筒、橡胶管、汤匙、打火机、手枪、三包小提琴。

哈利改变站姿，门槛在他脚下发出咯吱声响，但少年并未发现，只是狂热地进行手边的活动。

哈利知道那是毒瘾发作的状态，大脑只集中在一件事情上。他咳了一声。

少年身子一僵，肩膀耸起，但没回头。他只是坐在地上不动，低头看着存货，就是不回头。

“果然跟我料想的一样，”哈利说，“这是你会来的第一个地方，因为你认为风头已经过去了。”

少年依然动也不动。

“汉斯跟你说我们帮你找到她了对不对？可是你还是选择先来这里。”

少年站了起来。哈利再度感到惊讶。少年已经长这么高，几乎是个男人了。

“你想怎样，哈利？”

“我是来逮捕你的，欧雷克。”

欧雷克蹙起眉头：“就因为我持有几包小提琴？”

“不是因为毒品，欧雷克，是因为谋杀古斯托。”

“不要！”他吼道。

可是我已经把针插进血管，全身因为兴奋而颤抖。

“我以为来的人会是斯泰因或易卜生，”我说，“没想到是你。”

妈的，我没看见他的脚踢来。针筒给踢飞，划过空中，飞进厨房，掉在堆满碗盘的水槽边。

“妈的欧雷克，你干吗？”我说，抬头看着他。

欧雷克凝视哈利良久。

他的眼神严肃冷静，毫无讶异之情，更像是在评估情势，看看要如何处理眼前的情况。

他终于开口说话，口气更多是好奇，而不是愤怒或困惑。

“你不是相信我说的话吗，哈利？当我说事情是别人干的，是某个戴头套的人干的，你相信我了。”

“对，”哈利说，“我的确相信了你说的话，因为我想相信你。”

“可是哈利，”欧雷克柔声说，低头看着他打开的那包小提琴，“如果你连最好的朋友都不相信，那你还能相信什么？”

“证据。”哈利说，感觉喉头哽咽。

“什么证据？我们替证据找出了解释，哈利。我们一起推翻了证据。”

“我是说其他证据，新的证据。”

“什么新证据？”

哈利指着欧雷克旁边的地板："那是敖德萨手枪，它使用的子弹口径跟射杀古斯托的子弹口径一样，都是9毫米 ×18毫米的马卡洛夫子弹。反正弹道测试报告会指出这把枪百分之百就是凶枪，而且上面有你的指纹，欧雷克，只有你的指纹。如果别人用过这把枪，事后又把指纹擦掉，那会连你的指纹也一起擦掉。"

欧雷克触碰那把枪，仿佛在确认他们说的就是它。

"还有针筒，"哈利说，"针筒上有很多指纹，可能来自两个人，但活塞上的指纹绝对是你的。那是你注射毒品留下来的，而且那个指纹沾有火药颗粒。"

欧雷克抚摸针筒："为什么会出现不利于我的新证据？"

"你的证词说你进来这里的时候正在嗨，可是火药颗粒证明你是事后才注射的毒品，因为你注射毒品的时候手上已经沾上了火药颗粒。这证明你是先射杀古斯托，然后才注射小提琴的。你扣下扳机的时候没有在嗨，欧雷克。这是预谋杀人。"

欧雷克缓缓点头："你已经用警方的数据库比对过手枪和针筒上的指纹，所以他们已经知道是我……"

"我还没联络警方，目前只有我一个人知道这件事。"

欧雷克吞了口口水，哈利看见他的喉头微微抖动："既然你没用警方数据库比对过，怎么会知道那是我的指纹？"

"我有其他指纹可以比对。"

哈利从大衣口袋拿出Game Boy游戏机，放在餐桌上。

欧雷克看着游戏机，不断眨眼，仿佛眼睛里跑进了东西。

"你怎么会怀疑到我身上？"他低声说。

"恨意，"哈利说，"鲁道夫·阿萨耶夫说我应该跟着恨意走。"

"谁？"

“就是那个叫迪拜的男人。我花了一些时间才明白他说的是他自己的恨意。他恨你，他恨你杀了他儿子。”

“儿子？”欧雷克抬起头来，用茫然的眼神看着哈利。

“对，古斯托是他儿子。”

欧雷克垂下双目，坐了下来，看着地板。“如果……”他摇了摇头，又开口说，“如果迪拜真的是古斯托的爸爸，如果他真的那么恨我，为什么我进监狱以后他不立刻下手杀了我。”

“因为他就是希望你去坐牢，对他来说坐牢比死亡更凄惨。他认为坐牢会侵蚀灵魂，死亡却可以让灵魂得到自由。他希望他最痛恨的人被抓去关起来，这个人就是你，欧雷克。他可以掌握你在监狱里的一举一动，直到你开始跟我搭上线，这时你变成了潜在的危险，他只好杀你灭口，只不过没成功。”

欧雷克闭上眼睛，坐在原地不动，依然弓着背，仿佛前方有场重要比赛正等着他，他必须保持安静与专注。

窗外的城市正在演奏属于它的乐曲：车流声、远处的雾角声、心不在焉的警笛声和人类活动的噪声，犹如蚁冢里永无休止的忙碌活动，单调无趣，又安稳得有如温暖的被窝。

欧雷克缓缓俯身，眼光不离哈利。

哈利摇了摇头。

但欧雷克已拿起手枪，小心翼翼，仿佛害怕手枪会在手中爆炸。

43

楚斯一个人逃到露台上。

刚才他一直站在谈话圈子的外围，啜饮香槟，拿取点心，假装自己属于这里。几位教养良好的宾客试着把他拉进谈话圈，跟他打招呼，问他是谁，做什么工作。楚斯只是简短回答，一点也没想到要回敬对方的善意，仿佛他没立场这样做，或者害怕自己应该知道对方是谁，以及对方职位有多他妈的重要。

乌拉忙着招呼客人，展露笑颜，跟人聊天，仿佛这些人全是她的老相识。楚斯只是偶尔跟她有眼神接触。后来她对他微微一笑，做个了手势，仿佛是说她很想跟他聊天，但必须尽女主人的职责。看来当初帮忙建造这栋房子的那些人都不能出席，警察署长和其他单位主管也都不认识楚斯。他几乎想告诉他们说，差点把那少年打瞎的人就是他。

不过露台很棒，山下的奥斯陆宛如宝石般闪烁着光芒。

秋日凉意伴随高气压而来，气象预报说山区入夜后气温骤降。他听见远处传来警笛声。市区某处有一辆救护车和至少一辆警车出动。楚斯很想溜走，打开警用无线电，听听发生了什么事，感受他这座城市的脉动，让自己觉得有归属感。

露台门打开，楚斯下意识地后退两步，躲进暗处，以免被拉进让自己更加畏缩的谈话。

出来的人是米凯和那个政治人物伊莎贝尔。

伊莎贝尔显然喝醉了，无论如何都让米凯搀扶着她。她是个高大的女人，比米凯高出一个头。他们站在栏杆旁，背对楚斯，那个角落没有窗户，客厅里的宾客看不见他们。

米凯站在她背后，楚斯心想他们其中一人应该会拿出打火机点烟，但这事并未发生。当他听见洋装发出的窸窣声，以及伊莎贝尔表示抗议的低低笑声，这时再要上前打招呼就已太迟。他瞥见白皙大腿，接着就看见衣服褶边被用力拉下。伊莎贝尔转身面对米凯，两人的头映着山下的城市风景，身影融合为一。楚斯听见舌头发出的湿润声响，转头朝客厅看去，只见乌拉脸上挂着微笑，穿梭在宾客之间，端着托盘拿出新点心。楚斯不懂，妈的他就是不懂。他没有太过震惊，因为这不是米凯第一次跟别的女人搞在一起，他只是不懂米凯怎么会有这个胃口，怎么会有这个心情？明明已经拥有像乌拉这样的女人，已经如此受幸运之神眷顾，已经中了超级大奖，为什么还愿意冒着失去一切的风险，趁机偷吃，只为了打一炮？难道是因为上帝或管他是哪个神赐给你女人所向往的一切，包括外貌、野心、花言巧语的技巧，于是你就觉得有义务发挥你所有的潜能？就像身高两米的人总认为自己应该去打篮球一样？他搞不懂，他只知道乌拉值得更好的，她应该有个爱她的人，这个人爱她就像他爱她一样，而且会永远爱她。他对玛蒂娜不过是轻佻的冒险，无关真心，反正这种事以后不会再发生。他时常在想，他应该找个方式让乌拉知道，有一天如果她失去米凯，那么他，楚斯，一定会守在她身旁。但他总是找不到适当的措辞来告诉她。楚斯竖起双耳。他们在说话。

“我只知道他离开了，”米凯说。楚斯从米凯有点含糊的话声听出他也有些醉意：“可是他们找到了另外两个。”

“你是说他手下的哥萨克人？”

“我还是认为他们是哥萨克人只是胡扯而已。反正犯罪特警队的甘纳·哈根联络过我，问我能不能帮忙。现场使用过催泪弹和自动武器，所以他们推测可能是有人上门寻仇，他想知道欧克林知不知道谁可能干出这种事，他说他们一点头绪也没有。”

“你怎么回答？”

“我回答说我也不知道是谁，这是实话。如果是某个帮派干的，那他们藏匿得很好，从来没被警方发现。”

“你认为老头子可能逃脱吗？”

“我不这么认为。”

“你不这么认为？”

“我认为他的尸体正在山下某个地方腐烂，”楚斯看见一只手朝星空指了指，“说不定我们很快就会发现他的尸体，说不定我们永远都不会发现他的尸体。”

“尸体总是会被发现，不是吗？”

不是，楚斯心想。他把体重平均分散在两只脚上，感觉脚掌抵着水泥露台，也感觉水泥露台抵着他的脚掌。不对，尸体不是总会被发现。

“反正有人干了这件事，”米凯说，“而且是个新人。我们很快就会知道奥斯陆的新毒枭是谁。”

“你想这对我们来说有什么意义？”

“没什么意义，亲爱的。”楚斯看见米凯把手放在伊莎贝尔的后颈，从侧影看来，他像是要勒死她似的，她的身体倾向一侧，“我们就站在我们所希望的位置上，可以从现在这个位置往前跃进，事实上没什么比这个结局更好的了。我们已经不需要老头子了，再说他手上握有你和我……我们合作的证据，所以……”

“所以？”

“所以……”

“把你的手拿开，米凯。”

米凯发出有如丝绒般柔顺的醉酒笑声："如果这个新毒枭没替我们干了这件事，我可能会自己动手。"

"你是说叫瘪四动手吧？"

楚斯听见他最痛恨的外号，心头一惊。这外号是米凯第一个叫的，后来就一直紧紧黏着他，甩也甩不掉。人们只要看见楚斯的戽斗、听见他的呼噜笑声，立刻就把他跟这个外号联想在一起。米凯甚至还安慰楚斯，说他觉得 MTV 的这个卡通人物对现实的意义在于具有"无政府主义的观点"以及"不墨守成规的道德标准"。妈的说得好像他替楚斯赋予了一个荣誉头衔似的。

"不是，我绝对不会让楚斯知道我在其中扮演的角色。"

"我才觉得奇怪，为什么你不信任他？你们不是老朋友吗？这露台不是他帮你建的吗？"

"是啊，他是在半夜三更自己弄好的，明白我的意思吗？这是个不按牌理出牌的人，他有各种怪异和奇妙的想法。"

"可是你却建议老头子吸收瘪四去当他的烧毁者？"

"那是因为我从小就认识楚斯，我知道他从里到外都堕落得不得了，非常容易被收买。"

伊莎贝尔尖声大笑，米凯发出嘘声叫她安静。

楚斯屏住气息。他觉得喉头紧缩，肚里似乎出现一只小兽。它跑来跑去，正在寻找出路，不断骚动想往上蹿出，压在他的胸口上。

"对了，你没跟我说过为什么找我当你的生意伙伴。"米凯说。

"当然是因为你有一根很赞的屌啊。"

"不是啦，正经点。要不是我同意跟你和老头子合作，我就得逮捕你了。"

"逮捕？"她哼了一声，"我所做的一切都是为了这个城市好。大麻合法化，流通美沙酮，资助成立一个地方让上瘾者注射毒品，替用药过量致死率较低的毒品驱逐竞争者。反正有什么差别呢？毒品政策重视的是实际效益，米凯。”

“放轻松，我当然同意你的说法，为我们把奥斯陆打造成一个更好的地方来干一杯。”

伊莎贝尔不理会米凯举起的酒杯。“反正你也不可能逮捕我。如果你真的这么做，我就去跟对这事有兴趣的人说，你背着甜美的老婆来找我打炮，”她发出咯咯笑声，“而且真的就是背着你老婆。还记得我们第一次在首演会上认识的时候，我说你可以干我吗？当时你老婆就站在你背后，只要再靠近一点就听得见我们说话，但你的眼睛眨也不眨，只说给你十五分钟把她送回家。”

“嘘，你喝醉了。”米凯说，伸手扶着她的背。

“当时我就知道你跟我心意相通，所以我一听老头子说我应该找个跟我一样野心勃勃的合作伙伴，立刻就想到了你。敬你一杯，米凯。”

“说到这个，我们需要再添点酒，要不要进去了……”

“我收回刚才那句‘心意相通’，没有一个男人在乎我的心，男人都只要我的……”她发出轰然笑声。

“来，我们进去吧。”

“哈利·霍勒！”

“嘘……”

“这个男人在乎我的心，当然了，他有点蠢，可是……呃……你想现在他在哪里？”

“我在城里大肆搜索他那么久都找不到，应该是离开挪威了。他已经让欧雷克无罪释放，可能不会再回来了。”

伊莎贝尔身子一晃，米凯赶紧扶住她。

“你是个浑蛋，米凯。我们这两个浑蛋注定要凑在一起。”

“也许吧，我们得进去了。”米凯说，看了看表。

“别这么紧张，老兄，就这么几口酒还难不倒我，看见了吗？”

“看见了。你先进去吧，这样才不会看起来太……”

“放荡？”

“差不多是这个意思。”

楚斯听见伊莎贝尔爆发出一阵大笑，看着她的高跟鞋踏上水泥地发出更大的咔嗒声响。

她离开后剩下米凯一个人倚着栏杆。

楚斯等待片刻才上前：“嗨，米凯。”

他的童年好友回过头来，目光呆滞，脸有点浮肿，过了片刻才反应过来，露出欢快的笑容。楚斯心想这是因为米凯喝了酒的关系。

“是你啊，楚斯，我没听见你出来，里面那些人玩得开心吗？”

“妈的很开心啊。”

两人彼此互望。楚斯在心中自问，究竟是从何时何地开始，他们忘了如何跟彼此对话？过去那些无忧无虑谈天说地的时光、一起做白日梦的时光、毫无顾忌畅所欲言的时光，都到哪里去了？那时他们同进同出，比如说刚投身警界时，他们把那个对乌拉有意思的男人痛打一顿，又把对米凯毛手毛脚的克里波人员海扁一顿。他们把那个死玻璃带去大楼锅炉室，那家伙哭着道歉，说他误会了米凯的意思。他们都避开那家伙的脸，以免过于明显，但他一直哭哭啼啼让楚斯火冒三丈，手中挥舞的警棍不知不觉用上更多力道，还是米凯适时制止。这些虽然都不是所谓的美好回忆，但这些回忆让他们紧紧相连。

“我正在这里欣赏这个露台。”米凯说。

“谢谢。”

“不过我想到一件事，就是你替露台灌水泥的那天晚上。”

“怎么样？”

“你说你有点烦，睡不着，可是我突然想到那天晚上我们正好去逮捕奥丁，后来又突袭摩托帮俱乐部，有个家伙还失踪了，他叫什么名字来着？”

“图图。”

“对，图图，那天晚上你本来应该跟我们一起出任务，不过你跟我说你生病，可是后来你又跑回这里拌水泥？”

楚斯扯了扯嘴角，望着米凯，最后终于设法和他四目相对。

“你想听实话吗？”

米凯迟疑片刻才回答：“想啊。”

“其实我是翘班啦。”

两人在露台上陷入片刻沉默，只听见山下传来遥远的城市噪声。

“翘班？”米凯笑说，语带怀疑，但笑声和善。楚斯喜欢他的笑声，每个人都喜欢，男人女人都一样。那笑声似乎是说，你这个人真好，真有趣，可能还很聪明，值得我发出友善的笑声。

“你？翘班？你从不偷懒，又爱逮捕人，竟然也会翘班？”

“对啊，”楚斯说，“我走了桃花运。”

又是一阵沉默。

接着米凯仰头哈哈大笑，笑到上气不接下气。零蛀牙。他直起身子，朝楚斯的肩膀用力一拍。他的笑声是那么快乐奔放，楚斯情不自禁也跟着笑了起来。

“打炮和建露台，”米凯喘息不已，“真有你的，楚斯，真有你的。”

楚斯觉得米凯的称赞让他恢复了正常。有那么一瞬间，他们几乎像是回到了过去。不对，不是几乎，他们的确回到了过去。

“你知道吗，”楚斯呼噜笑说，“有些事就是得自己来才行，这样才能把事情做好。”

“说得没错，”米凯说，伸出手臂抱住楚斯肩膀，双脚踏了踏露台，“可是楚斯，这些水泥对一个人来说很多呢。”

没错，楚斯心想，感觉欢笑的泡泡不断从胸腔里冒出来。这些水泥对一个人来说很多。

“那台游戏机你拿来的时候，我应该留下来才对。”欧雷克说。

“对，”哈利说，倚着门框，“这样你就可以磨炼俄罗斯方块的技术。”

“你把枪放回来的时候应该把弹匣也拿出来才对。”

“也许吧。”哈利尽量不去看那把敖德萨手枪。那把枪半指地面、半指着他。

欧雷克露出疲倦的微笑：“我想我们两个人都犯了不少错误。”

哈利点了点头。

欧雷克在炉台边站了起来：“但我不只犯下错误对不对？”

“没错，你也做了很多正确的事。”

“比如说？”

哈利耸了耸肩：“比如说你声称你朝凶手拿枪的那只手撞过去，还说凶手戴了全罩式头套，一句话也没说，只比手势，让我自己归纳出明显的结论：这解释了为什么你皮肤上有火药残留，而凶手一句话也没说是因为他怕你认出他的声音，因此他一定跟毒品交易或警方有关联。我猜你会想到全罩式头套是因为跟你一起去摩托帮俱乐部的那个警察有一顶这种头套。在你的说辞中，你同时提到凶手和隔壁的办公室，因为那间办公室空荡荡的，而且门开着，任何人都可以通过那里从河边进出。你给我所有的暗示，让我自己去建构出可信的解释，说明为什么你没有杀害古斯托。你知道我的头脑会做出这个解释，因为我们的头脑总是很愿意被感情牵着走，总是很愿意去找出安慰心灵的答案。”

欧雷克缓缓点头："但现在你已经归纳出其他的答案，正确的答案。"

"除了一个答案，"哈利说，"为什么？"

欧雷克没有回答。哈利举起右手，同时慢慢地把左手伸进裤子口袋，拿出一包皱巴巴的烟和打火机。

"为什么，欧雷克？"

"你是怎么想的呢？"

"我想过这件事，觉得一切都跟伊莲娜有关。可能是出于嫉妒，或是你知道古斯托把伊莲娜卖给了某人。但如果只有他一个人知道伊莲娜的下落，在他告诉你之前你不可能下手杀他，所以一定有其他因素，这个因素跟爱一个女人同样强烈，因为你不是天生就爱杀人，是不是？"

"你说呢？"

"你一定是受到典型动机的驱使，这动机会让一个人、一个好人做出可怕的行为，我自己也是这样。这整个调查工作从头到尾都在绕圈子，毫无进展可言，我又回到了原点，面对的是一场爱恋，而且是最糟糕的那种。"

"你又知道什么了？"

"因为我也爱过这种女人，或者说这种女人的姐姐好了，她在夜里美得不可方物，可是第二天早上你醒来，她就变得丑陋不堪。"哈利点燃一根黑色香烟，金色滤嘴印有俄罗斯帝国的双头鹰国徽图案。"但入夜后你就什么都忘了，再度坠入爱河。没有什么能比得上这种爱，甚至连伊莲娜都比不上。我有没有说错？"

哈利吸了口烟，看着欧雷克。

"你要我说什么？反正你什么都知道了。"

"我要听你亲口说出来。"

"为什么？"

"因为我要你亲耳听见自己说的话，听听它有多么病态、多么没意义。"

“什么？有人要偷你的货所以你对他开枪叫病态？那些货可是我费尽心力才存下来的。”

“你听听你说的这番话有多老套？”

“那是你说的！”

“对，是我说的。我因为抗拒不了诱惑所以失去了世界上最棒的女人，而你杀了你最好的朋友，欧雷克。把他的名字说出来。”

“为什么？”

“把他的名字说出来。”

“我手上有枪哦。”

“把他的名字说出来。”

欧雷克咧嘴而笑：“古斯托。这有什么……”

“再说一次。”

欧雷克侧过了头，看着哈利：“古斯托。”

“再说一次！”哈利吼道。

“古斯托！”欧雷克吼了回去。

“再说一……”

“古斯托！”欧雷克深深吸了口气，“古斯托！古斯托……”他的声音开始颤抖，“古斯托！”声音从他的齿缝间迸出来，“古斯托，古斯……”他发出呜咽声，“……托。”他紧闭双眼，泪水从眼角滑了出来。他低声说：“古斯托，古斯托·韩森……”

哈利踏上一步，但欧雷克举起手枪。

“你还年轻，欧雷克，你还能改变。”

“那你呢，哈利？你能改变吗？”

“我希望我能，欧雷克。我希望我曾有所改变，这样就能好好照顾你们，但对我来说一切都已经太迟了，我就只能是这样了。”

"'这样'指的是什么？酒鬼？还是叛徒？"

"警察。"

欧雷克放声大笑："是吗？警察？不是某种人或什么的？"

"警察的成分居多。"

"警察的成分居多，"欧雷克复述，点了点头，"这句话是不是很老套？"

"老套而且乏味，"哈利说，拿着抽了一半的烟，用非难的眼神看着它，仿佛它没发挥香烟的功用，"这表示我没有选择，欧雷克。"

"选择？"

"我必须让你接受制裁。"

"你已经离开警界了，哈利。你身上没有枪，没人知道你查出了真相，也没人知道你在这里。你怎么不想想我妈、想想我啊！就这么一次，想想我们，想想我们一家三口。"欧雷克泪眼盈眶，尖锐话声中带有一种铿锵的绝望，"为什么你不能就这样离开？为什么我们不能把这一切都忘了，当作什么事都没发生过？"

"我希望我做得到，"哈利说，"可是你把我逼到了死角。既然我知道了事发经过，就只好把你挡下来。"

"那你为什么还要让我拿起手枪？"

哈利耸了耸肩："我不能逮捕你，你得去自首，这场比赛你得自己下场才行。"

"自首？为什么我要去自首？我才刚被放出来啊！"

"如果我逮捕你，我会同时失去你和你妈。没有你们我什么都不是，没有你们我活不下去。你懂吗，欧雷克？我是一只被锁在家门外的老鼠，要进家门只有一个方法，那就是通过你。"

"那就放过我啊！我们忘记整件事，重新开始啊！"

哈利摇了摇头："你预谋杀人，欧雷克，我办不到。枪在你手上，有决定权的是你。你得替我们一家三口着想。我们可以去找汉斯帮忙，他可以想办法帮你减少刑期。”

“可是刑期还是会长得让我失去伊莲娜，没有人可以等那么久。”

“也许可以，也许不行。也许你早就失去她了。”

“你骗人！你老是骗人！”哈利看着欧雷克眨着眼，泪珠滚落，“如果我不自首呢？你要怎样？”

“那我就得当场逮捕你。”

欧雷克的双唇之间冒出一声呻吟，那声音介于倒抽一口气和不可置信的笑声之间。

“你疯了，哈利。”

“我就是这种人，欧雷克。我会做我该做的事，你也应该做你该做的事。”

“应该？妈的，这两个字你说起来就好像诅咒一样。”

“可能吧。”

“胡说！”

“那就打破诅咒，欧雷克。你并不是真的想再杀人吧？”

“出去！”欧雷克高声吼道，手枪在他手中颤动，“滚出去！你已经不在警界了！”

“没错，”哈利说，“但就像我刚刚说的……”他把黑香烟放在唇间，闭紧双唇，深深吸了口烟，闭上眼睛。在这两秒间，他看起来像是在品尝那根烟的滋味。接着他张开嘴巴，把烟呼出肺脏：“我是警察。”他把烟丢在面前地上踩熄，抬起头，朝欧雷克走去。欧雷克长得几乎跟他一样高。哈利的目光穿过举起的手枪，直视欧雷克的双眼，看见他举起手枪。哈利已经知道结果，他已经成了障碍，欧雷克已经别无选择。他们就像是一个无解的方程式中的两个未知数，又像是运行在碰撞轨道上的两个天体。这回合俄罗斯方块只有一个人会赢，只有一个人会赢。哈利希望事后欧雷克能够精明地把枪处理掉，搭上飞往曼谷的班机，所有的事一个字也不透露给萝凯知道，而且半夜不会在充满昔日鬼魂的房间里尖叫着醒来，并建立起一种值得去过的生活。因为他自己的人生并非如此，也即将结束。他做好心理准备，继续往前走，感觉着身体的重量，看见黑魆魆的枪口越来越大。那个秋日，欧雷克十岁，风吹乱他的头发，萝凯，哈利，橘色树叶，他们看着口袋相机的镜头，等待定时器发出咔嗒一声。那张相片是证据，证明他们曾经到达幸福的巅峰。欧雷克的食指指节泛白，扣住扳机。没有回头路可走了。其实哈利根本没时间赶上那班飞机，其实那班飞机根本不存在，香港这个目的地也不存在。未来那个理想人生只存在于幻想中，那是个他们都没有条件去过的人生。哈利不觉得恐惧，只觉得悲伤。敖德萨手枪的连发功能启动，发出短促的火药爆炸声，听起来像是只击发一枚子弹。窗户随之震动。他感觉两发子弹击中胸膛所产生的物理压力。后坐力使得枪管往上弹。第三发子弹击中他的头部。他倒了下去，身子底下是一片漆黑。他坠入黑暗，让黑暗将他吞没，把他卷到冰凉无痛的虚空之中。这一刻终于来了，他心想。这是哈利最后的念头。经过漫长的等待，他终于自由了。

教堂钟声敲完十下，静了下来。警笛声逐渐靠近，又慢慢消逝在远处。这一刻，幼鼠的叫声显得异常清晰，除此之外还有个微弱的心跳声。今年夏天这里躺着一具更年轻的人类尸体，鲜血流到这间厨房的地板上。但那时候是夏天，幼鼠还没出生，尸体也没挡住通往鼠窝的路。

母鼠再度啮咬皮鞋。

它又舔了舔金属，尝起来有咸味，突出于人类右手的两根手指之间。

它爬上西装外套，嗅到汗水、鲜血和食物的气味。有太多种食物的气味了，这件亚麻材质的外套一定进过垃圾桶。

又来了，没有完全洗净、异常强烈的烟味分子钻入它的鼻孔。

它奔上手臂，越过肩膀，在脖子周围的沾血绷带上停了下来，又快步跑到胸口。西装外套下的两个圆孔依然散发出强烈的气味。那是硫黄味和火药味。一个圆孔在心脏右边，心脏仍在跳动。它继续爬到额头，舔了舔从金发之间流出的一道鲜血。鲜血往下流到嘴唇、鼻孔、眼皮。脸颊上有一道疤。母鼠再度停下，似乎在思索该如何通过才好。

Gjenferd

第五部

她知道自己这辈子都会记得哈利，记得他那张爬着疤痕的脸、划出伤口的下巴、缠着绷带的脖子，还有他的声音。突然，她心中非常确定……一切都会很顺利。

44

月光在奥克西瓦河上洒下潋滟波光，让这条污浊小河看起来宛如穿过城市的闪亮金链。只有少数女人敢独自行走在河边的荒凉小径上，玛蒂娜是其中之一。今天在灯塔餐厅的工作忙碌而漫长，她颇为疲惫，但心情愉悦。今天是美好而漫长的一天。一名少年从暗处现身，用手电筒照了照她的脸，咕哝地说了声“嗨”，便退了回去。

里卡尔说过好几次，请她改走另一条路回家，毕竟她现在有孕在身，但她说那是回基努拉卡区最短的一条路，并拒绝让任何人从她手中夺走享受这座城市的权利。再说她认识很多住在桥下的人，走这条路让她觉得比去奥斯陆西区的一些时髦酒吧还来得安全。她经过急诊室和松内广场，朝蓝调夜店的方向走去。这时她听见前方人行道上传来沉重急促的脚步声，一名少年穿过黑夜朝她的方向奔来，沿路拿着手电筒照亮前方。少年和玛蒂娜擦肩而过，她瞥见他的面孔，听见他的喘息声消失在远处后方。那是一张熟悉的面孔，她在灯塔餐厅见过这个人。但她见过的人实在太多了，有时她看见熟面孔后，第二天同事就跟她说那人已经死了好几个月或甚至好几年了。不知为何，那张面孔让她又想起哈利。她不曾跟任何人说过关于哈利的事，里卡尔就更不可能了，但哈利在她心中创造出一个小空间、一个小房间，有时她可以去那里看看他。刚才那人会不会是欧雷克？是不是因为这样她才想起哈利？她转过身，望着少年奔跑的背影，觉得他奔跑的样子像是有恶魔在后面追他，或是他急于逃离什么。她并未看见有人在追他。少年的身影渐去渐远，不久之后就消失在黑暗中。

伊莲娜看了看表。十一点零五分。她靠上椅背，看着柜台上方的屏幕。再过几分钟就要开始登机。父亲发来短信，说会去法兰克福机场接他们。她全身冒汗且酸痛。戒毒不是件容易的事，但一切都会很顺利。

斯泰因捏了捏她的手。

“怎么样，小妹？”

伊莲娜微微一笑，也捏了捏他的手。

一切都会很顺利。

“我们是不是认识她？”伊莲娜低声说。

“谁？”

“那个深色头发的女人，她一个人坐在那里。”

他们来到时，女子已坐在他们对面，就在登机门旁，正在阅读一本孤独星球出版的泰国旅游书。她长得很美，那种美不会随岁月褪去。她还散发出一种氛围，一种宁静的幸福感，虽然她现在孤身一人，但她的内心仿佛正在欢笑。

“我不认识，她是谁？”

“我不知道，她让我想到一个人。”

“谁？”

“我不知道。”

斯泰因哈哈大笑，这种兄长式的笑声令人觉得平静安心。他又捏了捏她的手。

广播提示音响起，拉得老长，接着是金属摩擦般的说话声，宣布飞往法兰克福的航班现在开始登机。旅客纷纷站起，拥向柜台。伊莲娜拉住正要站起的斯泰因。

“怎么了，小妹？”

“等人少一点再过去。”

“可是……”

“我不想在登机桥里……跟那么多人挤在一起。”

“好，我真蠢，你觉得怎么样？”

“还好。”

“那就好。”

“她看起来很孤单。”

“孤单？”斯泰因朝女子望去，“我不这样觉得，她看起来很开心。”

“对，可是也很孤单。”

“又开心又孤单？”

伊莲娜大笑：“不是，我弄错了，应该是跟她长得很像的那个男人很孤单。”

“伊莲娜？”

“什么事？”

“还记得我们说好的吗？尽量想些开心的事，好不好？”

“好。我们两个人做伴就不孤单。”

“对，我们相互扶持，直到永远，对不对？”

“直到永远。”

伊莲娜挽住哥哥的手臂，把头靠在他肩膀上，想起那个救出她的警察。哈利，他说他叫哈利。她第一个想到的是欧雷克经常提起的那个哈利，那个哈利也是警察。但她根据欧雷克描述而想象出来的哈利更高、更年轻，也许比让她重获自由的那个丑男人更帅。但那男人也去找过斯泰因，所以她已经知道他就是哈利·霍勒。她知道自己这辈子都会记得哈利，记得他那张爬着疤痕的脸、划出伤口的下巴、缠着绷带的脖子，还有他的声音。

突然，她心中非常确定，虽然不知道这种确定的感觉从何而来，但那感觉清楚浮现：

一切都会很顺利。

只要离开奥斯陆，她就可以把一切抛在脑后。父亲和她所咨询的医生跟她说，她不能接触任何上瘾物质，诸如酒精或毒品。小提琴还是会在，永远都会在，但她会对它敬而远之，就好像古斯托的鬼魂将永远缠绕着她一样，此外还有易卜生的鬼魂，以及那些曾经向她购买死亡白粉的可怜灵魂。她只能顺其自然，也许几年之后它们会逐渐淡去，到时她就可以返回奥斯陆。最重要的是她会顺利度过这段时间，她会设法建立起一种值得去过的生活。

她看着那个正在看书的女子。女子抬起头来，仿佛察觉到有人在看她，脸上掠过耀眼的微笑，目光又回到旅游书上。

“走吧。”斯泰因说。

“走吧。”伊莲娜说。

楚斯驾车来到夸拉土恩区，驶上托布街，转入王子街，又开到罗督斯街。他提早离开派对，坐上自己的车，随兴所至驾车上路。天气寒冷清朗，夜晚的夸拉土恩区十分热闹。妓女在后头呼唤他，她们一定是闻到了他散发出的睾丸素气味。药头正在削价竞争。一辆雪佛兰的科尔维特跑车传来重低音的砰砰声响。一对情侣在电车站拥吻。一名男子高声欢笑着奔过街头，身上的西装外套敞开飘动，另一名穿着同款外套的男子跟在后头奔跑。卓宁根街街角有个身穿阿森纳队球衣的家伙，那人楚斯没见过，一定是新来的。警用无线电发出吱吱啦啦的声音。楚斯感觉到一种奇特的幸福感：血液在血管里流动的感觉、重低音的砰砰声、所有事物正在运作的韵律。他坐在车上看着这些虽然不知道彼此存在，却又驱使彼此转动的小齿轮。只有他能看见整体。事情就应该是这样才对，因为这座城市现在属于他了。

旧城区教堂的牧师打开门锁，走了出来，聆听墓园里树梢的窸窣响声，抬头望向月亮。这是个美丽夜晚。音乐会非常成功，很多人来观赏，比明天清早会来参加礼拜的人还多。他叹了口气。明天他将对空长椅布道的主题是关于罪得赦免。他走下台阶，穿过墓园。他决定要讲的这个主题，跟周五那场葬礼上的一样。根据死者的前妻所说，死者生前涉及犯罪交易，这一生也做过许多为非作歹之事，因此很少有人会考虑来参加丧礼，实在没必要跑这一趟。出席葬礼的只有那位前妻和他们的小孩，再加上一名从头到尾都大声抽泣的同事。前妻偷偷跟牧师说，那位同事可能是全航空公司唯一一位没跟死者睡过的女空服员。

牧师经过一个墓碑，在月光下看见上头有白色痕迹，像是有人曾在上面用粉笔写字又擦去。那是阿斯基·卡托·鲁德（又名阿斯基·厄勒古）的墓碑，墓碑上刻的名字是“A. C. 鲁德”。墓园自古流传下来的规定是，经过一代后，墓地的租约自动失效，除非支付延长使用的费用，这等于是替富人保留的特权。但不知何故，阿斯基的坟墓保存了下来。一旦坟墓的历史非常久远，就会受到保护。也许是因为政府乐观地希望古墓能成为景点：这块墓碑位于奥斯陆东区最贫穷的地区，死者亲属只买得起小墓碑，上头只能刻上名字的首字母和生卒日期，下方没有任何题字，因为石匠是依照镌刻的字数来收费的。一名官员甚至坚称死者的正确姓氏应该是“鲁伍德”，为了省钱所以略去一个“伍”字。有则传言说阿斯基的游魂依然四处飘荡，但这则传说没激起太多涟漪。最后阿斯基终于被人遗忘，可以好好安息了。

牧师走到墓园栅门前时，后方墙边闪出一个人影，牧师心头一惊。

“求您行行好吧。”一个粗嘎声音说，一只大手向前伸了出来。

牧师看着帽子下的面孔。那是一张爬满皱纹的老脸，鼻子高挺，耳朵甚大。令人惊讶的是那人有一双清澈纯真的蓝色眼睛。是的，纯真。牧师给了那可怜人二十克朗，继续踏上回家的路时，心中如是想着：那是一双初生婴儿般的纯真蓝眼珠，里头没有罪愆需要赦免。这句话明天的礼拜可以拿出来讲。

我们已经来到了尽头，老爸。

我坐在这里，欧雷克站在我面前，他双手握着那把敖德萨手枪，仿佛那是他的生命所系。他紧紧握枪，暴怒咆哮："她在哪里？伊莲娜在哪里？告诉我，不然……不然……"

"不然怎样，死毒虫？反正你也不敢开枪，谅你也没那个胆，欧雷克，你是好人那一边的。来，放轻松，我们一起分享这一管好不好？"

"妈的我才不要，你先告诉我她在哪里。"

"那我就自己享用全部啰？"

"一半，那是我最后的了。"

"成交，先把枪放下来吧。"

那个白痴真的照做，他真是教不会，跟那次他走出犹太祭司乐队演唱会的时候一样容易受骗上当。他弯下腰，将那把外形怪异的手枪放在地上。我看见枪身侧边的控制杆拨到了C，这表示手枪启动了连发功能，只要在扳机上轻轻一扣，就会……

"她在哪里？"欧雷克问道，直起身子。

一旦少了对准我的枪口，我就感到怒意上涌。这小子竟敢威胁我，跟我养父一样。如果说世界上有什么事我最不能容忍，那就是受人威胁。因此我没编个好听的故事给他，没说伊莲娜在丹麦一家隐秘的戒毒中心，与世隔绝，不能跟任何可能让她再吸毒的朋友联络。我可没说这类的屁话。我在伤口上补刀。我不得不这样做。我的血液里带有劣质基因，爸，所以你说话前应该三思。反正我的血也不多了，大部分都流到了厨房地上。我是个白痴，竟然在伤口上补刀。

“我把她卖了，”我说，“为了换几克小提琴。”

“什么？”

“我在奥斯陆中央车站把她卖给一个德国人，我不知道那家伙叫什么名字，也不知道他住在哪里，搞不好住在慕尼黑。那家伙现在可能坐在慕尼黑的公寓里，跟朋友一起让伊莲娜用她那张小嘴帮他们吸屌。她可能已经嗨翻了，根本分不清哪根屌是谁的，因为她心里想的只是她的真爱。她的真爱叫作……”

欧雷克目瞪口呆站在那里，不停眨眼，一脸蠢相，如同那天演唱会结束后他给我五百克朗的时候。我像该死的魔术师一样张开双臂。

“小提琴！”

欧雷克只是不停眨眼，震惊到当我扑向那把枪的时候他无法反应过来。

我只是一厢情愿这么想。

因为我忘了一些事。

那天他跟踪我，所以他知道自己必须保持清醒，不能吸毒。他也有两下子，也懂得判读别人的心思，至少懂得判读小偷的心思。

我应该早点想到这些才对。我应该跟他分享半管才好。他先一步抢到手枪，可能还稍微碰到了扳机。控制杆指向C。我倒地之前看见他惊讶的表情，听见一切都安静下来，听见他在我旁边蹲下，听见低微的哀鸣犹如怠速的引擎声，仿佛他想哭却哭不出来。接着他慢慢走进厨房。真正的毒虫会以特定顺序来行事。他把针筒放在我旁边，甚至问我要不要分享一管。听起来不错，但我已不能说话，只能聆听。我听见他踏着缓慢沉重的步伐下楼，剩我孤单一人，感觉比任何时候都要孤单。

教堂钟声停止了。

故事应该也说完了。

现在已经不那么痛了。

爸，你在那里吗?

鲁弗斯，你在那里吗？你是不是在等我?

反正我记得老头子说过一句话，死亡可以让灵魂得到自由，真的吗？妈的要是我知道就好了，我们走着瞧吧。

图书在版编目（CIP）数据

幽灵 /（挪）尤·奈斯博（Jo Nesbo）著；林立仁译. —长沙：湖南文艺出版社，2017.5
书名原文：Gjenferd
ISBN 978-7-5404-8079-0

Ⅰ. ①幽…　Ⅱ. ①尤…　②林…　Ⅲ. ①长篇小说-挪威-现代　Ⅳ. ①I533.45

中国版本图书馆CIP数据核字（2017）第095711号

著作权合同登记号：图字18-2016-172

上架建议：畅销 · 悬疑小说

YOULING
幽灵

作　　者：[挪威] 尤 · 奈斯博
译　　者：林立仁
出 版 人：曾赛丰
责任编辑：薛　健　刘诗哲
监　　制：吴文娟
策划编辑：董　卉
特约编辑：庞海丽
版权支持：辛　艳
营销支持：杜　莎　李茂繁
封面设计：棱角视觉
版式设计：张丽娜
出版发行：湖南文艺出版社
（长沙市雨花区东二环一段508号　邮编：410014）
网　　址：www.hnwy.net
印　　刷：北京嘉业印刷厂
经　　销：新华书店
开　　本：880mm × 1230mm　1/32
字　　数：370千
印　　张：14.5
版　　次：2017年5月第1版
印　　次：2017年10月第2次印刷
书　　号：ISBN 978-7-5404-8079-0
定　　价：42.00元

质量监督电话：010-59096394
团购电话：010-59320018